热夜之梦

FEVRE DREAM

GEORGE R.R. MARTIN

［美］乔治·R.R.马丁 著　　姚向辉 译

CNS PUBLISHING & MEDIA
湖南文艺出版社
HUNAN LITERATURE AND ART PUBLISHING HOUSE
博集天卷
CS-BOOKY

著作权合同登记号：图字18-2021-300

图书在版编目（CIP）数据

热夜之梦 /（美）乔治·R.R. 马丁（George R. R. Martin）著；姚向辉译 . -- 长沙：湖南文艺出版社，2022.11
书名原文：Fevre Dream
ISBN 978-7-5726-0651-9

Ⅰ. ①热… Ⅱ. ①乔… ②姚… Ⅲ. ①长篇小说—美国—现代 Ⅳ. ①I712.45

中国版本图书馆 CIP 数据核字（2022）第 077353 号

上架建议：外国文学·畅销文学

REYE ZHI MENG
热夜之梦

著　　者：［美］乔治·R.R. 马丁（George R.R.Martin）
译　　者：姚向辉
出 版 人：陈新文
责任编辑：吕苗莉
监　　制：吴文娟
策划编辑：黄　琰
特约编辑：陈　黎
版权支持：王媛媛　姚珊珊
营销编辑：杨若冰　闵　婕　傅　丽
封面设计：利　锐
版式设计：李　洁
出　　版：湖南文艺出版社
（长沙市雨花区东二环一段 508 号　邮编：410014）
网　　址：www.hnwy.net
印　　刷：三河市中晟雅豪印务有限公司
经　　销：新华书店
开　　本：875 mm × 1230 mm　1/32
字　　数：435 千字
印　　张：13.25
版　　次：2022 年 11 月第 1 版
印　　次：2022 年 11 月第 1 次印刷
书　　号：ISBN 978-7-5726-0651-9
定　　价：68.00 元

若有质量问题，请致电质量监督电话：010-59096394
团购电话：010-59320018

献给霍华德 · 沃尔德罗普

一位了不起的作家，一位了不起的朋友，
以及一位前所未有的热梦梦想家。

1

圣路易斯　一八五七年四月

阿布纳·马什拎起山胡桃木手杖，用杖头轻轻敲了敲旅馆的前台，以引起接待员的注意。“我来见一个姓约克的人，”他说，“乔希·约克，我想他是管自己叫这个。这儿有这么个人吗？”

接待员是个戴眼镜的年长男人。敲柜台的声音吓了他一跳，他转身看见马什，露出微笑。“哎呀，这不是马什船长吗！”他友好地说，“半年没见您了，船长。我听说了您的不幸遭遇。可怕，真的太可怕了。我打一八三六年起就在这儿了，从未见过如此严重的冰塞。”

“老子的事用不着你操心。”阿布纳·马什没好气地说。他料到会被人这么议论。“种植园主之家”是一家很受水手们欢迎的客栈。在那个严冬之前，马什本人也经常来这儿吃饭。但自从那场冰塞之后，他就再也没来过，价格只是其中一个因素。尽管他喜欢“种植园主之家”的饭菜，但没什么兴趣见到这里出没的人：舵手、船长和大副，全都是内河人，有老朋友也有老对手。他们全都知道他的不幸遭遇，但阿布纳·马什不需要任何人的怜悯。“告诉我约克的房号就行。”他用不容分说的口吻对接待员说道。

接待员紧张地点点头。“船长，约克先生这会儿一般不在房间里。您去餐厅应该能找到他，他在那儿吃饭。”

“现在？这个钟点？”马什看了一眼华丽的旅馆挂钟，解开大衣的铜纽扣，掏出他的金怀表。“午夜十分，”他怀疑道，“你是说他在吃饭？”

“是的，先生，他就是在吃饭。约克先生有他自己的时间安排，船长，他不是你能说不的那种人。”

阿布纳·马什嗓子眼里发出粗鲁的怪声，他收起怀表，转身而去，迈着沉重的大步，穿过陈设豪华的大堂，一个字都没再说。阿布纳块头很大，缺乏耐心，而且不习惯半夜和人见面谈生意。他挥舞着手杖，就好像那件不幸的遭遇从未发生，他依然是以前那个顺风顺水的人。

餐厅几乎和大型蒸汽船的主船舱一样宽敞和奢华，头顶上是雕花玻璃的枝形吊灯，黄铜配饰擦得闪闪发亮，餐桌上铺着高级的白色亚麻台布，餐具是最好的瓷器和水晶器皿。换了正常的用餐时间，店堂里会坐满了旅客和水手，但此刻这儿空荡荡的，大多数灯都没开。马什心想，半夜会面说不定也是件好事，至少他不用耐着性子听人们表达惋惜之情。靠近厨房门的地方，两个黑人侍者在轻声交谈。马什没有理会他们，径直走向店堂最里面的角落，一位衣着考究的陌生人正在那里独自用餐。

他肯定听见了马什的脚步声，却没有抬起头来，只是忙于从瓷碗里舀海龟汤[1]。从黑色长外套的式样看，他明显不是内河人，应该来自东部，甚至有可能是外国佬。马什注意到他块头不小，但和马什比还有些

1.英国名菜，用小牛头、小牛肉或其他肉和调味品制作，模仿海龟肉的味道。

距离；他坐在椅子上，给人以身材高大的感觉，但没有马什那么粗壮。刚开始马什以为他是个老人，因为他满头白发。等走到近处，马什发现他的头发并不是白色，而是极浅的金色，陌生人忽然显得像个少年人了。约克的脸刮得很干净，冷漠的长脸上没留小胡子或鬓髯，他的皮肤和头发一样苍白。马什在桌前停下，心想，这家伙长了双女人的手。

马什用手杖敲了敲桌子。台布使得声音发闷，变成温和的打招呼。他说："你就是乔希·约克？"

约克抬起头，两人的视线相遇了。

直到生命的尽头，阿布纳·马什都会记得这个时刻，记得他第一次与约书亚[1]·约克对视。无论在这之前他有过什么想法或盘算，此刻都沦陷在了约克双眸的旋涡里。少年、老人、花花公子、外国佬——这些印象在那一瞬间都消失了，剩下的只有约克这个人，还有他的力量、梦想和激情。

约克的眼睛本是灰色的，但嵌在他那苍白的脸上显得格外乌黑。他的瞳孔犹如针尖，燃烧着黑色的烈焰，一直烧进马什的内心，掂量着他灵魂的的份量。瞳孔周围的灰色像是会动的活物，宛如暗夜河面上的浓雾，堤岸消失，光线隐退，整个世界只剩下这艘船、这条河和浓雾。阿布纳·马什似乎在迷雾中看见了一些东西，但幻象闪现，稍纵即逝。那里有一个冷静的头脑在雾气中向外看。其中还有一头猛兽，它阴森可怖，被链条系住，怒气冲冲，在浓雾中咆哮。嘲讽、孤独、凶残、狂热，这些都蕴藏在约克的眼睛里。

但这双眼睛里最多的还是力量，可怕的力量，如寒冰般残酷而无情，碾碎了马什梦想。马什能感觉到寒冰在浓雾中移动，缓慢，那么缓慢，他能听见他的船连同他所有的希望被碾成碎片。

1.乔希（Josh）是约书亚（Joshua）的昵称。

阿布纳·马什一生中用眼神慑服过很多人，这次是他与人对视最久的一次，他死死地握住手杖，甚至担心手杖会在他手里折断。但最后是他转开了视线。

桌边的男人推开汤碗，示意他坐下，说道："马什船长，我正在等你。请坐。"他的声音柔和而轻松，很有教养。

"好的。"马什说，声音小得不正常。他拉出约克对面的椅子坐下。马什是个彪形大汉，身高六英尺，体重三百磅[1]。他脸膛红润，留着黑色的络腮胡子来掩盖扁平而塌陷的鼻子以及满脸的肉疣，但即便是留了鬓髯也没什么用处；人们说他是河上最丑的男人，他自己也承认。穿着双排铜扣的厚重蓝色船长制服，马什看上去凶猛威武。但他的嚣张气焰却在约克的凝视下没了气势。马什心想，这家伙是个狂热分子。他见过类似的眼神，在疯子和唯恐天下不乱的布道者脸上，还有南边该死的堪萨斯州一个叫约翰·布朗[2]的人脸上。马什不想跟狂热分子和布道者打交道，也不想跟废奴主义者和禁酒人士啰嗦。

然而当约克开口时，他听上去却不像一个狂热分子。"船长，我叫约书亚·安东·约克。生意伙伴叫我J. A. 约克，朋友叫我约书亚。希望假以时日，你我既能成为生意伙伴，也能交上朋友。"他的语气既热诚又通情达理。

"走着瞧吧。"马什说，拿不准主意。此刻他对面的那双灰眼睛似笑非笑，有些疏离；先前他在这双眼睛里见到的一切已经荡然无存。他感到不明所以。

"相信你一定收到了我的信？"

"就在这儿。"马什说，从大衣口袋里掏出折起来的信封。收到信

1.1英尺约合0.3048米，1磅约合0.4536千克。

2.约翰·布朗（John Brown，1800—1859）：美国起义领袖，废奴主义者，1856年曾参加堪萨斯内战，赢得胜利。

的时候，马什简直不敢相信这一切是真的，因为信纸上的邀约仿佛从天而降的幸运，能够拯救他担心失去的一切。但现在他没那么有把握了。

“你想进军汽船行业，是这样吗？”马什凑近桌子说。

这时一个侍者出现在他身旁。“船长，您要和约克先生一起用餐吗？”

“请不要客气。”约克劝说道。

“那我就不客气了。”马什说。约克也许能用眼神慑服他，但整条河上都没人能在饭量方面胜过他。“给我一份他那个汤，外加一打牡蛎，还要两只烤鸡，再来点带馅的薯球。记住，要够脆。再来点喝的给我润润喉。约克，你在喝什么？”

“勃艮第[1]。”

“很好，给我一瓶一样的。”

约克似乎觉得很有意思。“船长，你有个可怕的胃口。”

“这是个可怕的镇子，约克先生，”马什咬着重音说，“也是一条可怕的大河。一个人必须保持他的体力。这儿不是纽约，更不是伦敦。”

“我很清楚这一点。”约克说。

“很好，假如你想进入汽船业，那我就希望你真的清楚。这是最可怕的行当。”

“那我们就直接说正事吧？你有一家定班航运公司。我想购入一半股权。既然你来了，那么我猜你对我的提议是感兴趣的。”

“我的确有兴趣，”马什赞同道，“但疑问也相当多。你看上去是个精明人。我猜你应该先调查过我，然后才写了这封信。”他用手指点了点信封，“你肯定知道，刚过去的这个冬天险些毁了我。”

1.勃艮第葡萄酒，产于法国东部的勃艮第地区，有红葡萄酒和白葡萄酒。

约克没有说话，但他脸上的某种神态催促马什说下去。

“热河定班航运公司，这是我的产业，”马什继续道，“取这个名字是因为我出生在热河上游靠近加利纳的地方，而不是因为我只在这条河上讨生活，且事实也并非如此。我有六条船，主要经营密西西比河上游从圣路易斯到圣保罗的航段，有时候沿着热河向北到伊利诺伊州和密苏里州。我的生意做得不错，基本上每年都能购置一两条新船，之前在考虑进入俄亥俄航段，甚至去新奥尔良。但去年七月，我的‘玛丽·克拉克’号在迪比克附近引发锅炉爆炸，火一直烧到吃水线，死了上百人。然后是这个冬天——今年冬天太可怕了。我有四条船在圣路易斯这儿过冬避寒。‘尼古拉斯·佩罗特’号、‘邓利斯’号、‘甜蜜热河’号和我亲爱的‘伊丽莎白·A’号——这是一条新船，刚下水四个月，真是条好船，近三百英尺长，有十二个大锅炉，敢和河上的任何一艘汽船拼速度。我对我的‘丽兹[1]女士’无比自豪。她花了我二十万美元，但每一分钱都花得值。”汤送来了。马什舀了一勺尝味道，但却绷起了脸。“太烫了，”他说，“好吧，总而言之，圣路易斯是个过冬的好地方。南边这儿冰冻不太严重，时间也不太长。但这个冬天不一样。是啊，先生。冰塞。整条河都他妈冻结实了。”马什把一只红通通的大手伸到桌面上，掌心向上，手指慢慢攥成拳头。“在我手心里放个鸡蛋，你就明白我的意思了。约克，冰压碎一条船比我捏碎一个鸡蛋还容易。解冻的时候情况更糟糕，大块的碎冰沿河漂下来，一路撞坏浮码、河堤和船，几乎毁了一切。冬天过去了，我的四艘船全没了。冰把她们都夺走了。”

“保险呢？”约克问。

马什开始喝他的汤，喝得啧啧有声。他一边舀汤送进嘴里，一边摇了摇头。“约克先生，我这人不爱赌博，所以我从不在保险上押钱。因

1.丽兹（Liz）是伊丽莎白（Elizabeth）的简称。

为保险就是赌博，只不过这是你在和自己赌。我只想把挣的每一分钱都投资在船上了。”

约克点点头。“据我所知，你还有一艘汽船。”

“确实如此。”马什说。他喝完了汤，示意侍者上下一道菜。“‘伊莱·雷诺兹’号，是一艘一百五十吨的艉明轮轮船[1]。我一直让她跑伊利诺伊航线，因为她载重量不大，停在皮奥里亚过冬，所以躲过了冰封最严重的河段。她是我的资产，先生，我剩下的全部资产。但问题在于，约克先生，‘伊莱·雷诺兹’并不值钱。她全新的时候也只花了两万五，而且那是一八五〇年的事情了。”

“才七年，”约克说，“不算很久。”

马什摇摇头。“对汽船来说，七年已经非常久了。大多数汽船只能撑四五年。河水会腐蚀钢铁。‘伊莱·雷诺兹’的结构比大多数船都结实，但也没几年可用了。”马什开始吃牡蛎，他用半边壳舀起蚝肉，整个儿塞进嘴里，每吞下一个就配上大大的一口葡萄酒。“因此，约克先生，我不明白，”半打牡蛎下肚后，他继续道，“你想买下我的航运公司的一半股份，但我只拥有一艘破旧的小船。你在信里开了个价钱，但那个价钱太高了。要是我有六艘船，热河航运公司或许还能值那么多。但现在肯定不值。”他咽下又一个牡蛎。“你的投资可能十年都挣不回来，反正光靠‘雷诺兹’肯定不行。她承载不了太多货物，也运不了什么乘客。”马什用餐巾擦了擦嘴，打量着桌子对面的陌生人。美食恢复了他的精神，此刻他觉得他又是原来的自己了，局面在他的控制之中。约克的眼神确实咄咄逼人，但也没什么好害怕的。

“船长，你需要我的钱，”约克说，“为什么要对我说这些？你不担心我会给自己换个搭档吗？”

1.在船尾装有明轮的蒸汽船。

“我做事不是那个风格，”马什说，“约克，我在河上混了三十年。小时候就撑着木筏往南去过新奥尔良，上汽船之前，我在平底船和龙骨船[1]上待过。我掌过舵，做过大副和学徒工，甚至当过最低层的打杂工。这个行当里我什么都干过，只有一项除外，那就是骗子。”

“你是一个诚实的人。”约克说，但语气中带着一种克制的锋芒，马什无法确定约克是不是在嘲讽他。“船长，我很感谢你认为应该告诉我公司的经营情况。不过你放心，我早就知道了。我不打算改变我的提议。”

“为什么呢？”马什粗声粗气地问他，“只有傻瓜才会拿钱打水漂。你看上去不像傻瓜。”

约克还没来得及回答，主菜就送来了。鸡烤出了漂亮的脆皮，正是马什喜欢的火候。他用餐刀锯下一根鸡腿，迫不及待地吃了起来。侍者给约克上了一块厚切的烤牛排，牛肉很生，红通通的，泡在血水和酱汁里。马什看着约克进攻牛排，动作娴熟而不费力。餐刀像切黄油似的划开牛肉，没有一丝卡顿非常顺滑，不像马什吃牛排那样需要劈开或锯开。他用叉子的手法也像个绅士，总是先放下刀再换手拿叉子。约克那双修长而白皙的手既有力又优雅，马什对此颇为羡慕。他奇怪自己竟会觉得它们像女人的手。因为尽管这双手十分白皙，但非常有力，就像“日食”号主船舱里那架三角钢琴的白键一样坚实。

“所以？”马什催促道，“你还没有回答我的问题。”

约书亚·约克犹豫了片刻，最后说：“马什船长，你对我很诚实。我本来想用谎言搪塞你，但现在看来，我不能用欺骗来回报你的诚实。然而，我也不会让你承受真相的负担。有些事情我不能告诉你，因为这些事情你知不知道都不重要。请允许我在这个前提下和你谈一谈我的条

1.龙骨是在船体的基底中央连接船首柱和船尾柱的一个纵向构件。

件，看看我们能不能达成协议。假如不能，我们就友好地分道扬镳。”

马什掰下第二只鸡的鸡胸肉。“继续，”他说，“我还没打算走。”

约克放下刀叉，双手的手指搭成塔尖状。

“出于个人原因，我想成为一艘汽船的主人。我想在一个舒适且私密的环境中，沿着这条大河走一遭，作为船长，而非乘客。我有一个梦，一个目标。我寻求伙伴和盟友，但我有敌人，很多敌人。具体情况与你无关。假如你非要追问，恕我只能撒谎。所以你别逼我。”他的视线有一瞬间变得强硬，但随即微微一笑，又柔软下来。“船长，你只需要知道，我的愿望是拥有和指挥一艘汽船。你应该看得出来，我并非在这河上讨生活的人。尽管我在圣路易斯住了几星期，读过一些书，学习了一些知识，但我对汽船和密西西比河一无所知。显而易见，我需要一位同伴，他必须熟悉河流和河流上的人，他必须能够管理我这艘船的日常事务，让我有时间去实现我的目标。

“我这位同伴还必须拥有其他一些品质。他必须为人谨慎，我承认我的行为有时候会显得异乎寻常，我不希望这些事会成为河堤上的话题。他必须值得信任，因为我会把所有的日常管理全都托付给他。他必须拥有勇气。我不需要弱者，不需要迷信或者对宗教过于虔诚的人。船长，你信仰虔诚吗？”

“不是，”马什说，“我从来就不喜欢那帮《圣经》布道者，他们也不喜欢我。”

约克微笑道：“实干家。我需要的正是一位实干家。我需要的同伴能专注于他自己的那一部分事务，不问太多关于我的问题。我重视我的隐私，即便有时候我可能看上去行为怪异、专横或反复无常，我也不希望他质疑我的权威。你明白我的要求吗？”

马什揪着胡子沉思道：“明白又如何？”

“那么你和我就会成为搭档，”约克说，“并且让你的律师和雇员管理你的航线。你和我一起去河上航行。我来担任船长。你可以当舵手、大副、副船长，具体叫什么随你便。这艘船的实际管理工作都交给你。我不会每时每刻都下命令，但是一旦我下了命令，你就必须无条件地执行。我有一些伙伴会和我同行，他们住贵宾舱，不收费。我也许会安排他们担任船上的某些职位，让他们执行一些我认为有必要的任务。你不能怀疑我的决定。也许在航行过程中我还会结识新的朋友，也让他们登船。你必须接待他们。假如你能接受这些条件，那么马什船长，我们就可以一起致富，在你的河上享受轻松而奢华的旅程了。”

阿布纳·马什放声大笑。“哈，也许吧。但是，约克先生，这条河可不是我的，另外，假如你认为你在老‘伊莱·雷诺兹’上能享受奢华的旅程，那等你登上甲板，一定会非常后悔的。她是条破旧的老爷船，食宿条件非常差劲，大多数时候搭的都是睡统舱的外国佬，去一个又一个难以想象的鬼地方。我有两年没上过那艘船了——现在是约杰老船长在替我管事，我最后一次登上她的时候，味道可不怎么好闻。你想要过得奢华，那还是考虑一下去买‘日食’号或‘约翰·西蒙兹’号吧。”

约书亚·约克喝了一口葡萄酒，笑了笑。“马什船长，我心里想的可不是‘伊莱·雷诺兹’。”

“但她是我唯一的船了。”

约克放下酒杯。“好吧，”他说，“饭就吃到这儿了。我们去我的房间继续讨论。”

马什提出了微弱的抗议——“种植园主之家”的甜点菜单非常出色，他完全不想错过。但约克坚持要走。

约克住的是旅馆最好的房间，这个设施齐全的宽敞套房通常只供新奥尔良有钱的种植园主居住。约克用命令的口吻说了声“请坐”，示意马什坐在会客室里一把舒适的大扶手椅上。马什坐下，套房的主人走进里屋，没多久就带着一个铁箍小木箱回来。他把木箱放在桌上开锁。

“你过来。”他说，但马什已经起身，站在了他背后。约克掀开箱盖。

“黄金。”马什轻声说。他伸手去摸金币，让金币从指间流过，体会这种柔软的黄色金属的触感、光泽和叮叮当当的响声。他拿起一枚硬币咬了咬。“好成色。”他说，啐了一口。他把金币叮当一声扔回箱子里。

“二十美元一枚的金币，这是一万美元，”约克说，“我还有同样的两箱金币，以及伦敦、费城和罗马银行开具的信用状，总数相当可观。马什船长，接受我的提议吧，你将拥有第二艘船，这艘船会比‘伊莱·雷诺兹’豪华许多倍。也许我应该说我们将拥有第二艘船。”他露出微笑。

阿布纳·马什想拒绝约克的邀请。他确实非常缺钱，但他生性多疑，厌恶鬼鬼祟祟的事情，而约克要求他在信任方面押上的赌注太多了。他的提议听上去好得过分，马什很确定背后某处肯定潜藏着危险，若是接受邀请，危险肯定会降临在他头上。然而此时此刻，望着约克的财富的颜色，他感觉自己的意志力正在溃败。“一艘新船，你是这个意思吗？”他无力地说。

“是的，”约克答道，“而且不计入我收购你的定班航运公司一半股份的款项。”

“多少……”马什开口道，他的嘴唇发干，他紧张地舔了舔嘴唇。“约克先生，为了建造这艘新船，你愿意出多少钱？”

“需要多少钱？”约克平静地问。

马什抓起一把金币，让它们从手指间叮叮当当地落回箱子里。看这闪闪的光芒，他心想，说出口的却是：“约克，你不该在身边带这么多钱的。有些无赖会为了仅仅一枚这样的金币就杀了你。”

“船长，我能保护我自己。”约克说。马什看见了他的眼神，觉得浑身发冷。他忽然同情起了企图从约书亚·约克手上抢夺金币的歹徒。

“愿意陪我出去走走吗？去河堤上？”

“船长，你还没回答我呢。”

“你会得到你要的答案的。先跟我走。有些东西我想让你看一看。”

“好的。”约克说。他合上箱盖，柔和的黄光随之熄灭，房间忽然变得憋闷而昏暗。

夜晚的风潮湿阴冷。两个人走在空无一人的黑暗街道上，皮靴激起阵阵回声，约克的步伐灵活而优雅，而马什的沉重而威严。约克身穿如披风般宽松的舵手大衣，头戴高顶的旧海狸皮帽子，在弦月的微光下投出长长的影子。马什盯着破败的砖砌仓库之间暗沉沉的小巷，尽量挤出足以吓退地痞的悍勇怒容。

河堤旁停满了汽船，至少四十艘汽船系在码头立柱和趸船上。即便到了这个钟点，河堤上也并不安静。堆积成山的货物在月光下投出黑影，两人走过靠在板条箱和干草垛上休息的码头工，工人有的在传递酒瓶，有的在抽玉米棒烟斗。有十几艘船的舷窗里还亮着灯。密苏里定班航运公司的“怀恩多特”号灯火通明，锅炉冒出蒸汽。他们看见一个男人站在一艘大型侧明轮轮船的上层甲板舱[1]，好奇地俯视他们。阿布纳·马什领着约克经过他那艘船，经过一排黑沉沉静悄悄的汽船，她们高耸的烟囱在星空映衬下，仿佛一排被熏黑的树，顶上开着奇异的花朵。

最后，他在一艘华丽的大型侧明轮轮船前停下，主甲板上堆满了货物，登船踏板收起来了，以免有人不请自来，她与饱经风霜的旧趸船停靠在一起。即便弦月昏暗的光芒，也难掩她的光彩。河堤边没有一艘汽船比她更大、更夺目。

1.内河轮船上的上层甲板舱通常设有高级卧舱和事务室，前部或顶部为驾驶室或领航室。

“所以？”约书亚·约克轻声说，但声音里透出敬意。马什后来想到，大概正是约克声音里的尊重让他下定了决心。

“这是‘日食’号，”马什说，“你看，船名就印在明轮罩上。”他用手杖指给他看。“能看见吗？”

“看得很清楚。我的夜视力非常好。那么，这是一艘不一样的船了？”

“当然，她当然很不一样。这是‘日食’。在这条河上，只要是个男人，不分老小都他妈知道她。她已经上年纪了，一八五二年造的，也就是五年前。但她依然是最优秀的。据说花了三十七万五，每一分钱都花得值。这条河上从没有过比我们面前这艘更大、更漂亮、更令人敬畏的汽船。我研究过她，乘她旅行过。我了解她。”马什指给他看，“她长三百六十五英尺，宽四十英尺，大厅就长达三百三十英尺，你不可能见过这样的设计。船的一头立着亨利·克莱[1]的金像，另一头是安德鲁·杰克逊[2]，两位老兄隔着整艘船大眼瞪小眼。船上的水晶、银器和彩色玻璃多极了，‘种植园主之家’连做梦都不敢想，船上还有油画，有连你都没吃过的美食，还有镜子——那么漂亮的镜子。但比起她的速度，这些都算不了什么。

“她的主甲板上藏着十五个锅炉。冲程长达十一英尺，我不骗你，只要斯特金船长烧足了锅炉，任何一条河上的任何一艘船都不可能追上她。她逆流每小时能开到十八英里[3]，轻而易举。一八五三年她创下了

1.亨利·克莱（Henry Clay，1777—1852），美国参众两院历史上最重要的政治家与演说家之一，辉格党的创立者和领导人。曾任美国国务卿（1825—1829），并五次参加美国总统竞选。尽管均告失败，但他仍然因善于调解冲突的两方，并数次解决南北方关于奴隶制的矛盾维护了联邦的稳定而被称为“伟大的调解者”。

2.安德鲁·杰克逊（Andrew Jackson，1767—1845），美国第七任总统，民主党创始人。他是亨利·克莱的政敌，维护奴隶制。

3.1英里约合1.6093千米。

从新奥尔良到路易斯维尔的纪录。花的时间我记得清清楚楚：四天九小时三十分，该死的‘A. L. 肖特韦尔’号已经够快了吧，她比那条船还快五十分钟。”马什转身面对约克，“我本来希望我的‘丽兹女士’有朝一日能取代‘日食’，打败她，或者至少打个平手，但她永远也不可能做到——我现在知道了。我只是在自欺欺人。我没有足够的钱去造一艘能打败‘日食’的好船。

“约克先生，你给我这笔钱，就会得到一个搭档。这就是我的答案。你想拥有半个热河定班航运公司，想要一个只管埋头做事、不问你到底在干什么的搭档？没问题。你只需要给我钱，造一艘像‘日食’那样的汽船。”

约书亚·约克望着巨大的侧明轮轮船，她安详而沉默地待在黑暗中，轻松自在地浮在水面上，准备迎接一切挑战。他转向阿布纳·马什，嘴唇上带着微笑，黑色的眼睛中隐约有火焰在燃烧。他只说了两个字“成交”，然后向马什伸出手。

马什咧开嘴，露出一口烂牙，用他壮硕的大手包住约克瘦削白皙的手，大声说道：“那就成交了。”马什使出他全身的巨大力量使劲握手，他在做生意的时候总是这么做，借此检验交易对象的意志力和勇气。他会一直用力，直到在对方眼睛里看见痛苦。

但约克的眼神始终清澈，他反而用惊人的力量握住马什的手。约克越握越紧，苍白的皮肤下肌肉像钢弹簧似的虬结收紧，马什强忍着痛苦咽下唾沫，免得惨叫出声。

约克松开手。“来吧。”他说着，狠狠地一拍马什的肩膀，打得他一个趔趄。“我们去商量该怎么做。”

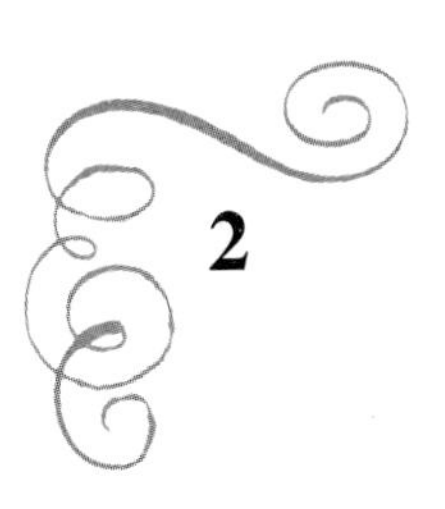

2

新奥尔良　一八五七年五月

十点刚过，坏水比利·蒂普顿来到法国人交易所，看着他们拍卖了四桶葡萄酒、七箱纺织品和一船家具，卖完这些东西才会轮到奴隶上场。他一声不响地站着，用胳膊肘撑着环绕半个圆形大厅的大理石长台，品着一杯苦艾酒，欣赏拍卖人用两种语言兜售商品。坏水比利是个阴沉的男人，苍白得仿佛尸体，长长的马脸上满是小时候发天花留下的痘疤，他稀疏的褐色头发结成一绺一绺的。他极少微笑，有一双让人恐惧的冰蓝色眼睛。

这双冰冷而危险的眼睛是坏水比利的护身符。法国人交易所是个奢华的场所，对他的口味来说过于奢华了，事实上他并不喜欢来这儿。它位于圣路易斯大饭店的圆形大厅里，阳光照进高耸于其上的圆顶，倾泻在拍卖台和竞价者身上。圆顶直径足有八十英尺。高大的廊柱环绕大厅，圆顶内侧有一圈游廊，天花板装饰得精致绝伦，墙上挂着稀奇古怪的油画，吧台是实心的大理石，地板和拍卖人的台子也都是大理石的。

顾客和陈设一样优雅，有上游来的种植园富豪，也有旧城区来的克里奥尔[1]纨绔公子。坏水比利厌恶克里奥尔人，厌恶他们昂贵的衣着、傲慢的举止和目空一切的阴沉眼神。他不喜欢混迹于他们之中。他们性情暴躁，喜爱争吵，动不动就要决斗，有时候坏水比利会惹怒他们当中的一两个年轻人，因为他乱用他们的语言、对他们的女人不友好，或者因为他的美国味道太重：不够体面、衣衫不整、自以为是。然而等他们看见他的眼睛，看见他那双浅蓝色的眼睛带着恶意盯着人，他们往往就会转过身去。

假如事情由他决定，他肯定会去圣查尔斯饭店的美国人交易所买黑人，那儿没这么讲究礼数，人们说的是英语而不是法语，他也觉得自己没这么格格不入。圣路易斯饭店的圆形大厅的奢华无法打动他，除了他们供应的饮品的品质。

尽管如此，他还是每个月都要来一趟这儿，选择的权力不在于他。美国人交易所是个买农奴或厨子的好地方，皮肤你要多黑就有多黑的，然而假如你想买个好看的姑娘，朱利安喜欢的那种八分之一[2]黑人血统的微黑美人，你就只能来法国人交易所了。朱利安要美人，他执着于美丽。

戴蒙·朱利安叫他干什么，坏水比利就干什么。

十一点左右，最后一滴酒也下肚了，商人陆续从莫罗街、广场大道

1.这里指在1803年路易斯安那购地之前具有法属路易斯安那原住民血统的人。

2.路易斯安那州对黑人血统有着极为严格的定义，法律直到1983年才宣告废除。他们将黑白混血儿分为格里夫（griffe，四分之三黑人）、马拉邦（marabon，八分之五黑人）、穆拉托（mulatto，二分之一黑人）、夸德隆（quadroon，四分之一黑人）、奥塔隆（octaroon，八分之一黑人）、西塔隆（sextaroon，十六分之一黑人）、半梅梅鲁克（demi-meamelouc，三十二分之一黑人）和桑梅利（sangmelee，六十四分之一黑人）。

和大众街[1]的奴隶圈场运来货物：有男有女，有老有少，还有孩子，其中肤色较浅、脸蛋白皙的多得出奇。坏水比利知道这些奴隶的脑子都不坏，很可能还会说法语。他们沿着大厅一侧站成一排供客人检验，几个克里奥尔年轻人得意扬扬地从他们面前走过，彼此发表轻浮的评语，近距离查看今天的货物。坏水比利留在长台前，又要了一杯苦艾酒。他昨天探访了绝大多数的圈场，确认商人都能提供什么样的货色。他很清楚他想要什么。

一名拍卖人用木槌敲了敲大理石桌面，顾客停止交谈，将注意力投向他。他打个手势，一个二十来岁的年轻女人晃晃悠悠地爬上身边的一个木箱。她身材娇小，四分之一黑人血统，生着一双大眼睛，自有其美丽之处。她穿印花布的裙子，用绿丝带扎着头发，拍卖人开始热情洋溢地夸赞她。坏水比利毫无兴趣地看着两个克里奥尔年轻人竞价。最后她以一千四百美元的价格卖出。

接下来是个年纪较大的女人，拍卖人说她厨艺非凡，她也被卖掉了，接下来的女人附带两个孩子，三个人被一起卖掉。坏水比利耐心等待，几场拍卖过后，时间到了十二点一刻，法国人交易所里挤满了竞价者和看客，他选好的货色终于登场。

拍卖人告诉众人说她叫埃米莉。他用法语絮絮叨叨地说："先生们，请看一看她，好好看一看她。多么完美啊！上次见到这样的好货已经是好几年前了，是的，好几年，要等上好几年才能再次见到这么一个美人。"坏水比利算是同意他的吹嘘。他估计埃米莉十六七岁，但已经差不多是个女人了。站在拍卖台上，她显得有点害怕，但朴素的深色长裙衬托出她发育良好的身体，她还有个漂亮的脸蛋——柔和的大眼睛，牛奶咖啡般的光滑皮肤。朱利安肯定会喜欢这一个的。

1.莫罗街、广场大道和大众街都是当时新奥尔良奴隶交易的核心地区。

拍卖非常热烈。种植园主用不上这种好看的姑娘，但有六七个克里奥尔人很起劲。其他奴隶无疑告诉过埃米莉她有可能面对什么样的未来。她足够漂亮，假以时日多半会获得自由，被某个克里奥尔纨绔养在壁垒街的一幢小房子里，至少在男人结婚前肯定没问题。她会去参加新奥尔良舞厅的夸德隆舞会，身穿绫罗绸缎，引起不止一起决斗。她生下的女儿会有更浅的肤色，长大后同样过得衣食无忧。等她年纪再大一些，也许可以去学习做发型或经营寄宿公寓。坏水比利喝着他的酒，面如冰霜。

价钱越叫越高。到了两千美元，只剩下三个竞价者还没放弃。这时，他们中有一个皮肤黝黑的光头男人要求她脱光衣服。拍卖人一声喝令，埃米莉犹犹豫豫地解开裙子，抬腿迈出裙摆。有人下流地大声赞叹，引来观众的一阵哄笑。少女强颜欢笑，拍卖人坏笑着也评论了一句。然后拍卖继续。

两千五百美元，光头男人放弃了，反正他已经饱了眼福。现在只剩下了两个竞价者，都是克里奥尔人。他们接连三次互相盖过对方的叫价，把价钱抬到了三千两百美元。然后就冷场了。拍卖人哄骗着两人中比较年轻的那个叫出最终价：三千三。

“三千四。”他的对手平静地说。坏水比利认识他。这个瘦削的克里奥尔年轻人名叫蒙特勒伊，是个名声很坏的赌棍，热衷于决斗。

另一个男人摇摇头，拍卖结束了。蒙特勒伊对着埃米莉露出志得意满的假笑。坏水比利等了三次心跳的时间，直到木槌即将落下才放下酒杯，用清晰而响亮的声音说：“三千七。”

拍卖人和女孩都惊讶地望向他。蒙特勒伊和他的几个朋友向比利投来阴沉的威胁视线。“三千八。”蒙特勒伊说。

“四千。”坏水比利说。

即便对这么一个美女来说，这个价钱也太高了。蒙特勒伊对他身旁的两个男人说了句什么，三个人突然转身，大踏步走出圆形大厅，一个字都没多说，怒气冲冲的脚步声在大理石地板上回荡。

“看来是我赢了，”坏水比利说，“叫她穿上衣服，准备和我走。”所有人都瞪着他。

“当然当然！”拍卖人说。另一个拍卖人从他的拍卖台前起身，敲了敲木槌，让众人去看另一个漂亮姑娘，法国人交易所恢复了人声鼎沸。

坏水比利领着埃米莉穿过长长的拱廊，从圆形大厅回到圣路易斯街上，经过路边的时髦商店，闲汉和富裕的旅客好奇地打量两人。他走到阳光底下，强光照得他直眨眼睛，蒙特勒伊忽然从背后出现，来到了他的身旁。他开口道：“Monsieur[1]。”

“想和我说话就用英语，”坏水比利厉声道，“蒙特勒伊，这儿所有人都叫我蒂普顿先生。”他长长的手指抽动了一下，用冰蓝色的眼睛凝视对方。

“蒂普顿先生。”蒙特勒伊用英语说，没有音调，没有重音。他的脸色有点发红。他的两个同伴傻乎乎地站在他背后。“我以前也输掉过姑娘，”这个克里奥尔人说，“她美得惊人，但失去她算不了什么。可是，蒂普顿先生，你竞价的方式侮辱了我。你让我当众沦为笑柄，用胜利嘲笑我，把我当白痴耍。”

“好的，”坏水比利说，“很好，非常好。”

“你这是在玩火，”蒙特勒伊说，“你知道我是谁吗？假如你是一名绅士，先生，那我就想请教一下您了。”

“蒙特勒伊，决斗是犯法的，”坏水比利说，“你没听说吗？另外，我也不是什么绅士。”他转身面对夸德隆少女，她直挺挺地站在旅

1.此处为法语，先生的意思。

馆的墙边，看着两人交谈。“走吧。”他说。他沿着人行道向前走，少女跟了上去。

“你会为你做的事情付出代价的，monsieur。”蒙特勒伊对着他的背影叫道。

坏水比利根本不理他，走到路口拐弯。他步伐轻快，走出了在法国人交易所里看不见的昂首阔步姿态。街道对坏水比利来说就是家，他在街头成长，在街头学会了生存。奴隶少女埃米莉竭尽全力小跑跟着他，一双光脚拍打着砖铺的人行道。红砖和灰泥外墙的房屋林立于老广场[1]的街道两侧，每一座屋子都有优雅的熟铁阳台悬在狭窄的街道上方，要多漂亮就有多漂亮。但车道上没有铺设任何东西，最近下的几场雨把路面变成了泥潭。人行道旁是敞开的排水沟，种着柏树的深沟里积满死水，散发着垃圾和排泄物的臭味。

他们经过整洁的小商店和窗户装着铁栏杆的奴隶围场，经过雅致的旅馆和烟雾腾腾的格洛格酒吧[2]，里面坐满了暴戾的自由黑人；他们经过骄横的克里奥尔贵妇和她们的男女伴当，经过一队戴着铁枷和锁链的逃奴，这些逃奴在一个手持皮鞭、眼神凶恶的白人监管下清理排水沟。没多久他们就走出了法国区，来到新奥尔良比较新也比较粗野的美国区。坏水比利的马系在一家酒吧门口。他骑上马，吩咐少女和他并排走。他们出城后向南走，很快就离开了大道，中途只短暂地歇了歇脚，坏水比利让马休息片刻，他吃了点鞍袋里的硬面包和奶酪，让埃米莉去喝了几口溪水。

“先生，你是我的新主人吗？”这时埃米莉问他，她的英语好得出奇。

1.即新奥尔良现在的法国区。

2.以卖掺水的劣质朗姆酒为主的低等酒吧。

“监工，”坏水比利说，“姑娘，今晚你会见到朱利安的。等天黑以后。”他微微一笑。“他会喜欢你的。”然后他命令少女闭嘴。

由于少女是步行的，他们走得很慢，回到朱利安的种植园的时候，天色已经接近黄昏。土路沿着长沼延伸，蜿蜒穿过一片茂密的树林，树枝上披挂着浓密的寄生藤。他们绕过一棵光秃秃的大橡树，来到了田地里，落日的幽暗余晖把一切都染成了红色。田里没有种庄稼，从水边到主屋全都长满了野草。长沼旁有古老朽烂的栈桥和堆木场供过往汽船使用，主屋背后有一排供奴隶居住的棚屋。但棚屋里没有奴隶，田地有好些年没耕种过了。主屋不像种植园大宅那么宽敞，也算不上特别豪华；这是一幢四四方方的结实建筑物，木料已经变灰，外墙的油漆成片剥落，唯一的可观之处是高耸的塔楼，它四周是一个瞭望台。

“到家了。”坏水比利说。

少女问这个种植园有没有名字。

“曾经有，”坏水比利说，“很多年以前，归加鲁所有的时候。他后来生病死了，他和他优雅的儿子们全死了，所以这儿现在没有名字。好了，闭上你的嘴，快点跟我来。”

他领着她绕到屋后，来到供他出入的后门前，他摸出挂在脖子上的链子，用上面的钥匙打开一把挂锁。他在主屋的仆人区域有三个房间。他拖着埃米莉走进卧室，厉声命令道：“脱掉身上的衣服。”

少女紧张地听从命令，用惊恐的眼神看着他。

“别那么看我，”他说，“你是朱利安的，我不会碰你。我去烧水。厨房里有浴缸。你把自己洗干净，然后穿衣服。”他拉开一个雕饰精美的木衣柜，取出一件深色的锦缎裙袍。“这件，应该合身。”

她惊呼道：“我不能穿这样的衣服。那是白人太太穿的礼服。”

“你给我闭嘴，照我说的做，”坏水比利说，“姑娘，朱利安要你漂漂亮亮的。”说完他扔下少女，自己走进了屋子供主人使用的区域。

他在书房找到了朱利安，黑暗中，朱利安静静地坐在一把宽大的皮椅里，手里拿着一杯白兰地。积着灰尘的书籍包围着他，它们都是老勒内·加鲁和儿子们的藏书。很多年没人碰过这些书了。戴蒙·朱利安不是个读书人。

坏水比利走进书房，隔着一段距离恭敬地停下，默默地等待朱利安开口。

“如何？”黑暗中终于响起了问话的声音。

“四千美元，”坏水比利说，“但你会喜欢她的。一个少女，可爱而娇嫩，美丽，非常美丽。”

“其他人很快就会到。阿兰和让已经来了，一对白痴。他们急不可耐。等她准备好了，就带她去舞厅。”

“遵命。”坏水比利立刻说，“朱利安先生，拍卖的时候遇到了麻烦。”

“麻烦？”

“一个克里奥尔赌徒，叫蒙特勒伊。他也想要这姑娘，不喜欢别人的叫价高过他的。我认为他也许会起好奇心。他是个赌棍，在赌场上见过世面。要我找一天夜里处理掉他吗？”

“给我说说这个人。”朱利安命令道。他的声音仿佛液体，柔和、低沉，带着肉欲，像高级干邑一样醇厚。

“年轻，阴沉。黑眼睛，黑头发。高个子。据说喜欢决斗。态度强硬。健壮，瘦削，但脸蛋很好看，他们那种人有很多都是这样。”

“他就交给我吧。”戴蒙·朱利安说。

“好的，先生。”坏水比利·蒂普顿答道。他转身出去，返回他的房间。

换上锦缎裙袍，埃米莉像是换了个人。她不再像是奴隶或孩子，洗刷干净、梳妆打扮后，她变成了一位黑肤色的淑女，美得几乎超凡绝伦。坏水比利仔细打量她。“你能行的，”他说，“来吧，你要去参加一场舞会。”

舞厅是全屋最宽敞和豪华的房间，由三盏巨大的雕花玻璃枝形吊灯提供照明，吊灯里点着一百支小蜡烛。墙上挂着描绘长沼景色的华丽油画，地下铺着美丽的抛光木地板。房间一头，宽大的双开门通往门厅；另一头，宽阔的楼梯向上而去，到平台处分向左右两侧，扶手栏杆闪闪发光。

坏水比利领着她走进舞厅时，他们正在等待。

包括朱利安本人在内，他们一共有九个人，六男三女，男人穿欧洲款式的深色正装，女人穿浅色的丝绸长礼服。除了朱利安，他们都站在楼梯上等待，一动不动，沉默而恭敬。坏水比利认识他们中的每一个人：皮肤苍白的女人自称阿德里安娜、辛西娅和瓦莱丽；黝黑英俊的娃娃脸是雷蒙德；双眼如炭火般燃烧的叫库尔特；还有另外几个。其中有个男人叫让，他等待的时候身体微微颤抖，嘴唇向后翻开，露出长长的白牙，手像痉挛似的动个不停。渴欲完全控制住了他，但他没有采取行动。他在等戴蒙·朱利安。他们全都在等戴蒙·朱利安。

朱利安穿过舞厅，走向奴隶少女埃米莉。他行走时带着猫科动物的庄严和优雅。他的举止仿佛王侯。他的动作像是黑暗在流动，如液体般不可抗拒。尽管他的皮肤异常苍白，但不知为何，他给人以幽暗的印象；他的鬈发是黑色的，他的衣着是阴沉的，他的眼睛犹如闪亮的燧石。

他在少女面前停下，露出微笑。朱利安的笑容迷人而世故。“精美。”他淡然地说。

埃米莉涨红了脸，嗫嚅着想说什么。“闭嘴，”坏水比利厉声命令她，“朱利安先生叫你说话你才能开口。”

朱利安用手指抚摸她柔软的深色面颊，少女微微颤抖，尽量站直。

他慵懒地爱抚她的头发，然后挑起她的脸面对他，用他的双眼啜饮她的视线。埃米莉慌忙退避，惊叫起来，但朱利安用双手捧住她的两颊，不许她转开视线。“多么可爱，”他说，“孩子，你真美。我们这儿懂得欣赏美，我们所有人都是这样。”他放开她的脸，抓住她的一只小手提起来，他把她的手掌翻过来，俯身轻轻亲吻她的手腕内侧。

奴隶少女仍在颤抖，但没有反抗。朱利安把她稍微转过去一点，抓着那条手臂伸向坏水比利·蒂普顿。“比利，这个光荣的任务就交给你了。”

坏水比利向背后伸出手，从后腰的刀鞘中拔出匕首。埃米莉顿时惊恐地瞪大了黑眼睛，她想要挣扎退开，但他牢牢地抓住了少女，而他的动作很快，非常快。匕首只是在视线中闪过，忽然就沾上了血液；他朝着少女的手腕内侧飞快地划了一刀，就是朱利安先前亲吻的地方。鲜血涌出伤口，洒落在地面上，滴溅的声音在死寂的舞厅里分外突出。

少女只来得及抽噎了一声，还没等她完全明白发生了什么，坏水比利就把匕首插回了刀鞘里，他让到一旁，朱利安再次抓住少女的手，重新抬起她纤细的手臂，把嘴唇凑到她的手腕上，开始吸吮。

坏水比利退回门口。其他人走下楼梯，聚拢过来，女人的长裙发出轻柔的飒飒声。他们在朱利安和猎物周围站成饥渴的一圈，眼神阴森而炽热。埃米莉失去了意识，坏水比利抢上几步，从腋下扶住她，支撑她的身体。她几乎没有任何分量。

“多么美丽啊。”朱利安喃喃道，他放开少女，嘴唇湿润，眼神沉重而饱足。他微微一笑。

“求你了，戴蒙。”名叫让的男人恳求道，颤抖得像是热病发作了。

暗红色的血液沿着埃米莉的手臂缓缓向下流淌，朱利安用冷酷而恶意的眼神盯着让。“瓦莱丽，”他说，“接下来轮到你。”肤色苍白的年轻女人上前，她有一双紫色的眼睛，身穿黄色的礼服，她优雅地跪下，开始舔食那可怖的血流。她把整条胳膊都舔干净了，然后才把嘴唇压在开放的伤口上。

朱利安发号施令，接下来轮到雷蒙德，然后是阿德里安娜，然后是若热。最后等所有人都喝过了，朱利安才转向让，微笑着打个手势。让扑了上去，发出窒息般的一声呜咽，从坏水比利怀中抢过少女，撕开她喉咙上的嫩肉。戴蒙·朱利安厌恶地皱起眉头。他对坏水比利说：“等他弄完了就打扫干净。”

3

新奥尔巴尼　印第安纳州　一八五七年六月

浓雾笼罩河面，空气潮湿阴冷。时间刚过午夜，约书亚·约克终于从圣路易斯赶来，在新奥尔巴尼空无一人的造船厂和阿布纳·马什会面。马什等了近半个小时，约克才姗姗来迟，他大步走出浓雾，像个苍白的幽灵。另外四个人跟在他背后，沉默得仿佛影子。

马什笑得露出了牙齿。“约书亚。”他说，然后朝另外几个人随便点点头。四月份他在圣路易斯见过他们，然后就出发前往新奥尔巴尼，监督他的梦想之船的建造。他们是约克的朋友和旅伴，但马什从没见过这么古怪的一伙人。其中有两个男人，他难以判断他们的年龄，既记不住也不会念他们的外国名字；他叫他们史密斯和布朗，约克觉得很好笑。他们永远在用某种奇异的语言叽叽呱呱争吵。第三个男人面颊凹陷，似乎来自东方，穿得像是殡仪馆老板，名叫西蒙，从不开口。最后一个是女人，名叫凯瑟琳，约克介绍时说她是英国佬。她身材高大，有点驼背，一副病快快的衰败模样。她让马什想起巨大的白头秃鹫。不过她是约克的朋友，他们全都是，而约克提醒过他，说他也许会招待一些特殊的朋友，因此阿布纳·马什管住了他的舌头。

“晚上好，阿布纳。”约克说。他停下脚步，扫视船厂，正在建造的汽船躺在流动的灰色雾气中，仿佛许许多多的骸骨。“晚上够冷的，对吧？还是六月呢。”

“确实很冷。你从很远的地方来？”

“我在路易斯维尔的高尔特庄园要了个套房。我们雇了一艘船送我们过河。”他冰冷的灰眼睛打量着离他们最近的一艘汽船，视线中流露出了兴趣。“这就是我们的船吗？”

马什嗤之以鼻。“这个小玩意？当然不是了，这是一艘廉价的艉明轮轮船，是他们为辛辛那提[1]航线造的。你不可能认为我会给我们的船上安装该死的艉明轮吧？”

约克微笑道：“请原谅我的无知。那我们的船在哪儿？”

“这边走。”马什说，用手杖做个夸张的手势。他领着他们走过半个造船厂，然后指着前方说：“在那儿。”

浓雾为他们分开一条路，她屹立在前方，高傲而自豪，周围所有的船只都显得矮了一头。她的船舱和栏杆涂着白雪般的新漆，白得发亮，连裹尸布般的灰色雾气都挡不住。上层甲板舱的顶上，快要摸到星空的地方，领航室似乎在闪闪发光；那是一座玻璃的神庙，华美的穹顶周围是繁复如爱尔兰花边般的精致木雕。并立的两根烟囱耸立于上层甲板舱的前方，直插云霄一百英尺，乌黑挺直，睥视众生；翼状顶端绽放如两朵黑色的金属花朵。船身细长，一眼看不到尽头，船尾消失在雾气中。和所有最好的汽船一样，这也是一艘侧明轮轮船。巨大的弧线形明轮罩在船身中部庞然隐现，暗示着隐藏其中的桨轮拥有何等磅礴的力量。它

1.美国俄亥俄州西南端的一个工商业城市，俄亥俄河河港城市。

们看来似乎全都渴望着被装饰上一个名字。

在深夜的浓雾之中，在那些寒酸小船的簇拥下，她仿佛一个幻影，某个水手梦中的白色幻象。他们一起站在那里，她让人无法呼吸，马什心想。

史密斯叽里呱啦地说了些什么，布朗立刻叽里呱啦地说回去，但约书亚·约克只是默默仰望。他看了很长一段时间，然后点点头。“阿布纳，我们造出了一个美好的东西。”他说。

马什报以微笑。

“我没想到她已经这么接近完工了。”约克说。

“这儿是新奥尔巴尼，”马什说，“所以我才来这儿，而不是去圣路易斯的某家造船厂。我还是个孩子的时候，这儿就开始造船了。他们光是去年就造了二十二艘，今年已经造好的也快有这个数了。我知道他们肯定能为我们完成任务。你当时应该一起来的。我拎着一小箱金币进来，把钱倒在厂长的桌上，然后才开口说话，我对他说：‘我要造一艘汽船，我要你尽快造好，我要这艘船是你们造过的最快、最漂亮、最他妈好的一艘船，听明白了吗？现在给我去叫你们的工程师来，你们最优秀的工程师，我不在乎你们是不是要把他从路易斯维尔的某个妓院里拽出来，总之今晚就给我把人叫来，然后我们就可以开工了。你还要给我找你们最优秀的木匠、油漆工、锅炉制造工来，但凡有一个人不是最好的，你他妈就给我后悔一辈子去吧。’”马什大笑。“你真该看看他的模样，他不知道是该看金币还是该听我说话，两者都把他吓了个半死。但他的活儿做得不错，这个我承认。”他朝汽船点点头，“当然了，船还没完工。吃水线要画出来，整艘船要漆成蓝色和银色，配合你想在主舱里布置的那么多银器。我们还在等你从费城订购的高级家具和镜子，还有诸如此类的其他东西。不过，约书亚，她基本上算是完工了，基本上已经准备好了。来，我领你看看。”

工人把一盏提灯留在了船尾的一堆木料顶上。马什在裤腿上划了根火柴，点燃提灯，不由分说地塞给布朗。“来，你给我拿着。”他粗鲁地说。他迈着沉重的步伐，踩着一根长长的木板登上主甲板，其他人跟着他。“别乱摸，”他说，“有些地方的油漆还没干。”

最底下一层甲板就是主甲板，里面塞满了机械。提灯发出明亮而稳定的光芒，但布朗拎着它转来转去，庞大机械的影子总是在阴森森地摆动和跳跃，像是有生命的怪物。“哎，拿稳当点。”马什命令道，然后转向约克，抬起手杖指给约克看，手杖像一根胡桃木的细长手指似的指着一台台锅炉，巨大的金属圆筒排列在甲板前部的两侧。“十八台锅炉，”马什自豪地说，“比‘日食’还多三台。直径三十八英寸[1]，长二十八英尺，每一台都是。”他挥舞手杖。“炉子外面都包着耐火砖和铁板，用支架从甲板上垫起来，断绝了失火的可能性。”他指着头顶上的蒸汽管线，这些管线从锅炉向后通往轮机，所有人一起转向船尾。“我们有三十六英寸的高压汽缸，一个冲程长达十一英尺，和‘日食’一样。我向你保证，这艘船在那条老河上会成为一个骇人的家伙。”

布朗叽叽呱呱，史密斯叽叽呱呱，约书亚·约克微微一笑。

“我们上去吧，”马什说，“你的朋友们对轮机似乎兴趣不大，但他们应该会喜欢上面的东西。”

抛光的橡木楼梯宽阔而华美，栏杆上开着优雅的凹槽。楼梯从靠近船首处开始，宽阔之处挡住了登船客人的视线，免得他们看见锅炉和轮机；楼梯随后向左右优雅地分开，向后转弯通向第二层甲板，也就是锅炉甲板[2]。他们沿着右侧的楼梯向上走，拄着手杖的马什和拎着提灯的布朗为众人开道，皮靴踩得散步区的硬木地板咔咔作响，他们欣赏着

1.1英寸约合2.54厘米。

2.锅炉上方的第二层甲板，又叫下甲板。

廊柱和护柱上的哥特细纹，工匠费尽心思在木料上刻出形状，雕刻花朵、花饰和椽子的图案。贵宾舱的门窗从船首到船尾排成长长的一溜，门是黑胡桃木的门，窗是彩色玻璃的窗。“贵宾舱还没装修好，”马什说着，打开其中一间的门，带他们走进去，“但所有东西都是最好的，每个房间都有羽毛被褥、羽毛枕头、镜子和油灯。我们连房间都比别人的大——尽管接待的客人会比同等级船只的少，但客人能拥有更多的空间。”他微笑道，“我们也可以向他们收更多的钱。”

每个贵宾舱都有两扇门，一扇通向外面的甲板，一扇通向内侧的大厅，也就是汽船的主船舱。“主船舱离完工还很远，”马什说，“不过还是去看一眼吧。”

他们走进主船舱，停下脚步，布朗举起提灯，来回照亮回音袅袅的整个巨大船舱。大厅占据了锅炉甲板的整个长度，除了船中部的一道舷门，从头到尾连续不断、毫无阻隔。“船首的船舱给先生们住，船尾是女士们的。”马什解释道，“欣赏一下吧。还没完工，但已经很有看头了。那面的大理石吧台长四十英尺，我们会在它背后安装一块等长的镜子。已经下了订单。贵宾舱的每一扇门都有镜子，四周镶着银框；女士船舱的船尾尽头处还有一面十二英尺高的镜子。”他举起手杖指着上方，“现在太暗了，什么都看不见，但天窗是彩色玻璃的，整个主船舱的顶上都是。我们要铺那种布鲁塞尔地毯，所有的贵宾舱都会铺地毯。我们会有一台镀银的饮水机，配的也是银杯，它会放在一张漂亮的木桌上，我们还会有一架三角大钢琴，会有崭新的天鹅绒椅子和真正的亚麻桌布。不过这些东西都还没运到。”

尽管还缺少地毯、镜子和家具，这长长的主船舱也已经有了恢宏的气势。他们从船首慢慢地向船尾走，没有人说话，在提灯移动的灯光下，它庄严的美丽时而从黑暗中浮现，片刻之后又在他们背后消失：高高的拱形天花板，弯曲的梁柱，雕饰和彩绘细致得就像仙女裙摆的花边。长长两排纤细的立柱拱立于贵宾舱门口两侧，上面刻着精致的槽纹。黑色大理石吧台上显出美丽的白色云纹。深色的木料泛着油润的光泽。枝形吊灯有两排，每一盏吊灯都有四个大水晶灯罩悬挂在宛如蛛网的熟铁框架上，只需要灯油、火焰和所有的那些镜子，整个大厅就会被唤醒，笼罩在灿烂辉煌的灯光之下。

“我觉得卧舱太小了，”凯瑟琳突然开口，“但这个舱室会很漂亮。”

马什皱起眉头瞪她。“夫人，卧舱已经很大了。八英尺见方。通常是六英尺。你要明白，这是一艘汽船。”他转过去不看她，用手杖指指点点，“职员的办公室在最前面，厨房和洗手间在明轮罩旁边。我知道我想雇哪个厨子。他以前在我的‘丽兹女士’上做事。”

下甲板的顶上是飓风甲板[1]。他们爬上狭窄的楼梯，巨大的黑色铸铁烟囱出现在前方；他们又爬上一段比较短的楼梯，来到了上层甲板，它从烟囱向后延伸到明轮罩。“船员的船舱。”马什说，没有费神领他们参观。领航室位于上层甲板上方。他带着他们继续上楼梯，然后走了进去。

站在领航室里，整个造船厂都一览无余；雾气包裹着比较小的船只，再向外则是俄亥俄河的幽暗水面，甚至还能看见路易斯安那的遥远灯光在浓雾中像鬼魂似的时亮时灭。领航室内部既宽敞又舒适。窗户是最优质、最透光的玻璃，四周镶着彩色玻璃的衬边。到处都是黑得发亮的木质器物，抛光的银器在提灯下绽放白色的寒光。

船舵赫然出现在眼前。在领航室里只能看见它的上半截，但感觉已经非常大了，甚至和马什本人一样高，下半截则藏在地板上的沟槽里。它用较软的黑色柚木制作，摸上去冰冷而光滑，把手上镶着雕饰华美的

1.汽船的上层轻甲板。

银质条带，看上去就像穿着吊袜带的舞女。它似乎在呼唤舵手的触碰。

约书亚·约克走到舵轮前，伸出苍白的手，抚摸黑色的木头和雪亮的银器。然后他握住把手，仿佛他是舵手本人，他这么伫立了好一会儿，双手掌舵，陷入沉思，灰色的眼睛凝望黑夜和不合时节的六月浓雾。其他人都默不作声，阿布纳·马什有一瞬间几乎觉得汽船开始移动，航行在幻想中的某条幽暗河流上，踏上了没有尽头的怪异旅程。

约书亚·约克转过身，打破了这一刻的魔咒。“阿布纳，”他说，“我想学习驾驶这艘船。你能教我怎么掌舵吗？”

“掌舵？”马什吃了一惊。他不费任何力气就能想象约克担任船主和船长，但掌舵就完全是另一码事了——然而不知为何，这个请求让他对他的搭档熟络了起来，让他终于有可能理解他的搭档了。阿布纳·马什知道渴望掌舵是什么样的感觉。“这个嘛，约书亚，”他说，“我掌舵的日子早就过去了，但那种感觉是全世界最美妙的。当船长无论如何都比不上掌舵。但掌舵可不是随随便便就能学会的，不知道你明不明白我的意思。”

“船舵看上去很简单，不难操纵。”约克说。

马什大笑。“那是当然，但你要学会掌控的不是船舵，而是河流，约克，是河流。是密西西比河他老人家。在我拥有自己的船只之前，我掌过八年的舵，我有在密西西比河上游和伊利诺伊河上行船的执照。但我从没上过俄亥俄河，还有密西西比河下游，就我对汽船的了解而言，我在那些河段上行船恐怕连自己的小命都保不住，因为我不了解它们。我了解这些河段，而且花了好些年才熟悉起来，但学习是没有止境的。现在我离开领航室太久，要想回来开船，我必须从头学起才行。约书亚，河流时刻在变，我说真的。这一次和下一次永远不一样，而你必须了解它的每一英寸。”马什踱到舵轮前，伸出一只手爱抚它。“但是，我打算驾驶这艘船，至少掌一次舵。它是我长久以来的梦想，我做梦都想用自己的双手操纵它。等我们遇上‘日食’，我会来领航室亲自上阵，我一定会的。但这艘船太豪华了，只有新奥尔良的生意才配得上她，那意味着要去密西西比河的下游，我必须重新开始学习，学习每一英尺的河道。那需要时间，需要下苦功。”他望着约克，“现在你明白掌舵代表着什么了，还想掌舵吗？”

“阿布纳，我们可以一起学。”约克答道。

约克的同伴变得焦躁不安。他们在舷窗之间走来走去，提灯从一只手里换到另一只手里，西蒙狰狞得像一具尸体。史密斯用外国话对约克说了句什么。约克点点头。他说：“我们必须回去了。”

马什又扫视了一圈四周，即便是此刻，他已经不愿离开了，他领着他们走出领航室。

他们穿过造船厂向外走，走到一半，约克转身回望他们的汽船，木柱撑着船体，黑暗中她显得异常苍白。其他人也停下脚步，默默地等着他。

“你知道拜伦[1]吗？”约克问马什。

马什想了足有一分钟。“我认识一个叫黑杰克皮特的，他曾经是‘大土耳其’号的舵手。他好像姓布莱恩。”

约克微笑道：“不是布莱恩，是拜伦。拜伦勋爵，英国诗人。”

“哦，”马什说，“是他啊。我这人不怎么爱读诗。我似乎听说过他。是个瘸子，对吧？但很受女士们的欢迎。”

“正是他。阿布纳，他是个了不起的人物。我有幸见过他一次。我们的汽船让我想起了他的一首诗。”他开始背诵。

1.乔治·戈登·拜伦（George Gordon Byron，1788—1824），英国19世纪初期伟大的浪漫主义诗人，代表作品有《恰尔德·哈洛尔德游记》《唐璜》等，并在他的诗歌里塑造了一批“拜伦式英雄”。

她走在美的光彩中，像夜晚
皎洁无云而且繁星漫天；
明与暗的最美妙的色泽
在她的仪容和秋波里呈现：
耀目的白天只嫌光太强，
它比那光亮柔和而幽暗。[1]

“当然了，拜伦赞美的是个女人，但这些诗句同样适合我们的船，不是吗？阿布纳，你看一看她！你认为如何？”

阿布纳·马什不知道他该怎么认为；在汽船上讨生活的一般人可不会随口吟诗，他也不知道该对一个出口成章的人说什么。“约书亚，非常有意思。”他只挤出了这么几个字。

“我们该叫她什么？”约克问，双眼依然盯着汽船，脸上浮现出一丝笑容，“这首诗给了你什么灵感吗？”

马什皱起眉头。“我们可不能用一个瘸子英国佬给她命名，你不会在动这个念头吧？”他没好气地说。

“当然不，”约克说，“我不会出这种主意。我想到的是‘黑暗淑女’之类的名字，或者——”

“我倒是有个想法，”马什说，“我们的公司毕竟叫热河航运，而这艘船实现了我这辈子所有的梦想。”他举起胡桃木手杖，指着明轮罩说，“我们把名字就刷在那儿，蓝色和银色的大字，极其漂亮。‘热夜之梦’。”他微笑道，“‘热夜之梦’对‘日食’，人们会谈论她们之间的对决，直到你我全都死去。”

有那么一瞬间，约书亚·约克的灰眼睛里闪过了某种怪异和幽暗的

1.引自拜伦诗作《她走在美的光彩中》，查良铮译。

神色。但它来得快，去得更快。“‘热夜之梦’，”他说，“你不觉得这个名字有点……怎么说呢，不吉利吗？它让我想到病痛、发烧、死亡和扭曲的幻觉。一些……一些不该被做的梦，阿布纳。”

马什皱起眉头。“我可没有这种感觉。我喜欢这个名字。”

“人们会愿意来乘叫这个名字的船吗？汽船出了名地会传播伤寒和黄热病。难道我们想提醒人们想到那些事情？”

“他们乘我的‘甜蜜热河’号，”马什说，“他们乘‘战鹰’号，还有‘鬼魂’号，甚至还有用红皮印第安人起名的船呢。他们照乘不误。”

这时，苍白憔悴的男人西蒙说了句什么，声音刺耳得像生锈的锯子，马什听不懂他用的语言，但又不是史密斯和布朗叽叽嘎嘎交谈时用的那种语言。约克听他说话，脸上露出若有所思的表情，但看上去依然有些不安。“‘热夜之梦’，”他重复道，“我本来希望能起一个——更健康的名字，但西蒙说的也有道理。那就按你的意思来吧，阿布纳。她就叫‘热夜之梦’了。”

“很好。”马什说。

约克漫不经心地点点头。“我们明天在高尔特庄园吃个晚饭吧。八点钟。我们可以制订去圣路易斯的航行计划，商讨船员和补给的问题，可以吗？”

马什粗声粗气地答应下来，约克和他的同伴走向他们的船，消失在浓雾之中。他们离开后很久，马什依然站在造船厂里，望着那艘一动不动、无声无息的汽船。“‘热夜之梦’。”他大声说，只是想品尝一下这几个字在舌头上的滋味。说来奇怪，这个名字忽然听起来不对劲了，充满了他不喜欢的怪异内涵。他打了个寒战，有一瞬间感觉到了莫名的寒意，然后他哼了一声，回去睡觉了。

4

“热夜之梦”号汽船上　俄亥俄河　一八五七年七月

七月初的一个闷热夜晚，“热夜之梦”在天黑时离开了新奥尔巴尼。尽管在河上待了这么多年，但阿布纳·马什从没像今天这样感到精神抖擞。他花了一整个上午在路易斯安那和新奥尔巴尼安排最后的细节；他雇了个理发师，和造船厂的人员共进午餐，然后寄出一堆信件。他冒着下午的暑气，到船舱里安顿下来，最后一遍巡视汽船，确保一切都万无一失，然后在部分乘客登船时迎接他们。晚餐只是随便塞了两口，吃过饭他前往主甲板，和正在检查锅炉的轮机长及机工打招呼，看着大副监督最后一批货物装船。阳光无情地炙烤一切，空气显得黏稠而凝滞，力工浑身大汗地抬着板条箱、捆包和木桶走过狭窄的登船木板，而大副片刻不停地咒骂他们。马什知道，在河对岸的路易斯安那，其他汽船也正在离岗或装货：有辛辛那提邮轮公司低压的“雅各布·斯特拉德”号[1]，有辛辛那提与路易斯安那定班航运公司轻快的“南方人”号，另外还有五六条比较小的汽船。他在留意这些船有没有要沿河而下的，虽说暑热难当，太阳下山后蚊子成群结队地从河面上起飞，但他的心情好得出奇。

主甲板的前后舱都堆满了货物，几乎占据了锅炉、火炉和轮机之外的全部空间。“热夜之梦”装载了一百五十吨的捆包烟叶，三十吨的铁锭，无数桶的糖、面粉和白兰地，用板条箱保护的圣路易斯富豪订购的高级家具，几大箱食盐，许多捆丝绸和棉布，三十桶钉子，十八箱猎枪，一些书籍、纸张和其他日用品。还有猪油，十二大桶品质最高的猪油。但严格地说，猪油并不是货物，而是马什自己购买并下令存放在船上的。

主甲板上还挤满了乘客，有男有女有老有小，密集得就像河面上的蚊子，在货物之间涌动。这层甲板塞了近三百名乘客，去圣路易斯的船资是每人一美元。但一美元仅仅是船资；他们只能吃他们自己带上船的食物，运气比较好的人能在甲板上找个地方睡觉。他们以外国佬为主，爱尔兰人、瑞典人和大块头的荷兰人用马什听不懂的语言彼此吼叫，他们喝酒、咒骂、打孩子。有些猎人和普通工人也待在这底下，他们太穷了，就算马什开出了酬宾价，他们也只买得起统舱的船票。

住船舱的乘客则要支付整整十美元，至少打算一路坐到圣路易斯的那些人是这样。即便如此昂贵，船舱依然几乎全满；事务长告诉马什，住船舱的乘客共有一百七十七位，马什觉得这是个幸运的数字，因为有两个七。乘客中有十几位种植园主、圣路易斯一家大型毛皮公司的老板、两位银行家、一个有钱的英国佬和他的三个女儿，另有四位前往艾奥瓦州的修女。船上还有一位神父，不过这没问题，因为他们没带灰色

1.“雅各布·斯特拉德”号（Jacob Strader）是1853年至1866年服役的一条船，她的宣传卖点是低压蒸汽机，因此安全。甚至把“低压”写在了船名边上。

母马；在河上讨生活的人都知道，一艘船上若是同时载着神父和灰色母马，那就等于在邀请灾难上门。

至于船员，马什对他们颇为满意。两名舵手没什么特别的，反正他们只是他临时雇来的，只需要把船开到圣路易斯就行，因为他们是俄亥俄河上的舵手，而“热夜之梦”要跑新奥尔良航线。他已经给圣路易斯和新奥尔良写过信了，有两位手如闪电的密西西比河下游舵手正在“种植园主之家”等着他。而其他的船员，马什确定他们肯定是你在任何一条河上能找到的最优秀的人手。轮机长名叫怀蒂·布莱克，是个暴躁的小个子男人，留着一大把白胡子，胡子上永远沾着轮机里的机油。怀蒂在“伊莱·雷诺兹”上跟过阿布纳·马什，后来在“伊丽莎白·A.”以及“甜蜜热河”上待过，没人比他更了解汽船轮机。事务长乔纳森·杰弗斯戴金边眼镜，油亮的棕色头发向后梳，扎着漂亮的纽扣绑腿，但他极其擅长算账和讨价还价，什么都不会忘记，杀起价来非常凶狠，下象棋则更加凶狠。杰弗斯原先在这条航线的管理办公室工作，直到马什写信请他来“热夜之梦”任职。他收到信就来了；尽管他一副花花公子的打扮，但杰弗斯从骨子里就是在河上讨生活的，从灵魂深处热爱算计。他随身携带一支金色把手的剑杖。厨子是个自由身的黑人，名叫托比·兰亚德，他跟了马什十四年，马什在纳齐兹尝了一口他做的菜就买下他，给了他自由。大副名叫迈克尔·西奥多·邓恩，但人人都叫他长毛迈克——只有力工除外，他们叫他邓恩先生大人；他是这条河上最高大、最凶恶和最顽固的男人。他身高六英尺多，绿眼睛、黑胡子，双臂双腿和胸口长满了浓密的黑色卷毛。他出口成脏，脾气暴躁，无论去哪儿都带着一根三英尺长的黑铁棍。阿布纳·马什从没见过长毛迈克用铁棍揍过任何人，但铁棍永远握在这家伙手里，力工中有传闻说曾经有位老兄不小心把一桶白兰地掉进了河里，长毛迈克一铁棍给他开了瓢。他这个大副严厉但公正，没人敢在他眼皮底下把东西掉进河里。这条河上的每一个人对长毛迈克·邓恩都尊敬得要命。

“热夜之梦”上的这帮船员真是他妈的好。从到任第一天开始，他们就尽忠职守，因此当星空笼罩新奥尔巴尼的时候，货物和乘客都已经登船和核查过了，蒸汽开始喷涌，火炉咆哮着亮起可怖的红光，发出的热量使得主甲板比山下纳齐兹[1]生意最好的晚上还暖和，厨房里正在烹制美味的晚餐。阿布纳·马什巡视了一遍，最后心满意足地爬上领航室，这个尊贵的璀璨舱室高高在上，俯视脚下的混乱和喧哗。“倒船启航。”他对舵手说。舵手招呼底下送蒸汽，然后把两个大侧明轮打到倒车挡。阿布纳·马什恭敬地站在他背后，“热夜之梦”平稳地滑进了俄亥俄河星光闪闪的幽暗水面。

一旦开到河上，舵手立刻掉转汽轮，将船头对准下游方向。巨大的汽船微微颤抖，无比轻松地穿进主航道，汽轮搅动河水，发出铿锵铿锵的巨响，船在水流和蒸汽的推动下，行驶得越来越快，溅起水花飞速前行，敏捷得像是汽船水手的美梦，迅猛得仿佛罪孽，仿佛“日食”亲至。烟囱在他们的头顶上拖出两道长长的黑烟，一团团火花喷出烟囱，落到水面上消失，就像无数红色与橙色的萤火虫。在阿布纳·马什眼中，他们拖在背后的黑烟、蒸汽和火花比独立日他们在路易斯维尔见过的所有焰火都要优美和盛大。舵手抬起胳膊，拉响汽笛，长长的尖啸声震耳欲聋；多么美妙的汽笛声啊，其中蕴含着某种狂野和悲恸，磅礴的响声在几英里内都能听到。

路易斯维尔和新奥尔巴尼的灯光在背后消失，“热夜之梦”行驶于两岸之间，河岸和一百年前一样黑暗而空旷，这时阿布纳·马什才发觉约书亚·约克登上了领航室，此刻正站在他的身旁。

1.纳齐兹是密西西比河畔的一个城市，曾经分为两个区域，山顶是普通城区，山下靠近码头是混乱闹腾的港口区。

他一身盛装，长裤和燕尾服是最纯粹的白色，马甲是深蓝色的，白衬衫上满是褶边和花饰，打一条蓝色的丝绸领带。银色的怀表链跨过马甲，一只苍白的手上有个偌大的银戒指，上面镶着一颗耀眼的亮蓝色宝石。白色、蓝色和银色是这艘船的配色，约克看上去就是她的一部分。领航室挂着艳丽的蓝色和银色窗帘，门口有一张蓬松的蓝色大沙发，地上铺着蓝色的油布。马什对他说："哎呀，约书亚，我喜欢你这身行头。"

约克微笑道："谢谢，似乎很相配。你看上去也很体面。"马什给自己买了一件铜纽扣新得闪闪发亮的舵手制服和一顶用银线绣着船名的船长帽。

"是吧。"马什答道。他从来都难以接受赞美，咒骂对他来说不但更简单，同时也让他感到更自在。"怎么，"他问，"船出港的时候你就上来了？"白天的大多数时候，约克都在船长卧舱里睡觉，而马什在汗流浃背地操持一切，履行船长的所有职责。马什已经逐渐习惯了约克及其同伴昼伏夜出的生活习惯。他认识不少这么过日子的人，有一次他向约克提到这一点，约书亚只是微微一笑，再次引用关于"耀目的白天"那首诗。

"启航时我站在飓风甲板，烟囱的前面，俯视底下的一切。船一开出来，上面就很凉快了。"

"一艘足够快的汽船自己就能产生风，"马什说，"无论阳光有多炽热，木柴烧得多么旺，最上面永远既舒服又凉爽。有时候我都有点同情待在主甲板上的那些人了，不过话说回来，他们只付了一美元。"

"那是自然。"约书亚·约克赞同道。

船突然发出一声沉重的铿锵声，同时微微晃动。

"这是怎么了？"约克问。

"多半是压过了一根木头。"马什答道。"是不是？"他问舵手。

"擦了一下，"舵手答道，"别担心，船长，没有任何损伤。"

阿布纳·马什点点头，转回去面对约克。“我们去主船舱转一转？乘客应该正在四处闲逛，感受这艘船在河上的第一个夜晚，我们可以去会一会他们当中的几个人，和他们聊聊天，看是否一切正常。”

“我很乐意，”约克答道，“但首先，阿布纳，你能不能来我的船舱喝一杯？应该为我们的启航庆祝一下，你说呢？”

马什耸了耸肩。“喝一杯？哈，当然没什么不好。”他朝舵手抬了抬帽子。“晚安，戴利先生。你想要的话，我会让人送些咖啡上来的。”

他们走出领航室，向后走向船长卧舱，他们在门口停下，等约克开锁——他坚持要给他的船舱和所有的贵宾舱装上结实的门锁，这个要求有点奇怪，但马什也没有表示反对。约克毕竟没有过惯汽船上的生活，而他的其他要求都颇为合理，例如让大厅显得富丽堂皇的那些银器和镜子。

约克的船舱比贵宾舱长两倍宽一倍，就汽船的标准而言算是过于奢侈了。自从约克搬进来之后，阿布纳·马什还是第一次进来，他好奇地打量四周。船舱相对的两侧各有一盏油灯，把房间里照得温暖而宜人。宽阔的彩色玻璃窗此刻暗着，不但合上了百叶窗，而且拉上了厚重的黑色天鹅绒窗帘，帘布在灯光下显得柔软而豪华。房间一角有个高大的抽屉柜，顶上搁着一盆水，墙上嵌着一块银框的镜子。舱室里有一张虽然狭窄但看上去很舒服的羽毛床，还有两张大皮椅和一张宽大的红木写字台。写字台贴墙放置，有许多抽屉、拐角和开口。它上方挂着一张精致的密西西比河水系地图。写字台上摆满了皮革装订的账册和一摞摞的报纸。这是约书亚·约克的另一个怪癖；他阅读海量的报纸，报纸来自世界各地——有英格兰的，也有各种外语的，当然也包括格里利先生[1]的

1.霍勒斯·格里利（Horace Greeley，1811—1872），美国政论家。他是美国早年著名的《纽约论坛报》（*New York Tribune*）的创办人，主张废除奴隶制和社会改革，1872年代表新自由共和党参加美国总统大选，但竞选失利。

《纽约论坛报》和纽约的《先驱报》，还有圣路易斯和新奥尔良的几乎所有报纸，以及河畔各个小镇的每一种周报。他每天都会收到好几捆报纸。另外还有书籍；船舱里有个高大的书架，上面塞得满满当当，还有一些书堆在床头的小桌上，最顶上是一根烧了一半的读书蜡烛。

但阿布纳·马什没有浪费时间去看那些都是什么书。书架旁有个木制酒架，上面整整齐齐地平放着二三十瓶酒。他直接走到酒架前，抽出一个酒瓶。酒瓶上没有标签，里面的液体呈暗红色，深得几近黑色。一团发亮的黑蜡封住了软木塞。“有刀吗？”他问约克，转动着手里的酒瓶。

“阿布纳，我认为你恐怕不会喜欢那种酒。”约克说。他拿着一个托盘，上面有两个银高脚杯和一个水晶酒瓶。“我有一些上等的雪利酒[1]。我们还是喝这个吧。”

马什拿不定主意。约克的雪利酒向来很好，他可不愿意放过品尝的机会，但按照他对约书亚的了解，他知道约克私藏的酒都必定好得超凡绝伦。另外一方面，他也非常好奇。他把酒瓶从一只手交到另一只手里。里面的液体缓缓流淌，那个慵懒爬行的劲头像是某种甜利口酒。“但这到底是什么？”马什皱着眉头打量它。

“某种自酿酒，”约克答道，“一部分是干红，一部分是白兰地，一部分是利口酒，但喝起来都不像。阿布纳，这种酒很罕见。我的同伴们和我对它情有独钟，但它不符合大多数人的口味。我保证你会更喜欢雪利酒。”

“怎么说呢，”马什说着举起酒瓶，“约书亚，但无论你喝什么，对我来说都应该是好酒。你的雪利酒就好得出奇，这一点我承认。”他露出笑容，“哎呀，既然我们都不赶时间，而我又渴得嗓子冒烟，我们

1.西班牙南部所产的著名白葡萄酒。

就两样都品尝一下吧？”

约书亚·约克放声大笑，这是完全发自肺腑的愉快笑声，低沉而悦耳。“阿布纳啊，”他说，“你真是万里挑一，而且很难应付。我喜欢你。然而，你是肯定不会喜欢我这种小酒的。不过，既然你这么坚持，我们就两种都喝吧。”

他们坐进两把皮椅，约克把托盘放在两人之间的矮桌上。马什把他手里那瓶天晓得是什么的酒递过去。约克从他白色上衣某处的优雅褶皱中掏出一把闪闪发亮的匕首，这把刀有着象牙手柄和银色长刃。他刮掉蜡封，手腕轻轻一转，匕首插进软木塞，把它啵的一声拔了出来。液体缓缓淌出，像暗红色蜂蜜似的流进银杯。它不透明，似乎充满了细微的黑色浮渣。但酒很烈，马什拿起酒杯闻了闻，酒精熏得他两眼冒泪。

“我们应该说点祝酒词。”约克说，拿起他的酒杯。

“敬我们即将挣到的大把金钱。”马什开玩笑道。

“不。”约克严肃地说。那双恶魔般的灰眼睛里蕴含着某种凝重的忧郁。马什希望约克别又开始念诗。“阿布纳，”约克继续道，“我知道‘热夜之梦’对你的意义。我希望你知道，她对我来说同样意义非凡。今天是我辉煌的新生命的开始。你和我，我们一起造就了这艘船，我们要坚持下去，让她成为一段传奇。阿布纳，我一向赞赏美，但在我漫长的生命中，这是我第一次创造美，或者说帮助你创造美。把一个美丽的新事物带到尘世间来，这种感觉非常好。尤其是对我来说。因此我必须为此感谢你。”他举起酒杯，“我的朋友，让我们为‘热夜之梦’和她代表的一切喝一杯——为了美、自由和希望。为了我们的汽船和一个更好的世界！”

“为了这条河上最快的汽船！”马什回应道，两人一饮而尽。他险些呛住。约克的私藏烈酒像烈火一样钻下去，烧灼他的喉咙底部，将温暖的触手探进他的内脏，但酒里带着一种腻人的甜味，另外还有一丝令人不快的味道，它所有的酒劲和甜味加起来都盖不住。他心想，喝起来像是有什么东西在酒瓶里腐烂。

约书亚·约克仰起头，不紧不慢地喝完银杯里的酒。然后他放下酒杯看着马什，再次放声大笑。“阿布纳，你脸上的表情真是古怪。用不着担心会失礼。我提醒过你。还是来点雪利酒吧？”

“我看也是，”马什答道，“我看我还是喝雪利酒吧。”

两杯雪利酒下肚，冲掉了约克的酒在马什嘴里留下的怪味，两人这才开始谈正经事。

“阿布纳，离开圣路易斯后，我们的下一步是什么？”约克问。

“新奥尔良航线。这么豪华的一艘船，没有别的地方配得上她。”

约克不耐烦地摇摇头。“阿布纳，这我知道。我想知道的是你打算如何实现你击败‘日食’的梦想。你打算找上门挑战她吗？只要不耽搁太多的时间或者害得我们偏离航线，我都乐意奉陪。”

“我也希望事情有这么简单，但其实不可能。妈的，约书亚，这条河上有几千条汽船，每一艘都想击败‘日食’。她和我们一样，也有定班需要完成，需要运送旅客和货物。不可能没完没了地竞赛。再者说，除非她的船长是傻瓜，否则才不会接受我们的挑战呢。我们算是老几？一艘刚从新奥尔巴尼下水的新船，没有任何名气。‘日食’和我们比，输了会丢掉一切，赢了却什么都得不到。”他喝完又一杯雪利酒，伸出酒杯请约克斟满。“不，我们首先要经营起来，给自己树立名声。必须让这条河上上下下都知道我们是艘快船。用不了多久，人们就会开始议论她的速度，就会开始琢磨‘热夜之梦’和‘日食’究竟谁更快。也许我们会在河上遇到她几次，而我们从后面超过她。我们先把话题挑起来，人们会开始打赌。也许我们可以跑几趟‘日食’跑的路线，破她的用时纪录。你要明白，快船总能抢到生意。种植园主和承运商还有其他人，他们都希望能以最快速度把货物送向市场，因此他们会和最快的船做生意。旅客也一样，只要他们有钱，都会愿意来乘一艘名声响亮的船。因此，你看，过上一段时间，人们就会开始认为我们是密西西比河下游最快的船了，生意会向我们手里转移，‘日食’的钱包会逐渐受到影响。然后你就等着瞧吧，我们轻而易举就能挑起一场竞赛，一劳永逸地证明究竟谁更快。”

“我明白了，”约克说，“那么，我们就从去圣路易斯的这一趟开始树立名声吗？”

“这个嘛，我倒不急于打破纪录。她还是一艘新船，我们必须和她磨合。我们自己的舵手都还没上船呢，而且没人真的熟悉她的性格，另外我们必须给怀蒂时间，让他搞清楚轮机上各种各样的小毛病，训练他手底下的那些机工。”他放下空酒杯。“但这不等于我们不能从其他方面想办法，”他笑嘻嘻地说，“我已经有一两个好主意了。你就等着看戏吧。”

“很好，”约书亚·约克说，“再来点雪利酒？”

“不了，”马什说，“我看我们应该去大厅了。我会在我们的酒吧请你喝一杯。保证比你那该死的私藏玩意好喝。”

约克微笑道：“我的荣幸。”

对阿布纳·马什来说，那是一个非同寻常的夜晚。那是一个有魔法的夜晚，仿佛一场梦。他敢发誓，那一夜似乎至少也有四五十个小时，而每一个小时都是无价之宝。他和约克一直厮混到天亮，酒到杯干，狂热地交谈，走遍他们建造的宛如奇迹的这艘船的每一个角落。第二天马什醒来的时候，脑袋痛得连昨晚做的一半事情都想不起来了。但是，有些瞬间已经铭刻在记忆中，永远不可能忘怀。

他记得他走进大厅，那感觉比走进全世界最高级的旅馆还要美妙。吊灯大放异彩，火红的烛光照得雕花玻璃闪闪发亮。镜子使得长条形的船舱比实际上宽了一倍。人群聚集在吧台前，谈论政治和其他话题，马什陪他们聊了一会儿，听他们痛骂废奴主义者，争论斯蒂芬·A.道格拉斯[1]该不该当总统；史密斯和布朗坐在一张酒桌前，正在和几位种植园主及一个臭名昭著的赌棍打牌，约克走过去和他们打招呼。有人在叮叮当当弹奏三角钢琴，每时每刻都有贵宾舱的舱门开开关关，整个大厅充满了明亮的灯光和欢快的笑声。

后来他们去了主甲板，那儿完全是另一个世界；到处堆着货物，力工和普通水手躺在一卷卷绳索和一袋袋砂糖上睡觉，一家人围坐在他们用来煮东西吃的一小堆篝火周围，一个酒鬼在楼梯背后昏睡不醒。轮机室里充满了火炉那地狱般的红光，怀蒂站在船舱中央，汗水泡湿了衬衫，油脂渗透了胡须，他朝机工大吼大叫，声音盖过了蒸汽的嘶嘶声和汽轮划水时的锵锵声。活塞杆令人望而生畏，在极长的冲程中做着有力的往复运动。约克和他欣赏了一会儿，直到再也无法忍受炎热和机油的气味。

一段时间之后，他们爬上了飓风甲板，交换着喝一瓶酒，他们踱来踱去，享受各自的凉风。头顶上的群星璀璨得像是贵妇的钻石项链，“热夜之梦”的旗帜在船首和船尾的旗杆上飘扬，马什见过的最黑的奴隶都不如周围的河面那么黑。

他们航行了一整夜，戴利在领航室值了个长夜班，让汽船以轻快的步伐前进——马什知道，比起他们能让这艘船开出的最高速度，这根本算不了什么。他们沿着幽暗的俄亥俄河行进，周围只有一片虚无。这一段走得非常顺利，没有遇到任何暗桩、漂木或沙洲的阻碍。只有两次他们不得不派遣快艇去前方勘测河道，两次他们放下铅锤时量出的水深都令人满意，于是“热夜之梦”就继续高歌猛进。岸边出现过几座房屋，

1.斯蒂芬·A.道格拉斯（Stephen A. Douglas，1813—1861）在1843年入选美国众议院，1846年入选美国参议院，1860年被民主党提名为总统候选人。他最著名的事件为1858年与林肯的辩论。

大多数都拉着窗帘黑着灯，但有一座高处的窗户里亮着一盏灯。马什心想不知道这会儿什么人还醒着，他见到汽船驶过会想到什么。她看上去一定很美，每一层甲板都亮着灯，音乐和笑声飘荡在河面上，烟囱冒出火花和黑烟，明轮罩上写着她响亮的名号——“热夜之梦”，漂亮的蓝色粗体字，周围描着银边。他几乎希望自己能站在河岸上看一看她的丰姿。

当晚的高潮在午夜前来临，他们第一次见到一艘汽船在前方搅动水面。马什看见那艘船就抓着约克的胳膊，拉着他爬上领航室。领航室里已经挤满了人，戴利依然在掌舵，一只手拿着咖啡杯，另外两位舵手和三名乘客坐在他背后的沙发上。这两位舵手不是马什雇来的，但按照河上的规矩，舵手可以随意搭船，他们通常会待在领航室里和掌舵者聊天，交换河上的消息。马什没有理会他们。他对舵手说：“戴利先生，前面有一艘汽船。”

“我看见了，马什船长。”戴利咧嘴笑了笑。

“不知道是哪一艘。戴利，你能想到是谁吗？”无论前面是哪一艘船，她都不值一提；那只是一艘矮墩墩的艉明轮轮船，四四方方的领航室像个饼干盒。

“当然不知道。”舵手答道。

阿布纳·马什转向约书亚·约克。“约书亚，”他说，“你才是这艘船的船长，我不想对你指手画脚。但说真的，我非常好奇，特别想知道前面是哪艘船。能不能麻烦你请我们的戴利先生追上去，这样我就能放松下来了。”

约克微笑道：“没问题。戴利先生，你听见马什船长怎么说了。你觉得‘热夜之梦’能不能追上前面那艘船？”

“她能追上任何一艘船。”舵手说。他吩咐底下的轮机长加大蒸汽，然后再次拉响汽笛，狂野的哀嚎声响彻河面，像是在提醒前方的汽船，“热夜之梦”这就要追上来了。

汽笛声足够嘹亮，把所有乘客都叫出了大厅，来到甲板上。连统舱里的乘客都从面粉袋上爬了起来。几个乘客爬到最高处，企图挤进领航室，但马什把他们连同原先就在领航室里的三名乘客一起赶了下去。乘客们起初一股脑地涌向船首，继而奔向左舷，因为“热夜之梦”显然将从那一侧超过对方。“该死的乘客，”马什对约克嘟囔道，“从来不知道平衡。我敢发誓，迟早有一天他们会全都挤到同一侧，害得哪艘倒霉的汽船翻个底朝天。”

尽管抱怨不停，马什其实很快活。怀蒂在底下猛添木柴，火炉咆哮嘶吼，巨大的明轮越转越快。事情几乎没开始就结束了。“热夜之梦”几口吞掉了她和前船之间的那几英里，超过对手的时候，底下几层甲板上响起了刺耳的欢呼声，在马什听来却宛若仙乐。

他们像风一般地超过那艘艉明轮小船时，约克念出她领航室上的船名。他说：“似乎是‘玛丽·凯’号。”

“啊哈，还不够塞牙缝的！”马什说。

“有名吗？”约克问。

“无名小卒，”马什说，“从来没听说过。这你就赢不了了吧？”然后他狂笑起来，猛拍约克的后背，没多久，领航室里的每一个人都开始大笑。

那一夜结束之前，“热夜之梦”赶上并超过了六艘汽船，其中有一艘侧明轮轮船几乎和她一样大，但论兴奋怎么都不可能和第一次相提并论。追上“玛丽·凯”之后，两人离开领航室的时候，马什对约克说：“你不是想知道该如何树立名声吗？你看，约书亚，我们已经上路了。”

“是啊，”约克说，他扭头望向背后，“玛丽·凯”在远处变得越来越小，“确实如此。”

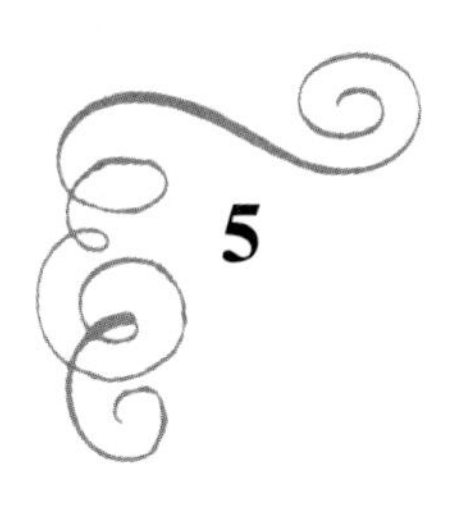

5

“热夜之梦”号汽船上　俄亥俄河　一八五七年七月

无论脑袋疼不疼，阿布纳·马什都是个体面的内河人，不可能蒙头大睡一整个白天，尤其是今天这个日子还这么重要。十一点左右，他从床上坐起来，只睡了短短的几个小时。他从床头柜上的脸盆里捞了一把温水浇在脸上，然后穿好衣服。有很多事情要做，而约克不到黄昏是不会起床的。马什戴上帽子，瞪着镜子里的自己，理了理胡须，拿起手杖，迈着沉重的步伐，从上层甲板下到锅炉甲板。他先去了趟洗手间，然后钻进厨房。“托比，我错过了早餐，”他对已经开始准备午餐的厨子说，“叫你的人给我煎半打鸡蛋，再切一块火腿，送到上层甲板上去。还有咖啡。越多越好。”

马什走进大厅，喝了两杯还魂酒，感觉稍微好了一点。他与乘客和侍者寒暄了几句，然后赶回上层甲板，等待他的早餐。

食物下肚，阿布纳·马什觉得自己又活过来了。

早餐过后，他登上领航室。舵手已经换班，这会儿掌舵的是另一个人，陪着他的免费乘客也只有一个。“早上好，基奇先生，”马什对他手下的舵手说，“船跑得怎么样？”

“没什么不好的，”舵手答道，扭头望向马什，“船长，您这艘船真是够欢实的。不过要开着她去新奥尔良，您可得给自己备上几个最好的舵手。掌住她需要有点真本事才行，我不蒙您。”

马什点点头。这并不出乎意料；通常来说，船越快就越难驾驭。不过他并不发愁。不知道自己有几斤几两的舵手可近不了“热夜之梦”的舵轮。

“我们走得快吗？”马什问。

“够快的，”舵手答道，耸耸肩，“还可以开得更快，但戴利先生说您不赶时间，所以我们只是在慢慢漂。”

“到帕迪尤卡[1]抛锚停下，”马什下令，“有几个乘客要下船，还要卸下一些货物。”他和舵手又聊了一会儿，然后下去回到锅炉甲板。

主船舱已经摆出了正餐时的阵势。明艳的正午阳光照进天窗，染上缤纷的色彩倾泻而下，一溜桌子沿着船舱的长边一字排开。侍者正在布置餐具和瓷器，水晶玻璃杯在阳光中熠熠生辉。马什闻到厨房里飘来最令人垂涎欲滴的香味。他停下脚步，拿了一份菜单，扫视一眼就知道他依然饥肠辘辘。另外，约克还没起床，船长与贵宾舱乘客和其他高级船员共进午餐也是礼数所在嘛。

马什认为这顿饭吃得好极了。马什吃掉了一大盘浇欧芹酱的烤羊排、一只乳鸽，许多爱尔兰土豆、嫩玉米和甜菜根，外加两块托比著名的山核桃馅饼。午餐结束的时候，他的心情像是上了天。他甚至允许神父讲了几句必须把基督信仰带给印第安人，尽管平时他决不允许有人在他的船上宣教。马什心想，你必须想办法给乘客找点乐子，最美丽的景

1.美国肯塔基州西部港口城市。

致看久了也会让人生厌。

中午刚过不久，“热夜之梦”抵达了帕迪尤卡，这座小镇位于肯塔基州那一侧的河岸上，田纳西河在此处汇入俄亥俄河。这是他们途中的第三站，也是第一次长时间靠岸。夜里他们在罗斯伯勒短暂停靠，放下了三名乘客；后来马什睡觉的时候，船在埃文斯维尔[1]补充木柴，还接收了一小批货物。他们在帕迪尤卡要卸下十二吨铁锭，一些面粉、白糖和书籍，此外还有四五十吨木料等待装船。帕迪尤卡是伐木业重镇，随时都有大量圆木扎成的筏子沿田纳西河而下，堵塞河道，阻挡汽船。和所有汽船人一样，马什对木筏没有任何好感。木筏在夜里至少有一半时间不会发出任何亮光，经常会被倒霉的汽船压过去，而木筏上的人竟然还会觍着脸叫骂扔东西。

他们运气不错，“热夜之梦”在帕迪尤卡靠岸拴缆绳的时候，河面上没有任何木筏。马什看了一眼在岸边等待装船的货物——其中有堆成几座高塔的板条箱和许多捆烟草，认为主甲板还能容纳更多的货物。他心想，驶离帕迪尤卡，把这么多关税留给其他船去挣，那可就太可惜了。

“热夜之梦”在栈桥上拴牢了，成群结队的力工放下船板，开始卸货。长毛迈克在他们之间走来走去，吼叫什么“快点，你们可不是出来散步的贵宾舱老爷”，还有什么“小子，你敢给我弄掉了，就等着看老子的铁棍掉在你脑袋上吧”。活动跳板嗵的一声放下，在帕迪尤卡下船的几位旅客开始登岸。

马什下定决心。他走进事务长的办公室，见到乔纳森·杰弗斯正在整理一摞提货单。“杰弗斯先生，手上的事情急吗？”他问。

“完全不急，马什船长。”杰弗斯答道。他摘掉眼镜，用领巾擦了

1.美国印第安纳州西南部港口城市。

擦，说：“这些是要在凯罗卸的货。”

“很好，”马什说，“那就跟我来。我们去岸上，找到在底下晒太阳的那些货物的主人，问清楚要运到哪儿。看看是不是在圣路易斯的方向上，或者有一部分也行，说不定我们能给自己挣点小钱呢。”

“太好了。”杰弗斯答道。他跳下高脚凳，抚平漂亮的黑色外套，确定铁壳保险箱锁好了，然后拿起他的剑杖。他们走出船舱，他又说：“我知道帕迪尤卡有一家好店专卖格洛格酒。”

事实证明，马什的灵机一动值得他们走那一趟。他们很快就找到了烟草承运商，带着他去酒馆，马什说服他把货物交给“热夜之梦”，杰弗斯和他商量出了一个好价钱。这一来一去花了他们三个小时，但小小的成果让马什觉得非常愉快，他和杰弗斯迈着轻快的步伐走向河岸和“热夜之梦”。他们回去的时候，长毛迈克正靠在栈桥上休息，抽着黑色的雪茄，和大副讨论另一艘船。“那是我们的了，”马什对他说，用手杖指了指岸上的烟草，“让你的人搬上去，动作快点，然后我们就出发。”

马什趴在锅炉甲板的栏杆上，这是个怡人的阴凉处，他看着力工把大捆的烟草扛上船，而怀蒂正在加大蒸汽的供应。他无意间瞥见了其他的动静：一个旅馆的马车队在汽船码头旁的道路上等待。马什好奇地盯着马车看了一会儿，揪了揪他的胡子，然后登上领航室。

舵手正在就着咖啡吃馅饼。“基奇先生，”马什对他说，“等我叫你开船再开船。”

“怎么了，船长？货物就快装完了，蒸汽也送上来了。”

“你看那儿，”马什说，抬起手杖指给他看，“那些马车不是送乘客来码头就是来接人的。但不是我们的乘客，而他们也不会来迎接随便一艘靠岸的舭明轮小船。我有个预感。”

没多久，他的预感就成真了。一艘修长优雅的侧明轮轮船出现在视野内，喷吐着蒸汽、黑烟和火花，沿着俄亥俄河顺流而下，快得像个魔鬼。马什连船名都没看见就认出了这艘船：辛辛那提与路易斯维尔定班航运公司的“南方人”号。“我就知道！”他叫道，“她晚我们半天离开路易斯维尔，但跑得比我们还快。”他走到侧舷窗前，撩开遮挡下午烈日的漂亮窗帘，看着那艘汽船靠码头，拴缆绳，放乘客登岸。“她不会待太久，”马什对舵手说，“不需要装货和卸货，只有乘客下船。你让她先出发，明白了吗？让她朝下游开一段，然后你再倒船追上去。”

舵手吃完最后一叉子馅饼，用餐巾擦掉嘴角的酥皮渣。“你要我让‘南方人’先开一段，然后再从后面追上去？船长啊，我们会吸着她的蒸汽一路追到凯罗，然后就连个影子都看不见了。”

阿布纳·马什的脸上顿时乌云密布，仿佛即将雷鸣电闪的天空。“基奇先生，你当心点自己的嘴巴。我不想听人说这种话。要是你这个舵手的本事不够，那就和我直说好了，我去把戴利先生从床上踢起来，叫他爬上来掌舵。”

“但那是‘南方人’啊。”基奇嘴硬道。

“而我这是‘热夜之梦’，你他妈别忘记了！”马什吼道。他一转身，气冲冲地走出领航室。该死的舵手，一个个都以为他们是这条河的皇帝。当然了，船只要开到河面上，确实就是他们说了算，但这不等于他们就有资格对一场小小的竞赛说三道四和怀疑他这艘汽船的本事。

他看着乘客开始登上“南方人”，怒气渐渐消退。自从在路易斯维尔隔着河看见“南方人”后，他就在暗自期待这么一个机会的到来，但他没敢抱太大的希望。假如“热夜之梦”能追上“南方人”，等消息沿着密西西比河传开，她的名声也就确立了一半。“南方人”和她的姐妹船“北方人”是那家公司的骄傲。这两艘汽船与众不同，是在一八五三年特地为了速度而打造的。她们比“热夜之梦”小，据马什所知，只有这两艘汽船不载货物，只运送乘客。他无法想象她们能如何赢利，但这并不重要。重要的是她们真的很快。“北方人”在一八五四年创下了从路易斯维尔到圣路易斯的逆流航行新纪录，而仅仅过了一年，“南方人”就以一天零十九个小时打破了纪录并一直保持到今天。镏金的鹿角架在她的领航室顶上，昭告世间她是俄亥俄河上最快的汽船。

阿布纳·马什越是想象追上“南方人”后的情形，就越是兴奋。他忽然想到，绝对不能让约书亚错过这场好戏，无论他是不是在睡美容觉。马什大踏步走向约克的船舱，决心要把他叫起来。他拎起手杖，用杖头重重地敲门。

没人回应。马什继续敲门，敲得越来越响，越来越急切。“喂，给我听好了！”他吼道，“约书亚，你给我起来，我们要和别人竞速了！”

约克的船舱里依然无声无息。马什试着开门，却发现门上了锁。他砸门、捶墙、敲击合上了百叶窗的窗户，他大喊大叫，全都徒劳无功。“真该死，约克，”他说，“你给我起来，否则你就要错过好戏了。”他忽然有了个主意。他回到领航室底下，朝着上面喊道：“哎，基奇先生！”让阿布纳·马什满满地吸上一口气，他能吼出最洪亮的声音。基奇从门里探出脑袋，低头看着他。“你给我拉汽笛，”马什吩咐他，“一直拉别停下，直到我朝你挥手，明白了？”

他回到约克上锁的船舱前，继续砸门，汽笛忽然开始尖啸。一声。两声。三声。悠长而凄厉的长鸣。马什挥舞他的手杖。

约克的舱门突然打开。

马什只看了一眼约克的双眼，正喊到一半的嘴巴就再也合不拢了。汽笛再次拉响，他连忙挥手。汽笛安静下来。“你进来。”约书亚·约克从牙缝里冷冷地说。

马什走进船舱，约克在他背后摔上房门。马什听见他重新上锁。他什么都看不见。门一关上，约克的船舱就暗得仿佛地洞。门关着，百叶窗合上了，还拉着窗帘，连一丝光都透不进来。马什觉得他像是忽然瞎了。但是一幅景象在他脑海中浮现，那是他坠入黑暗前见到的最后一幕：约书亚·约克站在门口，赤裸裸地像是刚生下来，皮肤惨白得仿佛雪花石膏，嘴唇以兽性的狂怒向后咧开，眼睛犹如两道直通地狱的烟灰色裂口。

“约书亚，”马什说，“能不能点个灯？或者拉开窗帘？我什么都看不见。”

“我看得很清楚。”约克在他背后的黑暗中答道。马什没有听见他走动的声音。他转身，撞在了什么东西上。“你别动。”约克命令道，音调里的力量和愤怒使得马什只能乖乖从命。“行了，我给你一点光线，免得你拆了我的房间。”

房间对面擦亮了一根火柴，约克用火柴点燃他读书用的蜡烛，然后坐在他凌乱的床沿上。他不知何时穿上了裤子，但表情依然狰狞可怖。“好了，”他说，“说，你来干什么？我警告你，你最好给我一个像样的理由！”

马什生气了。没人能这么对他说话，天王老子也不行。“约克，‘南方人’就在我们旁边，”他没好气地说，“这条河上最快的汽船，鹿角就安在她的顶上。我打算让‘热夜之梦’去追上她，我以为你会想看一看的。要是你不认为这个理由足以让你起床，那你就根本算不上汽船人，也永远不可能够格了！还有，你注意一下你和我说话的态度，听懂了吗？”

约书亚·约克的眼中有某种情绪在燃烧，他开始起身，但及时阻止了自己，转过身去。“阿布纳啊。”他说。他停顿片刻，皱起眉头。“对不起，我不是存心想不尊重你或者想吓唬你的。你的本意是好的。”马什震惊地看着他使劲攥紧了拳头，然后才放松下来。约克三大步穿过昏暗的船舱，动作既快捷又专注。他的私藏烈酒放在写字台上，正是马什昨晚哄着他打开的那一瓶。他给自己倒了满满一杯，仰头一饮而尽。“啊。”他轻轻地说。他转身重新面对马什。“阿布纳，”他说，“我把你的梦想之船给了你，但不是作为礼物。我们是有协议的。你必须服从我的命令，尊重我奇特的习惯，不问任何问题。你还愿意遵守你答应过的条件吗？”

“我这人说到做到！”马什坚定不移地说。

“那就好，”约克说，“你听我说。你的意图是好的，但你这样吵醒我是不对的。绝对不能再这么做了。绝对不能。无论出于什么理由。”

“哪怕锅炉爆炸，船着了火，难道我也要把你扔在这儿等着被烤熟吗？”

约克的眼睛在幽光中闪闪发亮。“不，”他让步道，“但扔下我对你也许更加安全。我被突然吵醒的时候会很暴躁。我会失去本性。我知道我会在这种情况下做出让自己后悔的事情。这就是我对你那么无礼的原因。我为此道歉，但下次的结果也还是会这样。甚至更糟糕。阿布纳，你听懂了吗？只要我的舱门锁着，你就绝对不能进来。”

马什眉头紧锁，但他想不出什么可说的。毕竟是他破坏了协议；要是被打扰了睡觉约克就会大发雷霆，那也是他的事情。“我明白了，”他说，“我接受你的道歉，要是道歉有意义的话，也请你接受我的道歉。那么，既然你已经醒了，想不想上来看我们超过‘南方人’？”

“不。”约克一脸阴沉，“阿布纳，并不是我不感兴趣。我当然想看。但是——你必须明白——我需要休息，生死攸关。还有，我害怕晒太阳。阳光很毒，会晒伤人。你有没有严重烫伤过？要是有过，那你就能理解。你看见我的皮肤有多白了。阳光和我合不来。阿布纳，这是个医学问题。我不愿深入探讨。”

“好吧。”马什说。他脚下的甲板开始微微颤抖。汽笛发出刺耳的尖啸声。“我们在倒船出港了，”马什说，“我得走了。约书亚，非常抱歉，我打扰了你，我真的很抱歉。”

约克点点头，转过身去，给自己倒第二杯难喝的烈酒。“我知道。”这次他慢慢啜饮。“去吧，”他说，“晚上见，吃晚饭的时候。”马什走向舱门，正要开门，约克又叫住了他：“阿布纳。”

“什么？”马什说。

约书亚·约克对他露出一个苍白而勉强的笑容。“阿布纳，战胜她。一定要赢。”

马什咧开大嘴，走出船舱。

等他登上领航室，“热夜之梦”已经倒出岸边，桨叶正在恢复正转。“南方人”已经在河面上开出了相当长的一段距离。领航室里挤满了六七个没船开的舵手，他们有的在聊天，有的在嚼烟草，有的在下注赌他们能不能追上前面那艘船。连戴利先生都放弃休息，爬上来看热闹了。旅客都知道有戏可看；底下的几层甲板上人头攒动，有人贴着栏杆坐在地上，有人拥向船首，想看得更清楚一些。

基奇转动黑色镶银的巨大舵轮，“热夜之梦”斜驶向主航道，跟着对手驶入激流。他命令底下加送蒸汽。怀蒂铲起一些松脂倒进火炉，他们给岸上的观众好好地表演了一下，船喷出几大团浓密的黑烟，冒着蒸汽疾驰而去。阿布纳·马什站在舵手背后，倚着手杖，眯起眼睛向前看。前方湛蓝的水面反射着下午的阳光，炫目的粼粼波光能晃瞎他的眼睛，只有“南方人”留下尾迹的地方除外，桨轮将那里的水面切割成了千万块飞溅的碎片。

刚开始的一会儿似乎很轻松。“热夜之梦”奋勇向前，蒸汽和黑烟拖在背后，船首和船尾的美国国旗猎猎飘飞，桨轮拍打水面的节奏越来越快，轮机在底下隆隆作响。她和前船之间的距离开始显著缩小。但“南方人”毕竟不是“玛丽·凯”，不是普普通通的艉明轮小船，只能听凭他们的摆布。她的船长或舵手很快就意识到了正在发生什么，回应是嘲弄般地突然加速。黑烟变得浓密，蒸汽向后飘向他们，尾浪变得愈加猛烈和起伏不定，基奇不得不来回摆动“热夜之梦”以摆脱影响，于是因此放弃了水流的部分推力。两船之间的距离重新变大，继而稳定下来。

马什意识到两艘汽船现在僵持住了，他吩咐舵手："咬住她。"他走出领航室，下去找长毛迈克·邓恩，最后在主甲板的艏楼[1]上找到了他，长毛邓恩把皮靴踏在一个板条箱上，嘴里叼着一支大雪茄。"去叫力工和水手，"马什对大副说，"叫他们去配平负重。"长毛迈克点点头，起身碾灭雪茄，开始大吼大叫。

没多久，大部分船员就聚集在了船尾和左舷，平衡挤在船头和右舷观看竞速的乘客的重量。"该死的乘客。"马什喃喃道。"热夜之梦"稍微恢复了一些平衡，她和"南方人"之间的距离再次开始缩短。马什回到领航室里。

两艘汽船此刻都开疯了，彼此势均力敌。阿布纳·马什看得出"热夜之梦"的马力更大，但还不够大。她装着沉重的货物，吃水很深，还必须应付"南方人"的尾浪，尾浪打在船头上，压住了她的速度，而"南方人"轻装上阵，可以肆意前进，不但船上没有乘客，而且前方也是开阔的河面。只要不出故障或事故，那现在就全看舵手的了。基奇的舵掌得很好，他毫不费力地控制着这艘船，抓住每一个机会尽量赶上几分钟的间距。戴利和免费搭船的舵手在他背后七嘴八舌地出各种主意，有人说河道如何如何，有人说水位如何如何，有人说应该怎么开船才最好。

"热夜之梦"追赶了一个多小时，有一两次在转弯处失去了"南方人"的踪影，但每次基奇擦身而过，都能再缩短一点间距。有一次他们已经追得很近了，马什甚至能分辨出趴在前船尾舷栏杆上的乘客的面容，但"南方人"随即再次加快速度，重新拉开了两船之间的距离。"我打赌他们刚换了个舵手。"基奇说，朝旁边的痰盂里吐了一口烟草

1.汽船的前部，水手即居住于此处甲板下或甲板上的舱室中。

汁，“看见她怎么突然抖擞起来了吗？”

“看见了，”马什咆哮道，“现在我想看看我们怎么能也抖擞起来。”

说时迟那时快，他们的机会来了。前一秒“南方人”还稳稳地领先他们，快速通过一个森林茂密的河曲，但突然间，她拉响了汽笛，放慢速度，船身颤抖起来，侧明轮开始倒转。

“当心。”戴利对基奇说。基奇又啐了一口烟草汁，小心翼翼地转动舵轮，“热夜之梦”穿出“南方人”的尾浪，绕远路驶向她的右侧。等他们开到河曲的一半处，终于看清楚发生了什么；另一艘大汽船搁浅在沙洲上，主甲板被一捆捆的烟叶埋在了底下。那艘船的大副和船员搬出了船柱和绞车，正在尝试把她撬出去。“南方人”险些一头撞上他们。

接下来的几分钟过得格外漫长，河面上一片混乱。正在撬船的水手们又是叫喊又是挥手，“南方人”疯狂倒退，“热夜之梦”拖着蒸汽驶向开阔水域。等“南方人”的桨轮恢复了转向，他们掉转船头，像是企图直插到“热夜之梦”的前面去。“舔卵蛋的白痴。”基奇说，他轻打舵轮，吩咐怀蒂降低左舷动力。但他没有让步，也没有减速的意思。两艘巨大的汽船逐渐接近，间距越来越小。马什能听见底下的乘客在惊叫，有一两秒钟他都以为两艘船要相撞了。

但“南方人”在最后一刻放弃了，舵手把船首转回下游方向，“热夜之梦”在仅仅几英尺之外与她擦身而过。底下有人开始欢呼。

“给我继续上。”马什喃喃道，声音很轻，除他之外没人能听见。“南方人”的桨轮溅起漫天水花，她在拼命追赶——尽管她已经落后，但距离并不远，只相差一个船身的长度。“热夜之梦”那些该死的乘客自然全都奔向船尾，船员只好跑向船首，这么多人同时奔跑，害得整艘船都抖了起来。

“南方人”又追了上来。她企图从左舷超过他们，与“热夜之梦”并行，只落后一丁点。她的船首已经靠近了“热夜之梦”的船尾，距离在一英寸一英寸地缩短。两艘汽船的船身都快贴在一起了，要是乘客愿意，可以从一艘船跳到另一艘船上去，只是“热夜之梦”的船身要高得多。“该死。”马什说，“南方人”几乎与他们并驾齐驱了。“老子受够了。基奇，叫怀蒂用我的猪油。”

舵手瞅了他一眼，咧开大嘴坏笑。“猪油？船长啊，我就知道你是个老狐狸。”他朝着通往轮机舱的传声筒吼叫下令。

两艘汽船在并排行驶了。马什攥着手杖的手里满是汗水。水手似乎在底下和几个该死的外国佬争吵，他们把猪油桶当成了自己的家，水手必须先赶开他们，然后才能把猪油桶拖到司炉那儿去。马什心急如焚，火爆得就像烧猪油的炉膛。上等猪油很贵，但在汽船上非常有用。不但厨师可以用，在炉子里还能烧出高温，而此刻要用猪油正是为了这个，只靠木柴可烧不出那么滚烫的高压蒸汽。

猪油倒进火炉后，领航室里立刻看出了胜负。排气管嘶嘶地喷出两道直插云霄的白色蒸汽柱，高耸的烟囱里涌出滚滚黑烟，“热夜之梦”喷吐烈火，船身微微发抖，然后吐出火花，桨轮吭哧吭哧转得很快，像是火车车轮，曲轴的震动捶打着甲板。她像是飞了起来，把“南方人”甩在背后，等确定“南方人”追不上来了之后，基奇将船开到她的正前方，让他们品尝“热夜之梦”的尾浪。那伙没事可做无处可去的舵手笑得合不拢嘴，纷纷请别人抽烟，夸奖“热夜之梦”是多么伟大的一艘船，而“南方人”在背后被甩得越来越远，阿布纳·马什笑得像个傻瓜。

在凯罗靠岸的时候，他们比“南方人”足足领先十分钟，清澈而宽阔的俄亥俄河在凯罗汇入浑浊的密西西比河。到了这个时候，阿布纳·马什已经几乎忘记了他和约书亚·约克的小小不快。

6

朱利安种植园　路易斯安那州　一八五七年七月

两名骑手出现的时候，坏水比利·蒂普顿正在大门外，对着砾石小径前那棵枯死的大树练飞刀。尽管才是上午，但已经热得可怕了，坏水比利练出了一身大汗，打算扔完飞刀就去河边游个泳。这时他看见骑手从老路拐弯处的树林里冒了出来。他走到枯树前，拔出匕首，塞回后腰上的刀鞘里，游泳的念头消失得无影无踪。

骑手走得很慢，但胆子很大，在烈日下径直走向大门，就好像他们属于这儿。坏水比利心想，他们肯定不是这附近的人，因为附近的人都知道戴蒙·朱利安不喜欢有人未经允许就踏上他的土地。他们还在远处、看不清楚面目的时候，坏水比利猜测也许是蒙特勒伊的克里奥尔朋友来找麻烦了。假如果真如此，那他们可就要后悔了。

然后他看清楚了他们为什么走得这么慢，坏水比利放松下来。两个用铁链锁着的黑人踉踉跄跄地跟着两名骑手。他抱起胳膊，靠在枯树上，等他们走到面前。

他们不出所料地勒住了缰绳。一名骑手看了看屋子，没有放过剥落的油漆和朽烂的门前台阶，他吐出一口烟草汁，然后转向坏水比利。“这儿是朱利安种植园吗？”他说。这是个红脸膛的大块头，鼻子上有个疣子，身穿臭烘烘的皮衣，头戴一顶软毡帽。

“当然是。”坏水比利答道，但视线越过了说话的骑手和他的伙伴，后者是个面颊红润的年轻人，很可能是前者的儿子。他走向那两个容貌枯槁的黑人，他们被铁链锁着，显得沮丧又可怜，坏水比利微微一笑。“哎呀，”他说，“这不是莉莉和萨姆吗？真没想到二位还能回来做客。你们跑掉已经足有两年了。朱利安先生得知你们回来，一定会非常高兴的。”

萨姆是个孔武有力的魁梧大汉，他抬起头盯着坏水比利，但眼神里没有桀骜，只有恐惧。“我家小子和我在阿肯色[1]撞见了他们，”红脸膛男人说，“他们声称自己是自由身，但他们连一秒钟都蒙不了我，没门的，先生。”

坏水比利望向奴隶捕手，点点头。“继续说。”

“这两个家伙骨头很硬。撑了很久，就是不肯说他们从哪儿来。用鞭子好好抽了一顿，还使上了另外几个招数。一般的黑人呢，你稍微吓唬一下他们就老实交代了。但这两个不一样。”他啐了一口。“总之，最后还是让他们开口了。吉姆，给他看看。”

年轻人跳下马，走到女人身旁，举起她的右臂。她的手上缺了三根手指。一个残桩上还覆盖着血痂。

“我们先弄右手，因为我们注意到她是左撇子，”男人说，“不想真的把她搞成残废，你明白的，但报纸上没找到任何告示，也没有寻人海报，所以……”他意味深长地耸耸肩。“如你所见，等我们弄到第三

1.美国南部的一个州，地处密西西比河中下游。

根手指，男人终于说话了。女人恶狠狠地咒骂他。”他嘎嘎怪笑。“总之，人给你带回来了。两个这样的奴隶，逮住他们肯定值点什么吧？这位朱利安先生在吗？”

“不在。”坏水比利说，抬头看了一眼太阳。离中午都还有一两个小时呢。

“那好，”红脸膛的男人说，“你肯定是那位监工了，对吧？他们叫你坏水比利？”

“正是在下，”他说，“萨姆和莉莉提起过我？”

捕奴人再次大笑。“哦，等我们搞清楚他们从哪儿来以后，他们的嘴巴可就关不上了。来这儿的一路上都说个不停。我家小子和我有一两次不得不叫他们闭嘴，但他们很快就又说上了。说的故事还挺有意思的。”

坏水比利冰冷恶毒的眼睛望向两名逃奴，但两人都不和他对视。

“不如你直接收下这两个家伙，把赏金给我们，我们就转身上路了。”男人说。

“不行，”坏水比利·蒂普顿说，“你们还是等一等吧。朱利安先生一定会想亲自感谢你们的。不需要等太久，天一黑他就回来了。”

“天黑是吧？”男人说，和儿子交换了一个眼神，“说来有趣，坏水比利先生，但这两个黑人说过你肯定会这么说。他们说了些天黑后这儿会发生什么的离奇故事。我家小子和我更愿意拿了钱就离开，反正对你来说都一样。”

“但对朱利安先生来说就不一样了，”坏水比利说，“再说我也没法给你们钱。你们难道会相信两个黑人讲的什么愚蠢故事？”

男人皱起眉头，嚼了一会儿烟草。“黑人爱讲故事是一码事，”他最后说，“但我也知道黑人时不时也会说两句实话。至于现在嘛，坏水比利先生，我们会听你的，等这位朱利安先生回家。但你别以为我们很容易糊弄。”他身上有枪，他拍了拍枪套。“我这位朋友陪我一起等人，我家小子也有这么一把，而且我们父子俩玩刀都很有一套。明白了吗？这两个黑人说过你后腰上藏着一把匕首，所以你的手可千万别往背后伸，哪怕是挠痒痒都不行，否则就别怪我们的手指也犯痒了。我们就和和气气地一起等着吧。”

坏水比利望向捕奴人，冷冷地盯着他，但大块头太迟钝了，甚至都没意识到。“我们去里面等吧。”坏水比利说，两只手离背后远远的。

“那就最好了。”捕奴人说。他跳下马。“顺便说一声，我叫汤姆·约翰斯顿，那是我家小子吉姆。”

“朱利安先生会很高兴认识你们的，”坏水比利说，“拴好你们的马，带奴隶进屋去。当心台阶。有些地方已经烂透了。”

捕奴人拽着女人走向屋子，她开始啜泣，但吉姆·约翰斯顿顺手抽了她一耳光，她立刻就没声音了。

坏水比利领着他们来到书房，拉开厚重的窗帘，让阳光照进积灰的昏暗房间。奴隶坐在地上，两个捕奴人在大皮椅里伸展腿脚。“哎呀，”汤姆·约翰斯顿说，“这地方还真不错。”

“所有东西都烂了，到处都是灰，”年轻人说，“老爸，和黑鬼说的一模一样。”

“好，真好，”坏水比利看着两个黑人，“好，非常好。等朱利安先生知道你们这么编派他的屋子，一定会不高兴的。你们两个活该好好吃一顿鞭子。”

魁梧大汉萨姆鼓起勇气，昂首怒目而视：“挨鞭子才吓不住我呢。”

坏水比利微微一笑。“哎呀，萨姆，有一些事情比挨鞭子更加可怕。我向你保证。”

名叫莉莉的女人受不住了。她看着年轻人。“他说的是真的，吉姆主人，一点不假。你必须听我一句。天黑前带我们离开这儿。你和你父亲可以拥有我们，使唤我们，我们会为你们卖命，我们保证。绝对不会逃跑。我们是本分的黑人。本来就不可能逃跑，要不是……要不是……先生，不要等到天黑，千万不要。到时候就来不及了。”

年轻人抡起枪托，重重地给了她一下，她脸上立刻显出了一道血印，她被打得向后倒下，躺在地毯上颤抖着啜泣。他说：“闭上你撒谎的臭嘴。”

“喝一杯吗？”坏水比利问他。

几个小时一晃而过。他们喝掉了朱利安最好的两瓶白兰地，把它像廉价威士忌似的往肚子里灌。他们吃饭、聊天。坏水比利没怎么开口，只是问这问那，让汤姆·约翰斯顿说话，那家伙喝醉了就自吹自擂，特别爱听自己的声音。捕奴人父子似乎来自阿肯色州的拿破仑，但他们待在那儿的时间并不多，而是喜欢东奔西走。有一位约翰斯顿太太，但她和女儿待在家里。父子俩很少说他们在干什么。“女人用不着知道他男人来来去去都在忙个啥。你对她们提个一句半句，下次等你晚回家一点她们就会唠叨个没完。然后你就只能扇醒她们了。”他啐了一口，“还是让她们猜来猜去比较好，这样等你回家，她们就会感恩戴德了。”约翰斯顿让坏水比利觉得他更愿意睡黑人村姑，这样妻子对他来说就可有可无了。

外面，太阳开始沉向西方。

等黑影完全笼罩了整个房间，坏水比利起身拉上窗帘，点了几支蜡烛。“我去叫朱利安先生。”他说。

约翰斯顿家的年轻人转向父亲，坏水比利觉得他的脸色白得可怕。“爸爸，我没听见有人骑马回来。”他说。

“请稍等。”坏水比利·蒂普顿说。他把两人留在书房里，自己穿过暗沉沉空荡荡的舞厅，爬上宽阔的楼梯。来到楼上，他走进一间宽敞的卧室，卧室的落地窗用木板钉死，黑色天鹅绒的华盖笼罩着美丽的大床。“朱利安先生。”他在门口轻声呼唤。房间里漆黑一片，空气憋闷。

华盖里有什么东西动了动。天鹅绒帷幕向两侧拉开，露出了戴蒙·朱利安的面容：苍白、平静、冷酷。他的黑眼睛像是从黑暗中探出来，触碰着坏水比利。“怎么了，比利？”他用柔和的声音说。

坏水比利告诉他事情的原委。

戴蒙·朱利安微笑道：“带他们去餐厅。我很快就下来陪他们。”

餐厅有个古老的大枝形吊灯，但在坏水比利的记忆中从来没点亮过。他把捕奴人带进餐厅，找到火柴，点燃一盏小油灯，把油灯放在长桌中央，油灯在亚麻桌布上投下一小圈光亮，让黑暗继续笼罩挑高的狭长餐厅的其余部分。约翰斯顿父子落座，年轻人不安地扫视四周，手始终放在枪托上。两个黑人彼此偎依，可怜巴巴地站在长桌的一头。

“这位朱利安人呢？”汤姆·约翰斯顿吼道。

“很快就来，汤姆。”坏水比利说，“稍等一下。”

接下来的近十分钟没人开口说话。然后吉姆·约翰斯顿忽然倒吸一口气。他说：“爸爸，你看。有人站在那个门口！”

那扇门通往厨房。厨房里黑洞洞的。夜晚已经完全降临，屋子这个角落所有的光线都来自桌上的那盏油灯。向厨房门望去，只能看见隐然威胁的模糊黑影，还有一个似乎是人的轮廓的东西一动不动地站着。

莉莉啜泣起来，萨姆紧紧地搂住她。汤姆·约翰斯顿一跃而起，椅子腿刮过木地板，他面容狰狞。他拔出手枪，扳开击铁。“是谁？”他喝令道，“给我出来！”

“没必要害怕。”戴蒙·朱利安说。

所有人一起转身，约翰斯顿像是见了鬼似的蹦起来。朱利安站在通往门厅的拱廊下，黑暗勾勒出他的轮廓，他面带迷人的笑容，身穿黑色的长礼服，脖子上系着一条亮红色的丝巾。他的黑眼睛反射着油灯的亮光，露出饶有兴味的眼神。“只是瓦莱丽而已。”朱利安说。

随着衣裙摩擦的飒飒声，瓦莱丽走出来站在了厨房门口，她脸色惨白，默不作声，但依然美得惊人。约翰斯顿看着她，放声大笑。“哎，”他说，“不就是个女人嘛。不好意思，朱利安先生。黑鬼的故事弄得我一惊一乍的。”

“我完全能理解。”戴蒙·朱利安说。

“他背后还有别人。”吉姆·约翰斯顿低声说。他们全都看见了，那是几条隐约的黑影，潜藏于朱利安背后的黑暗中。

“只是我的几个朋友。”戴蒙·朱利安微笑道。一个穿浅蓝色礼服的女人出现在他右侧。“辛西娅。”他介绍道。穿绿色礼服的另一个女人出现在他左侧。“阿德里安娜。”朱利安又说。他抬起胳膊，打了个慵懒的手势。“这是雷蒙德、让和库尔特。”三个人一起走出环绕狭长房间的另外几扇门，像猫一样无声无息。“而你们背后的是阿兰、若热和文森特。”

约翰斯顿原地转身，看见他们从阴影中走了出来。朱利安背后又有几个人冒了出来。除了衣服摩擦发出的飒飒声响，他们没有一个人行动时发出了任何声音。他们全都盯着约翰斯顿父子，满脸殷切的笑容。

坏水比利没有笑，但汤姆·约翰斯顿攥着枪像受惊动物似的望来望去的样子让他觉得很可笑。“朱利安先生，”他说，“我该告诉您一声，谁也蒙不了这位约翰斯顿先生。他有枪，朱利安先生，他儿子也有，而且两个人玩刀都很有一套。”

“啊哈。”戴蒙·朱利安说。

两个黑人开始祈祷。吉姆·约翰斯顿望着戴蒙·朱利安，也拔出了手枪。“我们带来了你的黑奴，”他说，“我们不要你的赏金。我们这就走。”

“走？”朱利安说，“我怎么能不奖赏你们就让你们走呢？你们千里迢迢从阿肯色赶来，就为了送两个黑人回家？这种话我连听都不想听。”他穿过房间。他的黑眼睛虏获了吉姆·约翰斯顿，年轻人举着枪，却一动不动。朱利安从他手里拿过枪，放在桌上，轻轻抚摸年轻人的面颊。“灰土底下，你是个英俊的孩子。”他说。

“你对我家小子做了什么？”汤姆·约翰斯顿吼道，“给我离他远点！”他挥舞着手枪。

戴蒙·朱利安瞥了他一眼。“你家小子有一种独特的粗犷美，”他说，“而你就不一样了，你只有一颗疣子。”

“那颗疣子能代表他整个人。”坏水比利·蒂普顿附和道。

汤姆·约翰斯顿瞪着他们，戴蒙·朱利安微微一笑。“说得好，”他说，“比利，很风趣嘛。”朱利安朝瓦莱丽和阿德里安娜打个手势。两人飘也似的走向他，各挽住年轻人的一条手臂。

“需要帮忙吗？”坏水比利问。

“不需要，”朱利安说，“谢谢。”他抬起手，优雅地一挥，动作几近随意，指尖轻轻滑过年轻人的长脖子。吉姆·约翰斯顿发出呛水的窒息声。一道细细的红线突然出现在他喉咙上，仿佛一条环绕颈部的猩红色项链，亮红色的血珠在众人注视下逐渐胀大，一颗颗各自爆开，化作沿着脖子涓涓流淌的血河。吉姆·约翰斯顿开始挣扎，但两个苍白的女人像铁箍似的固定住了他。戴蒙·朱利安低下头，把嘴唇贴在血流上，接住鲜红的滚烫血液。

汤姆·约翰斯顿从胸膛深处发出不连贯的动物般的嘶吼声，过了很长一段时间才反应过来。他终于再次扳开击铁，抬手瞄准。阿兰突然上前挡住枪口，文森特和让则出现在他身旁，雷蒙德和辛西娅冰冷惨白的手从背后伸向他。约翰斯顿咒骂他们，扣下扳机。一道火光闪过，刺鼻的硝烟味充斥房间，枯瘦如芦苇的阿兰踉跄后退，被子弹的冲击力打倒在地。暗红色的血液渗出他带褶的衬衫前襟。阿兰半躺半坐在地上，摸了摸胸口，抬起来的手上沾着血。

雷蒙德和辛西娅已经牢牢地按住了约翰斯顿，让毫不费力地夺过他手里的枪。红脸膛的大个子男人没有反抗，他只是盯着阿兰。血已经不流了。阿兰微微一笑，露出白色的獠牙，牙齿既恐怖又尖利。他起身走向约翰斯顿。“不，”约翰斯顿尖叫道，“不，我打中你了，你应该死了，我打中你了！”

“约翰斯顿先生，黑人有时候也会说实话，”坏水比利·蒂普顿说，“完完全全的实话。你应该听他们的。”

雷蒙德的手伸进约翰斯顿的毡帽，狠狠抓住他的头发，把他的脑袋向后拉，露出粗壮的红脖子。阿兰狂笑着用牙齿撕开约翰斯顿的喉咙。其他人随即凑了上去。

坏水比利·蒂普顿从背后拔出匕首，慢悠悠地踱到两个黑人面前。“来吧，”他说，“朱利安先生今晚用不上你们，但你们不能再逃跑了。去地窖里待着吧。起来，动作快点，否则我就把你们留给他们。”不出坏水比利的意料，这话让两个黑人连忙爬了起来。

地窖狭小阴冷，只能通过地毯下的一道翻板活门进出。这附近的土地过于潮湿，没法建造像样的地窖，但这个地窖本来也不需要多像样。地上覆盖着两英寸深的死水，天花板低得没法让一个成年男人直起腰站立，墙壁上长满了青苔。坏水比利把两个黑人用链子拴在墙上，彼此之间近得可以相互触摸。他觉得自己算是很体贴了，他甚至送了一顿热饭给他们。

忙完这些，他给自己做了顿晚餐，约翰斯顿父子打开的第二瓶白兰地还没喝完，他用来就着吃饭。刚吃完，阿兰就走进了厨房。他衬衫上的血已经干了，子弹打进去的地方有个烧黑的窟窿，但除此之外他似乎没受到任何伤害。“结束了，”阿兰对他说，“朱利安叫你去书房。”

坏水比利推开盘子，前去响应主人的召唤。穿过餐厅的时候，他注意到这儿亟待清理。阿德里安娜、库尔特和阿曼德在晦暗的寂静中享用葡萄酒，尸体——更确切地说，剩下的尸体——就扔在几英尺之外。另外几个人在起居室里聊天。

书房里一片漆黑。坏水比利以为戴蒙·朱利安会单独见他，等他走进房间，却注意到暗处还有三条隐约的人影，两个坐着，一个站着。他分辨不出那都是谁。他在门口等待，直到朱利安开口。“以后再也不要带这种人来我的书房了，”黑暗中飘来他的声音，“他们很肮脏，会留下臭味。”

坏水比利感到恐惧像匕首似的插进心里。“遵命，先生，”他面对朱利安开口说话的那张椅子说，“非常抱歉，朱利安先生。”

沉吟片刻后，朱利安说：“比利，关上门。进来。你可以点灯。”

灯罩是艳丽的红色玻璃做的，火光把积灰的房间染成了干血的红棕色。戴蒙·朱利安坐在一把高背椅上，修长优雅的手指在下巴底下搭成宝塔状，脸上有一丝笑意。瓦莱丽坐在他右手边，礼服的一边袖子在搏斗中被撕破了，但她似乎根本没注意到。坏水比利认为她比平时更加苍白。几英尺外，让站在另一把椅子后面，看上去既警觉又紧张，不停地转动手指上一枚偌大的金戒指。

“他必须在场吗？”瓦莱丽问朱利安。她扫了比利一眼，紫色的大眼睛里透着蔑视。

“瓦莱丽，怎么了？”朱利安答道，他伸手握住她的手。她颤抖起来，抿紧嘴唇。“我叫比利来就是为了让你安心。”朱利安继续道。

让鼓起勇气，皱起眉头，直视坏水比利的眼睛。“这个约翰斯顿有个老婆。”

原来如此，坏水比利心想。“你害怕了？”他揶揄道。让不是朱利安的宠儿，因此嘲笑他不会带来危险。“他有个老婆，”比利说，“但没什么好担心的。他什么都不和她说，从不告诉她他去哪儿和什么时候回家。她不会来找你的。”

“戴蒙，我不喜欢这样。”让抱怨道。

“那两个奴隶呢？”瓦莱丽问，“他们逃走了两年。他们对约翰斯顿说了一些事情，危险的事情。他们肯定还告诉过其他人。”

“比利？”朱利安说。

坏水比利耸耸肩。“我猜他们对从这儿到阿肯色的每一个黑鬼都说过，”他说，“但我并不担心。只是黑鬼之间的胡言乱语，没人会相信的。”

“我看未必。”瓦莱丽说。她转向戴蒙·朱利安，恳求道：“戴蒙，求求你。让说得对。我们在这儿待得太久了。已经不安全了。你还记得他们在新奥尔良对那个姓拉洛里的女人做了什么吧，她以折磨奴隶为乐，记得她吗？传闻最后终于让她惹上了麻烦。她的所作所为比起……”她犹豫片刻，咽了口唾沫，然后轻声继续道，“……比起我们做的事情算不了什么。我们必须做的事情。”她转过脸去不看朱利安。

朱利安慢慢地伸出一只苍白的手，温柔地抚摸她的面颊，一根手指从上向下轻轻爱抚她，然后勾住她的下巴，强迫她转过来看着他。“瓦莱丽，你怎么忽然这么胆怯了？难道还需要我提醒你你是谁吗？你是不是又听让胡说了？难道他现在是主人了？这里的血主变成他了吗？”

“不。”她说，深紫色的眼睛瞪得更大了，声音中透着畏惧，“当然不。”

“那么，亲爱的瓦莱丽，谁是这里的血主？”朱利安问。他双眼放出寒光，目不转睛地盯着她。

“是你，戴蒙，”她的声音仿佛耳语，“你。”

“看着我，瓦莱丽。你以为我需要害怕区区几个奴隶散播的流言吗？你以为我会在乎他们怎么说我吗？”

瓦莱丽张开嘴，但说不出任何话。

戴蒙·朱利安满意了，他放开瓦莱丽。他的手指在她的皮肤上压出了深红色的印痕。瓦莱丽向后退缩。他朝坏水比利微笑道："比利，你有什么看法？"

坏水比利·蒂普顿低头看着脚尖，不安地挪动脚步。他知道他应该说什么，但他最近做过一些思考，有些话他必须对朱利安说，但朱利安听了肯定会不高兴。他已经拖延了很久，但现在似乎没有其他选择了。他胆怯地说："朱利安先生，我说不准。"

"说不准，比利？你有什么说不准的？"他的语气冷酷，隐含威胁。

坏水比利横下心来。"朱利安先生，我不知道我们还能这么过多久，"他壮着胆子说，"我考虑过局势，有些情况我不怎么喜欢。加鲁管理种植园的时候，挣了很多钱，但现在它几乎一文不值了。你知道什么样的奴隶我都能让他乖乖干活，要是我做不到才叫见鬼呢，但奴隶死了或跑了我就没法让他们干活了。但你和你的朋友从他们的窝棚里带走孩子，好看的女奴被叫进主屋却再也不出来，这时候麻烦就找上了我们。这儿已经一年多连一个奴隶都没有了——除了买来的漂亮姑娘，但她们也都活不长久。"他紧张地笑了笑。"我们不种庄稼。我们卖掉了半个种植园，全都是最好的土地。还有那些漂亮的姑娘，朱利安先生，她们很贵的。我们遇到了严重的财务危机。

"但这还不是最重要的。消灭几个黑鬼是一码事，但用白人解渴就是另一码事了，那很危险。在新奥尔良也许还算安全，但你我都知道是卡拉杀死了亨利·卡桑德的小儿子。朱利安先生，他是我们的邻居。大家都知道这儿的情况不太正常；要是他们的奴隶和孩子开始死去，那真正的麻烦就会落到我们头上了。"

"麻烦？"戴蒙·朱利安说，"加上你，我们有二十来号人呢。区区血畜能把我们怎么样？”

“朱利安先生，”坏水比利说，“要是他们白天来呢？”

朱利安漫不经心地挥挥手。“不会发生这种事的。要是发生了，我们就给他们一个应有的下场。”

坏水比利皱起眉头。朱利安也许可以不在乎，但承担最大风险的是他坏水比利。“朱利安先生，我认为她说得对，”他怏怏地说，“我认为我们该换个地方了。这儿已经被我们榨干了。继续待下去会有危险。”

“比利，我在这儿待得很自在，”朱利安说，“血畜是我的食物，不可能让我逃跑。”

“那钱呢？我们去哪儿弄钱？”

“我们的客人留下了两匹马。明天带到新奥尔良去卖掉。但要确保不会被人找上门来。你还可以再卖掉一些土地。巴尤克罗斯的内维尔会想继续购入的。比利，你去找他。”朱利安微笑道，“甚至可以请他来这儿吃顿饭，商讨我的提议。请他带上他可爱的妻子和那个柔嫩的小儿子。可以让萨姆和莉莉伺候他们。情况会变得和奴隶逃跑前一样。”

他在嘲笑我，坏水比利心想。但是，把朱利安的任何一句话当耳旁风都有可能造成危险。“这座屋子，”比利说，“他们来吃饭就会看见屋子已经破败得不成体统了。这样不安全。他们回家后会乱说话的。”

“比利啊，那要看他们能不能回家了。”

“戴蒙，”让的声音在颤抖，“你的意思不可能是……”

浸泡在暗红色光线中的昏暗房间热得出奇。坏水比利开始出汗。“内维尔是——求您了，朱利安先生，您不能干掉内维尔。您不能掳走这附近的居民，同时不停购买漂亮的姑娘。”

“你的血奴这次没说错，”瓦莱丽用非常小的声音说，“听他一次吧。”让也在点头，其他人的支持使得他有了胆量。

“我们可以卖掉这整块地产，”比利说，“反正已经烂到底了。然后所有人一起搬到新奥尔良去。那儿的情况比较好。有许许多多克里奥尔人、自由身的黑人和靠河吃饭的白皮垃圾，谁也不会在乎多几个还是少几个，您说呢？”

“不行。”戴蒙·朱利安说。声音仿佛坚冰。他用语气告诉他们，他不会继续容忍与他相左的观点了。坏水比利立刻闭上嘴巴。让继续玩他的戒指，嘴角同时显出了愠怒和胆怯。

但令人吃惊的是瓦莱丽忽然开口了：“那就放我们走吧。”

朱利安厌倦地扭头看她。“我们？”

“让和我，”她说，“打发我们离开吧。那样会……更好。对你来说也更好。去掉我们几个，这儿会更加安全。你的漂亮姑娘也能多享用一段时间。”

“我亲爱的瓦莱丽，打发你们离开？哎呀，我会想念你的。我也会牵挂你的。那么，你打算去哪儿呢？”

“某个地方。随便哪儿。”

“你还指望能在某个岩洞里找到你的黑暗之城吗？”朱利安嘲弄道，“孩子，你的信仰让我感动。你是不是误以为可怜又虚弱的让是你的白王了？”

“不，”瓦莱丽说，“当然不是。我们只是想歇息一下。求你了，戴蒙。要是我们所有人都待在这儿，他们迟早会发现我们，来猎杀我们。你就放我们走吧。”

“瓦莱丽，你是那么美丽。那么万里挑一。”

“求你了，”她颤抖着说，“放我们走。歇息一下。”

“可怜的小瓦莱丽啊，”朱利安说，“不存在什么歇息。无论你去哪儿，你的渴欲都会跟随着你。不行，你必须留下。”

“求你了，”她麻木地重复道，“我的血主。”

戴蒙·朱利安略略眯起他的黑眼睛，笑容随之消失。“既然你这么想走，也许我该满足你的愿望。”

瓦莱丽和让满怀希望地看着他。

“也许我应该放你们走，”朱利安沉吟道，“你们两个。但不能一起，不行。瓦莱丽，你太美丽了。你配得上比让更好的人。比利，你有什么看法吗？”

坏水比利讪笑道：“朱利安先生，就放他们走吧。您不需要他们，一个也不需要。您有我呢。打发他们滚蛋，他们会知道那是什么滋味的。”

“有意思，”戴蒙·朱利安说，“我会考虑的。现在你们全都给我出去。比利，你去卖马。顺便问问内维尔要不要买地。”

“不吃晚饭了吗？”坏水比利如释重负。

“不了。”朱利安说。

坏水比利是最后一个走到门口的。朱利安在他背后熄灭了油灯，黑暗顿时充满了空间。坏水比利走到门口，忽然犹豫起来，他又转过身。

“朱利安先生，”他说，“您答应过的——已经好些年了。什么时候？”

“等我不需要你了。比利，你是我白天的耳目。你为我做我无法做的事情。我现在怎么能离得了你呢？但你别担心。不会让你等太久的。等你加入我们，时间对你就会失去意义。一个人拥有了永久的生命，一年和一天对他来说毫无区别。”承诺使得坏水比利安下心来。他去办朱利安吩咐他做的事情了。

那天夜里他做了梦。在梦里，他和朱利安本人一样阴郁和优雅，风度翩翩，充满掠食者的气质。他的梦中永远是黑夜，苍白的满月下，他徜徉于新奥尔良的街头。人们看着他走过他们的窗口和镶着铁栏杆的小小阳台，他能感觉到他们的视线落在他身上，男人心怀恐惧，女人受到他的黑暗力量的诱惑。他在黑暗中跟踪他们，无声无息地飘过砖铺的人行道，听着他们发狂的脚步声和喘息声。一盏高悬油灯的摇曳火光下，他抓住一个英俊的花花公子，狂笑着撕开他的喉咙。一个放荡的克里奥尔美女在远处看着他，她在前方奔跑，他在小巷和天井中追猎她。最后，在熟铁火炬照耀下的一个院子里，她转身面对他。她的模样有点像瓦莱丽。她紫色的双眸中充满烈火。他走向她，推倒她，占有了她。克里奥尔人的血像克里奥尔食物一样炽热和浓厚。夜晚属于他，从现在到永恒的每一个夜晚，猩红的渴欲控制了他。

从梦中醒来的时候，他浑身滚烫，热得发烧，汗水打湿了床单。

7

圣路易斯　一八五七年七月

“热夜之梦”在圣路易斯休整了十二天。

除了约书亚·约克和他古怪的伙伴们，所有船员都忙得不可开交。阿布纳·马什每天大清早起床，十点就已经上街办事，他去拜访承运商和旅馆老板，吹嘘他的新船，努力招徕生意。既然他手上的船又不止一艘了，他于是印了一堆热河定班航运公司的传单，雇了些孩子去贴满全城。马什去最好的地方喝酒吃饭，没完没了讲述“热夜之梦”击败“南方人”的伟绩，以确保消息能够传开。他甚至在当地的三家报纸上登了广告。

“热夜之梦”刚在圣路易斯靠岸，阿布纳·马什为下游雇用的临时舵手就上船了，他们因为等候而浪费了好几天时间，这段时间由马什支付薪水。舵手可不便宜，尤其是这两位，但马什在这方面并不吝啬，因为他要给他的汽船配备最好的人手。收到薪水后，两位新人继续去等候；舵手永远拿全薪，但只要汽船不出港，他们就绝对不会做任何事情。除了掌舵，让他们做任何事都是在折辱他们。

马什找的这两个舵手各有各消磨时间的独特方法。丹·奥尔布赖特，古板而沉默，衣着入时，“热夜之梦”靠岸的那一天，他慢悠悠地登上甲板，巡视整艘船、轮机舱和领航室，满意地点点头，立刻住进了他的船舱。白天他在汽船藏书丰富的图书室里读书，在大厅里和乔纳森·杰弗斯下几盘象棋，不过每次都会败在杰弗斯手下。卡尔·弗拉姆则刚好相反，他通常总是在岸边的桌球房里出没，头戴一顶宽檐毡帽，歪着嘴坏笑，吹嘘他和他的新船在这条河上将会如何所向披靡。弗拉姆的名声实在不怎么好。他喜欢开玩笑说他在圣路易斯有一个老婆，在新奥尔良也有一个，在山下纳齐兹还有第三个。

阿布纳·马什没那个闲工夫去操心他的舵手都在干什么，忙这忙那占据了他的所有时间。他也很少见到约书亚·约克和他的朋友们，不过他知道约克夜里经常在城区长时间散步，通常总是沉默寡言的西蒙陪着他。西蒙也在学习调酒，因为约书亚告诉马什，他有意让西蒙担任去新奥尔良途中的夜班酒保。

马什倒是经常在晚餐时遇到他的搭档，因为约书亚·约克习惯在主船舱和其他高级船员一起吃饭，然后回自己的卧舱或去图书室读报——每天依然会有一捆捆的报纸从到港的汽船上送来给他。有一次，约克说他要去城里看戏。他邀请阿布纳·马什和其他高级船员同去，但马什没那个兴趣，结果约克只带着乔纳森·杰弗斯去了。“诗歌和戏剧，”看着他们的背影，马什对长毛迈克·邓恩嘟囔道，“会让你怀疑这条河到底流向哪里。”后来，杰弗斯开始教约克下象棋。

几天后，杰弗斯对马什说：“阿布纳，他的脑子太好使了。”那是他们在圣路易斯停留的第八天清晨。

“谁？”

“还能是谁，当然是约书亚了。两天前我才教会他怎么走子。昨晚我就看见他在大厅对着他订的一份纽约报纸摆摩菲[1]的残局玩了。这家伙可真古怪。你知道多少他的事情？”

马什皱起眉头。他不希望他的船员对约书亚·约克过于好奇，这是协议的一部分。“约书亚不喜欢说自己的事情。我也没去问他。我觉得别人的过去和我没关系。杰弗斯先生，你应该也抱着同样的态度。不，说真的，你最好就这么做。”

事务长挑起他细长的黑眉毛。“我听你的，船长。”他答道。然而他脸上的一丝冷笑让阿布纳·马什心中不安。

来打听约克的人不止杰弗斯一个。长毛迈克也找过马什，说水手和机工在传约克和他的四位客人的闲话，问马什要不要他采取点什么措施。

“什么样的闲话？”

长毛迈克意味深长地耸耸肩。“说他只在夜里出门。还说他那些古怪的朋友如何如何。你知道汤姆吧，负责左舷中舱的机工？他到处说一个故事，说咱们离开路易斯维尔的那天夜里，呃，你记得那儿的蚊子特别多，对吧，汤姆说他看见那个西蒙下到主甲板，东张张西望望，然后一只蚊子落在他手上，他用另一只手拍死了蚊子。拍成了肉酱。但你知道蚊子有时候会吸一肚子血，你拍死蚊子，会爆出一团血来。汤姆说落在西蒙手背上的那只蚊子就是这样，他拍死蚊子，弄得他手上全是血。但紧接着——汤姆说——西蒙盯着手背看了好一会儿，然后抬起手，他妈的把血舔了个干净。”

阿布纳·马什板起脸说：“你告诉你那个汤姆小子，要么他别再传这种闲话了，要么就换一艘船去左舷中舱烧锅炉。”长毛迈克点点头，

1.保罗·摩菲（Paul Morphy，1837—1884），美国国际象棋棋手。6岁学棋，12岁时被誉为国际象棋神童，19岁战胜所有美国大师，20岁获美国首届冠军，21岁战胜欧洲各国所有强手，被誉为当时世界上最为杰出的国际象棋大师之一。

抡起铁棍拍了拍另一只手，发出啪的一声闷响。但马什又拦住了他。“不，”他说，“等一等，你叫他别传闲话，但要是再看见什么怪事，就来报告你或者我。告诉他我们会给他五毛钱的。”

“他会为了五毛钱撒谎的。”

“好吧，那就别管五毛钱了，其他内容不变。”

阿布纳越是琢磨汤姆说的故事，就越是烦恼。他很高兴约书亚·约克打算安排西蒙当酒保，这样那家伙就会在公开场合露面，方便别人盯着他了。马什从不喜欢殡葬业者，而西蒙总是让他想到不怎么敬神的一位，更别说有时候还会让他想到殡葬业的主顾了。他只希望西蒙别在伺候贵宾舱乘客的时候舔蚊子血。这种事很容易毁掉一艘船的名声。

马什很快就把这个小插曲抛在了脑后，又一头扎进他的生意。但是，就在他们预定出发的前一天夜里，又发生了一件让他不安的事情。他去船舱拜访约书亚·约克，商讨这趟行程的一些细节。约克坐在写字台前，一只手拿着细长的象牙柄匕首，正在裁报纸上的一篇文章。他和马什谈了几分钟手上的事务，马什正要离开的时候，看见约克的桌上有一份《民主党人报》。“今天这上面应该有我们的广告，”马什伸手去拿报纸，“约书亚，你看完了吗？”

约克挥挥手，说：“想要就拿去吧。”

阿布纳·马什夹着报纸来到主船舱，一边翻看一边等西蒙为他调酒。他越看越生气，因为他找不到他们的广告。当然了，也许并不是报社的疏忽；约克在航运新闻背后的版面上裁掉了一则报道，因此最显眼的位置上只有一个大洞。马什喝完酒，折好报纸，走向事务长办公室。

“你有最新的《民主党人报》吗？”马什问杰弗斯，“我觉得该死的布莱尔忘了登我们的广告。”

“就在桌上，”杰弗斯答道，“他没忘。你看航运版。”

没错，广告就在版面上，一方文章夹在一排类似的广告中间：

热河定班航运公司

奢华快捷的汽船“热夜之梦”号将于星期四出港前往路易斯安那州的新奥尔良，沿途停靠所有的城镇和码头，本船配有经验丰富的高级船员和水手，保证能够大大节约您的宝贵时间。有关货物和旅客的一应事宜，请登船或前往松树街尽头的公司办公室洽谈。

——阿布纳·马什，公司总经理

马什看了一遍广告，点点头，翻到背面，看约书亚·约克究竟裁掉了什么报道。文章似乎是在转载下游某份报纸上的新闻，说的是有人在新马德里[1]以北河边的小木屋里发现了一位堆木场老工人的尸体。一艘汽船的大副去买木柴，但没人应门，结果进去就发现了他。有人认为是印第安人干的，也有人说是狼群，因为尸体被撕得稀烂，被吃掉了一半。这篇报道说的就是这个。

“马什船长，出什么事情了吗？”杰弗斯问，“你的表情很古怪。”

马什把杰弗斯的《民主党人报》折起来，和约克的那份一起夹在胳膊底下。“不，没事，该死的报纸拼错了几个单词。”

杰弗斯微笑道：“你确定吗？船长啊，我知道拼写可不是你的强项。”

“你再敢这么开我的玩笑，杰弗斯先生，我就把你从船上扔出去。”马什答道，“要是你不介意，这份报纸我拿走了。”

“请便，”杰弗斯说，“我读完了。”

回到酒吧里，马什又读了一遍堆木场工人的报道。区区一个蠢蛋白

1.美国密苏里州东南部的一个县。

皮垃圾死在狼群手上，约书亚·约克为什么要裁下这篇文章呢？马什想不出任何原因，但他感到烦恼。他抬起头，发现西蒙在吧台上方的大镜子里盯着他。马什立刻重新折好《民主党人报》塞进衣袋。他说："给我来一小杯威士忌。"

马什一口喝掉威士忌，灼烧的感觉顺着胸膛向下蔓延，他发出长长的一声"啊——"。他的脑袋稍微清醒了一点。他知道该怎么顺着这个方向查下去，但另一方面，约书亚·约克喜欢读什么报纸和他没有任何关系。还有，他保证过不会刺探约克的事情，而阿布纳·马什认为自己是个能信守承诺的男人。马什做出决定，他放下酒杯，离开酒吧。他走下宽阔的回转楼梯，来到主甲板，把两份报纸扔进一个没点火的炉子。水手们奇怪地看着他，但马什的心情立刻好了起来。堂堂一条男子汉，不该抱着对搭档的怀疑跑来跑去，尤其是他的搭档又像约书亚·约克这样慷慨和文雅。"看什么看？"他朝水手吼道，"没活儿干了是不是？要不要我去找长毛迈克，叫他给你们找点事做？"他们立刻就忙碌了起来。阿布纳·马什回到主船舱，又要了一杯酒。

第二天上午，马什去松树街的公司总部，处理了几个小时的生意。他在"种植园主之家"吃午饭，老朋友和老对手包围着他，他都快飘上天了。马什把他的汽船夸出了花，尽管不得不忍受法雷尔和奥布赖恩吹嘘他们的破船，但他不在乎，他只是笑着说："那好，弟兄们，我们河上见吧。岂不是很妙？"没人提到他先前的不幸，前后有三个人来到马什的餐桌前，问他需不需要舵手帮他跑密西西比河下游。这两个小时过得非常美妙。

马什慢慢走回河边，路上经过了一家裁缝店。他犹豫片刻，若有所思地揪着胡子，琢磨突然间跳进他脑海的一个念头。然后他咧咧嘴，走进去给自己订了一件崭新的船长服。衣服是白色的，两排包银的纽扣，和约书亚那件一模一样。马什在柜台上放了两美元，说等"热夜之梦"

回到圣路易斯再来取。离开时，他感到志得意满。

河边乱作一团。要发运的一批纺织品到得太晚，水手们正在汗流浃背地装船。怀蒂已经烧上了锅炉；两道羽毛般的白色汽柱冒出排气管，黑烟涌出烟囱花朵状的顶端。“热夜之梦”左侧的汽船正在倒轮出港，浓烟滚滚，汽笛呜呜，人声鼎沸。她右侧的侧明轮大船正在向趸船卸货，那是一艘汽船的老旧船壳，现在永久性地拴在了码头上。岸边前前后后都是汽船，朝两个方向绵延到视线之外，多得马什都数不过来。上游方向隔着九艘船的是三层甲板的奢华大船“约翰·西蒙兹”号，乘客正在登船。侧明轮轮船“北极光”号泊在她的下游方向，明轮罩上画着绚丽的曙光女神图案；那是一艘崭新的汽船，专跑密西西比河上游航线，西北航运公司声称她比在这段河流上行驶过的任何一艘船都快。正从上游驶来的是“灰鹰”号，“北极光”号想要不吹破牛皮，必须要胜过这艘船才行。岸边还有“北方人”号、丑陋但马力强劲的艉明轮轮船“圣乔”号、“弗农二世”号和“纳齐兹”号。

马什仔细打量每一艘船，看着高悬于烟囱之间的复杂图案，看着高低参差的精致木工和颜色艳丽的船漆，看着嘶嘶喷出的蒸汽，看着明轮的有力转动。然后他望向他的船，他的“热夜之梦”，全船只有白色、蓝色和银色，他觉得她的蒸汽升得比其他船的都要高，她的汽笛听上去更加甜美和清澈，她的船漆更加找不到瑕疵，她的明轮更加令人生畏，除了三四艘大船，她比其他船都要高大，而且比所有的船都要长。“我们会胜过他们所有人。”他对自己说，然后继续走向他的美女。

8

“热夜之梦”号汽船上　密西西比河　一八五七年七月

阿布纳·马什从桌上的一轮切达奶酪[1]上切了一角，小心翼翼地放在他吃剩下的苹果馅饼上面，他通红的大手轻轻一动，就把奶酪连同苹果馅饼一起铲进了嘴里。他打个嗝，用餐巾擦擦嘴，抖掉胡子上的饼渣，笑呵呵地往后一靠。

“馅饼很好吃吗？”约书亚·约克说，隔着白兰地酒瓶对马什微笑。

“托比就不会烤不好吃的，”马什答道，“你该尝一块的。”他推开椅子，站起身。“好了，约书亚，喝完你的酒。到时间了。”

“什么时间？”

“你不是想了解这条河吗？坐在桌子前面什么都了解不到，这个我

1.切达奶酪（cheddar），质地较软，颜色从白色到浅黄不等，味道也因为储藏时间长短而不同。切达奶酪很容易被融化，所以也可以作为调料使用。切达奶酪是一种原制奶酪，或称为天然奶酪。

可以向你保证。”

约克喝完剩下的白兰地，两人一起登上领航室。这会儿当班的是卡尔·弗拉姆。他倚在沙发上，烟斗里冒出袅袅白烟，掌舵的是他的学徒，一个高大的年轻人，金色的直发盖住了领口。“马什船长，”弗拉姆说，点头和他们打招呼，“而您肯定就是神秘的约克船长了。很高兴见到您。我这还是头一回上有两个船长的汽船呢。”他歪着嘴笑笑，露出一颗金牙。“这艘船上的船长和我的老婆一样多。当然了，这也说得通。哎呀，船上的锅炉、镜子和银器比我见过的任何一艘船上的都多，所以我猜多一个船长也很正常。”瘦高个舵手弯下腰，把烟灰磕进铸铁的大肚火炉。夜晚闷热，所以炉子没有生火。“我能为二位先生做些什么吗？”弗拉姆问。

“帮我们了解一下这条河。”马什说。

弗拉姆挑起眉毛。“了解这条河？我已经有个学徒了。乔迪，你说对不对？”

“当然对了，弗拉姆先生。”

弗拉姆笑着耸耸肩。“你看，我正在教这位乔迪，我们有约在先，等他拿到执照，加入行会，我会从他最初的薪水里拿到六百美元。我只收这点钱是因为我认识他们家的人。但我不敢说我认识你们家的人啊，这话我可不敢说。”

约书亚·约克解开深灰色马甲的纽扣，他扎着一条带钱包的腰带。他取出一枚二十美元的金币放在火炉上，黄金在黑色的熟铁上发出柔和的光芒。“二十。”约克说。他在上面又摞了一枚金币。“四十。”他说。然后第三枚。“六十。”约克数到三百，重新系上马甲的纽扣。“很抱歉，弗拉姆先生，我身上就这么多了，但我向你保证，我这人并不缺钱。假如你和奥尔布赖特先生能教我学会掌舵的基础知识，顺便帮助马什船长复习一下，好让他能够执掌自己的汽船，那么你和奥尔布赖特先生就能各得七百美元。现款付讫，不需要从以后的薪水里扣。你意下如何？”

弗拉姆对此倒是非常冷静，马什心想。他若有所思地吸了一会儿烟斗，像是在考虑交易的条件，最后伸出手，拿起了那摞金币。“我没法替奥尔布赖特先生答应，但就我本人，我一向喜爱黄金的颜色。我会教你的。明天白天等我开始当班的时候上来如何？”

“马什船长没问题，”约克说，“但我更愿意现在就开始。”

弗里曼看了看四周。“见鬼了，”他说，“你难道看不见吗？现在是晚上。我教乔迪已经快一年了，但允许他夜间掌舵才刚刚一个月。夜间行船从来都不容易。不行。”他的语气很坚决。“我先从白天开始教你，一个人必须能看见他前面有什么才行。”

“我要在夜里学。弗拉姆先生，我的作息是反过来的。但你不需要担心。我有极好的夜视力，恐怕比你的都好。”

舵手展开两条长腿，站起来，气冲冲地走过去握住舵轮。“乔迪，你先下去吧。”他对学徒说。年轻人离开后，弗拉姆说：“没人的视力好得能在夜里开过一段难搞的河道。”他背对他们站着，注意力放在前方倒映星光的幽黑水面上。前方远处能隐约看见另一艘汽船的灯光。“今晚是个晴朗的好天气，没什么云，月光算是够亮，水位也挺好。你看外头的水面。就像黑玻璃。再看看河岸。很容易看清楚河岸在哪儿，对吧？”

“对。”约克说。马什只是微笑，没有吭声。

“但是，”弗拉姆说，“情况并不总是这样的。有时候月亮不出来，有时候乌云遮住了一切。外面会漆黑一片，暗得伸手不见五指。河岸在黑暗中，你根本看不见它们都在哪儿，要是你不知道河岸在哪儿，就有可能会一头撞上去。还有一些时候，你会看见隆起的黑影，就好像那是坚实的陆地，你必须知道那并不是，否则你会把半个夜晚的时间耗在躲闪其实并不存在的东西上。约克船长，你认为一名舵手怎么才能知道这些事情呢？”弗拉姆没有给他回答的机会。他敲了敲太阳穴。“当然是靠记忆了。靠白天观察该死的河道，然后记在脑子里，所有细节都要记住，每一个拐弯，岸边的每一幢屋子，每一个堆木场，哪儿的水比较深，哪儿比较浅，哪儿必须穿到对面去。掌舵靠的是你脑袋里的知识，约克船长，而不是眼睛看见的东西。但你必须先见过，然后脑袋里才会有印象，一个人在夜里是看不清楚的。”

“约书亚，他说的是实话。”阿布纳·马什帮腔道，抬起一只手按住约克的肩膀。

约克平静地说：“我们前方是一艘侧明轮轮船，烟囱之间似乎是个花体K字，领航室有个圆顶。这会儿她正在经过一个堆木场。堆木场有个朽烂的旧栈桥，栈桥尽头坐着个黑人，他望着河面。”

马什松开约克的肩膀，走到窗口，眯起眼睛向前看。前面那艘船离他们很远。他能分辨出那确实是一艘侧明轮轮船，但至于烟囱之间的图案……烟囱是黑色的，天空也是黑色的，他只能勉强看见烟囱，而那只是因为从烟囱里喷出了火花。“该死。”他说。

弗拉姆扭过头，惊讶地看着约克。“你说的这些我连一半都看不见，”他说，“但我相信你是对的。”几分钟后，“热夜之梦”驶过了堆木场，正如约克所说的，确实有个老黑人。“他在抽烟斗，”弗拉姆坏笑着说，“你漏了这一点。”

“抱歉。”约书亚·约克说。

“好得很，”弗拉姆沉思道，“好得很。”他咬着烟斗，望着前方的河面。“你的夜视力确实很好，这我承认。但我还是不敢打包票。在一个晴朗的夜晚，看见前面有个堆木场并不困难。看见一个老黑人稍微难一点，因为黑人和黑夜会混在一起，但看见这些是一码事，了解河道就是另一码事了。有很多琐碎的小事，舵手必须看在眼里，而船舱里的乘客根本不会注意到。假如水里藏着残桩或浮木，水面会是个什么样子。枯死的老树能告诉你前面一百英里的水位。怎么区分陡直的暗礁和曲折的风礁。你必须能够读懂河流，就好像它是一本书，而字词则是小小的波纹和漩涡，有时候所有东西都混在一起，你用眼睛根本分不清楚，这时候你就必须依靠你上次读这一页时留下的记忆了。就好像你不会企图摸黑看书，明白这个道理吧？”

约克没有理会他。“我能看见水面上的波纹，和我能看见堆木场一样轻松，只要我知道我需要看什么就行。弗拉姆先生，要是你没法教我了解这条河，那我就去找一个愿意教的舵手。但我要提醒你，我是‘热夜之梦’的船主和船长。”

弗拉姆又扫视一圈周围，他皱起了眉头。“夜里比较麻烦，”他说，“要是你非得在夜里学，那就是八百美元了。”

约克的表情缓和下来，露出和善的笑容。“成交，”他说，“好了，我们开始吧。”

卡尔·弗拉姆把毡帽一直推到后脑勺上，长出一口气，活像一个受到命运无情戏弄的人。“好吧，”他说，“反正钱是你的钱，船是你的船。等你把船底撞漏了，可别来找我的麻烦。现在你给我听着。从圣路易斯到凯罗，在俄亥俄河汇入之前，河道算是比较直的。但你还是必须了解它。现在这段有时候被叫作坟场，因为有很多船沉在水底下。有些船你还能看见烟囱从水面上探出头来，水位低的时候，甚至能看见整艘船躺在淤泥里，但你必须记住她们都沉在哪儿，否则以后路过的船就必须记住你沉在哪儿了。你还必须记住所有的地标，怎么控制这艘船。过来，抓住舵轮，感受一下它。这会儿你拿个教堂尖顶都碰不到河底，所以很安全。”约克和弗拉姆交换位置。“好，从圣路易斯向下游的第一个停靠点……”弗拉姆说了起来。阿布纳·马什在沙发上坐下，听舵手滔滔不绝地讲解，话题从水深转到掌舵技巧又转到船只如何在附近坟场沉没的前因后果。他的故事说得绘声绘色，但他每讲完一段，话题就会回到眼下的任务上，继续讲解地标。约克静静地吸收他的每一句话。他似乎很快就掌握了驾驶汽船的技巧，每次弗拉姆停下，请他重复某个要点，约书亚都答得分毫不差。

后来，等他们追上并超过了前面那艘侧明轮轮船，马什忍不住打起了哈欠。但这个夜晚既舒服又刺激，他不想放弃这一切去睡觉。他爬起来，下楼去找上层甲板的管理员，带着一壶热咖啡和一盘水果馅饼回来。走进领航室的时候，卡尔·弗拉姆正说到“德雷南·怀特”号残骸的奇谈，一八五〇年，这艘船载着财宝在纳齐兹上游失踪。“艾弗蒙德”号试图打捞，结果失火沉船。一八五一年，打捞船“艾伦·亚当斯”号前去寻宝，结果撞上沙洲，险些沉没。“你要明白，那笔财宝被诅咒了，”弗拉姆说，“要么就是密西西比河这个老魔鬼不肯撒手。”

马什笑着倒咖啡。“约书亚，”他说，“这个故事算是真的，但他无论说什么你都别信。这家伙是整条河上名声最差劲的骗子。”

“瞧您说的，船长！”弗拉姆坏笑道。他转回去看河道。“看见那儿的小木屋了吗，门廊塌下去的那座？”他说，“很好，因为你必须记住它……”然后他又跑题了。他说了足足二十分钟的“E. 詹金斯”号，声称这艘汽船长达三十英里，中间装着铰链，所以能在河面上拐弯。这次连约书亚都向弗拉姆投去了怀疑的目光，不过他在微笑。

一小时后，马什吃完最后一个馅饼，回去休息了。弗拉姆确实很风趣，但他更愿意白天来上课，到时候他就能看见舵手说的那些该死的地标了。

他醒来的时候已是上午，“热夜之梦”停靠在开普吉拉多[1]，正在接收一批谷物。弗拉姆得知夜里起了雾，决定在这儿停船。开普吉拉多是一个建在陡岸上高处的小镇，位于圣路易斯下游约一百五十英里

1.开普吉拉多位于美国密苏里州东南部，坐落在密西西比河河畔。

的地方，马什计算了一下，对他们的速度很满意。没破纪录，但已经很好了。

没过一个小时，“热夜之梦”重新起航，驶向下游。七月，烈日当头，空气湿热，蚊虫乱飞，但上层甲板上既凉爽又安静。他们频繁停靠岸边。有十八台大锅炉要保持温度，这艘船吃木柴的速度无船能及，不过燃料并不是问题，左右两岸每隔一段距离就有一个堆木场。只要木柴储备太低，大副就会给舵手打信号，汽船就会在周围堆满山毛榉、橡树或栗树木柴的破旧木屋附近停下，马什或乔纳森·杰弗斯上岸找堆木场的看管人讨价还价。然后等他们一招手，水手就会一窝蜂地跑上岸，你的眼睛还没眨三次，一垛垛的木柴就从岸边来到了汽船上。贵宾舱的乘客喜欢趴在锅炉甲板的栏杆上看他们搬运木柴，而睡甲板的乘客喜欢跑来跑去碍事。

他们也在各种各样的城镇停靠，造成形形色色的骚动。他们会在一个连标记都没有的码头停船，放仅仅一名乘客下船，然后去一个私人船坞接另一位乘客上船。中午时分，一个女人带着孩子在岸边招呼他们，汽船为两人停下；快到四点的时候，他们放慢速度，倒转桨轮，让三个划着小船的男人赶上来登船。“热夜之梦”那天走得并不快，也没走多远。落日把水面映成明晃晃的深红色的时候，凯罗出现在了视线内，丹·奥尔布赖特决定在凯罗系缆过夜。

俄亥俄河在凯罗以南汇入密西西比河，两条河在交汇之处形成了奇异的景观。它们并没有立刻合二为一，而是各流各的，清澈湛蓝的俄亥俄河沿着东岸流淌，仿佛一条艳丽的缎带，映衬着密西西比河混浊的棕色河面。同样在这里，河流下游开始呈现出它独特的个性；从凯罗到新奥尔良和墨西哥湾，在这段近一千一百英里的路途之中，密西西比河曲折回转、扭来扭去，就像一条蜿蜒的长蛇，肆意地改变方向，任性地啃食土壤，有时候让码头高悬于干涸之处，有时候却把整个城镇没入水中。舵手都说这条河走两次永远不会是同一个样子。阿布纳·马什在密西西比河上游出生和入行，那是个完全不同的地方，两岸都是高耸的岩壁，笔直的河道也比比皆是。马什在飓风甲板上站了很久，望着两岸的景色，试图体会其中的不同，还有他的未来将会如何改变。他从密西西比河上游来到了下游，他心想，他的生命进入了一个全新的阶段。

没过多久，马什正在事务长办公室和杰弗斯斗嘴，听见钟声敲响了三次，这是靠岸的信号。他皱起眉头，从杰弗斯的舷窗向外张望。放眼望去，岸边除了浓密的森林什么都没有。“为什么要靠岸？”马什说，“下一站是新马德里。我确实不了解这段河道，但这儿不可能是新马德里。”

杰弗斯耸耸肩。“也许有人招呼我们了。”

马什走出事务长办公室，登上领航室。丹·奥尔布赖特在掌舵。“有人要上船？”马什问。

“不，先生。”奥尔布赖特答道。他这人不爱说话，你问一句他顶多答一句。

“我们要停哪儿？”

“堆木场，船长。”

马什看见前方西岸确实有个堆木场。“奥尔布赖特先生，我记得我们不到一小时前才补充过木柴，不可能已经全烧完了吧。是长毛迈克叫你停船的吗？”确定汽船何时需要补充木柴是大副的职责。

“不，先生，是约克船长的命令。他传话命令我必须在这个堆木场停船，无论需不需要木柴。”奥尔布赖特扭头望向马什。他个子不高，收拾得很干净，留着两撇黑色的小胡子，扎着红色丝绸领带，穿黑漆皮的皮靴。“你要我开过去吗？”

“不。”阿布纳·马什连忙说。约克应该和他打个招呼的，他心想，但他们的协议使得约克有权下达他无法理解的命令。“你知道我们要在这儿待多久吗？”

“我听说约克有事要上岸去办。要是他天黑前不起床，那就是一整天。”

“该死。我们的时间表——乘客会没完没了地问烦人的问题。”马什皱起眉头，“好吧，抱怨似乎也没用。既然来都来了，那我们就去补充些木柴呗。我会安排的。”

马什和堆木场的看管人谈成了生意，看管人是个瘦削的黑人，穿一件薄薄的棉布衬衫。年轻人不擅长讨价还价，马什用棉白杨的价钱买到了山毛榉，还说服他白送一些松节。力工和水手下船来装货，马什看着年轻人的眼睛，微笑道：“你是新来的，对吧？”

年轻人点点头：“是的，先生，船长。”马什点点头，他正要转身回汽船，年轻人却说了下去：“我才来一个星期，船长。这儿以前是个老白人，被狼群吃掉了。”

马什瞪着年轻人说：“这儿往南几英里就是新马德里，对吧，小子？”

“没错，船长。”

阿布纳·马什回到“热夜之梦”上，心情异常烦躁。该死的约书亚·约克，他心想。这家伙到底想干什么，为什么要在这个该死的堆木场浪费一整天？马什有心想冲进约克的船舱，和他好好谈一谈。但这个念头只在脑袋里转了几秒钟，他就决定放弃了。不关你的事，马什恶狠狠地提醒自己。于是他耐心等待。

“热夜之梦”一动不动地停在堆木场旁的河水中，时间一小时一小时过得慢极了。十几艘汽船从他们身旁驶向下游，阿布纳·马什看在眼里，烦在心中。还有差不多同样数量的汽船逆流而上。两名统舱乘客短暂地挥刀相向，无人受伤，这就是整个下午的娱乐活动了。大多数乘客和船员在甲板上消磨时间，向后翘起椅子晒太阳，抽烟嚼烟草聊政治。

杰弗斯和奥尔布赖特在领航室下象棋。弗拉姆在大厅讲离奇的故事。几位女士开始探讨办舞会的可能性。阿布纳·马什越来越不耐烦。

天黑了，马什坐在上层甲板的走廊上，喝着咖啡拍蚊子，他不经意间望向岸边，刚好看见约书亚·约克下船。西蒙陪着他。两人在木屋旁停下，和看管堆木场的年轻人聊了几句，然后沿着一条遍布车辙的土路，钻进森林消失了。"唉，活见鬼，"马什说着站起身，"甚至不来说一声有事要去办或者打个招呼。"他皱起眉头。"连晚饭都没吃。"这个念头提醒了他，他下楼去主船舱吃饭了。

夜晚慢慢过去；乘客和船员一样不耐烦。酒吧里挤满了喝闷酒的人。几位种植园主玩起了吹牛比赛，另外几个人开始唱歌，一个固执的年轻人呼吁废奴，结果挨了几下手杖。

接近午夜，西蒙一个人回来了。阿布纳·马什正在大厅消磨时间，长毛迈克拍拍他的肩膀；马什吩咐过，约克一回来就通知他。"叫你的水手上船，命令怀蒂送蒸汽，"他朝大副吼道，"我们要赶时间了。"说完，他去找约克，但约克还没回来。

"约书亚请你先走，"西蒙对他说，"他走陆路，去新马德里找你。你务必等他。"无论他如何气急败坏地追问，都没能得到更多的答案，西蒙只是用他冰冷的小眼睛盯着马什，重复约克的口信，请"热夜之梦"在新马德里等约克。

蒸汽烧起来之后，接下来的航程尽管很短，但令人愉快。从他们系缆停靠一整个白天的堆木场到新马德里只有短短几英里。船冒着蒸汽驶入黑夜，马什心情舒畅地告别了这个荒僻的地方。"约书亚你真该死。"他嘟囔道。

他们在新马德里耽搁了将近足足两天。

他们系缆停船一天半后，乔纳森·杰弗斯说："他死了。"新马德里有旅馆、台球房、教堂和堆木场没有的各种消遣，因此在码头上度过的时间实在谈不上无聊，但每个人都急着想出发。见到天气很好，船状态不错，水位也相当高，有五六名乘客等得不耐烦了，跑来找马什要求退款。马什没好气地拒绝了他们，但他依然心急如焚，琢磨约书亚·约克究竟去了哪儿。

“约克没死，”马什说，“我是说等他落在我手里的时候，他可能会希望他已经死了，但这会儿他还没死。”

杰弗斯在金边眼镜背后挑起了眉毛。“没死？船长，你怎么能够确定？你独自一人，徒步在夜间穿过森林。森林里有匪徒出没，还有野兽。要是我没记错，过去这几年，新马德里附近死了不少人。”

马什盯着他。“什么意思？”他喝问道，“你怎么知道的？”

“我读报看见的。”杰弗斯说。

马什怒视着他。“好的，但也没有区别。约克没死。我知道，杰弗斯先生，我坚信这个事实。”

“也许迷路了？”事务长说，露出一丝冷笑。“船长，我们是不是该组织个搜索队去找他？”

“让我考虑一下。”阿布纳·马什说。

但他不需要考虑。那天晚上，日落后一小时，约书亚·约克迈着大步踏上码头。他看上去不像是一个人单独在森林里待了两天。他的皮靴和裤腿上有尘土，除此之外，他的衣着看上去和他离开时一样优雅。他的举止尽管匆忙，但仍旧得体。他走上登船踏板，看见副轮机长杰克·埃利时露出微笑。“去找怀蒂，叫他烧蒸汽，”约克对埃利说，“我们出发。”然后，没等任何人有机会问他，他就已经沿着宽阔的楼梯走向上层甲板了。

马什既愤怒又焦躁，但见到约书亚回来，却不由得松了一口气。“去敲该死的钟，告诉岸上的人，我们要出发了，”他吩咐长毛迈克，“我要让船以最快速度回到河上。”

约克正在他的船舱里，用抽屉柜上的那盆水洗手。马什使劲敲了一下门，然后就闯进了房间，约克彬彬有礼地说："阿布纳。尽管很晚了，但你觉得我能麻烦托比为我准备晚餐吗？"

"先让我麻烦你解释一下我们为什么要浪费这么多时间。"马什说，"真该死，约书亚，我知道你说过你的行为会很古怪，但整整两天！我跟你说，这样是没法经营定班汽船的。"

约克仔细擦干他修长白皙的双手，转过身。"事情非常重要。我提醒你，我也许还会这么做。你必须习惯我做事的风格，阿布纳，也不能再来质问我。"

"我们有货物要送，有乘客已经付了钱，不能在堆木场浪费时间。约书亚，我该怎么对他们说？"

"随便你说什么。阿布纳，你是个头脑灵活的人。在我们的合作关系中，我提供了金钱。我希望你能提供借口。"他的语气很诚挚，但也很坚定。"假如这么说能安慰你的话，那么我告诉你，这第一趟是最糟糕的。以后航行的时候，我估计这种神秘的外出会非常少见，甚至没有。你一定会创下你想要的新纪录，不会受到我的干扰。"他微笑道，"希望我的保证能让你满意。朋友，请控制住你的急躁情绪。我们迟早会抵达新奥尔良，到时候情况就会变好。你能接受吗，阿布纳？阿布纳？有什么问题吗？"

阿布纳·马什眯着眼睛在看一个地方，几乎没听见约克在说什么。他意识到他的脸上肯定露出了古怪的表情。"没事，"他连忙说，"只是两天而已，问题就出在这儿。但并不重要。一点也不重要。约书亚，你说了算。"

约克点点头，似乎满意了。"我要换一身衣服，然后去麻烦托比为我准备晚餐，等吃过饭，我要去领航室继续了解这条河。今晚谁值后半夜？"

“弗拉姆先生。”马什说。

“很好，”约克说，“卡尔非常有趣。”

“确实如此，”马什答道，“不好意思，约书亚。既然我们今晚要赶路，那我下去看看情况怎么样了。”他突兀地转过身，走出了船舱。但刚回到室外，身处于闷热的夜晚之中，阿布纳·马什就把身体全压在手杖上，望着星光斑驳的黑暗，努力回想他认为自己究竟在船舱对面看见了什么。

要是他的眼神好一点，要是约克点了两盏而不是一盏油灯，要是他敢走近一点就好了。他看见的东西在船舱另一头抽屉柜的顶上，怎么看都看不清楚，但马什无法把那东西赶出脑海。约克用来擦手的毛巾沾着一些污渍。污渍是深色的，而且发红。

看上去真他妈像血渍。

9

“热夜之梦”号汽船上　密西西比河　一八五七年八月

单调的日子一天天过去，“热夜之梦”顺流驶向密西西比河下游。

一艘速度快的汽船只需要二十八天就能从圣路易斯到新奥尔良打个来回，这里面还算上了中途计划内和计划外的停船、一星期左右在栈桥上装卸货物和耽搁在坏天气上的合理时长。但是，按照“热夜之梦”现在的这个走法，光是到新奥尔良的去程就会耗掉他们一个月。阿布纳·马什觉得天气、河流和约书亚·约克全都合在一起，密谋拖慢他的速度。大雾锁住河面足足两天，浓密的灰雾仿佛肮脏的棉絮；丹·奥尔布赖特在浓雾中航行了六个小时，小心翼翼地驾驶汽船驶入变幻莫测的坚实雾墙，雾气一直碰到船头这才分开，害得马什心惊胆战。要是由他决定，刚一起雾他们就该靠岸停下，而不是拿“热夜之梦”冒险，但在河上，能下这种决定的是舵手，而不是船长，但奥尔布赖特坚持要走。

最后，雾变得太浓了，连他都不敢继续行船，他们在孟菲斯[1]附近的一个码头靠岸，损失了一天半的时间，看着匆匆流过的褐色河水企图拖着他们上路，听着浓雾中隐约的溅水声。一个木筏在河面上漂过，上面生了一堆火，筏子上的人招呼他们，隐约而微弱的喊声回荡在河面上，但灰雾很快就吞噬了筏子和声音。

等浓雾终于散到卡尔·弗拉姆认为可以安全行船的地步，他们才走了还不到一个小时，就重重地撞上了一个沙洲，因为弗拉姆想要节省时间，故而选择了一段情况不明的截弯岔道[2]。水手、司炉和力工跑到岸上，在长毛迈克的指挥下，用缆绳把汽船拽过沙洲，但这番折腾花了他们三个多小时，过去后他们一点一点向前蹭，奥尔布赖特坐在小艇上开道，一路测量水深。最后他们终于驶出了那段截弯岔道，回到情况良好的河道中，但他们的麻烦还没完。三天后，他们遇到了一场雷暴雨，“热夜之梦”好几次不得不兜远路绕过河曲，因为截弯产生的切滩和岔道上可能存在残桩或水浅处；即便不兜远路，他们也只能慢慢向前开，桨轮几乎不动，负责测深的小艇在前方开道，不当班的舵手带着一名高级船员和一名信得过的普通船员放铅锤，高喊结果：“二又四分之一英寻[3]”“三差四分之一英寻”或“三英寻整”。夜里就算不起雾，也是乌云密布；即便汽船能行驶，也走得小心翼翼，速度只有平时的四分之一甚至更低；领航室里禁止吸烟，底下的所有舷窗都拉上窗帘和百叶窗，整条船都不得发出任何光线，好让舵手更容易看清河面。那些夜晚的岸边漆黑而荒芜，像回魂的尸体一样动来动去，这儿那儿地变幻莫测，你很难判断深水区的范围，甚至连河水与陆地的交界处都看不清。没有月光和群星的照耀，河面黑得仿佛罪孽。有些夜晚，他们甚至连瞭望台都

1.孟菲斯是美国田纳西州最大的城市。

2.河流在U形河曲的颈项处自然形成的新水道，会在新旧水道之间形成切滩。

3.1英寻等于6英尺或约1.83米。

看不见，那东西升到旗杆的半中腰，舵手靠它来分辨岸边的地标。弗拉姆和奥尔布赖特尽管性格迥异，却都是技术高超的舵手，只要条件允许行船，他们就会驾驶“热夜之梦”前进。等到连他们都必须系缆停船的时候，河面上空空荡荡，只有筏子和原木偶尔漂过，还有屈指可数的平底船和吃水极少的小型汽船。

约书亚·约克从旁协助他们；每天夜里他都会登上领航室，像真正的学徒一样值班。有一次吃晚饭的时候，弗拉姆对马什说：“我一上来就告诉他，这种晚上什么都学不到。我连自己都看不见地标，又怎么能教他辨认呢？哈，他的夜视力啊，我从没见过这么厉害的。有些时候，我发誓他能直接看到水底下去，天色多黑对他来说都一样。我让他留在旁边，告诉他应该有什么地标，十次有九次我还没看见他就已经看见了。昨天夜里要不是有约书亚，我夜班值到一半就系缆停船了。”

但约克也在拖延汽船的行程。在他的命令下，他们额外停船六次，一次在格林维尔[1]，两次在更小的小镇，一次在田纳西的一个私人码头，两次在堆木场。两次他彻夜未归。约克没有在孟菲斯登岸办事，但在其他地方，他滞留的时间漫长得令人无法忍耐。停靠海伦娜[2]的时候，他彻夜外出；在拿破仑，他拖累了他们整整三天，他和西蒙两个人单独离开，去办只有老天才知道的什么事情。维克斯堡[3]的情况更加糟糕；他们等待了四个晚上，约书亚·约克才回到船上。

离开孟菲斯的那天，落日格外美丽。几缕不肯消散的雾气被染成橙色，西方的云层变成了鲜艳炽热的红色，到最后整个天空都像是烧了起来。阿布纳·马什一个人站在上层甲板上，他的眼中却只有这条河。视

1.美国密西西比州西部城市。
2.美国蒙大拿州港口城市。
3.美国密西西比州西部城市。

野内没有其他汽船。前方的水面波澜不兴；偶尔有一阵风在这儿掀起一片涟漪，那儿的河水淌过从岸边伸出来的倒伏树木的漆黑树枝，但大体而言，老魔鬼今天很安静。太阳缓缓西沉，混浊的河面变得发红，色调蔓延扩散，逐渐变暗，到最后“热夜之梦”像是行驶在一条血河上。太阳消失在树木和云层背后，血色渐渐变深，就像鲜血干涸那样变成褐色，而后是黑色，死亡的黑色，坟墓的黑色。马什望着水中的最后一丝猩红消失。那天夜里看不见星星。下去吃饭的时候，他的脑袋里只有血。

自从新马德里之事以后已经过了许多天，但阿布纳·马什没有采取任何行动，也没有说任何话。但他花了相当长的时间思考他在约书亚的船舱里见到的东西——更确切地说，他认为他看见的东西。当然了，他无法打包票说他看见了任何东西。另外，就算看见了又怎样？有可能约书亚在树林里弄伤了自己……但第二天夜里，马什仔细打量过约克的双手，没有看见伤口或疮疤。也许他杀了一头动物，或者和盗匪搏斗过；十几个好理由逐一浮现，但在约书亚的沉默面前纷纷败下阵来。假如约克没有事情需要隐瞒，他为什么要这么守口如瓶呢？阿布纳·马什越是琢磨，就越是不喜欢这样。

马什并不是没见过血，见过的次数还相当多；斗殴和鞭打，决斗和枪击。密西西比河流向蓄奴州的深处，黑皮肤的人很容易就会出血。自由州也好不到哪儿去。马什参与过堪萨斯内战，见过人被烧死和开枪打死。他年轻时在伊利诺伊民兵部队服役，参加过黑鹰战争[1]。他有时候依然会梦见巴德阿克斯战役，黑鹰包括妇孺在内的人马在尝试渡过密西西比河去西岸避险时受到他们的截击。那是血流成河的一天，但也是迫不

1.美国政府与美洲原住民之间的一场战争，发生于1832年4月。索克族领导者黑鹰率领密西西比河两岸的数个部落在伊利诺伊州与艾奥瓦州一带与美国政府作战。

得已；毕竟是黑鹰主动挑起战争和突袭伊利诺伊的。

然而，不知为何，约书亚手上的血——无论那是不是血——却有所不同。马什因此感到惶恐而不安。

但是，他提醒自己，你和他达成了协议。对阿布纳·马什来说，协议就是协议，一个人有义务信守承诺，无论内容是好是坏，无论对方是神父是骗子还是恶魔。马什记得约书亚·约克说过他有敌人，一个人如何处理他的敌人和马什没关系。约克对马什一直很公道。

他就这么说服了自己，试图把那件事抛在脑后。

但密西西比河变成了血红色，而他的梦中也血流成河。笼罩"热夜之梦"的情绪变得越来越烦躁和阴郁。一名机工不小心被蒸汽烫伤，不得不在拿破仑下船。一名水手在维克斯堡逃跑，这种行为等于在发疯，因为那是个蓄奴州，而他是个自由身的黑人。统舱乘客动辄打架。杰弗斯告诉他，都是因为无聊和八月份憋闷的潮热。长毛迈克附和道，天气一热，白皮垃圾就会发疯。阿布纳·马什却没那么肯定。他觉得像是他们在遭受天罚。

密苏里和田纳西消失在背后，马什越来越焦躁。城市、村镇、堆木场慢慢漂过，一天天的日子变成了折磨人的一星期又一星期，约克的屡次滞留害得他们失去了乘客和货物。马什上岸去汽船人聚会的酒吧和旅馆，听到了很多他不喜欢的关于他这艘船的流言。有人声称尽管"热夜之梦"有那么多锅炉，但船身太大也太笨重，根本跑不快。还有人说是轮机问题；锅炉的焊缝都快裂开了。这等于在诅咒他；锅炉爆炸是汽船人最大的恐惧。新奥尔良某艘船的大副在维克斯堡对马什说，"热夜之梦"看上去挺漂亮，但船长是个没卵蛋的上游佬，欠缺让她全速前进的勇气。马什险些砸烂他的脑袋。还有一些关于约克的传闻，关于他、他那些古怪的朋友和他们的奇异行为。"热夜之梦"的名声确实立起来了不假，但绝对不是阿布纳·马什想要的那种名声。

到他们抵达纳齐兹的时候，马什终于受够了。

第一眼看见纳齐兹在远方浮现时，离日暮还有一个小时，泛红的黄昏中已经出现了几盏灯火，影子从西方越拖越长。除了炎热，这是个好天气；自从驶离凯罗，这是他们走得最远的一天。河面被镀成金色，太阳悬在河面上，就像一件磨光的黄铜饰品，绚丽华美，和风拂过水面，粼粼波光随之舞动。马什觉得有点中暑，在床上躺了一个下午，但等他听见汽笛拉响，回应轻快驶过的另一艘汽船时，他还是勉强走出了船舱。马什知道，一艘顺流一艘逆流的两艘船相遇时会打个招呼，决定会船时谁走左侧谁走右侧。同样的事情每天会发生十几次。但另一艘船的汽笛声中有些什么东西在召唤他，拖着他从浸透汗水的床单上爬起来，来到上层甲板上时，他刚好看见另一艘船经过：快速而高傲的“日食”，烟囱间的镀金图案在阳光中熠熠生辉，乘客密密麻麻地站在甲板上，滚滚黑烟倾泻而出。马什望着她驶向上游，变得越来越小，到最后只剩下了黑烟，从头到尾一直觉得肚肠被攥成了一团。

“日食”离开得就像美梦在早晨消失，马什转过身，望着前方的纳齐兹。他听见表示靠岸的钟声敲响，汽笛也再次拉响。

码头上乱糟糟地停满了汽船，两座城市在等待“热夜之梦”的到来。高耸的陡峭悬崖上的是山上纳齐兹，一座主城，街道宽阔，树木成荫，鲜花绽放，有着华贵的豪宅。每一座宅邸都有自己的名字：蒙茅斯、林登、奥本、拉韦纳、康科德、贝尔法斯特和风丘。还有伯恩。马什年轻时来过五六次纳齐兹，当时他还没有自己的汽船，他特地爬上山去看那些著名的大宅。它们一座座都是该死的宫殿，马什在那儿并不觉得怎么自在。居住在大宅里的古老家族也自以为是王侯：淡漠，傲慢，喝什么薄荷朱利酒和雪利酒兑果汁，葡萄酒必须冰过才行，娱乐项目是赛纯种马和猎熊，为了鸡毛蒜皮的小事用左轮手枪和猎刀决斗。马什听他们被称为纳波布[1]。这是一群人上人，一个个似乎都是什么该死的上校。他们有时候也会出现在码头上，然后无论他们是一副什么做派，你都必须请他们上汽船享用雪茄和好酒。

但这群人的眼睛也瞎得奇怪。纳波布们住在峭壁上的豪宅里，俯视波光闪闪的壮美河景，但似乎看不见就在他们脚底下的一些东西。

因为在那些宅邸之下，河流与峭壁之间，还有另外一座城市：山下纳齐兹。那里没有大理石的廊柱，也几乎找不到花朵的踪影。街道上覆盖着烂泥和尘土。汽船码头附近和银街（或者说它的遗迹）两旁妓院林立。大半条银街在二十年前塌进了河里，剩下的步道也有一半淹在水里，街上站满了艳丽的女人和眼神冷酷、浮华危险的年轻男人。主街上全是酒吧、台球房和赌场，一到晚上，这座城市之下的城市就会蒸汽腾腾、沸反盈天。有人吵架，有人吹牛，有人流血，出千的扑克牌局，西班牙式葬礼，几乎什么都肯做的妓女，朝你狞笑的男人抢走你的钱包，生意谈到一半就割了你的喉咙，这就是山下纳齐兹。威士忌、肉体和扑克牌，红灯、喧闹的歌曲和掺水的金酒，这就是山下纳齐兹的风范。对于山下纳齐兹熙熙攘攘的便宜女人、割喉歹徒、赌棍、自由黑人和混血儿，汽船人是既爱又恨，尽管老一辈会赌咒说峭壁下的这座城市如今远不如四十年前那么狂野了，甚至都比不上一八四〇年上帝降下龙卷风清除这儿之前。马什对此没什么了解，这儿对他来说已经够狂野了，几年前他在山下纳齐兹有过几个难忘的夜晚。但这次他对这座城市有一种不好的感觉。

马什有一会儿甚至想直接开过去，想登上领航室，吩咐奥尔布赖特不要停船。但他们有乘客要上船，有货物要卸下，船员也期待着能在传说中的纳齐兹度过一个夜晚，因此尽管忧心忡忡，马什并没有采取任何

1.莫卧儿帝国统治下的印度地方长官，也指地位极高的富豪。

行动。“热夜之梦”靠岸系缆，在此过夜。船员让她安静下来，停止供汽，熄灭火炉，然后船员倾泻而出，就像鲜血淌出割开的伤口。有几个人在码头驻足，从推车的黑人小贩那里购买冻奶油或水果，但大多数人立刻沿着银街奔向炽烈明亮的灯火。

阿布纳·马什在上层甲板的走廊上消磨时间，直到群星开始冒头。歌声从妓院的窗口飘过水面，却没有让他的情绪放松下来。约书亚·约克终于打开舱门，走到黑夜之中。“约书亚，你要上岸吗？”马什问他。

约克冷冷一笑。“是的，阿布纳。”

“这次你会离开多久？”

约克优雅地耸耸肩。“我说不上来，不过我会尽快回来的。你等着我。”

“约书亚，我陪你去吧，”马什说，“这儿是纳齐兹。山下纳齐兹。一个野蛮的地方。我们说不定会在这儿等上一个月，而你被割了喉咙躺在阴沟里。让我陪你去吧，带你认认路。我是内河人，而你不是。”

“不行，”约克说，“阿布纳，我在岸上有事情要办。”

“我们是搭档，对吧？只要和‘热夜之梦’有关系，你的事情就是我的事情。”

“我的朋友，我的一些事务比我们的汽船更重要。有些事情你没法帮我，有些事情我只能一个人去办。”

“西蒙会陪你去，对吧？”

“有时候。阿布纳，情况不一样。西蒙和我有一些……你我之间没有的共同利益。”

“约书亚，你曾经说过你有敌人。假如你要去办的是这种事情，是去处理辜负过你的人，请你告诉我。我会帮你的。”

约书亚·约克摇摇头。“不行，阿布纳。我的敌人未必是你的敌人。”

“约书亚，请交给我来判断。你对待我一向很公平。请相信我也会这么对待你。”

“我不能这么做，”约克悲伤地说，“阿布纳，我们是有协议的。不要再问下去了。算是我求你。现在，要是不介意的话，请让我过去。”

阿布纳·马什点点头，让到一旁，约书亚·约克从他面前走过，开始下楼。“约书亚！”马什喊道，约克已经快走到楼梯底下了，他转过身。“约书亚，当心点，”马什说，“纳齐兹有时候会……见血。”

约克盯着他看了很久，灰色的眼睛仿佛烟雾，难以看透。“好的，”他最后说，“我会注意的。”说完，他转身走出了马什的视线。

阿布纳·马什望着他上岸，消失在了山下纳齐兹的街道中，冒着黑烟的路灯下，他瘦削的身体投出长长的黑影。等马什完全看不见约书亚·约克了，他转过身，走向船长的卧舱。门锁着，不出所料。马什从他巨大的衣袋里掏出钥匙。

他犹豫片刻，但还是把钥匙插进了锁眼。复制钥匙并保存在汽船的保险箱里，这不是背信弃义，而仅仅是符合常识的做法。人有可能会死在上锁的船舱里，有一把备用钥匙当然好过破门而入。但使用这把钥匙就是另一码事了。他毕竟做出过承诺。可是，搭档必须彼此信任，既然约书亚·约克选择不信任他，又怎么能期待他会报以信任呢？马什下定决心，打开门锁，走进约克的卧舱。

他点亮房间里的油灯，然后关上舱门。他站在门口，一时间不知如何是好，他环顾四周，思考他希望能发现什么。约克的卧舱只是一个宽敞的船舱，看上去和马什来做客的时候毫无区别。然而，船舱里肯定有什么东西能揭示约克的底细，能给予他某些线索，让他搞清楚他这位搭档的怪癖背后都隐藏着什么。

马什走向写字台，那里似乎是最佳的起点，他小心翼翼地坐进约克的椅子，开始翻看报纸。他非常慎重，抽出每一份报纸查看前先记住它们的位置，确保他离开时它们都会是原先的样子。这些报纸……好吧，只是报纸而已。写字台上至少有五十份报纸，有新有旧，有纽约的《先驱报》和《论坛报》，有芝加哥的几种报纸，有圣路易斯和新奥尔良的所有日报，有拿破仑、巴吞鲁日[1]、孟菲斯、格林维尔、维克斯堡和萨拉港的报纸，还有十几个河畔小镇的周报。大多数报纸完好无损，少数几份裁掉了一些文章。

马什在报纸堆底下找到了两本皮革装订的账册。他慢慢翻开，尽量不去理会胃里发紧的感觉。马什心想，也许这是约克的日志或日记，能告诉他约克的来历和目标。他打开第一本账册，却在失望中皱起了眉头。不是日记。只是报道，它们被小心翼翼地从报纸上裁下来，用胶水贴在纸页上，约克在每篇报道底下都用他的花体字标注了日期和地点。

马什读着他眼前的这篇报道，它来自维克斯堡的一份报纸，说一具尸体被冲上河岸。日期是六个月前。背后一页贴着两则消息，都来自维克斯堡：一家人被发现死在城外二十英里的棚屋里；一个黑种女人（很可能是逃奴）被发现死在森林中，死因不明。

马什翻了一页，看文章，然后又翻了一页。看了一会儿，他合上手里的账册，打开另一本。情况相同。一页又一页的尸体、神秘死亡、这儿那儿发现的死者，全都按城市排列。马什合上账册，把它们放回原处，开动脑筋思考。报纸上还有很多有关死亡和杀人的文章，但约克没有裁下它们。为什么？他翻了几份报纸，阅读那些文章，直到得出结论。然后马什皱起眉头。约书亚似乎对刀枪杀人不感兴趣，对内河人溺死、烧死或被锅炉炸死不感兴趣，对赌棍和盗贼被执法机构吊死不感兴趣。他搜集的文章与这些毫无关系，而都是无法解释的死亡事件。有喉咙被撕碎的，有尸体受到损毁的，也有腐烂得不可能查明死法的。还有

1.美国路易斯安那州首府。

缺少伤痕的尸体，找不到任何死因的尸体，伤口小得一开始未被注意到的尸体，尽管完整但没有流血的尸体。两本账册里加起来有五六十篇报道，发生在整个密西西比河下游九个月的时间内。

阿布纳·马什一时间有些害怕，他担心这是约书亚在保留他本人邪恶行径的记录。但转念一想，他意识到这是不可能的。有些或许有可能，但很多案子的日期对不上；那些人惨死的时候，约书亚不是和他一起在圣路易斯或新奥尔巴尼，就是在“热夜之梦”上。事情不可能是他做的。

但是，马什也意识到，约克命令停船、他神秘出行的地点有个规律。他在依次探访这些报道发生的场所。约克在寻找什么东西？还是什么人？他的敌人？他的某个敌人沿着密西西比河来回移动，犯下了这些罪行？假如真是如此，那么约书亚就站在好人的一方。但既然他的目标是正义，他为什么要保持沉默呢？

马什意识到，他的敌人肯定不止一个人。两本账册里有那么多人死于非命，该为此负责的不可能是一个人，而且约书亚提到敌人的时候也说过他有“很多敌人”。另外，他从新马德里回来时手上沾着血，但他没有停止他的探求。

他无法理解这一切。

马什开始翻写字台的抽屉和藏物角落。纸张，漂亮的信笺——印着“热夜之梦”的简笔图和航运公司的名称，信封，墨水，半打写字笔，吸墨台，做过标记的水系图，鞋油，封蜡：简而言之，没什么特别的。他在一个抽屉里发现了几封信，他怀着希望打开看，却没得到任何线索。两封是信用状，其他的也只是普通的商业信件，对方都是伦敦、纽约、圣路易斯和其他城市的业务代理人。马什发现圣路易斯的一名银行家在信里向约克推荐了热河定班航运公司。“我认为这家公司最符合您所描述的目标，”银行家在信中这么说，“公司所有者是一位经验丰富的内河人，以诚实而著名，据说非常丑陋，但做事公正，他近期遭遇了不幸，因此应该会接受你的条件。”信里还说了些别的，但没有任何马什不知道的事情。

阿布纳·马什把信件按原样放回去，起身在船舱里转了一圈，寻找有可能满足他的好奇心的其他东西。他什么都没找到；抽屉柜里是衣物，酒架上是约克那些难喝的怪酒，衣柜里挂着正装，到处都是书籍。马什翻了翻约克床头的那些书：一本是雪莱的诗集，还有几本是他几乎连一行字都看不懂的医学专著。高大的书架同样如此：许多小说和诗集，为数不少的历史著作，医学、哲学和自然科学的专著，一本积灰的大部头古书说的是炼金术，还有整整一格全都是外语书。有几本书没有名字，是用高级皮革手工装订的，书页边缘烫金，马什抽出其中一本，希望是能够回答他的疑问的日记或日志。然而就算是，他也看不懂；文字是某种稀奇古怪的细长怪字，笔迹显然不是约书亚轻快的花体字，而是密密麻麻的潦草小字。

马什最后一次看了一遍船舱，确定他没有遗漏任何东西，他终于决定离开，然而他知道的并不比来的时候更多。他把钥匙插进锁眼，小心翼翼地转动，吹灭油灯，走出船舱，转身重新锁上门。外面稍微凉快了一点。马什发觉汗水浸透了他的衣服。他把钥匙放回外套口袋里，转身要走。

但他立刻停下了。

脸色惨白的老妇人凯瑟琳就站在几码外，直勾勾地盯着他，眼神里透着冰冷的恶意。马什决定厚着脸皮蒙混过关。他抬了抬帽檐。“晚上好，夫人。”他打招呼道。

凯瑟琳对他微笑，慢慢咧嘴的动作把整张脸扭曲成了一个可怖的笑颜面具。“晚上好，船长。”她说。马什注意到她的牙齿很黄，而且非常长。

10

新奥尔良　一八五七年八月

阿德里安娜和阿兰登上开往巴吞鲁日和萨拉港的“棉花女王”号汽船出发后，戴蒙·朱利安决定沿着河堤散步，去一家他熟悉的法式咖啡馆。坏水比利·蒂普顿不安地陪着他，怀疑地扫视路上经过的每一个人。朱利安的其他伙伴跟在后面；库尔特和辛西娅走在一起，阿曼德在最后，鬼鬼祟祟，心神不定，渴欲已经控制了他。米歇尔留在屋子里。

其他人都走了，朱利安派遣他们乘坐不同的汽船前往上游或下游，寻找金钱、安全和新的聚集地点。戴蒙·朱利安最后还是动摇了。

落在河面上的月光柔和明亮得仿佛黄油。星光漫天。十几艘汽船挤在河堤旁，紧靠着几艘帆船，帆船的桅杆傲然耸立，船帆收了起来。黑人把棉花、白糖和面粉从一种船运到另一种船上。空气潮湿而芬芳，街上人来人往。

他们找了一张方便观看这忙碌景象的桌子，点了牛奶咖啡和这家店著名的炸糖糕。坏水比利咬了一口，糖霜落在他的马甲和袖子上。他大声咒骂。

戴蒙·朱利安大笑，笑声和月色一样甜美。“哎呀，比利。你可真好玩。”

坏水比利最讨厌的事情就是被嘲笑，但他看着朱利安的黑眼睛，强迫自己露出笑容。“是的，先生。”他说，懊悔地摇摇头。

朱利安享用他的甜点，动作非常灵巧，糖霜没有染白他美丽的深灰色正装和绚丽的猩红色领带。吃完甜点，他品尝着咖啡，视线扫过河堤，在街道上的行人之间徘徊。“看，”他淡然说道，“柏树下的那个女人。”其他人望过去。“她是不是非常动人？”

那是个克里奥尔女人，身旁有两个相貌凶狠的男人。戴蒙·朱利安凝视着她，像个坠入情网的年轻人，他苍白安详的脸上没有皱纹，满头乌黑浓密的鬈发，有一双忧郁的大眼睛。然而即便隔着桌子，坏水比利也能感觉到那双眼睛里的炽热，他害怕起来。

“她非常迷人。”辛西娅说。

“她的头发很像瓦莱丽的。”阿曼德接着说。

库尔特微笑道：“戴蒙，你想收了她吗？”

女人和她的同伴走开了，来到一段雕刻华美的熟铁栏杆前。戴蒙·朱利安若有所思地望着他们。“不。”他最后说，转回来继续喝咖啡，“夜还没深，街上人太多，另外我也很累。我们先坐一会儿吧。”

阿曼德显得气馁而焦躁。朱利安朝他笑笑，然后俯身按住阿曼德的衣袖。“我们会在天亮前畅饮一番的，”他说，“我向你保证。”

“我知道一个地方，”坏水比利密谋般地说，“一家特别高级的妓院，有酒吧、红色天鹅绒的椅子、最好的酒水。姑娘都很美丽，你会知道的。一枚二十美元的金币可以包她一整夜。等到了早上，哎呀，哎呀呀。”他嘿嘿一笑。“但等他们发现他们该发现的，我们早就没影了，而且还比买漂亮姑娘便宜。真的，先生。”

戴蒙·朱利安的黑眼睛露出笑意。“比利把我变成了吝啬鬼，”他对其他人说，“但要是离了他，我们该怎么办呐？”他再次厌倦地扫视周围。“我该多进进城的。一个人过得太富足，就会看不见其他的乐趣。”他叹息道，“你能感觉到吗？比利，空气中充满了它的味道！”

“什么味道？”坏水比利说。

“生命啊，比利。”朱利安的笑容在嘲弄他，但比利强迫自己报以微笑。“生命、情爱和欲望，醇酒美食，美好的梦想和希望。比利，所有这些都包围着我们。无数的可能性。”他的眼睛闪闪发亮，“既然这儿还有那么多人，那么多的可能性，我为什么非要追逐从我们面前走过的那个美女呢？你能回答我的疑问吗？”

“我……朱利安先生……我不……”

“不，比利，你回答不了，对吧？”朱利安大笑，“比利，这些血畜的生死都在我的一念之间。假如你是我们之中的一员，就必定会理解我的意思。我就是欢愉，比利。我就是力量。而我的存在的本质，欢愉和力量的本质，就在于可能性。我本身的可能性浩若烟海，没有界限，就像我们的寿命一样。但对于这些血畜，我就是他们的界限，我是他们所有希望的终点，他们所有可能性的结局。你开始理解了吗？想浇灭猩红的渴欲，那不值一提，随便找个死到临头的老黑奴都行。但是，年轻、富足、美丽的人，享用他们的鲜血则更加美妙，他们的前方还有长久的生命，他们的白昼和夜晚充满了希望的光彩！血仅仅是血，任何动物都能去喝，连他们都可以。”他慵懒地打个手势，指着码头上的汽船人、扛着一桶桶货物的黑奴和老广场上衣着光鲜的人们。“让我们变得高贵、成为主人的不是血，比利，而是生命。饮下他们的生命，你的生命就会变得更长久。吃下他们的身体，你的身体就会变得更强壮。吞噬美丽，你就会变得更美丽。”

坏水比利·蒂普顿诚挚地聆听教诲；他极少见到朱利安表现出如此

高昂的情绪。坐在暗沉沉的书房里，朱利安往往显得粗暴和令人恐惧。但走出屋子，回到外面的世界里，他变得神采奕奕，让坏水比利想起往日的朱利安，当时朱利安刚和查尔斯·加鲁一起来到他担任监工的种植园。他把想法说了出来。

朱利安点点头。“是啊，”他说，“种植园很安全，但安全和饱足中隐藏着危险。”他微笑时露出白色的牙齿。“查尔斯·加鲁。”他沉思道，“哎呀，那个年轻人蕴含着的无数可能性！他有他独特的美丽，他强壮而健康。一个惹是生非的家伙，所有的女人都喜爱他，其他的男人都羡慕他。连黑人都敬爱他们的查尔斯主人。他本来会享有何等壮丽的一生！他的天性也那么开朗，你很容易和他交上朋友，只是从我们可怜的库尔特手中拯救他，就赢得了他永不磨灭的信任。”朱利安哈哈大笑，打断了自己的回忆。“然后，等他邀请我走进他的屋子，每天夜里去拜访他就更容易了，一点一点吸干他，让他看上去像是生病而死。有一次他醒来时我在他的房间里，他以为我是来安慰他的。我俯身靠近床上的他，他抬起手把我搂入怀抱，于是我开始痛饮。哎呀，甘美的查尔斯，他全部的力量和美丽！”

“他去世的时候，老先生痛苦得要命。”坏水比利帮腔道。就他个人而言，他倒是很高兴。查尔斯·加鲁经常对父亲说比利待黑人太残酷，企图把他赶走。你好言好语对待黑鬼难道能让他们干活不成？

“是啊，加鲁伤心得发狂，”朱利安说，“但是他多么幸运，有我陪在身边安慰他。他儿子最好的朋友。后来我们一起怀念查尔斯的时候，他经常对我说，我像是成了他的第四个儿子。”

坏水比利记得很清楚。朱利安的手腕非常高明。比较小的那几个儿子都让老先生感到失望；让-皮埃尔是个酗酒的笨蛋，菲利普是个懦夫，在兄长的葬礼上哭得像个娘们，而戴蒙·朱利安是个充满男性力量的铁汉。他们在种植园后面的家族墓地埋葬了查尔斯。那附近的土地过于湿软，他的安息之处是大理石的陵墓，顶上有一尊长着翅膀的胜利女神像。即便是在酷热的八月，那里也依然凉爽舒适。后来那些年里，坏水比利去了许多次墓地，喝酒，在查尔斯的棺椁上撒尿。有一次他带着一个黑女人去那儿，扇她耳光，占有了她三四次，让查尔斯的鬼魂看看究竟应该怎么对待黑人。

坏水比利记得，查尔斯只是个开始。六个月后，让–皮埃尔骑马去市里嫖赌，却再也没有回来，没过多久，某种野兽在森林里将胆小鬼菲利普撕成了碎片。老加鲁被彻底伤透了心，但戴蒙·朱利安陪伴他熬过了所有难关，帮助他处理各种事情。最后加鲁收养了他，立下遗嘱，将所有财产留给他。

坏水比利永远也不可能忘记不久以后的一个晚上，正是在那天夜里，戴蒙·朱利安展示了老勒内·加鲁如何彻底受到他的力量的掌控。事情发生在老人的卧室里。瓦莱丽也在，还有阿德里安娜和阿兰，他们全都住在大宅里，因为加鲁家的大门向朱利安的所有朋友敞开。他们和坏水比利一起看戏，戴蒙·朱利安站在有华盖的大床旁，黑眼睛的视线刺穿了老人，他愉快地笑着说出实情，告诉他查尔斯、让–皮埃尔和菲利普的真实遭遇。朱利安戴着查尔斯的纹章戒指，另一枚同样的戒指用项链挂在瓦莱丽的脖子上。她那枚戒指曾经属于失踪的让–皮埃尔。她并不愿意戴上它。尽管渴欲控制了她，但她想迅速结束老加鲁的生命，别把时间浪费在说话上。但戴蒙·朱利安用柔和的声音和冰冷的眼神止住了她的抗议，她乖乖地戴上戒指，站在一旁聆听。

等朱利安讲完，加鲁浑身颤抖，昏花的老眼里充满了泪水、痛苦和仇恨。这时，戴蒙·朱利安出人意料地吩咐坏水比利把刀递给老人。

“朱利安先生，他还没死呢，”比利抗议道，“他会开了你的膛的。”

但朱利安只是笑着看了他一眼，于是坏水比利从背后拔出匕首，放在加鲁满是皱纹和斑点的手掌里。老人的手颤抖得太厉害，比利担心他会把匕首甩出去，但他不知怎的坚持住了。戴蒙·朱利安在床沿上坐下。“勒内，”他说，“我的朋友们渴了。”他的声音如此平静，如此清澈。

他只需要说这一句就够了。阿兰递上酒杯，一个精美的水晶玻璃杯，蚀刻着族徽，老勒内·加鲁慢慢割开他手腕上的静脉，用热气腾腾的鲜血灌满酒杯，同时一直在哭泣和颤抖。瓦莱丽、阿兰和阿德里安娜传递酒杯，最后交给戴蒙·朱利安喝完，而加鲁在自己的床上流血至死。

“加鲁给了我们几年美好的时光。”库尔特说。他的声音从回忆中唤醒了坏水比利。“富足而安全，与世隔绝，这座城市随时欢迎我们的光临。食物、美酒和黑人等着我们，每个月一个漂亮姑娘。”

“但这一切都结束了，”朱利安说，语气里带着一丝感怀，“库尔特，世间的万事都必定会结束。你还留恋吗？”

“情况不一样了。”库尔特承认道，“到处都是灰尘，屋子在朽烂，鼠患成灾。但是，戴蒙，我并不渴望再次迁移。每次狩猎后，随之而来的永远是恐惧、躲藏和逃跑。我不想再这样了。”

朱利安讥讽地笑了笑。“确实有诸多不便，但也不乏刺激。库尔特，你还年轻。要记住，无论他们如何猎杀你，你都是主人。你会看着他们死去，看着他们的儿孙死去，看着他们儿孙的儿孙死去。加鲁的家会化作废墟。这不重要。血畜建造的一切都会化作废墟。我曾目睹罗马成为尘土。只有我们会永远存在。”他耸耸肩。“我们也许还会遇到勒内·加鲁这样的人。”

“只要我们追随你，一切就都有可能。”辛西娅急切地说。她是个娇小漂亮的女人，长着褐色的眼睛，瓦莱丽离开后，她就成了朱利安的宠儿，但就连坏水比利也看得出，她对自己的地位并没有安全感。“我们单独行动的时候，处境更加艰难。”

“所以你不想离开我吧？”戴蒙·朱利安微笑着问她。

“不，”她说，“求求你。”库尔特和阿曼德也都看着朱利安。一个月前，朱利安突然开始送走同伴。瓦莱丽首先被赶走，不顾她苦苦哀求，朱利安打发她去上游，还好和她一起走的不是爱惹事的让，而是黝黑英俊、残忍强壮的雷蒙德，有人说他是朱利安的儿子。那天夜里，瓦莱丽跪在朱利安面前，朱利安开玩笑地说雷蒙德肯定能保证她的安全。第二天夜里，让单独离开了，坏水比利以为这样就结束了。但他错了。戴蒙·朱利安的脑袋里有了新的想法，于是一星期后若热被送走，然后是卡拉和文森特，然后是其他人，或者单独出发，或者成对离开。现在还留在种植园的人都知道，他们没有任何人是安全的。

“啊哈，”朱利安愉快地对辛西娅说，“好了，现在我们只剩五个人了。要是我们小心一点，让每个漂亮姑娘活上……嗯……一两个月，慢慢地喝光她，那我认为我们就可以一直待到冬天了。到时候其他某个人也许会送信回来。到时候看吧。在此之前，亲爱的，你可以留在我身边。还有米歇尔，还有你，库尔特。”

阿曼德像是挨了当头一棒。“我呢？”他脱口而出，“戴蒙，求求你。”

“是渴欲犯了吗，阿曼德？所以你才在颤抖？控制一下你自己。等我们见到比利的那些朋友，你难道会扑上去又撕又咬？你知道我多么不喜欢那样。”他眯起眼睛，“至于你，阿曼德，我还在考虑。”

阿曼德低头看着空咖啡杯。

“我会留下的。”坏水比利大声说。

“哎呀，”戴蒙·朱利安说，“那是当然了。咦，比利，要是离了你，我们该怎么办呐？”坏水比利·蒂普顿不怎么喜欢朱利安脸上的笑容，但他对此也无能为力。

又坐了一会儿，他们起身前往比利答应带他们去的地方。那家妓院在老广场之外，位于新奥尔良的美国区，不过还在走路能到的范围内。戴蒙·朱利安走在前面，挽着辛西娅的手臂，走在用煤气灯照明的狭窄街道上，他打量铁栏杆的阳台，大门里拥有火把和喷泉的庭院，铁灯柱顶上的煤气灯，他的脸上带着一丝诡秘的笑容。坏水比利为他们指引方向。他们很快来到了城市更幽暗和粗野的区域，建筑物都是木头和剥落的灰砂砖块质地，这种砖块是用磨碎的牡蛎壳混合沙子调成的。尽管这座城市通煤气已逾二十年，但管线还没有铺设到这么偏僻的地方来。每个路口都在半空中斜拉着粗重的铁链，由钉在建筑物外墙上的大铁钩支撑，油灯则挂在底下，朦胧的灯光让人联想到情欲。朱利安和辛西娅从灯光中走进黑暗，然后回到灯光下，随后又融入黑暗。坏水比利和其他人跟在后面。

三个男人走出一条小巷，从他们前方穿过街道。朱利安没有理会他们，然而当坏水比利从一盏灯下走过时，其中一个男人看清了他的面目。“你！”他叫道。

坏水比利将视线转向他们，一言不发。这是三个年轻的克里奥尔人，喝得半醉，因此很危险。

“我认识你，monsieur。”男人说。他走向坏水比利，烈酒和愤怒染红了他阴沉的面容。“你忘记我了？那天你在法国人交易所和乔治·蒙特勒伊叫板的时候，我就在他旁边。”

坏水比利认出了他。“噢，噢。”他说。

“六月的一个晚上，蒙特勒伊先生在圣路易斯彻夜赌钱之后就失踪了。”男人生硬地说。

“真是不幸，”坏水比利说，“我猜他一定是赢得太多，结果害得自己遇上了强盗。”

“他在输钱，monsieur。他已经连续输了好几个星期。他没有任何值得抢的东西。不，我不认为他是遇到了强盗。我认为他是遇到了你，蒂普顿先生。他一直在打听你。他打算收拾你这么一个垃圾。你不是什么绅士，monsieur，否则我就向你发起决斗了。但是，要是你胆敢再在老广场露面，我向你保证，我会抽得你满街打滚，就像对黑鬼那样。听明白了吗？”

“我听明白了。”坏水比利说，朝男人的靴子上啐了一口。

这个克里奥尔人骂了一声，脸色在狂怒中变得苍白。他上前一步，伸手去抓坏水比利，但戴蒙·朱利安插到了两人之间，抬手按住男人的胸口，挡住了他。“Monsieur。”朱利安的声音仿佛醇酒与蜜糖。男人停下了，不明所以。“先生，我可以向你保证，蒂普顿先生绝对没有伤害你的朋友。”

“你是谁？”即便喝得半醉，克里奥尔人无疑也意识到了朱利安和坏水比利完全不是一路人；他精致的衣着、冷静的表情和有教养的声音，无不点出他作为一位绅士的身份。朱利安的眼睛在油灯下闪着危险的光芒。

“我是蒂普顿先生的雇主，”朱利安说，“我们别站在大街上怄气，换个地方讨论这件事如何？我知道前面有个好地方，我们可以在月光下坐一会儿，喝着酒谈谈事情。能赏脸让我请你和你的朋友们喝一杯吗？”

另外一名克里奥尔人走到他的伙伴身旁。“里夏尔，我们听他解释一下吧。”

名叫里夏尔的克里奥尔人勉强同意了。“比利，”戴蒙·朱利安说，“请带路。”坏水比利·蒂普顿忍住笑意，领着他们向前走。走过一个街区，他们拐进一条小巷，然后顺着这条小巷走进一个黑洞洞的庭院。坏水比利在满是浮渣的水池边缘坐下。水浸透了他的裤子，但他并不在乎。

“这是哪儿？”蒙特勒伊的朋友喝道，“这可不是酒馆！”

“哎呀，”坏水比利·蒂普顿说，“哎呀，我肯定是拐错了弯。”另外两个克里奥尔人走进庭院，朱利安一伙人紧随其后。库尔特和辛西娅站在巷口，阿曼德走近喷泉。

“我不喜欢这样。”一个克里奥尔人说。

“你们这是什么意思？”

“意思？”戴蒙·朱利安反问道，“啊哈。一个黑洞洞的庭院，月光，喷水池。Monsieur，你的朋友蒙特勒伊也死在这么一个地方。当然不是这儿，不过也很像这儿。不，你别看比利。你不能怪他。要是你有意见，尽管冲着我来。”

“你？”蒙特勒伊的朋友说，“如你所愿。请允许我稍微准备一下。我的伙伴将担任我的副手。”

“没问题。”朱利安说。他走到一旁，和两名同伴商议片刻。其中一人走了出来，坏水比利从水池边起身迎上去。

“我是朱利安先生的副手，”坏水比利说，“你是来讨论决斗事项的？”

“你没有当副手的资格。”这个男人说。他有一张俊俏的长脸和深棕色的头发。

“决斗事项。”坏水比利重复道，他的手伸向背后。“我呢？比较喜欢匕首。”

男人闷哼一声，踉跄后退。他惊恐地向下望去。坏水比利的匕首深深地插进了他的腹部，只留下刀柄露在外面，一团红色的血迹在他的马甲上缓缓扩散。“上帝啊。”男人呜咽道。

“不，这儿只有我，”坏水比利继续道，“是的，先生，我不是什么绅士，没有当副手的资格。匕首同样没有当决斗武器的资格。”男人跪倒在地，他的两个朋友这时才注意到，警觉地走向他。“但朱利安先生，他的想法就不一样了。他的武器，”比利微笑道，“是牙齿。”

朱利安扑向蒙特勒伊的朋友，那个名叫里夏尔的克里奥尔人。另一个人转身想逃跑。辛西娅在巷口抱住了他，给了他一个缠绵的湿吻。他挣扎扭动，但无法摆脱她的手臂。她苍白的双手抚摸他的后脖颈，锋利如剃刀的长指甲划破他的血管。她用嘴唇和舌头吞噬了他的惨叫。

坏水比利拔出匕首，阿曼德俯身凑近他呜咽着的猎物。月光下，流淌在刀刃上的血几乎是黑色的。比利想去水池里洗掉鲜血，但迟疑了一下。他把匕首拿到嘴边，尝试着舔了舔刀身。他做了个鬼脸。味道很可怕，完全不是他梦中的滋味。但他知道，等朱利安转变了他，他的感觉也会随之改变。

坏水比利洗干净匕首，插回刀鞘里。戴蒙·朱利安已经把里夏尔交给了库尔特，此刻他孤零零站在一旁仰望月亮。坏水比利走到他身边。“省了我们的钱。”他说。

朱利安微笑。

11

"热夜之梦"号汽船上　纳齐兹　一八五七年八月

阿布纳·马什觉得这一夜无比漫长。他吃了些点心，平息胃里的翻腾和内心的恐惧，随后回船舱去休息，但迟迟无法入睡。他躺在床上盯着黑影看了几个小时，大脑转个不停，怀疑、气恼和愧疚在内心搅成一团。上过浆的薄被单底下，马什汗流浃背。后来他终于睡着了，但又翻来翻去，时而惊醒，支离破碎的怪梦来去如风，梦中有鲜血、燃烧的汽船、黄色的獠牙，还有苍白而冰凉的约书亚·安东·约克，他站在猩红色的光芒下，愤怒的眼睛里闪着狂热和死亡。

第二天是阿布纳·马什有生以来最漫长的一天。他的思绪领着他兜兜转转，但最后总是转回同一个地方。临到中午，他知道他必须怎么做了。他被人逮了个正着，这一点无法改变。他必须向约书亚坦白。假如那意味着合伙关系的结束，那他也无能为力，尽管想到会失去他的"热夜之梦"，马什就觉得难过和疲惫，内心充满了绝望，就好像又回到了他目睹冰凌撕碎他的汽船的那一天。那将是他的末日，马什心想，但他毕竟背叛了约书亚的信任，也许他就该受到这样的惩罚。但另一方面，他也不可能放任事态像先前那样发展下去。马什做出决定，约书亚应该从他的嘴里听到前因后果，这意味着他必须在凯瑟琳那个女人之前找到约书亚。

他把话传下去。“约克一回来就通知我，”他说，“无论什么时间，我在什么地方，都立刻来叫我。你们听明白了吗？”然后阿布纳·马什开始等待，尽可能从丰盛的晚餐中寻求慰藉，他吃了烤乳猪配绿豆和洋葱，甜点是半个蓝莓馅饼。

离午夜还有两个小时，一名船员来找到他。“船长，约克船长回来了。带着几个人。杰弗斯先生在安排他们住进船舱。”

“约书亚回他的船舱了吗？”马什问。船员点点头。马什抓起他的手杖，飞快地爬上楼梯。

他在约克的船舱外犹豫片刻，然后挺起他粗壮的肩膀，拎起手杖，用杖头用力敲了敲门。敲到第三下，约克打开舱门。“阿布纳，请进。”他微笑着说。马什走进船舱，关上门，靠在门上，看着约克走到房间另一头，继续做他正在做的事情。他摆出了一个银托盘和三个酒杯，此刻他伸手去拿第四个酒杯。“很高兴你能上来。我带来了几个朋友，想介绍你认识一下。等他们在船舱里安顿好就会过来喝一杯。”约克从酒架上取出一瓶他的私藏酒，掏出小刀，剥掉蜡封。

“先别管这些，”马什突兀地说，“约书亚，我们必须谈一谈。”

约克把酒瓶放在托盘上，转身面对马什。“嗯？谈什么？阿布纳，你听上去有心事。”

“这艘船上的每一把锁我都有备用钥匙。杰弗斯先生把钥匙存放在保险箱里。你去纳齐兹之后，我取出一把钥匙，搜查了你的船舱。”

约书亚·约克几乎没有任何反应，他听着马什的话，微微地抿紧了嘴唇。阿布纳·马什直视他的双眼，一个男子汉在这种时刻就应该这样，他在约书亚的眼睛里看见了冰冷和遭受背叛的狂怒。比起被这样的眼神注视，他宁可约书亚朝他大喊大叫，甚至拔出武器。“找到什么有意思的东西了吗？”约克最终问他，声音变得单调。

阿布纳·马什从约书亚的灰眼睛中挣脱出来，用手杖指了指写字台。“你的剪报册，”他说，“全都是死人。”

约克没有说话。他瞥了一眼写字台，皱起眉头，坐进一把扶手椅，倒了半杯那种黏稠的难喝烈酒。他尝了一口，这才朝马什打个手势。“坐下。”他命令道。等马什在他对面坐下，约克问出了决定性的问题：“为什么？”

“为什么？”马什答道，有点生气，“也许是因为我受够了我的搭档不信任我，什么都不告诉我。”

“我们是有协议的。”

“约书亚，我知道。要是道歉有用的话，我也想说我很抱歉。很抱歉，我这么做了，更抱歉的是我被逮住了。”他懊悔地笑了笑，“你那个凯瑟琳看见我离开。她肯定会来告诉你的。你看，我应该直接来找你，告诉你我内心的烦恼。现在我就在这么做。也许晚了些，但我还是来了。约书亚，我爱我们的这艘船，超过我对一切的爱，我们从‘日食’手上夺走鹿角的这一天会是我这辈子最快乐的一天。但我一直有疑虑，与其像现在这样过下去，我知道我宁可放弃这一天和这艘船。这条河上充满了无赖、骗子、神棍、废奴主义者、共和党人和各种各样的怪人，但我敢发誓，你在怪人里也是最奇怪的那种。我不介意你昼伏夜出，不，我完全无所谓。贴满了死人的剪报册，尽管这完全是另一码事，但一个人喜欢读什么也不关别人的事。妈的，我知道‘大土耳其’上有个舵手，他的藏书连卡尔·弗拉姆见了都会害羞脸红。但你没完没了地停船靠岸，总是一个人出去办事，我忍无可忍了。你在拖慢我的汽船，真该死，我们的名声还没立起来，就已经被你毁掉了。还有，约书亚，还不止这些。你从新马德里回来的那天夜里，我见到了你。你的手上有血。你可以否认。要骂我也随便你。但我看见了。你的手上沾着血，要是没沾就活见鬼了。”

约书亚喝了一大口酒，皱着眉头又斟满酒杯。他望向马什，眼里的坚冰已经消融。他看上去心事重重。“你是在提议我们散伙吗？”他问。

马什觉得像是被一头骡子踹了肚子。“要是你想散伙，那就散伙好了。我当然没钱购买你的股份。‘热夜之梦’归你好了，我保留我的‘伊莱·雷诺兹’，也许能挣到一点小钱，要是有进账就分给你。”

“你希望这么处理吗？”

马什瞪着他。“该死，约书亚，你知道我不希望。”

“阿布纳，”约克说，“我需要你。我一个人是不可能经营‘热夜之梦’的。我刚学会了一点点掌舵的知识，才开始熟悉这条河和它的脾性，但你我都知道我不是个汽船人。要是你离开，一半船员会跟着你走。杰弗斯先生、布莱克先生和长毛迈克肯定会走，无疑还会有其他人。他们忠于你。”

“我可以命令他们留在你身边。”马什说。

“我更希望你留下。假如我同意无视你的这次逾规，我们还能恢复以前的关系吗？”

阿布纳·马什喉咙里的肿块太大了，他觉得它会害得他窒息。他咽了一口唾沫，说出了他从出生到现在最难以说出的两个字：“不能。”

“我明白了。”约书亚说。

“我必须信任我的搭档，”马什说，“他也必须信任我。你告诉我，约书亚，你告诉我这到底是怎么一回事，你就能留下你的搭档了。”

约书亚·约克做个鬼脸，慢慢品尝他的烈酒，思考着马什的提议。“你不会相信我的，”他最后说，“我的故事比弗拉姆先生的任何一个故事都更加怪诞。”

“不试一试怎么知道？又不可能伤害我。”

“唉，但是它会的，阿布纳，它会的。”约克的语气很严肃。他放下酒杯，走向书架。“你搜查的时候，”他说，“有没有看我的藏书？”

“看了。”马什承认道。

约克抽出一本皮革装订的无名书册，又坐回去，翻开一张写满了难懂小字的书页。“要是你能看懂，”他说，“这本书和它的系列书也许会给你带来启示。”

“我看了。但我看不懂。”

“你当然看不懂了，”约克说，“阿布纳，你会难以接受我即将告诉你的事情。然而，无论你能不能接受，我说的内容都不能传出这个船舱。明白我的意思吗？”

“明白。”

约克的眼神迟疑。“阿布纳，这次我不希望你再有任何误解。明白我的意思吗？”

“约书亚，我说过了，我明白。”马什愤愤不平地说，觉得受到了冒犯。

“很好。”约书亚说。他把手指按在那一页上。“阿布纳，这套密码其实很容易解开，但想要解开，你首先必须意识到其中使用的语言是俄语的一种早期方言，已经有数百年无人使用了。这本书所誊抄的原始文件非常古老。它们讲述了许多个世纪前在里海[1]北部地区生活和死去的一些人的事迹。”他停顿片刻。“抱歉。不是人。俄语不属于我最擅长

1.世界最大咸水湖，介于欧亚大陆之间。沿岸分属俄罗斯、阿塞拜疆、哈萨克斯坦、土库曼斯坦和伊朗。

的语言，但我认为合适的字眼是odoroten。”

“是什么？”马什说。

“当然了，这只是许多个称呼中的一个。其他语言中还有其他的名称。例如Krûvnik、védomec和wieszczy。还有vilkakis和vrkolák，不过这两个词的意思与其他的略有差别。”

“你说的是什么天书。”马什说，但约书亚说的部分字词听上去有点耳熟，似乎很像史密斯和布朗交谈时冒出的叽叽呱呱。

“那我就不告诉你非洲人的叫法了，”约书亚说，“还有亚洲人，还有其他地方的人。nosferatu，知道这个词的意思吗？”

马什茫然地看着他。

约书亚·约克叹了口气。“那吸血鬼呢？”

阿布纳·马什当然知道这个。“你到底想告诉我什么？”他粗声粗气地说。

“一个吸血鬼的故事，”约克狡黠地笑了笑，“你当然听说过他们。活尸，不死者，夜行人，没有灵魂的怪物，受到诅咒永世飘零。他们在填满了故国泥土的棺材里睡觉，害怕阳光和十字架，每天夜里爬出来喝活人的血。他们还会变化形态，能变成蝙蝠或狼。有些经常使用狼的形态，人们称之为狼人，认为他们是另一种生物，但这是个错误。阿布纳，这两者是同一枚黑色硬币的两面。吸血鬼还能变成雾，他们的猎物也会变成吸血鬼。像这么增殖下去，吸血鬼还没有代替活人可真是个奇迹。幸运的是，虽然力量强大，但吸血鬼也有弱点。虽然吸血鬼拥有令人恐惧的能力，但无论他们以人类、动物还是雾的形态出现，都必须受到邀请才能进入你的屋子。然而，他们拥有强大的动物磁力，也就是梅斯梅尔[1]在论

1.梅斯梅尔（Franz Anton Mesmer，1734—1815），奥地利医生，提出了“人体磁场学说”，并将催眠暗示作为其“磁疗”方法的核心手段。

文中描述过的那种力量，常常能够迫使猎物主动请他们进门。但是，仅仅一个十字架就能让他们逃跑，大蒜能够阻挡他们，而且他们无法跨越流水。尽管他们看上去和你我没什么区别，但他们没有灵魂，因此镜子无法反射他们的形象。圣水能够灼烧他们，白银对他们等同于天罚，假如黎明前他们没有钻进棺材，阳光就能摧毁他们。砍掉头部，把木桩钉进心脏，你就能永远从世间除掉他们。”约书亚往后一靠，拿起酒杯喝了一口，露出微笑。“阿布纳，那些吸血鬼，”他说着，用修长的手指敲了敲那本书，“这个故事说的就是他们中的几个。他们是真实的。古老，永生，但真的存在。这本书的作者是十六世纪的一个odoroten，写的是在他之前逝去的先辈。是的，一个吸血鬼。”

阿布纳·马什说不出话来。

“你不相信我。”约书亚·约克说。

“实在难以相信。”马什承认道，揪着粗硬的胡须。还有一些话他想说但没有说。约书亚讲述的吸血鬼固然让他不安，但更让他不安的是约书亚在这个故事里的位置。“先别管我相不相信了，”马什说，“既然我能接受弗拉姆先生的那些奇谈，那至少也可以先听完你的故事再说。请继续。”

约书亚微笑道：“阿布纳，你是个聪明人。你自己应该就能想明白的。”

“我不觉得我他妈有那么聪明，”马什说，“还是你说吧。”

约克喝了一口酒，耸耸肩。“他们就是我的敌人。他们真的存在，阿布纳，他们就在这儿，活在你这条大河的岸边。通过这样的书籍，通过查阅报纸，通过大量艰辛的工作，我一直在追寻他们的踪迹，我曾经走遍东欧的山区、德国与波兰的森林、俄罗斯的大草原。然后我来到了你的密西西比河流域，来到了新世界。我了解他们，我想终结他们和他们所代表的一切。”他微笑道，“阿布纳，现在你能理解我的剪报册了吧？还有我手上的血迹。”

阿布纳·马什在开口前思考了好一会儿，最后他说：“我记得你希望在大厅里装满镜子，而不是挂油画或其他东西。是为了……保护吗？”

“没错。还有白银。你见过其他汽船上有这么多的白银吗？”

“没有。”

“另外，当然了，大河也站在我们这一边。这个老魔鬼。密西西比河。整个世界都没见过这么浩瀚的流水！‘热夜之梦’是我的避难所。你明白吗？我可以捕猎他们，但他们不可能接近我们。”

“真奇怪，你没有让托比做每一道菜都用大蒜调味。”马什说。

“我考虑过，”约书亚说，“但我讨厌大蒜。”

马什前前后后想了一遍。“就先当我相信好了，”他说，“不是说我真的相信，只是为了方便我说下去。我还是有一些事情不太明白。之前你为什么不告诉我？”

“假如我在‘种植园主之家’就告诉你，你就无论如何也不会允许我投资你的公司了。我需要有能力去我想去的地方。”

“那你为什么只在夜里出去？”

“他们是夜行的生物。比起他们躲藏在安全之处的白天，他们出来活动的时候更容易找到他们。我了解猎物的习性。我遵守他们的作息时间。”

“你的那些朋友呢？西蒙和其他人？”

“西蒙和我并肩作战很久了。其他人加入的时间要晚得多。他们知道真相，他们协助我履行我的使命。从现在开始，我希望你也可以。”约书亚轻轻一笑，“别担心，阿布纳，我们和你一样，都只是凡人。”

马什捋着胡子说：“给我喝一杯。”约克伸手去拿他的酒瓶，马什连忙道：“不，约书亚，别给我那玩意儿。换点别的。有威士忌吗？”

约克起身去给他倒了一杯威士忌。马什一饮而尽。“我不敢说我喜欢你的这些烂事。死人，喝血怪物，诸如此类的东西，我从来都不相信这些玩意儿。”

“阿布纳，我玩的游戏非常危险。我根本就没有把你或你的船员卷进来的想法。我本来是绝对不会告诉你这么多的，但你非要逼我说。假如你想脱身，我不会有任何异议。我的要求很简单，照我说的做，为我管理‘热夜之梦’。我来处理他们。你怀疑我有能力这么做吗？”

马什看着约书亚的轻松坐姿，想到了那双灰眼睛背后的磅礴力量，他握手时的可怕手劲。“不怀疑。”

“我以前对你说的许多话也发自我的内心，”约书亚继续道，“我的目标并不是我唯一的爱好。阿布纳，我和你一样喜欢这艘汽船，我对她也怀着和你一样的梦想。我想要掌舵驾驶她，想要了解这条河。等到我们超过‘日食’的那天，我希望我也能亲眼见着。相信我，当我说——”

有人敲响了舱门。

马什吓了一跳。约书亚·约克耸耸肩，微微一笑。“是纳齐兹的朋友过来喝酒了。”他解释道。“稍等！”他大声说。他压低声音，对马什急切地说：“阿布纳，考虑一下我说的所有的话。要是你愿意，我们回头再详谈。但请你相信我，另外，不要向任何人透露这些事情。我不希望把其他人卷进来。”

“我向你保证，”马什说，“妈的，谁会相信呢？”

约书亚露出微笑。“来，麻烦你开门请我的客人进来，我去为我们斟酒。”他说。

马什起身，打开舱门。外面站着一男一女，他们在悄声交谈。马什在他们背后看见了月亮，它高悬于两根烟囱之间，仿佛一个发光的饰物。他听见从山下纳齐兹远远地传来一首下流小调的片段。“请进。”

他说。

他们进门的时候，马什注意到这两个陌生人都非常好看。男人很年轻，近乎少年，瘦削而英俊，浓密的黑发，白皙的皮肤，丰满的嘴唇透着色欲。他瞥了马什一眼，黑眼睛射出刺人的冰冷视线。而那个女人……阿布纳·马什望着她，发现自己难以转开视线。她是个真正的美女。长发黑得仿佛午夜，皮肤细致得犹如乳白色的丝绢，颧骨高高隆起。她的腰肢极为纤细，马什想抬起胳膊，试一试能不能用他的两只大手握住。他转而望向她的脸，却发现她盯着他。她有一双不可思议的眼睛。马什从未见过这种颜色的眼睛；那是丝绒般的深邃紫色，充满了承诺。他觉得他会溺死在这双眼睛里。它们让他想起他在河面上见过一两次的某种颜色：日暮时分，黑暗来吞噬一切之前，某种奇异而凝滞的紫色笼罩世界，但转瞬即逝。马什无助地陷入那双眼睛，许多个世纪似乎一晃而过，直到女人对他露出谜一般的笑容，轻快地转过身去。

约书亚倒了四杯酒，给马什的是威士忌，他和其他人的是他的私藏佳酿。“我很高兴能够招待你们，”他把酒递给他们，说，“相信你们对房间都还满意吧？”

“相当满意。”男人说，举起酒杯，狐疑地打量里面的东西。回想起他品尝那东西时的感受，马什一点也不责怪他。

“约克船长，你拥有一艘非常漂亮的汽船，”女人用温暖的声音说，“我一定会好好享受这段旅程的。”

“希望我们能一起旅行一段时间，”约书亚和蔼地答道，“至于‘热夜之梦’，我对她非常自豪，但你们的赞赏其实该献给我的搭档。”他指着马什说，“请允许我介绍一下，这位可敬的绅士就是阿布纳·马什船长，我在热河定班航运公司的搭档，事实上，他也是‘热夜之梦’真正的主人。”

女人再次对阿布纳微笑，男人只是生硬地点了点头。

“阿布纳，”约克继续道，“请允许我向你介绍新奥尔良的雷蒙德·奥尔特加先生，以及他的未婚妻瓦莱丽·默尔索小姐。”

“很高兴能够招待二位。”马什笨拙地说。

约书亚举起酒杯。“来，干杯，”他说，“敬我们新的开始！”

其他人一起念诵，举杯痛饮。

12

“热夜之梦”号汽船上　密西西比河　一八五七年八月

阿布纳·马什的头脑与他的身体不无相似之处，它无论是尺寸和容量都很大，而他会把各种各样的东西一股脑塞进去。它同时也很顽固；阿布纳·马什的手要是抓住了什么东西，绝对不会让它轻易溜掉，而假如他的头脑产生了某些念头，他也肯定不会轻易忘掉。他是个强大的人，有着强大的头脑，但他的身体和头脑也都有另一个特点，那就是谨慎。有人甚至会说他迟钝。马什从不奔跑，也不跳舞，他不会蹦跳或滑行；他行走时笔直向前，步态威严，无论如何都能带着他抵达他的目的地。他的头脑也是一样。阿布纳·马什的言辞和思维都不敏锐，但他离愚蠢更加遥远；他会反复琢磨脑袋里的事情，然而必须以他自己的节奏思考。

“热夜之梦”开出纳齐兹后，马什这才开始仔细思考约书亚·约克对他说的话。他越是思考，就越是烦恼。假如你愿意相信约书亚那个荒诞不经的故事，猎杀吸血鬼确实能够解释滋扰“热夜之梦”的诸多怪事。但解释不了所有事情。阿布纳·马什缓慢但顽固的头脑不断抛出问题和记忆片段，它们在他的脑袋里打转，就像河面上的枯木，毫无用处，非常烦人。

比方说，西蒙舔掉他打死的蚊子。

还有约书亚异常强大的夜视力。

尤其是那次马什闯进他的船舱，他竟然会那么大发雷霆。他终究没有走出船舱，观看他们和“南方人”你追我赶。这件事让马什特别坐立不安。约书亚说他昼伏夜出是因为要遵守他那些吸血鬼的作息时间，这个理由说得通，但依然无法解释他那天下午的行为。阿布纳·马什认识的大多数人都遵守正常的作息时间，但假如夜里三点发生了什么值得一看的有趣事情，他们一样会从床上爬起来去看热闹。

马什强烈地感觉到他应该找个人谈一谈。乔纳森·杰弗斯是个学识渊博的家伙，而卡尔·弗拉姆知道这条该死的河上流传过的每一件奇闻逸事，两人都有可能知道一些关于吸血鬼的事情。但他不能去找他们。他向约书亚承诺过，另外，这个人大度地原谅了他一次，他不能再背叛他第二次。至少不能没有正当理由，而他拥有的仅仅是半成形的怀疑。

然而，随着“热夜之梦”驶向密西西比河的下游，他的怀疑一天比一天变得更具体。他们现在通常白天航行，黄昏时系缆，第二天天亮再次出发。他们走得比在纳齐兹之前更快，这让马什感到很愉快。但其他改变就不怎么让他高兴了。

马什对约书亚的新朋友欠缺好感。他很快就得出结论，这两个人和约书亚的老伙伴一样古怪，也过着昼伏夜出的生活。雷蒙德·奥尔特加给马什的印象是他生性浮躁，不值得信任。他不愿意待在乘客的活动区域内，一次次出现在他不该去的地方。虽然他的态度中透着傲慢和怠惰，但他算是挺有礼貌，然而马什见到他就总觉得背脊发凉。

瓦莱丽的态度比较热情，但她柔和的声音、撩人的笑容和那双奇异的眼睛几乎同样令人不安。她的表现完全不像是雷蒙德·奥尔特加的未婚妻。她从一开始就和约书亚非常友好。要马什说，友好得他妈的过分了。这么做注定会引来麻烦。一位正派的淑女应该待在女士的船舱里，但瓦莱丽常常和约书亚一起在大厅度过夜晚，有时候和他在甲板上并肩漫步。马什甚至听一个人说他们一起去过约书亚的船舱。他试过提醒约克，说船上开始出现诽谤性的流言，但约书亚只是轻描淡写地耸耸肩。"阿布纳，让他们传他们的闲话吧，只要他们高兴就好，"他说，"瓦莱丽对我们的船很感兴趣，我很乐意向她展示一下。我和她之间除了友谊什么都没有，我向你保证。"说这话的时候，他甚至显得有些哀伤。"我也希望还能有些别的什么，但我说的是实话。"

"你他妈当心点你的希望，"马什口不择言道，"那个奥尔特加对事情或许有他自己的看法。他来自新奥尔良，说不定是个克里奥尔人。约书亚，他们会为了一丁点小事挑起决斗。"

约书亚·约克微笑道："我不害怕雷蒙德，阿布纳，但我还是要谢谢你的提醒。好了，瓦莱丽和我的事情就交给我们自己处理吧。"

马什虽然这么做了，但并不情愿。他很确定奥尔特加迟早会惹出麻烦来，尤其是在接下来的那些夜晚，瓦莱丽·默尔索依然陪伴在约书亚的身旁。那个该死的女人蒙蔽了他，让他无视周围的一切危险，而马什对此无能为力。

这仅仅是个开始。每次停船都会有陌生人上船，约书亚总是为他们安排船舱。停靠萨拉港的一天夜里，他和瓦莱丽下船后带回来一个脸色苍白的肥壮男人，这个人名叫让·阿尔当。离开萨拉港向下游行驶了才几分钟，他们在一个堆木场停船，阿尔当去领回来一个菜黄色面孔的纨绔公子，他名叫文森特。在巴吞鲁日，又有四个陌生人上船；在唐纳森维尔[1]则是另外三个。

1.美国路易斯安那州港口城市。

然后还有他们的夜宴。随着他怪异的旅伴越来越多，约书亚·约克下令在上层甲板的休息室支起一张桌子，他会在午夜时分举行宴会，他的新旧伙伴都会出席。他们和其他人一起在主船舱吃晚饭，而夜宴则是私人活动。这个惯例从萨拉港开始形成。阿布纳·马什对约书亚提过一次他对每天午夜的饮宴是多么感兴趣，但他并没有因此而得到邀请。约书亚只是报以微笑，而夜宴照常进行，参加者的人数每晚都在增加。最后，马什抵不过好奇心的诱惑，数次在经过休息室的时候向舷窗内张望。但并没有什么可看的，只是几个人吃喝聊天而已。油灯调到最小，光线昏暗，窗帘拉上了一半。约书亚坐在桌首，右手边是西蒙，左手边是瓦莱丽。所有人都在喝约书亚那种难喝的怪酒，他打开了好几瓶那东西。马什第一次走过时，约书亚慷慨激昂地讲话，其他人都在倾听。瓦莱丽望着他，表情称得上崇拜。马什第二次窥视时，约书亚在听让·阿尔当说话，一只手漫不经心地压在桌布上。就在马什的注视下，瓦莱丽把她的手放在了约书亚的手上。约书亚望向她，露出怜爱的笑容。瓦莱丽报以微笑。阿布纳·马什立刻望向雷蒙德·奥尔特加，低声咒骂“该死的蠢娘们”，皱着眉头快步走开。

马什试着理解这一切，理解这些怪异的陌生人、他们奇特的言行和约书亚·约克讲述的有关吸血鬼的种种事情。这很不容易，而他越是思考，就越是困惑。“热夜之梦”的图书室里没有关于吸血鬼和类似东西的书籍，而他也不打算再次偷偷闯进约书亚的船舱。他在巴吞鲁日去了趟城区，在某几家酒馆里请客喝了几轮，希望能打听到一些这方面的消息。只要有可能，他就会把话题引向吸血鬼，通常的做法是扭头看着酒友说：“哎，你听没听说过这条河上闹什么吸血鬼？”他觉得这么做比在汽船上挑起这个话题更安全，这三个字在汽船上很可能会引起流言蜚语。

有几个人嘲笑他或用奇怪的眼神看他。有一个自由身的黑人听见马什的问题起身就跑，这是一条肤色如煤灰的彪形大汉，鼻梁曾经折断，马什在一家格外烟雾腾腾的酒馆里认识了他。马什想追上他，但没跑几步就气喘吁吁地被甩掉了。其他人对吸血鬼似乎知道不少，但没有一个故事和密西西比河有任何关系。他反复听到从约书亚的嘴里听到过的东西，什么十字架了大蒜了填满泥土的棺材了，此外还有一些其他的东西。

马什开始在晚餐时和晚餐后在大厅里仔细观察约克和他的伙伴们。人们告诉他，吸血鬼不吃不喝，但约书亚和其他人不喝约克的私藏怪酒时，灌下了数量可观的红酒、威士忌和白兰地，他们见到美味的烤鸡或猪排也会乐于给它们一个好归宿。

约书亚总是戴着一枚银戒指，镶在上面的蓝宝石有鸽眼那么大，而他们对船舱里处处可见的银饰似乎也都毫不在意。他们吃饭时使用银质餐具的手法相当娴熟，比“热夜之梦”的绝大多数船员都像样。

还有，夜里点亮枝形吊灯之后，镶满主船舱的镜子会反射出灿烂的光辉，每一面镜子都能映出一群衣冠楚楚的人影，他们跳舞、喝酒、打牌，和真正的大厅里的活人毫无区别。夜复一夜，阿布纳·马什不由自主地望着镜子。约书亚永远出现在他应该出现的地方，微笑，大笑，挽着瓦莱丽从一面镜子钻进另一面镜子，与这个乘客聊一会儿政治，听弗拉姆说一段河畔奇谈，与西蒙或让·阿尔当私下谈话；每天夜里都有一千个约书亚·约克走在“热夜之梦”铺着地毯的甲板上，每一个都和其他镜像一样充满活力和仪表堂堂。他的伙伴也都会投下倒影。

这应该足以打消他的疑虑了，但马什迟钝但多疑的头脑依然躁动不安。抵达唐纳森维尔的时候，他终于想到了一个能够平息忧虑的计划。他带着一个水壶进城，在离河边不远的一所天主教堂里装了一壶圣水。然后他把伺候他们吃饭的小厮拉到一旁，给了他五毛钱。“今晚你把这个倒在约克船长的水杯里，听懂了吗？”马什对他说，“我和他开个玩笑。”

吃晚饭的时候，侍者一直期待地盯着约克，等待玩笑变成现实。但他大失所望。约书亚把圣水喝了下去，能有多自在就有多自在。“唉，该死，”事后马什对自己嘟囔道，“这下事情该过去了吧。”

可惜事与愿违，那天夜里，阿布纳·马什从大厅告退，去考虑一些事情。他在上层甲板的走廊上单独坐了两个小时，椅子向后翘起来，两只脚搁在栏杆上，这时他听见楼梯上传来了衣裙摩擦的飒飒声。

瓦莱丽飘上甲板，在他身旁近处停下，微笑着俯视他。“马什船长，晚上好。”她说。

阿布纳·马什把靴子从栏杆上放下来，椅子咚的一声落回甲板上，他怒目而视。“乘客不能上上层甲板。”他说，尽量掩饰他的不悦。

“底下太热了。我猜上面会比较凉快。”

“呃，这倒是真的。”马什犹豫着答道。他不知道接下来该说什么。事实上，女人总是让他感到不自在。汽船人的世界里没有女性的位置，马什从来都不知道该怎么和她们打交道。美丽的女人尤其让他感到不自在，而瓦莱丽和新奥尔良的娇艳贵妇一样让他惶恐不安。

她抬起一只小手，轻轻抓住有雕纹的栏杆柱，隔着水面望向唐纳森维尔。“我们明天就到新奥尔良了，对吧？”她问。

马什站起来，觉得瓦莱丽站着而他坐着似乎不太礼貌。“是的，女士，”他说，“我们在它上游仅仅几个小时的地方，而我打算喷着火花前进，用不了多久就能到。”

“我明白了。”她忽然转过来，用紫色的大眼睛盯着他，姣好的苍白面庞异常严肃。“约书亚说你是‘热夜之梦’真正的主人。他以某种奇异的方式对你敬重有加。他会听从你的意见。”

“我和他是搭档。”马什说。

“假如你的搭档遇到了危险，你会出手帮助他吗？”

阿布纳·马什皱起眉头，想到了约书亚讲述的那些吸血鬼故事，他发现瓦莱丽在星光下显得格外苍白和美丽，注意到了她的双眼是那么深邃。“要是惹上了麻烦，约书亚知道他可以向我求助，”马什说，“一个男人要是不肯帮助他的搭档，就根本不能算是男人。”

“说得好听。”瓦莱丽轻蔑地说，把茂密的黑发向后一甩。风抓住她的头发，她说话时长发在面庞周围飘动。“约书亚·约克是个了不起的男人，一个强大的男人。一位君王。马什船长，他配得上比你优秀的搭档。”

阿布纳·马什觉得热血涌上了面颊。“你在胡说什么？”他喝道。

她狡黠地笑了笑。“你偷偷闯进他的船舱。”她说。

马什突然暴怒。“他告诉你了？”他说，“去他妈的吧，这件事我们已经了结了。再说也和你没有任何关系。”

“有关系，”她说，“约书亚处于极大的危险中。他大胆，鲁莽。必须有人帮助他。我想帮助他，但你，马什船长，只会说些好听的。”

“女人，我他妈完全不知道你在说什么，”马什说，“约书亚需要什么样的帮助？我说过我可以帮他解决那些该死的吸——他遇到的那些麻烦，但他连听都不想听。”

瓦莱丽的表情突然变得温柔。“你真的想帮助他吗？”她问。

“真该死，他是我的搭档。”

“那就掉转船头吧，马什船长，带我们离开这儿，去纳齐兹，去圣路易斯，哪儿都行。但不能去新奥尔良。明天我们绝对不能去新奥尔良。”

阿布纳·马什哼了一声。“凭什么不去？”他问。瓦莱丽没有回答，而是转开了视线，他继续道：“这是一艘汽船，不是该死的马，我想骑到哪儿去都随便我。我们有日程表要遵守，船上载着乘客，还要卸下货物。我们必须去新奥尔良。”他瞪着瓦莱丽。“还有，约书亚会怎么说？”

“天亮后他会在他的船舱里睡觉，”瓦莱丽说，“等我们醒来，我们已经安全地回到上游了。”

“约书亚是我的搭档，”马什说，“一个人必须信任他的搭档。我确实窥探过他的秘密，但同样的错误我绝对不会再犯，无论是为了你还是为了任何人。我绝对不会不告诉他就掉转‘热夜之梦’的船头。要是约书亚来找我，说他不想去新奥尔良，妈的，也许我们还有商量的余地。但其他人来说都不行。你要我去问问约书亚的意见吗？”

“不！”瓦莱丽立刻惊恐地说。

“但我下定决心要告诉他了，”马什说，“他应该知道你背着他打什么主意。”

瓦莱丽伸出手，抓住他的胳膊。“求你了，不要。”她恳求道，手上的力气很大，“马什船长，你看着我。”

阿布纳·马什正要大踏步离开，但她的声音里有某些东西迫使他照她说的做。他望向那双紫色眼眸的深处，无法转开视线。

“看着我，没那么困难，对吧？”她微笑道，“船长，我见到过你注视我。你没法从我身上转开视线，对吧？”

马什的喉咙忽然发干了。“我……”

瓦莱丽再次把头发甩向晚风，炫耀着她的美丽。“汽船不可能是你唯一的梦想，马什船长。这艘船是个冷冰冰的女士，是个乏味的情人。温暖的肉体比木头和钢铁更加美好。”马什从没听见过女人说这种话。他站在那儿，像是挨了雷劈。“来，靠近我。”瓦莱丽说，把马什拉向她，直到他离她扬起的面庞只有几英寸。“看着我。”她说。她触手可及，他能感觉到她令人颤抖的温暖，她的眼睛仿佛两口紫色的深潭，冰冷而柔滑，邀请他的进入。“船长，你想要我。”她耳语道。

“不。”马什说。

“哦，你想要我。我能在你的眼睛里看见欲望。”

“不，”马什不肯承认，“你是……约书亚……”

瓦莱丽放声大笑。笑声轻快，仿佛音乐，充满肉欲。“别管约书亚了。占有你想要的东西吧。你害怕，所以你才这么抗拒。别害怕。”

阿布纳·马什剧烈地颤抖，他在脑海深处惊恐地意识到他是因为欲望而颤抖。他这辈子都没有过像这样想要一个女人。但他依然在抵抗，抗拒欲望，但瓦莱丽的眼睛把他拉得越来越近，她的香味充满了整个世界。

“现在带我去你的船舱，”她轻声说，“今夜我属于你。”

“是吗？”马什无力地说。他感觉到汗水从眉头滴下来，遮蔽了他的视线。“不，”他喃喃道，“不，这样不——”

“可以的，”她说，“你要做的只是承诺。”

“承诺？”马什用沙哑的声音重复道。

紫色的眼睛在召唤他，绽放无限光彩。“带我们走，远离新奥尔良。向我承诺，就可以拥有我。你非常想要我。我能感觉到。”

阿布纳·马什抬起双手，抓住她的肩膀。他浑身颤抖。他的嘴唇发干。他想在熊抱中把她压在他的身体上，想把她扔到他的床上。但他没有，而是聚集起身体里的全部力量，恶狠狠地推开她。她惊叫一声，踉跄后退，单膝跪地。马什终于挣脱了那双眼睛，咆哮起来。“给我滚开，”他怒吼道，“滚出我的甲板，管你是个什么女人，给我滚开，你只是个……给我滚开！”

瓦莱丽又仰起脸来看着他，咧开嘴唇。她愤怒地说：“我可以把你……”

“够了。”约书亚·约克坚定而平静的声音在她背后响起。

约书亚突然从暗影中现身，就好像黑暗本身忽然化作了人形。瓦莱丽望着她，从喉咙深处发出细小的声音，飞奔逃下楼梯。

马什觉得他被吸干了力量，几乎无法站立。“真该死。”他嘟囔道，从口袋里掏出手帕，擦拭额头上的冷汗。等他擦完，发现约书亚正耐心地看着他。“约书亚，我不知道你看见了什么，但事情不是你想的那样。”

“阿布纳，我很清楚发生了什么。”约书亚答道，听上去并不怎么生气，“我几乎从一开始就在这儿。我注意到瓦莱丽离开了大厅，于是出来找她，上楼梯的时候听见你在说话。”

“我完全没听见你的声音。”马什说。

约书亚微笑道：“阿布纳，需要的时候，我可以变得非常安静。”

“那个女人，”马什说，“她……她提出……妈的，她就是个该死的……”他想不出合适的字眼。“她不是什么淑女，”他无力地说完，“赶走她，约书亚，把她和奥尔特加都赶走。”

“不行。”

“为什么不行？”马什咆哮道，“你听见她怎么说了！”

“并不重要，”约书亚平静地说，“就算有什么，我听见的也让我更珍惜她了。阿布纳，她是为了我。她比我希望的更在乎我，超过了我敢于期待的程度。”

阿布纳·马什怒骂道：“你说的我他妈连一个字都听不懂。”

约书亚温和地笑了笑。“也许吧。阿布纳，你不需要关心这些。瓦莱丽就交给我好了。她不会再来招惹你了。她只是害怕而已。”

“害怕新奥尔良，”马什说，“害怕吸血鬼。她知道。”

“是的。”

“你确定你能应付我们前方的东西吗？”马什说，“要是你想避开新奥尔良，该死的，说一声就行。瓦莱丽认为……”

“阿布纳，你怎么认为？”约克问。

马什盯着他看了很久很久，然后说：“我认为我们要去新奥尔良。”说完，两人对视微笑。

就这样，“热夜之梦”在第二天清晨缓缓驶入新奥尔良，衣冠楚楚的丹·奥尔布赖特执掌舵轮，阿布纳·马什自豪地站在舰桥上，身穿船长服，头戴新帽子。湛蓝色的天空洒下炽热的阳光，金色的涟漪在水面上标出每一个小残桩和每一块暗礁的位置，因此行船变得格外容易，汽船跑得飞快。新奥尔良的河岸边停满了汽船和形形色色的帆船；船只的汽笛声和钟声交织成音乐，给河流带来了无穷生机。马什倚着手杖，望着庞大的城市在前方浮现，听着“热夜之梦”用靠岸钟声和响亮而狂野的汽笛声与其他船只打招呼。他在河上讨生活的时候来过许多次新奥尔良，但没有一次比得上今天，放眼望去，没有一艘船比他的汽船更加巨大、漂亮和迅捷，而他就站在这艘船的舰桥上。他觉得自己仿佛是造物主。

不过，他们刚在码头上系缆停稳，繁杂的工作就找上了门；他们要卸下货物，要招揽返回圣路易斯时可接的生意，要在当地报纸上刊登广告。马什决定，公司应该在这儿建立常驻办公室，于是他开始物色合适的地点，安排开设银行户头和雇用办事人员。当天晚上，他、乔纳森·杰弗斯和卡尔·弗拉姆在圣查尔斯饭店共进晚餐，但他的思路总是从食物上溜号，转而思考瓦莱丽似乎异常畏惧的危险，他琢磨着约书亚·约克到底有什么打算。马什回到汽船上，约书亚正和他的伙伴们在上层甲板的休息室聚会，瓦莱丽坐在他身旁，看上去既阴郁又窘迫。马什回船舱睡觉，把整件事赶出脑海，接下来一连几天没怎么再去思考。“热夜之梦”的事务让他白天忙得不可开交，而晚上他在城里各处享受美食，去河畔的酒馆吹嘘他的新船，漫步穿过老广场，欣赏可爱的克里奥尔女人和多姿多彩的庭院、喷泉与阳台。刚开始，马什觉得新奥尔良和他记忆中一样美好。

然而，不安的情绪在他内心逐渐滋生，模糊的别扭感觉让他换了个视角去审视熟悉的事物。气候令人不快，白天溽热难当，一旦离开凉爽的河风，空气就变得凝滞潮湿。无论白天还是黑夜，敞开的阴沟都释放出恶臭的浊气，死水散发着腐败的刺鼻怪味，仿佛某种有毒的香水。马什心想，难怪黄热病频繁肆虐新奥尔良。这座城市到处都是自由身的黑人，漂亮的夸德隆、奥塔隆和格里夫女人打扮得和白种女性一样花枝招展。但城市里同样充满了奴隶。无论你走到哪儿都会见到他们，他们有的为主人跑腿办事，有的凄惨地坐在莫罗街和大众街的奴隶圈场里，有的被铁链锁成长长一溜来往于大型交易所之间，有的在忙着清理阴沟。哪怕在汽船码头上，你也无法躲避奴隶制的迹象；跑新奥尔良航线的大型侧明轮轮船时常会载着黑奴前往上游或下游，每次回到“热夜之梦”上的时候，阿布纳·马什都会看见这种船只入港或出港。奴隶往往被铁链拴着，可怜巴巴地和货物待在一起，在火炉的炙烤下汗出如浆。

“我一点也不喜欢这种事，”马什对乔纳森·杰弗斯抱怨道，“不干净。还有，我告诉你，‘热夜之梦’绝对不碰这种勾当。没人能用这种钱来污染我的船，听懂了吗？”

杰弗斯斜着眼睛瞥他，目光中不无赞赏。“哎呀，船长，要是我们不碰奴隶，就会少挣很多钱呢。你说话像个废奴主义者。”

“我才不是该死的废奴主义者呢，”马什气呼呼地说，“但我的话是认真的。要是有人想带一两个奴隶上船，当他的仆人什么的，我可以接受。他们住贵宾舱还是甲板舱，我都无所谓。但我们绝对不能把奴隶当货物运送，看着他们被某个该死的商人用铁链锁成一串。”

停靠新奥尔良的第七个夜晚，阿布纳·马什对这座城市产生了怪异的厌恶感，迫不及待地想要离开。那天晚上，约书亚·约克拿着河道图下来吃晚饭。自从抵达新奥尔良，马什就没怎么见过他的搭档。约克落座的时候，马什问他：“你喜欢新奥尔良吗？”

“这座城市非常迷人。”约克答道，声音里有着某种奇异的波澜，马什不由得从他正在涂黄油的面包卷上抬起头。“我对老广场只有赞赏之情。它和我们见过的其他河畔城镇都完全不同，几乎像是欧洲，而美国区的一些房屋也同样华丽。然而，我并不喜欢这里。”

马什皱起眉头。“为什么？”

“阿布纳，我有一种不好的预感。这座城市，它的炎热，它明艳的颜色，它的种种气味，它满街的奴隶，新奥尔良，它充满了生机，但身处其中，我觉得它在因为疾病而腐烂。一切看上去都那么醇厚和美丽，无论是食物、礼节还是建筑，但在底下……”他摇摇头，“你看见那些可爱的庭院了，每个庭院里有一口装饰华美的水井。随后你又看见车夫在贩卖桶装的河水，于是你意识到井水不适合饮用。你享受食物中醇厚的酱汁和香料，随后你发觉香料是为了掩盖肉即将腐坏的事实。你走过圣路易斯大饭店，看着大理石的建筑物和令人喜爱的圆顶，光线穿过天窗，照亮环形大厅，但随后你得知那是个著名的奴隶市场，像交易牲畜一样贩卖人口。这里连墓地都是美丽的景致。没有普普通通的墓碑或木头十字架，而都是大理石的巨大陵墓，一座比一座气派，顶上有雕像，石块上刻着怀念亲友的美好诗句。但每一座陵墓里都是一具腐烂的尸体，爬满了蝇蛆和蠕虫。尸体必须被囚禁在石块中，因为这儿的土地不适合埋葬，墓穴会被泥水灌满。而瘟疫像柩衣一样笼罩着这座美丽的城市。”

“不，阿布纳，”约书亚说，灰眼睛里有着某种奇特而遥远的情绪，“我热爱美，但有时候看似美好的事物也会隐藏着卑劣与邪恶。我们越快离开这座城市，我就会越是高兴。”

“该死，”阿布纳·马什说，“要是我知道为什么就好了，但我也有同样的感觉。别担心，我们很快就能离开了。”

约书亚·约克做了个怪相。“很好，”他说，“但首先，我还有最后一件事要去办。”他拿开餐盘，摊开他带来的河道图。“明天傍晚，我想开着‘热夜之梦’去下游。”

“下游？”马什震惊道，“妈的，下游没什么值得我们去的。那儿只有种植园、许许多多的卡津人[1]、沼泽和长沼，再下去就是海湾了。”

“你看，”约克说，手指沿着密西西比河画出路线，“我们顺河而下，到这儿拐进这片长沼，然后走六英里左右到这儿。不会花太长时间，第二天晚上我们就能回来，接上乘客去圣路易斯。我想在这里短暂停泊。”他指着图上的一个地点。

阿布纳·马什的火腿肉排就放在面前，但他置之不理，凑过去看约书亚指给他看的地方。

“柏树港，”他念着图上的名称，“呃，我说不准。”他看了一圈主船舱，船上没有乘客，因此座位空着四分之三。卡尔·弗拉姆、怀蒂·布莱克和杰克·埃利在长桌的另一头吃饭。“弗拉姆先生，”马什喊道，“麻烦过来一下。”弗拉姆走了过来，马什把约克画的路线指给他看。马什问：“你能带我们往下游开，然后拐进这片长沼吗？我们的吃水会不会太深？”

弗拉姆耸耸肩。“有些长沼很宽很深，但有些连小艇都很难划进去，更别说汽船了。不过我应该能开进去。那儿有港口和种植园，也有其他汽船开过去。当然了，大多数汽船不像我们的船这么大。肯定会很慢，这个我知道。我们必须一路测深，必须小心避开残桩和沙洲，很可能还要锯短乌七八糟的树枝，免得被它们撞断烟囱。”他俯身仔细看河道图。“我们要去哪儿？这条路我走过一两次。”

“一个叫柏树港的地方。”马什说。

弗拉姆抿紧嘴唇，沉思片刻。“应该不会太困难。那是老加鲁的种

1.指居住在美国路易斯安那州的一个族群，主要由被流放的说法语的阿卡迪亚人组成。

植园。汽船以前经常去那儿，运送红薯和甘蔗去新奥尔良。但加鲁去世了，他和他的全家都死了，后来就很少听人提到柏树港了。你这么一说我忽然想起来了，那附近流传着一些诡异的故事。我们为什么要去那儿？”

“私事，”约书亚·约克说，“弗拉姆先生，你只管带我们过去就行了。我们明天傍晚出发。”

“反正你是船长。”弗拉姆说，回去继续吃饭了。

“我的牛奶在哪儿？”阿布纳·马什抱怨道。他环顾四周，看见一个瘦削的年轻黑人站在厨房门口。“快给我上晚餐。”马什朝他吼道，年轻人明显被吓了一跳。马什转过去对约克说：“你这一趟——和你告诉我的事情有关系吗？”

“是的。”约克不愿多说。

“危险吗？”马什问他。

约书亚·约克耸耸肩。

“我不喜欢这种事，”马什说，“什么吸血鬼之类的。”提到吸血鬼的时候，他把声音压低到了耳语的程度。

“阿布纳，很快就会结束了。我要去拜访这座种植园，处理一些事情，带几个朋友回来，然后就不需要再烦恼了。”

“带我和你去办你的这件事，”马什说，“不是说我不相信你，但要是我能看到他们中的一个——你明白的，用我自己的眼睛看见，我会更容易相信。”

约书亚望着他。马什瞥了一眼他的双眼，那双眼睛里似乎有什么东西钻出来触碰他，忽然间，他毫无理由地不得不转开视线。约书亚折好河道图。“我不认为那会是明智之举，”他说，“但我会考虑的。失陪了，我还有事情要做。”他起身离开餐桌。

马什目送他离开，不确定两人之间刚刚发生了什么。最后他嘟囔着

"该死的家伙"，把注意力转向火腿肉排。

几小时后，阿布纳·马什迎来了访客。

他在船舱里，正想睡觉。有人轻轻敲门，却像雷声似的惊醒了他，马什能感觉到心脏在怦怦乱跳。不知为何，他感到害怕。船舱里一片漆黑。"是谁？"他喊道，"该死的！"

"是我，托比，船长。"外面的人压低声音答道。

马什的恐惧忽然消散，他觉得自己傻乎乎的。托比·兰亚德属于你在汽船上见到的最温和的那种老伙计，也是最谦卑的那种。马什大声说："进来吧。"他先点亮床边的油灯，然后过去开门。

外面站着两个人。托比六十来岁，秃头，黑色的脑袋上只剩下一圈铁灰色的头发，他满是皱纹的苍老面容仿佛一双合脚的旧皮靴。他身旁是个比较年轻的黑人，这个人矮小壮实，棕色皮肤，穿一身昂贵的正装。光线暗淡，马什花了几秒钟才认出他是杰迪戴亚·弗里曼，他在路易斯维尔雇用的理发师。"船长，"托比说，"我们想和你私下谈谈，可以吗？"

马什挥手让他们进来。"托比，怎么了？"他问，关上门。

"我们算是代言人，"厨子说，"船长，你认识我很久了，你知道我不会骗你。"

"当然知道。"马什说。

"我也不会随便逃掉。你给了我自由和一切，只是为了让我给你做饭。但另外一些黑人，司炉工和其他人，无论杰布和我怎么说你是个好人，他们都不听。他们很害怕，想逃跑。晚上伺候你们吃饭的那孩子，他听说你和约克船长在讨论要去那个柏树港，现在所有黑人都在议论。"

"议论什么？"马什说，"你们没人去过那儿。柏树港把你们怎么了？"

“没怎么，”杰布说，“但有几个黑人听说过那儿。船长，那地方有些传闻。不好的传闻。所有的黑人都从那儿逃跑了，因为那儿发生过一些事情。恐怖的事情，船长，真的恐怖。”

“船长，我们来是想劝你别去那儿，”托比说，“你知道我从来没求过你任何事情。”

“厨子和理发师没资格对我要开着我的汽船去哪儿指手画脚。”阿布纳·马什严厉地说，但他看见托比脸上的表情，于是软了下来。“什么都不会发生的，”他保证道，“但要是你们想留在新奥尔良，那就留下吧。我们去去就来，不需要留人做饭和理发。”

托比像是如释重负，但他说：“但那些司炉工……”

“我需要他们。”

“我告诉你，船长，他们不会留下的。”

“我看长毛迈克有办法能治好这帮人。”

杰布摇摇头。“那些黑人确实害怕长毛迈克，但更害怕你打算带我们去的那个地方。他们会逃跑的，我向你保证。”

马什骂道：“该死的蠢货。妈的，没有司炉工就没法送蒸汽。想跑这一趟的是约书亚，不是我。弟兄们，给我几分钟穿衣服，我们去找约克船长，和他谈谈这件事。”

两个黑人交换了个眼神，但没说什么。

约书亚·约克不是一个人。马什大踏步走到他的卧舱门口时，听见搭档响亮而优美的声音从房间里传来。马什犹豫片刻，等他意识到约书亚在读诗，不由得哼了一声——而且还挺响。他用手杖敲敲门，约克停下朗诵，请他们进来。

约书亚静静地坐着，一本书放在大腿上，修长的白皙手指夹在他刚刚读到的地方，身旁的桌子上有一杯酒。瓦莱丽坐在另一把椅子里。她抬头望向马什，立刻转开视线；自从上层甲板上的那个晚上，她就一直躲着他走，马什发现他很容易就能对她视而不见。“托比，告诉他。”他说。

托比似乎比他在马什面前时更加难以启齿，但终究还是说出来了。等他说完，他站在那里，耷拉着眼睛，双手绞着他那顶破旧的帽子。

约书亚·约克面色阴沉。“这些人害怕的是什么？”他用礼貌但冰冷的语气说。

“去那儿，先生。”

“告诉他们，我会保护他们的。”

托比摇摇头。“约克船长，不是我想冒犯你，但那些黑人也害怕你，尤其是你想带他们去那儿。”

“他们认为你是那些人里的一个，”杰布插嘴道，“你和你的朋友们引诱我们去那儿，把我们交给其他的人，以前也发生过这种事。传闻说那些人白天不出来，而你也一样，船长，你和他们完全一样。当然了，我和托比知道得更清楚，但其他黑人不知道。”

“告诉他们，去长沼的这一趟薪水加倍。”马什说。

托比没有抬起眼睛，只是摇摇头。“他们不在乎钱。他们会逃跑的。”

阿布纳·马什骂了一声。“约书亚，要是钱和长毛迈克都不能让他们听话，那他们就真的不会去了。我们必须解雇所有人，然后重新招募司炉工和力工，但那需要花些时间。”

瓦莱丽坐起来，用一只手抓住约书亚·约克的手臂。“求你了，约书亚，”她轻声说，“听他们一次吧。这是个预兆。我们不该去那儿。带我们回圣路易斯。你答应过要领我去看看圣路易斯的。”

“我会的，”约书亚说，“但必须等我了结这件事以后。”他皱起眉头看着托比和杰布。“从陆路去柏树港也很容易，”他说，“毫无疑问，想要实现我的目标，那是最快和最便捷的方法。但是，先生们，那么做不会让我满意。这艘汽船属不属于我，我还是不是这儿的船长，两个问题都只能有一个答案。我不会允许我的船员不信任我。我不会允许我的手下害怕我。”他把诗集咚的一声摔在桌上，显然感到很难过。“托比，我做了什么会伤害你的事情吗？”约书亚问，“我虐待过你的任何一个同胞吗？我做的任何事情活该引来这样的猜疑吗？”

“没有，先生。”托比轻声说。

“你说没有。但尽管如此，他们还是会背弃我？”

“是的，船长，我很抱歉。”托比说。

约书亚·约克露出一个倔强而坚定的表情。“要是我证明我并不是他们想象中的那种人呢？”他的视线从托比转向杰布，又转了回去。“要是他们在阳光下看见我，会因此信任我吗？”

“不，”瓦莱丽说，显得异常惊骇，“约书亚，你不能……”

“我能，”他说，“而且我会。托比，你觉得呢？”

厨子抬起头，直视约克的眼睛，缓缓点头。“嗯，也许……要是他们能见到你不是……”

约书亚盯着两个黑人看了好一会儿。“非常好，”他最后说，“明天我和你们共进午餐。给我留个座位。”

“真是活见鬼了。”阿布纳·马什说。

13

“热夜之梦”号汽船上　新奥尔良　一八五七年八月

约书亚穿着他的白色正装下来吃饭，托比的厨艺发挥得超乎寻常。消息当然早已传开，“热夜之梦”的几乎所有船员齐聚一堂。侍者身穿漂亮的白色上衣，看上去利落潇洒，他们来回穿梭，从厨房里端出托比精心烹制的盛宴。大餐盘和精致的瓷碗里装着甲鱼汤、龙虾色拉、酿蟹盖、猪油焖牛杂、牡蛎馅饼、羊排、淡水龟、嫩煎鸡、芜菁、酿青椒、烤牛肉、炸牛柳、爱尔兰土豆、青玉米、胡萝卜、洋蓟、菜豆、各种各样的面包卷和面包、从酒吧拿来的葡萄酒和烈酒、城里运来的新鲜牛奶和几大盘刚打好的淡奶油，甜点有李子布丁、柠檬馅饼、蛋白奶油蛋糕、浇巧克力酱的海绵蛋糕。

阿布纳·马什这辈子都没享用过比这更丰盛的一顿饭。“该死，”他对约克说，“真希望你多下来吃吃饭，我们每天都能这么大吃一顿。”

但约书亚几乎没碰他的食物。在白天明亮的光线下，他像是变了个人；他不再那么气度非凡，而是仿佛缩了一圈。他白皙的皮肤在阳光下变成了不健康的惨白色，马什觉得其中还带着某种白垩般的灰色。约克的举止也有些无精打采，不时抽动一下，以前在他身上极为显眼的优雅和力量全无踪影。但最大的区别在于他的眼睛。他戴着一顶白色的宽檐帽，帽檐的阴影下他的眼睛显得很疲惫，疲惫得难以想象。瞳孔缩小成了针尖般的两个黑点，四周的灰色发白褪色，马什平时所见到的那种魄力荡然无存。

然而他毕竟来了，这似乎就改变了一切。他在灿烂的阳光下离开船舱，穿过露天的甲板，走下楼梯，坐下吃饭，上帝、船员和其他所有人都是见证者。随着白昼的光线洒在约书亚·约克和他那身精致的白色正装上，他昼伏夜出引发的一切流言和恐惧现在都显得异常愚蠢。

整顿饭约克吃得都很安静，不过只要有人提问，他都会踌躇着答上一两句，偶尔还在桌上的闲谈中发表一点评论。甜点上完后，他推开餐盘，疲惫地放下餐刀。“请托比过来一下。”他说。

厨子从厨房里出来，身上星星点点地沾满了面粉和油渍。“不合胃口吗，约克船长？”他问，“您几乎什么都没吃。”

“食物很好，托比。很抱歉，白天的这个时候我没什么胃口。重要的是我来了。相信我已经证明了一些事情。”

“是的，先生，”托比说，“现在不会有任何麻烦了。”

“那就太好了。”约克说。托比返回厨房以后，约克转向马什。“我决定再休整一天，”他说，“我们今晚不走，明天黄昏出发。”

“呃，好的，约书亚，”马什说，“帮我再拿一块馅饼，谢谢。”

约克微笑着把馅饼递给他。

“船长，今晚比明晚适合出发，”丹·奥尔布赖特用骨头牙签剔着牙说，“暴风雨快来了，我能闻到。”

“明天。”约克说。

奥尔布赖特耸耸肩。

“托比和杰布可以留下。事实上，”约克继续道，“我只需要能让汽船运转起来的最少量的人手。安排提前登船的乘客回岸上待几天，等我们回来再说。我们不去载货，所以可以给力工放几天假。我们只带一班船员。可以安排一下吗？”

“应该可以。”马什说。他顺着长桌望过去，高级船员全都好奇地盯着约书亚。

“那就明天黄昏见了，”约书亚说，“不好意思。我必须去休息了。”他起身，有一秒钟似乎连站都站不稳了。马什连忙起身，但约克挥手赶开他。“我没事，”他说，“我这就回船舱去了。请不要打扰我，直到我们准备好要离开新奥尔良。”

“今晚不下来吃饭了吗？”马什问。

“不了。”约克说。他前前后后扫视了一圈船舱。“我觉得我还是更喜欢她夜晚的模样，”他说，“拜伦勋爵说得对。耀目的白天只嫌光太强。”

“什么？”

“你不记得了？”约克说，“我在新奥尔巴尼背给你听的那首诗。非常适合‘热夜之梦’。*她走在美的光彩中……*”

“*……像夜晚。*”杰弗斯说，扶了扶眼镜。阿布纳·马什目瞪口呆地看着他。杰弗斯擅长象棋和解谜，甚至会去看戏，但马什从没听他吟诵过任何诗歌。

“你知道拜伦！”约书亚高兴起来。有那么一瞬间，他像是变回了平时的样子。

“是的。”杰弗斯承认道。他挑起一侧眉毛，看着约克。“船长，你难道想说我们在‘热夜之梦’上过着善良的日子？”他微笑道，“哎呀，对长毛迈克和弗拉姆先生来说肯定是新闻。”

长毛迈克嘎嘎怪笑，弗拉姆抗议道："喂，我说，有三个老婆不等于我不是好人，她们每一个都能为我做证！"

"你们都在胡扯什么啊？"阿布纳·马什插嘴道。绝大多数高级船员和普通船员都和他一样摸不着头脑。

约书亚露出他高深莫测的笑容。"杰弗斯先生在提醒我拜伦这首诗的最后一节。"然后他吟诵道：

> 呵，那额际，那鲜艳的面颊，
> 如此温和，平静，而又脉脉含情，
> 那迷人的微笑，那容颜的光彩，
> 都在说明一个善良的生命：
> 她的头脑安于世间的一切，
> 她的心充溢着真纯的爱情！

"船长，我们算是真纯的吗？"杰弗斯问。

"没有人是完全真纯的，"约书亚·约克答道，"但是，杰弗斯先生，这首诗依然能够打动我。黑夜有它的美丽，我们同样能够希望在它的黑暗和辉煌中找到平静和高贵。有太多的人毫无理性地恐惧黑暗。"

"也许吧，"杰弗斯说，"但有时候我们也应该畏惧黑暗。"

"不。"约书亚·约克说，说完他就离开了，突然结束了他和杰弗斯的唇舌斗剑。他刚走，其他人就开始起身返回各自的岗位，但乔纳森·杰弗斯留在座位上，他望着船舱的另一头，陷入沉思。马什坐下，继续吃他的馅饼。"杰弗斯先生，"他说，"我已经不知道这条河上都在发生什么了。该死的诗歌。你们那些漂亮话到底有什么用处？要是这个拜伦有话要说，他为什么就不能用大家都能听懂的话说出来？来，你告诉我。"

杰弗斯望向他，像是忽然被惊醒。“不好意思，船长，”他说，“我在回忆一些往事。你说什么？”

马什吞下一口馅饼，用咖啡润润喉咙，然后重复他的问题。

“唔，船长，”杰弗斯歪着嘴笑了笑，“诗歌中最重要的就是美，是字词如何彼此配合，是其中的节奏感，是它们描绘出的景象。大声朗诵诗歌会带来快乐。诗歌的韵律、内在的音乐，就是听上去的那种感觉。”他喝了一口咖啡。“要是你没感觉到，那我就很难解释了。怎么说呢，船长，它有点像一艘汽船。”

“从没见过和汽船一样美的诗歌。”马什没好气地说。

杰弗斯咧嘴一笑。“船长，‘北极光’的明轮罩上为什么有曙光女神的巨幅画像？对船来说毫无用处。没有画像，桨轮一样能转得顺畅。我们的领航室——还有很多其他船的领航室——为什么要用花纹、雕饰和嵌线装点得漂漂亮亮的，为什么每艘配得上自己美名的汽船都使用上等木料、地毯、油画和参差高低的精细木工？我们的烟囱顶上为什么要做成花朵形状？平直的烟囱一样能冒出烟来。”

马什打个嗝，皱眉思考。

“汽船可以造得朴素简单，”杰弗斯总结道，“但现在的造法让汽船变得更好看，搭乘起来更愉快。船长，诗歌也是这个道理。诗歌当然也可以平铺直叙，然而加上韵脚和格律，它就会变得更加动听。”

“呃，也许吧。”马什怀疑地说。

“我打赌我能找到一首连你也会喜欢的诗，”杰弗斯说，“说起来，拜伦就写过一首。名叫《辛那赫里布[1]的覆灭》。”

“那是什么地方？”

1.辛那赫里布（Sennacherib，？—前681年），亚述帝国的国王，亚述政治家、军事家，公元前704年至前681年在位。

“不是一个地方，而是一个人，”杰弗斯纠正他，“船长，这首诗说的是一场战争。它拥有惊人的节奏感，念起来和《水牛城小妞》[1]一样朗朗上口。”他起身，拉直外衣。“跟我来，我给你看。”

马什把咖啡连渣一起喝完，推开椅子起身，跟着乔纳森·杰弗斯朝着船尾走向图书室。他愉快地倒在一把宽大松软的扶手椅里，事务长在从地板到天花板填满整个房间的书架上翻找。“有了。”杰弗斯最后说，抽出一本相当厚实的书，“我就知道船上肯定有拜伦的诗集。”他翻了一会儿，有几页甚至没裁开过，他用指甲划开连页，终于找到了他在找的那首诗。然后他摆了个姿势，开始朗诵《辛那赫里布的覆灭》。

马什不得不承认，这首诗确实朗朗上口，尤其是从杰弗斯的嘴里念出来。尽管离《水牛城小妞》还差得远，但他也算是挺喜欢的。等杰弗斯念完，马什承认道：“不坏。不过我不怎么喜欢结尾。该死的宣教狂不管说什么都要塞几个上帝。”

杰弗斯大笑。“我向你保证，拜伦勋爵绝对不是什么宣教狂，”他说，“事实上，他过得很堕落，至少据说如此。”他换上沉思的表情，继续翻了下去。

“你这又是在找什么？”

“我在餐桌上想到的另一首诗，”杰弗斯说，“拜伦还写过另一首咏夜诗，味道完全不一样——啊哈，找到了。”他从上到下看了一遍这一页，点点头。“你听好了，船长。标题是《黑暗》。”他开始吟诵：

我做了一个梦，梦也非梦

我梦见太阳失去了光芒，群星黯然

在永恒的世界里，彷徨迷失

1.一首美国民歌。

无光，无路，冰封的地球
盲目地摇摆于无月的天空；
清晨来了又走——来了，但没有带来白昼，
人们在这荒芜的恐惧中
忘记了激情；所有的心
冷寂成一声自私的祷告，为了光明……[1]

事务长朗诵时用的是空洞而阴森的语调；这首诗没完没了，比另外几首都要长。马什很快就迷失在了字词中，但诗句依然触及了他的心灵，给整个房间笼罩上险恶甚至吓人的气氛。短语和诗句的片段在他的头脑中挥之不去；这首诗充满了恐惧和徒劳的祈祷，充满了绝望和疯狂，充满了巨大的火葬堆，充满了战争、饥馑和堕落成野兽的人类。

……——盛宴配着鲜血，
而每次饱足后才阴郁离席
战争在晦暗中填塞肚肠：不留下一丝爱；
整个尘世只剩一个念头——那就是死亡，
迅速而低贱的死；而饥饿的痛苦
蚕食所有的内脏——人们
死去，他们的尸骨同血肉一样没有埋葬；
弱者被弱者啃食……

杰弗斯继续吟诵，邪恶的意象轮番登场狂舞，直到他终于念到结束：

1.引自拜伦诗作《黑暗》，姚向辉译。

它们长眠在没有波澜的深渊——
浪涛已死；潮汐在浪涛的坟墓里，
月亮，潮汐的主人，早已消亡；
风在凝滞的空气中枯竭，
云也徒然散去；黑暗不需要
它们的帮助——她就是宇宙。

他合上那本书。

“胡话，”马什说，“这家伙听着像是烧糊涂了。”

乔纳森·杰弗斯勉强一笑。“勋爵本人甚至都没有露面。”他叹息道，“要我说，拜伦对黑暗有两种看法。那首诗里恐怕找不到什么真纯。不知道约克船长熟不熟悉它？”

“他当然熟悉了。”马什说，从椅子里爬起来。“给我。”他伸出手。

杰弗斯把书递给他。“对诗歌产生兴趣了吗，船长？”

“不关你的事，”马什答道，把诗集塞进衣袋，“你的办公室里没事可做了？”

“当然有。”杰弗斯说，告退离开。

阿布纳·马什在图书室里站了三四分钟，感觉非常古怪；这首诗使他感到非常不安。他心想，诗歌这玩意儿也许真的有点什么门道。他决定有空要翻翻这本书，得出他自己的结论。

但马什有自己的事情要做，他忙碌了一整个下午和小半个傍晚，结果完全忘记了口袋里还揣着一本诗集。卡尔·弗拉姆要进城去圣查尔斯饭店吃晚饭，马什决定和他一起去。等他们回到“热夜之梦”上，时间已经过了午夜。马什在船舱里脱衣服的时候，再次摸到了那本书。他小心翼翼地把诗集放在床边的小桌上，穿上睡衣，坐下来就着烛光看书。

半夜三更，在他狭小的船舱里，昏暗中只有孤独陪着他，《黑暗》似乎变得愈加险恶，但听杰弗斯朗诵时他感受到了冰冷和威胁，印在纸上的文字却没有让他产生同样的情绪。不过，这首诗依然让他感到不安。他翻到前面，读《辛那赫里布的覆灭》《她走在美的光彩中》和另外几首，但思绪一次又一次飘向《黑暗》。尽管夜晚依然炎热，鸡皮疙瘩却爬上了阿布纳·马什的手臂。

书的扉页上有一张拜伦的肖像。马什打量着他。这家伙挺好看的，阴郁性感，像个克里奥尔人，难怪女人要为他倾倒，尽管据说他是个瘸子。当然了，他还是个贵族。画像底下明明白白地写着：

乔治·戈登·拜伦勋爵

1788—1824

阿布纳·马什琢磨了一会儿拜伦的面容，觉得他很嫉妒这位诗人的长相。他从未在自己身上体会到过美的存在；他做梦都想造出恢宏而华美的汽船，也许正是因为美在他本人身上的极度匮乏。庞大的身体、满脸的肉疣和扁平的鼻子使得马什没必要去动女人的心思。早些年他驾驶木筏和平底船沿河而下的时候，还有后来他在汽船上卖苦力的时候，马什在山下纳齐兹和新奥尔良时常造访水手能以合理价格购买一夜欢愉的某些场所。后来，热河定班航运公司开始壮大之后，加利纳、迪比克和圣保罗都有女人愿意接受他的求婚；品性良好、身体健康、面容坚韧的寡妇，了解他这么一个靠得住的强壮男人的价值，尤其是他还有那么多艘汽船。然而等到他遭遇不幸，她们顿时就失去了兴趣，再说她们本来也不符合他的要求。尽管极为罕有，但阿布纳·马什允许自己思考这种事情的时候，他梦想中的女人是黑眼睛的克里奥尔淑女和新奥尔良自由身的微黑夸德隆姑娘，娇嫩而优雅，会为他的汽船感到骄傲。

马什哼了一声，吹灭蜡烛。他想睡觉，但梦境支离破碎；字词在他意识的阴森小巷里朦胧而骇人地回荡。

……清晨来了就走——来了，但没有带来白昼。

……在晦暗中填塞肚肠：不留下一丝爱。

……人们在这荒芜的恐惧中

忘记了激情。

……盛宴配着鲜血。

……一个惊骇的人。

阿布纳·马什突然直挺挺地坐起来，他完全清醒了，听着自己的怦怦心跳声。“该死。”他嘟囔道。他摸到火柴，点燃床边的蜡烛，打开诗集，翻到拜伦肖像的那一页。“该死。”他重复道。

马什三下两下穿好衣服。他想找个有战斗力的伙伴，例如浑身肌肉、拎着黑铁棍的长毛迈克，或者手持剑杖的乔纳森·杰弗斯。但这是他和约书亚两个人的事情，他承诺过不告诉其他人。

他往脸上浇了点凉水，拎起胡桃木的手杖，开门来到甲板上，他真希望船上有个牧师，甚至有一个十字架也是好的。诗集揣在他的衣袋里。远远地在码头旁，一艘汽船正在烧锅炉和装船；马什能听见那艘船的力工一边唱着悠扬而忧郁的歌曲，一边扛着沉重的货物走过船板。

阿布纳·马什来到约书亚的船舱门口，他拎起手杖准备敲门，但他又犹豫了，内心突然充满疑虑。约书亚下过禁止打扰他的命令。马什想说的话肯定会让约书亚极为不悦。这整件事完全是在犯傻，那首诗害得他做噩梦，也许是因为他吃错了东西。但是，但是……

他站在那儿，皱着眉头苦思冥想，手杖举在半空中，但舱门忽然无声无息地打开了。

房间里暗得像是进了牛腹。月亮和星辰将少量光线洒过门框，但再往里却是炽热而柔软的一片黑暗。一条人影站在离门口仅仅几步的地方。月光碰到了一双赤裸的脚，他隐约能感觉到一个男人的模糊轮廓。

“阿布纳，请进。”黑暗中传来声音，那是约书亚嘶哑的耳语声。

阿布纳·马什抬脚跨过门槛。

黑影轻轻移动，门突然关上了。马什听见门锁上的声音。房间里伸手不见五指。他什么都看不见。一只强壮的手紧紧抓住他的胳膊，领着他向前走。然后他被向后推了一把，他有一瞬间感到了恐惧，但很快就发现自己坐在了椅子上。

黑暗中传来窸窸窣窣的活动声。马什盲目地环顾四周，希望能从黑暗中分辨出一些形状。“我没敲门。”他听见自己说。

“是的，”约书亚答道，“我听见你走近，阿布纳，而我一直在等你。”

“他说过你会来的。”另一个声音从黑暗中的另一个角落中响起。女人的声音，柔和但怨毒。瓦莱丽。

“是你。”马什震惊地说。他没想到会听见她的声音。他困惑而气恼，不知如何是好，瓦莱丽的出现使得他更加难以做出决定。“你在这儿干什么？”马什喝问道。

“我也想问你同样的问题，”她柔和的声音答道，“马什船长，我在这儿是因为约书亚需要我。我来帮助他。比起你的那些空话要实际得多。你和你的同类，你们的那些怀疑，你们虚伪的信——”

“瓦莱丽，够了，”约书亚厉声道，“阿布纳，我不知道你今晚来是想干什么，但我知道你迟早会来。要是我选了个笨蛋当搭档，一个能不假思索就执行命令的人，对我来说也许更好。你太精明了，无论对你还是对我都没有好处。我知道你看穿我在纳齐兹编造的故事只是个时间问题。我注意到你在观察我们。我知道你的那些小小试探。”他挤出一声粗哑的大笑。“圣水，算你厉害！”

“你……所以你知道了？”马什说。

“对。”

“那该死的小子。”

“别怪他。和他没什么关系，阿布纳。但我发现他吃晚饭的时候一直在盯着我。”约书亚的笑声是个勉强而可怖的怪声，“不，是水本身告诉了我。我们谈完后没过几天，一杯清澈的水就出现在我面前，你说我该怎么想？我们在河上走了这么多天，水里一直充满泥沙和沉渣。光是用我杯底剩下的东西，我都能造个花园了。”他发出干涩暗哑的古怪笑声。“或者填满我的棺材。”

阿布纳·马什没有理会最后这句话。“搅一搅，连水一起喝下去，”他说，“你就能变成一个内河人了。”他停顿了片刻。“或者，至少是个人。”他又说。

“哎呀，”约书亚说，“终于说到重点了。”他沉默了好一会儿，船舱里憋闷得令人窒息，充满了凝滞的黑暗和寂静。等约书亚重新开口，他的语气变得冷静和严肃：“阿布纳，你带十字架了吗？或者木桩？”

“我带来了这个。”马什说。他掏出诗集，扔向他认为约书亚所坐的位置。

他听见啪的一声，有人抓住了旋转着飞过空中的那本书。书页翻动的飒飒声。“拜伦。”约书亚说，像是觉得很有意思。

阿布纳·马什就算在眼前摆动手指也什么都不可能看见，船舱被百叶窗和窗帘遮得不留任何缝隙。但约书亚的视力不但足以接住书，而且能在黑暗中阅读。尽管闷热难当，但马什觉得鸡皮疙瘩又起来了。

“为什么是拜伦？”约书亚问，“你难住我了。再一次试探，十字架，一个个问题，我也许都会有所准备。但拜伦我就猜不到了。”

“约书亚，”马什说，“你多少岁了？”

沉默。

“我这人看年龄看得挺准，”马什说，“你嘛，比较难猜，因为有一头白发什么的。但是，从你的外形看——你的脸，还有双手，我觉得大概三十岁，顶多三十五。你手里的那本书说他死于三十五年前，而你说你见过他。”

约书亚叹了口气。“是啊。”他听上去有点懊丧，“一个愚蠢的错误。看见这艘汽船，我完全忘乎所以了。事后我觉得应该问题不大。你对拜伦一无所知。我确定你会忘记的。”

“我的脑子算不上好，但我从不忘事。”马什使劲握住手杖，镇定了一下心神，俯身向前，“约书亚，我想和你谈一谈。让那女人出去。”

瓦莱丽在黑暗中冷笑。她离他似乎更近了，但马什没有听见她的脚步声。“真是个胆大包天的傻瓜。”她说。

“阿布纳，瓦莱丽不需要离开，”约书亚直白地说，“无论你想对我说什么，都可以说给她听。她和我是一样的。”

马什觉得浑身冰冷，异常孤独。“和你是一样的，”他费劲地回应道，“那好吧。你到底是什么？”

“你自己判断吧。”约书亚答道。黑暗的船舱里忽然擦燃了一根火柴，吓了他一跳。

“噢，我的上帝。”马什发出嘶哑的叫声。

转瞬即灭的小火苗把刺眼的光线洒在约书亚的脸上。他嘴唇肿胀皲裂。被烧灼熏黑的皮肤紧紧地包着额头和面颊。拢着火柴的手变成了鲜红色，和下巴底下一样，都布满了脓水鼓胀的水泡。他的灰眼睛颜色发白，深陷的眼窝中渗出黏液。约书亚·约克惨然一笑，马什听见烤焦的皮肉破裂和撕破的声音。浅白色的液体从刚绽开的裂口中缓缓淌下面颊。一块皮肤掉了下来，露出底下粉红色的嫩肉。

火柴熄灭了，黑暗不啻一种幸福。

“你说你是他的搭档，”瓦莱丽斥责道，“你说你会帮助他。这就是你给予他的帮助，你和你的船员，你们的怀疑和威胁。他有可能会因你而死。他是苍白之王，你什么都不是，但他这么折磨自己，只是为了赢得你毫无价值的忠诚。马什船长，你满意了吗？不，看来还不满意，因为你又来了这儿。”

“你这到底是怎么了？”马什问，没有理会瓦莱丽。

“我在你们白昼的光彩下待了不到两个小时。”约书亚答道，马什现在能理解他说话时为什么这么痛苦了。“我知道我冒着什么样的风险。以前有必要的时候，我也这么做过。四个小时可能会杀死我。六个小时几乎必死无疑。但两个小时或以下，大部分时间不直接照射阳光——我了解我的极限。烧伤看上去比实际上可怕，痛苦尚可忍耐，而且很快就会过去。等到明天的这个时候，就不会有人看出我曾经受过伤了。我的肉体已经开始自我治疗。水泡会破裂，死去的皮肤会脱落。你亲眼看见了。”

阿布纳·马什闭上眼睛，然后重新张开。没有任何区别，黑暗依然充斥房间，但他仍旧能看见火苗的浅蓝色残像和约书亚饱受摧残的骇人面容。“所以你不怕圣水，”他说，“你也不怕镜子。但白天你不能出来，至少不能出来太久。你说的那些该死的吸血鬼，他们真的存在。只是你骗了我。约书亚，你骗了我。你不是吸血鬼猎人，而是他们当中的一员。你和她，还有你们其他所有人。你们本身就是该死的吸血鬼！”马什把手杖举在面前，像挥剑一样无济于事地挥动手杖，企图抵挡他看不见的侵袭。他觉得喉咙干得发疼。他听见瓦莱丽轻声嗤笑，而且离他更近了。

“嗓门小一点，阿布纳，”约书亚平静地说，“也别冲我发火。是的，我骗了你。但我们第一次见面的时候，我就警告过你，你逼问我，得到的会是谎言。你逼我对你撒谎。我后悔的仅仅是我编造的谎言还不够好。”

“我的搭档，”阿布纳·马什愤怒地说，“妈的，我到现在还不敢相信。一个杀人犯，不，比杀人犯更可怕。那些夜晚你都干了什么？出去找一个落单的人，喝血，把他们撕成碎片？然后继续前进，好的，先生，现在我明白了。每天晚上换一个地方，这么做更加安全，等岸上的人发现你干了什么，你早就去了另一个地方。而且用不着奔波，只需要待在一艘漂亮的汽船上慢慢漂流，你有自己的船舱，什么都不缺。约克船长，难怪你这么想拥有一艘自己的汽船呢。诅咒你下地狱。”

“安静。”约克喝道，声音里的力量使得马什立刻闭上了嘴巴。“放下手杖，免得你挥来挥去打碎东西。我说了，给我放下它。”马什把手杖扔在地毯上。“很好。”约书亚说。

“约书亚，他和其他人一样，”瓦莱丽说，“他不会明白的。他对你除了恐惧和憎恶什么都没有。我们不能让他活着离开。”

“也许吧，”约书亚不情愿地说，“我认为他不是这样的人，但也许是我弄错了。怎么说呢，阿布纳？当心你的嘴巴。就好像你的生命取决于你说的每一个字。”

但阿布纳·马什太愤怒了，他无法思考。曾经充斥内心的恐惧让位于激烈的狂怒；有人欺骗了他，让他成为同谋，当他是个丑陋的大傻瓜。谁也不能这么对待阿布纳·马什，无论对方是不是人类。约克把他的“热夜之梦”，他的梦中女郎，变成了一个浮动的噩梦。“我在这条河上活了很久，”马什说，“你别想吓唬我。我第一次上汽船的时候，亲眼看见我的一个朋友在圣乔的一家酒吧被人开膛破肚。我抓住行凶的无赖，夺过他的匕首，打断了他该死的脊梁。我还参加过巴德阿克斯战役，去过血流成河的堪萨斯，所以天杀的吸血鬼可吓唬不了我。你想杀了我，尽管来吧。我比你重一倍，你被烧得都没有人形了。老子能拧掉你的脑袋。也许我就该这么做，为了你做过的那些烂事。”

沉默。令人震惊的是，约书亚·约克突然放声大笑，笑声响亮，经久不息。等他终于安静下来，他说：“哎呀，阿布纳，你可真是个汽船人。一半是梦想家，一半是牛皮王，加起来是一整个傻瓜。你坐在那儿，什么都看不见，但你知道只靠从百叶窗和窗帘还有门底下漏进来的那一点光，我就能看得清清楚楚。你坐在那儿，一个动作缓慢的胖子，很清楚我拥有什么样的力量和速度。你也应该知道我能无声无息地行动。”片刻寂静，吱嘎一声，约克的声音忽然在船舱对面响起。“就像这样。”又是片刻寂静。“还有这样。”声音在他背后。“还有这样。”他回到了最初的地方；马什跟着他的声音转来转去，觉得天旋地转。“我可以用一百次轻柔的触碰，在你不知不觉间让你流血致死。我可以在黑暗中溜到你的身旁，在你意识到我停止了说话前撕破你的喉咙。而你，别的先不说，你坐在那儿，连看的方向都是错的，却还敢吹胡子瞪眼威胁我。”约书亚叹了一口气。“阿布纳·马什，你有胆量。判断力很差劲，但胆量确实很大。”

“要是你决定要杀了我，那就给我过来，动手吧，”马什说，“我准备好了。也许我永远也赢不了‘日食’，但我这辈子的心愿差不多全完成了。我宁可在新奥尔良漂亮的坟墓里腐烂，也不愿为一群吸血鬼开汽船。”

“我曾经问过你是否迷信和信教，”约书亚说，“你说你不是。但你谈论吸血鬼的时候，和一个无知的移民没有区别。”

“你什么意思？是你告诉我……”

“对，没错。填满泥土的棺材，没有灵魂的怪物，不会在镜子里显形，无法越过流水，能变成狼、蝙蝠和雾气，却会在一瓣大蒜前畏缩。阿布纳，你这么有智慧，不该相信这些胡话的。请你暂时忘掉你的恐惧和愤怒，用一用你的脑子！”

这让阿布纳·马什忽然平静了下来。事实上，用约书亚的讥讽口吻说出来，整件事似乎变得非常愚蠢。约克确实被阳光灼伤了不假，但无法改变他喝下圣水、使用银器和镜子能照到他的事实。“你是想说你不是吸血鬼，还是怎么？”马什困惑地说。

“根本不存在吸血鬼这种东西，”约书亚耐心地解释道，“他们和卡尔·弗拉姆爱说的河流传奇是一码事。‘德雷南·怀特’的财宝。拉罗歇尔的鬼船。尽忠职守以至于在死后继续值班的舵手。都是传说，阿布纳。无聊的消遣故事，一个成年人不该把它们当真。”

“但有些故事是部分真实的，”马什无力地反驳道，“我是说，我知道有很多舵手走拉罗歇尔水道的时候见到了鬼船的灯光，甚至听见船上的测深员在咒骂。而‘德雷南·怀特’，好吧，我不相信什么诅咒，但她的沉没过程和弗拉姆先生说的一模一样，去打捞她的其他船只也遇难了。至于死去的舵手，该死，我认识他。他会梦游，事情就这么简单，他会在睡梦中掌舵。只是事情在河上流传的时候变得越来越夸张。”

“阿布纳，你的话恰好证明了我的观点。假如你坚持要用这个词，那好吧，吸血鬼确实是存在的。但关于我们的故事同样在流传时变得越来越夸张。你那位梦游舵手在口耳相传中仅仅几年就成了尸体。你想象一下过上一两百年他会成为什么。”

“既然你不是吸血鬼，那又是什么呢？”

“我无法用一个简单的字眼来描述我的本质，”约书亚说，“在英语中，你的同族称我为吸血鬼、狼人、女巫、术士、男巫、恶魔、食尸鬼。其他语言中还有其他的名称：nosferatu、odoroten、upir、loup garou。你的族人给我这样的可悲生物起了这么多名字。我并不喜欢这些名称。它们没有一个是我。但我也无法给你一个能替代它们的名称。我们没有用来自称的名字。”

“你们自己的语言……”马什说。

“我们没有自己的语言。我们使用人类的语言和人类的名字。我们一直过着这样的生活。我们不是人类，但也不是吸血鬼。我们是……另一种生物。即便我们自称什么，使用的也总是你们的某种语言、你们的某个词语，只是我们又给了它一个秘密的含义。我们是黑夜的族民，是鲜血的族民。或者仅仅是‘族民’。”

“而我们呢？”马什问，“既然你们是族民，那我们是什么？”

约书亚·约克犹豫片刻，瓦莱丽替他开口。“白昼的族民。”她飞快地说。

“不，”约书亚说，“这只是我的用词。我的族民通常用的不是这个。瓦莱丽，现在不需要撒谎了。告诉阿布纳真相吧。”

“他不会喜欢的，”她说，“约书亚，风险……”

“无所谓了，”约书亚说，“瓦莱丽，告诉他。”

铅一般沉重的寂静持续片刻。然后瓦莱丽轻声说：“血畜。船长，我们就是这么称呼你们的。血畜。”

阿布纳·马什皱起眉头，攥紧了他粗壮的拳头。

“阿布纳，”约书亚说，“是你想听实话的。我最近花了很多时间考虑你。离开纳齐兹后，我担心我或许不得不为你安排一场事故。我们无法承担曝光的风险，而你对我们构成了威胁。西蒙和凯瑟琳都催促我杀死你。我新来的伙伴里有几个得到了我的信任，例如瓦莱丽和让·阿尔当，他们倾向于赞同。但是，尽管你的死无疑会让我的族民和我过得更加安全，但我并不赞同。我受够了死亡，受够了恐惧，我无比厌倦我们两个种族之间的不信任。我在想我们也许能够转而携手合作，但我一直无法确定能不能信任你。直到唐纳森维尔的那个夜晚，瓦莱丽企图说服你掉转船头。你抵抗住了她的诱惑，证明你比我能想象到的更加坚强，也更加忠诚。就在当时当地，我做出了决定。你会活下去，假如你再来找我，我会告诉你真相，无论好坏，全部的真相。你愿意听一听吗？”

“我有选择吗？”马什问。

“没有。”约书亚·约克承认。

瓦莱丽叹了口气。“约书亚，我恳求你重新考虑一下。无论你多么喜欢他，他都是他们当中的一员。他不会理解的。他们会带着削尖的木桩来找我们，你知道他们肯定会的。”

“希望不会。”约书亚说。然后他对马什说：“阿布纳，她很害怕。我打算做的是一件全新的事情，而新往往意味着危险。听我说完，不要急着下判断，也许我们能结成真正的伙伴关系。我从未向你们当中的一员吐露过真相……”

“向血畜中的一员，”马什嘟囔道，“好吧，我也没听过吸血鬼说故事，所以我们扯平了。请继续说。我这头老牛听着呢。”

14

遥远和黑暗的时代

那就听我说吧，阿布纳，但先听一听我的条件。请不要打断我。在我说完之前，我不想要愤怒的爆发，不想要好奇的提问，不想听你的论断。我警告你，我即将讲述的许多事情会让你感到凶残和恐怖，但假如你允许我从头到尾说清楚，也许你就会理解我的意图。你曾经说我是杀人犯，是吸血鬼，从一定意义上说，我确实是。但你自己说过，你也曾经取走过生命。你认为当时的处境让你的行为有了正当性。我也一样。即便没有正当性，至少也能减轻罪责。请听我原原本本地说完，然后再斥责我和我的族人。

先从我本人说起，我自己的生命，然后再来说我所了解的其他事情。

你问过我的年龄。阿布纳，我还年轻，按照我这个种族的标准，我尚处于最风华正茂的成年时期。一七八五年，我出生于法国外省。我没见过我的母亲，原因我稍后会做出解释。我父亲是个小贵族。简而之，他在法国社会中活动时，给自己搞到了一个头衔。他在法国生活了几代人的时间，因此他拥有一定的地位，但他声称自己祖上来自东欧。他拥有财富和少量土地。他在十八世纪六十年代通过诡计延长了他在人间活动的时间，他伪装成自己的儿子，继承了自己的财产。

因此，你要明白，我已经七十二岁了，我确实有幸见过拜伦勋爵。不过那是后来的事情了。

我父亲和我是同类。我们的两名仆人也是，他们并不是真正的仆人，而是我的同伴。我的三位成年族人教我语言、礼节和有关世界的各种知识……还有必须提防的事物。我白天睡觉，只在夜晚出门，学会害怕黎明的方式与你们种族的孩童通过烧伤学会害怕火一样。他们告诉我，说我和其他人不一样，我高于其他人，与其他人有区别，是一名贵族。但我绝对不能谈论那些差异，否则血畜就会恐惧我，杀死我。我必须把我的作息时间伪装成个人喜好。我必须学习和遵从天主教的规范，甚至在私人礼拜堂的特别午夜弥撒中领取圣餐。我必须——唉，我就不多说了。总之你必须明白，阿布纳，当时我只是个孩子。假如这样的生活继续下去，假如给我更多的时间，也许我会学到更多的知识，也许会能够理解我身边事物的前因后果和我们所过的生活。

然而，一七八九年，大革命的烈火不可逆转地改变了我的一生。雅各宾专政[1]开始后，我们被逮捕了。尽管我父亲采取了种种预防措施，拥有自己的礼拜堂，家里到处都是镜子，但他的夜行习惯、离群索居和神秘财富还是引起了怀疑。我们的仆人，那些人类仆人，指控他是男巫、撒旦信徒、萨德侯爵[2]的拥护者。他还自称贵族，而这正是最邪恶的罪

1.雅各宾专政，法国大革命时1793年至1794年间由罗伯斯比尔领导的雅各宾派统治法国的时期的称呼，又称“恐怖统治时期”。

2.萨德侯爵（Marquis de Sade，1740—1814），法国作家，尤其由于他所描写的色情幻想和他所导致的社会丑闻而出名，成名作为《索多玛的一百二十天》。

行。他的两名同伴由于被视为仆人，因此侥幸逃脱，而我父亲和我遭到逮捕。

尽管我当时年纪尚小，但我对囚禁我们的牢房有着鲜明的记忆。那里冰冷而潮湿，墙壁是粗糙的岩石，铁门极其厚重，我父亲的巨大力量在它面前也无能为力。牢房里弥漫着浓烈的尿臊味，我们睡觉时没有毯子，只有肮脏的稻草铺在地上。牢房有一扇窗，但位于我们头顶上的高处，是在至少十英尺厚的坚实岩石上斜向开凿出来的。窗户很小，外面嵌着沉重的铁栏杆。我认为我们其实被关在地下，算是某种地牢。漏进来的光线非常稀少，但恰好有助于我们的伪装。

牢房里只有我们的时候，我父亲说我必须逃跑。他甚至不可能爬到窗口，因为石墙上的开口过于狭窄，但我还幼小，所以能做到。他命令我离开他。他还给了我一些其他的建议。要穿得衣衫褴褛，免得引来关注。白天藏起来，夜里窃取食物。绝对不要把我的不同之处告诉别人。找个十字架戴上。他说的话我连一半都没听懂，很快就几乎忘光了，但我保证会听从。他叫我离开法国，去找那两个逃掉了的仆人。他说，我不必为他复仇。时间会替我报复，因为这些人都会死去，而我能一直活下去。然后他说了一些我永远不会忘记的话。“他们身不由己，猩红的渴欲控制了这个国家，只有鲜血才能满足它。这是我们两个种族共有的祸星。”我问他猩红的渴欲是什么。“你很快就会知道的，”他对我说，“你肯定不会认错。”然后他命令我离开。我挤进狭窄的窗洞，爬到窗口。由于年久失修，铁栏杆已经朽烂。既然谁也不可能爬到窗口，因此也就没人会想到要更换了。我用双手折断了它们。

我再也没有见过我的父亲。后来，拿破仑倒台，波旁王朝复辟，我开始打听他的下落。我的失踪决定了他的命运。事实证明他除了是贵族，还是一名巫师。他受审，被判刑。在外省的断头台上掉了脑袋。处死他之后，由于他还受到行巫术的指控，他们又焚毁了他的尸体。

但在此之前，我对这些事情一无所知。逃离监狱和监狱所在的外省后，我来到巴黎，在那个混乱年代，巴黎更容易觅得一线生机。白天我躲在地窖里，越不见天日越好。夜晚我出来偷食物果腹——以肉类为主，我对蔬菜和水果欠缺兴趣。我成了一个老练的窃贼。我动作敏捷，无声无息，强壮得可怕。我的指甲似乎一天比一天更锋利和坚硬。只要我愿意，我就能刨穿木头。没人怀疑我或盘问我。我能说很有教养的法语、还不错的英语和一点低地德语[1]。我在巴黎学会了贫民窟的俚语。我想寻找我们家失踪的仆人，他们是我所知的全部族人，但我不知道该怎么寻找他们，我的努力全是白费工夫。

就这样，我在你的族人中长大。血畜。白昼的族民。我很聪明，也很敏锐。尽管我看上去和周围的其他人没有区别，但没多久我就意识到我究竟是多么不一样。按照我受到的教育，我优于你们。更强壮，更敏捷，而且我认为也更加长寿。白昼是我唯一的弱点。我把我的秘密保守得很好。

但是，我在巴黎过的生活艰苦、堕落而乏味。我想要上进。我在偷食物的同时也开始偷钱。我找到了一个人愿意教我认字，然后我只要碰到机会就会偷书。我有一两次险些被逮住，但我总能逃掉。我可以融入阴影，能在一眨眼之间爬上墙壁，像猫一样无声无息。追赶我的人大概以为我化作了雾气。有时候看起来似乎就是这样。

拿破仑战争打响后，我小心翼翼地避开军队，因为我知道他们会逼迫我暴露在阳光下。但我跟随他们四处征伐。我通过这种方式游历欧洲，目睹了许多烧杀劫掠。皇帝无论走到哪儿，哪儿就有我的战利品。

一八〇五年在奥地利，我的人生迎来了转变。我走夜路时偶然遇见一位维也纳富商，他在法国军队抵达前匆忙逃离祖国。他带着全部财

1.德国北部和西部的方言。

产，钱全都兑换成了金币和硬币，总数颇为惊人。我跟踪他来到他过夜的旅店，等我确定他睡下后，闯进去劫取我的财富。但他并没有睡着。战争使得他惶恐不安。他在等我，他有武器。他从被单底下拔出手枪，朝我开枪。

震惊和剧痛慑服了我。冲击力把我打倒在地。子弹正中我的腹部，我血涌如泉。但是，血流突然开始停止，疼痛随之减轻。我爬起来。我的模样肯定很恐怖，面色苍白，浑身是血。一种怪异的感觉笼罩了我，那是一种前所未有的感觉。月光从窗口照进来，商人连声尖叫，还没等我意识到我在干什么，我就已经扑在了他身上。我想让他安静下来，想捂住他的嘴，但是……有某种东西控制了我。我的双手伸向他，我的指甲——我非常锋利、非常坚硬的指甲。我撕开他的喉咙，他自己的鲜血呛住了他。

我站着那里，浑身颤抖，看着黑色的血液喷溅而出，惨白色的月光下，他的身体在床上痉挛。他在死去。我以前也见过别人死去，在巴黎，在战争中。但这次不一样。我亲手杀了他。一种磅礴的激情占据了我，我感觉到了……欲望。我经常在偷来的书里读到欲望——情欲，男性所承袭的肉体冲动。但我从未感受到过。我见过赤裸的女人，赤裸的男人，交媾中的情侣，欲望却从来没有打动过我。我无法理解我读到的那些胡话，什么难以自制的激情，犹如烈火的情欲。但此刻我明白了。鲜血喷涌，这个有钱的胖子在我的手中死去，他发出的古怪声音，他敲打床铺的双脚。凡此种种，都刺激了我内心深处的野兽。鲜血浸透我的双手。它那么幽暗，又那么炽热。从他喉咙里涌出的鲜血热气腾腾。于是我俯身尝了尝。那滋味让我发疯，让我痴狂。我突然把整张脸埋在他的脖子上，用我的牙齿扯开肉体，吸血，撕咬，吞咽。他的痉挛停止了。我也吃饱了。房门忽然打开，几个人拿着刀和长枪站在那儿。我抬起头，惊呆了。但我肯定让他们恐惧不已。没等他们反应过来，我已经跳窗而去，消失在黑夜中。我在逃跑时总算还记得抓起了他装钱的腰带。那里只有他全部财富的一小部分，但对我来说足够了。

那天夜里我跑了很久，跑了很远，在一座被焚毁的废弃农舍的底层地窖里躲了一个白天。

当时我二十岁。对黑夜的族民来说还是个孩子，但现在我长大成人了。夜里我在底层地窖里醒来，浑身是干结的血液，怀里抱着装钱的腰带，我想起了我父亲的话。我终于明白什么是猩红的渴欲了。他说过，只有鲜血才能满足它。我得到了满足。我感到前所未有地强壮和健康。但同时我也感到难受和恐惧。你要明白，我在你的族人之中长大，我的思想和你们的一样。我不是禽兽，不是怪物。就在当时当地，我立下决心，我要改变我的生活方式，决不允许这样的事情再次发生。我洗干净身体，偷来衣物——我能找到的最精致的衣物。我向西而去，远离战场，然后向北。白天我住在旅馆里，晚上雇马车从一个城镇去另一个城镇。后来，尽管战争带来了诸多困难，我还是想方设法抵达了英国。我改名换姓，决定成为一个绅士。我有钱，除此之外的都可以学习。

旅行花了我大约一个月的时间。来到伦敦的第三个晚上，我感觉很奇怪，不舒服。我这辈子都没生过病。第二天夜里更加难受。再一天夜里，我终于明白那种感觉是什么了。猩红的渴欲在我身上发作了。我尖叫，狂怒。我点了一份大餐，一大块带血的上等牛排，我以为它能熄灭我的渴望。我吃下去，命令自己冷静，但无济于事。不到一个小时，我就来到了街道上。我找到一条小巷，埋伏在里面。第一个路过的是个年轻女人。有半个我在欣赏她的美丽，它像火焰般在我内心燃烧。但另外半个我只是饥肠辘辘。我几乎撕掉了她的头颅，但至少她死得很痛快。事后我痛哭流涕。

接下来的几个月，我失魂落魄。从我阅读的书籍里，我知道了我应该是什么东西。前二十年，我以为我高人一等。现在我却发现我是违背自然的野兽，没有灵魂的怪物。我无法决定我究竟是吸血鬼还是狼人，这个问题让我感到困惑。无论是我还是我父亲都没有变身的能力，但猩红的渴欲每个月降临一次，似乎刚好符合月相的周期——但发作的时间并不总是与满月重合。按照我读到的资料，满月是狼人的特性。那段时间里，我读了大量有关这些题材的书籍，竭尽全力了解自己。和狼人的传说一样，我往往会撕开猎物的喉咙，也确实会吃掉少量人肉，尤其是在渴欲严重发作的时候。只要渴欲不发作，我看上去就是一个普普通通的人类，这一点同样符合狼人的传说。但另一方面，白银和狼毒乌头都对我毫无作用，我也不会改变形态和长出体毛。与吸血鬼一样，我只能在夜间活动。另外，我觉得我真正渴望的是血液，而不是人肉。但我在床上睡觉，而不是棺材里，还曾经数百次地轻易越过流水。我当然不是死物，宗教物品对我没有任何作用。有一次，为了确定一下，我带走了猎物的尸体，想看看它会不会死而复生，变成狼或吸血鬼。但它始终是一具尸体，过了一段时间还开始发臭，于是我掩埋了它。

你可以想象我的恐惧。我不是人类，但也不属于任何一种传奇生物。我得出结论，那些书籍对我毫无用处。我只能依靠自己。

猩红的渴欲每个月都来拜访我。阿布纳，那些夜晚充满了可怖的狂喜。在夺取生命的同时，我过上了前所未有的生活。但兴奋永远会过去，事后我的内心总是充满了对我所成为的这个怪物的憎恶。我杀害年轻的人、无瑕的人、美丽的人，他们胜过其他所有人。他们似乎有一种内在的光辉，能够点燃我的渴欲，而年老的人和病弱的人则做不到。然而在其他时刻，我却热爱诱惑我去杀人的同一些特质。

我绝望地想要改变自己。我的意志力在平时非常强大，但假如猩红的渴欲控制了我，就会变得毫无用处。我怀着希望投向宗教。当我感觉到热病的第一根触须落在我身上，我找到了一所教堂，向为我开门的神父坦白一切。他不相信我的话，但答应坐下陪我一起祈祷。我戴着十字架，跪在圣坛前，发狂般地祈祷，蜡烛和圣像包围着我，我安全地待在上帝的殿堂里，上帝的一名仆人陪伴着我。然而不到三个小时，我就扑向他，就在教堂里杀死了他。第二天尸体被发现的时候，还引起了一场小小的骚动。

接下来，我尝试用理性思考。既然宗教之中不存在答案，那么驱使我的就不可能是超自然的力量。我杀死动物，而不是人类。我从医生的诊所窃取人血。我闯进殡仪馆，因为我知道那里刚收了一具新鲜的尸体。这些方法都有效果，都一定程度地平息了渴欲，但也都无法止住渴欲。在这些半吊子的做法之中，最好的是杀死活的动物，就着尸体喝依然温热的鲜血。你明白了吗？是生命力，生命力和血同样重要。

尽管经历了这些，我还是把自己保护得很好。我在英国境内四处游荡了好几圈，以免死亡和失踪的猎物集中在同一个地点。我尽我所能埋葬尸体，而我终于开始将我的智慧应用在捕猎上。我需要钱，于是我网罗有钱的猎物。我变得富有，越来越富有。钱生钱，有了一些钱之后，更多的钱就会以清白诚实的方式滚滚而来。那时我的英语已经相当流利。我再次改名，把自己伪装成一位绅士，我来到苏格兰的荒原——我的行为在那里不会引来太多的注意，我购置了一座孤宅，雇用了一些能守秘的仆人。每个月我都会出门谈生意，每次都在外面过夜。我的猎物都不生活在我家附近。仆人没有起过任何疑心。

后来，我产生了一个想法，我以为它也许就是我想要的答案。我有一名仆人是个漂亮的年轻女仆，她和我的关系变得越来越亲密。她似乎喜欢我，不仅是喜欢雇主的那种喜欢。我回应了她的感情。她为人诚实而开朗，尽管没受过教育，却相当聪明。我开始视她为我的朋友，我在她身上看见了一条出路。我常常会考虑，能不能用铁链把我自己锁起来，或者通过其他方法禁锢自己，直到猩红的渴欲过去；但我一直没能想出可行的计划。假如我把钥匙放在我能拿到的地方，若是被渴欲控制住，我不可能不去使用钥匙。假如我把钥匙扔掉，事后我又该怎么开锁呢？不行，我需要另一个人的帮助，然而我始终谨记父亲的教诲，绝不把秘密托付给你们中的一员。

但此刻我决定冒一次险了。我解雇其他的仆人，打发他们离开，没有雇人来替代他们。我在家里建造了一个房间：一个没有窗户的小房间，墙壁是厚重的石块，铁门沉重得就像我和父亲同住的那间牢房的铁门。铁门外侧有三把牢固的金属门闩，能够彻底锁住铁门。我不可能逃出去。等我做完这些，我叫来我可爱的小女仆，向她下达命令。我对她的信任还没到会把完整的真相告诉她的地步。阿布纳，我担心假如她知道了我的本来面目，就会告发我或立刻逃跑，而我似乎近在咫尺的解决方法就会不翼而飞，连同我的屋子、产业和我精心经营的生活。于是我只对她说，每个月我都会被短暂的疯病控制，就像癫痫病造成的发作。我告诉她，在我发作的时候，我会走进我特制的房间，她必须把我锁在里面，让我在里面待三天三夜。我会带食物和水进房间，食物中包括几只活鸡，用来缓和我的渴欲。

她很震惊，也很担忧，不知如何是好，但最终答应了照我说的做。我认为，她以她的方式爱着我，几乎愿意为了我做任何事情。就这样，我走进房间，她从外面锁上了门。

而渴欲如期降临。那种感觉非常可怕。尽管房间没有窗户，我却能感觉到白昼的到来和离开。我和平时一样白天睡觉，但夜晚变得恍惚而恐怖。第一天夜里我就杀死了所有的鸡，狼吞虎咽地吃掉。我要求她释放我，我忠诚的女仆拒绝了。我尖叫着辱骂她。后来我只是尖叫，发出动物般毫无理性的怪声。我用身体撞墙，捶打铁门，直到拳头变得血肉模糊，然后我伏在地上，饥渴地吸吮自己的血液。我试着扒开不太牢固的石块。但我无法钻出去。

挨到第三天，我的头脑开始变得敏锐。感觉就像高烧已经退去。

走上了下坡路，正在恢复自我。我能感觉到渴欲在逐渐消退。我把女仆叫到门口，告诉她事情已经结束，她可以放我出去了。她不肯从命，说我的命令是囚禁我三天三夜，这当然是事实。我大笑，承认确实如此，但又说发作已经过去，我知道在接下来的这一个月都不会再犯病。但她依然不肯打开门锁。我没有朝她咆哮。我说我能理解，还称赞她的守信。我请她留下，陪我聊天，因为我在监牢里太寂寞了。她同意了，于是我们聊了近一个小时。我头脑冷静而清晰，说是魅力十足都可以，我完全愿意在房间里再待一个晚上。我们的谈话非常有条理，她很快就承认我听上去已经恢复了自我。我说她这么尽忠职守，真是一个好姑娘。我细数她的美德，描述我对她的感情。最后，我请她在我重获自由后嫁给我。

她打开了铁门。阿布纳啊，她看上去是那么快乐。那么快乐，朝气蓬勃。她充满了生命力。她迎上来亲吻我，我把她搂进怀里。我们亲吻了几次，然后我的嘴唇移向她的喉咙，我找到了颈动脉，用牙齿咬开了它。我……进食了……漫长的一段时间。我太饥渴了，而她的生命是那么甘甜。然而等我松开她的时候，她踉跄后退，她还活着，已经奄奄一息，尽管失血过多，脸色惨白，但还有意识。她的眼神——天哪，阿布纳，她眼睛里是什么样的神色啊！

在我做过的所有事情之中，这是最可怕的。她会永远陪伴着我，尤其是她的眼神。

事后，我对自己彻底绝望了。我企图自杀。我买了一把镀银的匕首，刀柄做成十字架形状——你看，迷信对我依然还有一点影响。我割开我的两个手腕，躺在温暖的浴缸里等死。伤口却愈合了。我学习古罗马人，扑倒在剑尖上。伤口还是愈合了。日复一日，我越来越了解自己的能力。我的复原速度极快，痛苦短暂得不值一提。无论我搞出的伤口多么巨大，血液都会几乎立刻凝结。无论我究竟是什么，我显然都是个奇迹。

不过我还是想到了正确的方法。我在屋子的外墙上钉了两根粗重的铁链。夜里我给自己戴上镣铐，然后用尽全力把钥匙扔出去，扔得很远。我等待黎明的降临。阳光比我记忆中更加可怕。它烧灼我的身体，弄瞎我的眼睛。一切都变得模糊。我的皮肤像是着了火。我觉得我应该是惨叫了起来。我知道我闭上了眼睛。我在阳光下待了几个小时，离死亡越来越近。除了负罪的愧疚，我没有任何感觉。

但是，不知道为什么，就在死亡前的高热之中，我决定要活下去。我无法告诉你我为什么会这么想，这个念头是怎么产生的。但我觉得是因为我一向热爱生命，不但爱我自己的，也爱其他人的。这就是健康、美丽和年轻的人如此吸引我的原因。我憎恶自己，因为我给这个世界带来了死亡，然而此刻我又在造成杀戮，只是这次的猎物是我自己。我认为我无法通过更多的流血和死亡来洗清我的罪孽。为了赎罪，我必须活下去，把生命、美和希望带回到这个世界上，弥补因我而产生的损失。这时我想到了我父亲那两个销声匿迹的仆人。世界上还有我的同类。吸血鬼、狼人、男巫，无论他们是什么，他们都在茫茫黑夜中活动。我心想，他们是怎么处理猩红的渴欲的呢？要是我能找到他们就好了。我不能信任人类，但我可以信任自己的同胞。我们可以互相帮助，战胜蚕食我们的邪恶。我可以向他们学习。

我做出决定，我不能死。

铁链非常结实。那是我特地做成这样的，以免我在面对痛苦和死亡时会企图逃跑。但此刻，我在我的信念中找到了我从未想象到过的巨大力量，连渴欲控制我的时刻都无法相提并论。我决定要挣脱锁链，把锁链从固定它们的石墙上扯出来。我用尽力气，又拉又拽。但铁链纹丝不动，它们非常结实，而我在阳光下晒了许多个小时。我不知道是什么让我保持清醒。我的皮肤被烤得焦黑，疼痛剧烈得令我甚至都快感觉不到它了。但我继续与锁链搏斗。

终于，一条锁链脱开了，是左边那条，石块崩裂，钉在墙上的铁环被拔了出来。我获得了一半自由。但我重伤将死，产生了奇异的幻觉。我知道我很快就会昏迷，等我失去知觉，就不可能再恢复了。而右边的锁链似乎比我在无穷久远之前开始挣扎时更加结实和牢固了。

阿布纳，我到最后也没能挣脱那条铁链，但我还是获得了自由，在凉爽而漆黑的地窖里找到了庇护。我在那里躺了一个多星期，做梦、发烧、在痛苦中蠕动，但身体逐渐复原。你要明白，我攻击了自己。我咬断手腕，把右手留在那儿，让断肢脱出了镣铐。

等我在一个星期后重新苏醒，我的手已经长了出来。它软乎乎的，很小，尚未完全成型，而且很痛。过了一段时间，那只手的皮肤变硬，从里面胀大，皮肤开裂，渗出白色液体。等液体变干，皮肤脱落，底下露出的嫩肉就比较健康了。如此反复三遍，整个过程花了三个多星期，但等它结束，你根本不可能看出我的这只手发生过什么。连我自己都惊呆了。

那年是一八一二年，标志着我的人生转折点。

等我恢复力量，我发现这次残酷的考验让我坚决地下定决心，我要改变我和我族人的生活，从我父亲称之为“猩红渴欲”的诅咒中解脱出来，让我们能够重铸我们从这个世界上汲取的生命和美。为了实现这个使命，我首先必须找到我的其他同类，但我只认识他们之中的两个，也就是我父亲那两个销声匿迹的仆人。然而，当时我不可能去寻找他们。英国在和法兰西帝国作战，两国断绝了来往。不过这迫不得已的推迟并没有让我感到烦恼。我知道我拥有我所需要的全部时间。

在等待的时候，我开始学习医学。当然了，人们对我的族民一无所知。我们的存在仅仅是个传说。不过，关于你们这个种族，也有许多值得研究的东西，你们和我们既如此类似，又如此不同。我结交了许多医生，有一位是当时最优秀的外科医师，几位是著名医学院的教职员。

我阅读医学文献，新旧不论。我钻研化学、生物学、解剖学，甚至炼金术，从中寻找启发。我建立了自己的实验室，用的就是我以前那个不幸的牢房。现在，我每个月依然会夺去一条生命，但每次都会尽可能把尸体带回去，研究和解剖。阿布纳，我多么渴望能得到一具我的同族的尸体啊，这样我就能够比较异同了！

研究的第二年，我切下我左手的一根手指。我知道它会再生。我想用自己的血肉来分析和解剖。

一根断指远不足以回答我的几百个疑问，但痛苦依然是值得的，因为我从中学到了很多知识。我们的骨骼、肌肉和血液都和人类的有着显著的差异。我们的血液和肌肉的颜色比较浅，缺乏人类血液中可见的几种关键因子。另一方面，我们的骨骼则含有更多的这些因子，比人类的骨骼更加坚固和柔韧。而在我们的血液和肌肉组织中，普里斯特利[1]和拉瓦锡[2]发现的奇迹气体氧气的含量远远高于人类样本中的。

我不知道该如何看待这一切，但它们使得我对理论性的推测产生了狂热的兴趣。在我看来，我血液中所缺乏的因子很可能与我的饮血冲动有着某些联系。那个月，渴欲如常降临，我向猎物下手后又消散，我给自己放血，研究得到的样本。我的血液组分发生了改变！通过某些机制，我把猎物的血液转变成了我的，我的血液变得更加黏稠和浓厚——至少暂时如此。于是我每天给自己放血。研究表明，我的血液一天天变得稀薄。我认为，等平衡达到某个临界点的时候，猩红渴欲就会降临。

但是，我的猜想依然无法解答很多疑问。为什么动物的血液不足以浇灭渴欲？连从人类尸体中取出的血液都不行？死亡难道会让血液失去

1.约瑟夫·普里斯特利（Joseph Priestley，1733—1804），发现氧气的伟大英国化学家。

2.安托万-洛朗·拉瓦锡（Antoine Laurent Lavoisier，1743—1794），法国著名化学家、生物学家，被后世尊称为“现代化学之父”。

某些特性？渴欲为什么会在我年满二十岁后才降临？在此之前的那些年为什么没有？我不知道该如何回答这些疑问，也不知道该如何寻找答案，但现在我至少有了希望，有了个出发点。我开始研制解药。

我该怎么向你描述这一切呢？整个过程花了我好几年，无穷无尽的实验，没完没了的研究。我使用人血、动物血、金属和各种各样的化学药剂。我加热血液，煮干血液，直接饮下，与苦艾酒、白兰地混合，与难闻的医用防腐剂混合，与各种草药、各种盐、各种铁剂混合。我喝了上千种毫无用处的药剂。我有两次害得自己生病，胃里翻江倒海，直到我把咽下去的东西吐个干净。但一次次我全都徒劳无功。我实验了几百种水剂和药物，消耗了几百瓶血液，但猩红渴欲依然会迫使我在夜晚外出捕猎。现在我杀人已经不愧疚了，因为我知道我千方百计地寻找答案，我迟早会征服我的兽性。阿布纳，我并没有绝望。

终于，在一八一五年，我找到了我要的答案。

你要明白，我的一些混合物比其他的更有效，我一直在研究它们，改进它们，修改某一个的配方，增加一些成分，然后又去研究另一个，我很有耐心，逐一研究过来，同时也搜寻新的解决手段。最终我选定的混合物以大量绵羊的血液为基础，混合相当大比例的酒精，我认为酒精的作用是保存血液中的某些成分。不过这个描述过于简化了，它的配方中还含有分量可观的鸦片酊，用来镇定精神和带来美好的幻觉，外加钾盐、铁剂和苦艾酒，以及多种草药和早已无人使用的炼金药剂。我花了三年时间研究它，一八一五年夏天的一个夜晚我喝下了它，就像我以前无数次喝下其他配方一样。那天夜里，猩红渴欲没有降临。

第二天夜里，我感觉到一种炽烈的焦躁感开始升起，那是渴欲降临的征兆，我倒了一杯我的药酒，喝的时候有些恐惧，害怕我的胜利只是一场虚妄的幻梦。但焦躁的感觉消退了。那天夜里，渴欲同样没有降临，我也没有出去猎杀。

我立刻着手大量制造这种药剂。并不是每次配置都能成功，假如混合的比例不够恰当，得到的药剂就不会起作用。然而，我的辛劳获得了奖赏。阿布纳，你见过我的成果。正是我的私藏佳酿。我从不远离它。阿布纳，我实现了我的种族从未有过的成就，不过当时我沉浸在胜利的欢欣之中，并不知道这一点。我不但为我的族民，也为你的族民开创了一个新时代。猎人和猎物的关系不复存在，你们不再需要恐惧黑暗，我们不再需要在绝望中躲藏。永别了，鲜血和堕落的夜晚。阿布纳，我征服了猩红渴欲。

现在我知道了我是何等幸运。我的理解既肤浅又有限。我以为我们两个种族的区别仅限于血液。后来我发现了这个观点是个巨大的错误。我以为超量氧气要以某种机制为肆虐于我血管中的猩红渴欲负责，但后来我认为正是氧气将力量赐予了我的种族，并且帮助伤口迅速愈合。现在我知道一八一五年我拥有的知识以谬误为主。不过这并不重要，因为我的解药可不是空口白话。

后来我也杀过人，阿布纳，我不会否认。不过方式是人杀人的方式，理由也是人杀人的理由。自从一八一五年在苏格兰的那个夜晚以来，我就再也没有品尝过鲜血，也没有体验过猩红渴欲的蹂躏。

无论是当时还是后来，我都没有停止钻研。知识对我来说是一种美，而我欣赏所有美的事物，关于我自己和我的族民，都还有许多知识需要我去了解。不过，有了这个巨大的发现之后，我改变了我的探求重点，开始搜寻我的种族的其他成员。一开始我通过雇员和信件寻找。欧洲迎来和平之后，我亲自前往欧洲大陆。就这样，我得知了父亲是如何去世的。更重要的是，我在外省的记录中发现了他的来历——至少是他所声称的来历。我跟随蛛丝马迹穿过莱茵兰[1]，穿过普鲁士和波兰。波

1.德国西部莱茵河沿岸地区的统称。

兰人对他还有一些隐约的印象，记得他是他们曾祖父低声谈论的一名隐士，被众人畏惧。有人说他是条顿骑士团的一名成员。还有人说他来自东方更远处的乌拉尔地区[1]。不过这些并不重要，条顿骑士团已经覆灭数百年，而乌拉尔地区是广阔的山区，我不可能去那里盲目搜寻。

经过这个死胡同，我决定冒险。我戴上偌大的银戒指和十字架，希望它们能足以平息议论或迷信的猜忌，然后公然打听吸血鬼、狼人和类似的其他传说。有人嘲笑我，也有少数人在胸前画十字，默不作声地溜走，但大多数人兴高采烈地向这个头脑简单的英国佬讲述他想了解的民间故事，借此换取一杯酒或一顿饭。我从他们的故事中提炼真知。这很不容易。我如此搜寻了许多年。我学会了波兰语、保加利亚语和一些俄语。我阅读十几种语言的报纸，搜寻疑似猩红渴欲操控的死亡事件。我两次被迫返回英国，配置我的药酒和处理我的其他事务。

最后，反而是他们找到了我。

当时我住在喀尔巴阡地区的一家简陋的乡间旅社。我在四处打探，我的询问在附近口耳相传。我感到疲惫和沮丧，还觉察到了渴欲即将降临的第一丝征兆，我早早地回到房间里，要过很久才会天亮。我坐在噼啪作响的炉火前，喝着我的药酒，忽然听见了一阵咔咔声，刚开始我以为是风暴在敲打凝霜的窗户。我扭头去看——除了壁炉里的火光，房间里没有任何照明，窗户从外面被打开了，黑暗、积雪和星空在窗口勾勒出一个男人的轮廓，他站在窗台上。他像猫一样敏捷地跳进房间，落地时没有发出任何声音，外面呼啸的寒风鞭打着他。他是一条黑影，但他的眼睛在燃烧，阿布纳，它们真的在燃烧。“英国佬，你对吸血鬼很好奇？”他用还凑合的英语说，顺手轻轻地关上窗户。

阿布纳，那是个令人恐惧的时刻。让我颤抖的也许是从外面灌进来

1.俄罗斯境内山区。

的寒风，但我不这么认为。我看着这个陌生人，你的许多族人也曾这么看着我，随后我就会抓住他们，痛饮他们的生命力和鲜血；这是一条幽暗可怖、眼神炽烈、长着獠牙的黑影，行动时带着自信和优雅，用险恶的声音低声说话。我正要从椅子上起身，他走到了火光中。我看见他的指甲。他的指甲是钩爪，有五英寸长，末端乌黑锐利。然后我抬起头，看见了他的面容。这是一张我从小就熟悉的脸，看着这张脸的时候，这个人的名字也出现在我脑海里。“西蒙。”我说。

他停下了。我们对视。

阿布纳，你曾经看过我的眼睛。我猜你见到了其中的力量，也许还有其他一些更黑暗的东西。我们种族都是这样。梅斯梅尔提到过动物磁力，说有一种奇异的力量存在于所有生物体内，部分生物的这种力量比其他生物的更强。我在人类身上也见过这种力量。在战争中，两名军官向各自的士兵下达同样的莽撞命令。其中之一会因为犯傻而被自己的部下杀死。而另一名军官，尽管在同样的情形下使用了同样的字眼，却能迫使他的部下主动跟着他赴死。我认为波拿巴就拥有极其巨大的这种力量。但我们种族在这方面更加强大。它存在于我们的声音和眼神之中——尤其是眼神。我们是猎人，能用眼神俘虏和慑服大自然为我们安排的猎物，使得他们屈服于我们的意志，有时候甚至能让他们主动帮助将会杀死他们的猎人。

当时我对此一无所知。我只知道西蒙的眼睛中含着炽热的愤怒和怀疑。我能感觉到渴欲在他体内熊熊燃烧，这一幕隐约唤醒了我体内休眠已久的嗜血欲望，渴欲仿佛在召唤我，最后我害怕起来。但我无法转开视线，他也不能。我和他默然对视，眼神彼此锁定，两个人警觉地互相转圈。我的杯子落在地上摔碎了。

我不知道过了多久。但最后西蒙忽然垂下视线，对峙就此结束。然后他做出了让我震惊的古怪举动。他在我面前跪下，咬开手腕上的一条静脉，鲜血随即涌出，他抬起胳膊，把手腕伸向我。“血主。”他用法语说。

流动的血液，就摆在我的眼前，唤醒了我喉咙里的干渴。我伸出手，抓住他的胳膊，我颤抖起来，开始俯身凑近。但这时我想了起来。我推开他，转过身，酒瓶放在壁炉前的桌子上。我倒了两杯药酒，几口喝完一杯，把另一杯塞给他，他仰望着我，不明白发生了什么。“喝下去。”我命令他，他照我说的做。我是血主，我的话就是律令。

这是开始，发生于一八二六年的喀尔巴阡地区。

如我所知，西蒙曾经是我父亲的两名追随者之一。我父亲曾经是血主。他死后，西蒙成为首领，因为他比另一名追随者强壮。第二天夜里，他带我去他居住的地方，那是一个暖和的小房间，埋藏于古老的山间要塞的废墟之中。我在那里遇到了其他人；有一个女人，我认出她是我小时候的另一名仆人，还有我的另外两名族民，你可以叫他们史密斯和布朗。西蒙是他们的首领。现在他们的首领是我了。不只如此，我还把他们从猩红渴欲中解救了出来。

我们喝着药酒，度过了许多个夜晚，我从他们口中得知了黑夜子民的历史和生活方式。

阿布纳，我们是一个古老的种族。你们的种族在炎热的南方建立城市之前很久，我的祖辈就在幽暗的寒冬横扫了欧洲北部，猎杀猎物。我们的传说称我们来自乌拉尔地区，也可能是西伯利亚大草原，千百年来逐渐向西方和南方扩张。早在波兰人定居之前，我们就在波兰的土地上生活；日耳曼蛮族到来之前，我们已经巡行于日耳曼的森林；鞑靼人和诺夫哥罗德[1]大公国入侵之前，我们就早已将俄罗斯踏于脚下。我说的古老，可不是几百年，而是几千年。几千年的时光在寒冷和幽暗中过去。

1.俄罗斯西北部历史名城。

传说称，我们是野蛮人，是狡猾的赤裸野兽，是黑夜的子民，敏捷而致命，无拘无束。我们比其他动物都活得久，不可能被杀死，是造物的主人和主宰。至少我们的传说是这么讲的。无论是用两条腿还是四条腿走路的动物，都会因为恐惧而逃离我们。一切活物都是我们的食物。白昼，我们在岩洞里睡觉，一个个家族成群结队。夜晚，我们统治世间。

后来，你们的种族从南方而来，进入了我们的世界，白昼的子民和我们如此相似又那么不同。你们很弱小。我们很容易就能杀死你们，我们享受其中的乐趣，因为我们在你们身上发现了美，而我的族民一向会被美所吸引。也许正因为你们与我们相似，我们才难以抵御这种诱惑。接下来的几百年，你们仅仅是我们的猎物。

但随着时间的推移，事情开始改变。我的种族非常长寿，但数量稀少。我们怪异地缺少交配的冲动，而这种冲动对你们的控制不亚于猩红渴欲对我们的控制。我向西蒙问起我的母亲，他告诉我，我的种族的雄性只有在雌性陷入狂热状态后才会产生欲望，而这种事极少发生——通常是在雄性和雌性一起捕杀猎物的时候。即便如此，我们的女人也很少受孕，这对她们来说是好事，因为分娩对我们的雌性往往意味着死亡。西蒙告诉我，我杀死了我的母亲，我撕开她的子宫钻了出来，给她的内脏造成巨大的损失，就连我们的愈合能力也都无力回天。我的族民基本上都是这么诞生的，我们的生命充满鲜血和死亡，从一开始就是如此。

这其中体现出了某种平衡。上帝——假如你相信上帝，那就是上帝，假如你不相信，那就是大自然——赐予我们一些特性，也夺走了另一些。我们能活一千年甚至更久。假如我们和你们一样能生，很快就会充满这个世界。你们的种族生了又生，生了又生，像苍蝇一样泛滥，但你们也会像苍蝇一样死去，一点小小的创伤或病痛就能杀死你们，可那对我的族人却不会有任何影响。

难怪我们刚开始并不把你们放在眼里。但你们大量繁衍，建造城市，学习知识。你们有头脑，我们尽管也有，却一直没有动因去使用头脑，因为我们太强大了。你的族人给这个世界带来了火、军队、弓箭、长矛、织物、艺术、文字和语言。文明，阿布纳。而一旦获得文明，你们就不再是猎物了。你们猎杀我们，用火焰和木桩杀死我们，选择在白昼冲进我们的洞穴。我们的数量本来就不多，现在又开始稳步减少。我们不是反抗而死，就是逃之夭夭，但无论我们来到哪儿，你的族人很快就会随之而来。最后我们做了我们不得不做的事情，我们向你们学习。

织物和火，武器和语言，所有的知识。你要明白，我们从来都没有自己的文明，而是借用了你们的。我们也组织起来，开始思考和策划，最终完全融入了你们的群体，活在你的种族建立的世界的阴影里，伪装成你的族人，夜晚溜出来用你们的血液熄灭我们的渴欲，白昼在躲藏中恐惧你们和你们的报复。这就是我的种族的故事，黑夜子民的历史。

这是我从西蒙口中听到的，正如许多年前，他从现已被杀或去世的先人口中听到的。在我找到的族人之中，西蒙是最年长的，声称他已年近六百岁。

我还听说了其他的故事，它们比你们的口述历史还要遥远，追溯到我们在时间伊始之时的最初起源。然而即便在这些传说中，我依然看见了你的族人的身影，因为我们的神话取材于你们的《圣经》。布朗曾经伪装成传教士，他向我诵读《创世记》的篇章，关于亚当、夏娃和他们的孩子该隐和亚伯，他们是最初的人类，也是仅有的人类。但是，该隐杀死亚伯后遭到放逐，娶了来自挪得之地的妻子。《创世记》里没有提到她源自何处，也没说他们是不是就是世界上全部的人类了。但布朗有他的看法；他认为挪得是夜晚与黑暗之地，而那个女人就是我们种族的母亲。我们的血脉通过她和该隐传承而来，因此该隐的子孙是我们，而不是你的部分族人所认为的黑人。该隐杀害兄弟后躲了起来，因此我们也必须杀死我们的远亲，在太阳升起后躲藏起来，因为太阳就是上帝的面容。和你们《圣经》描述的最初的人类一样，我们依然长寿，但我们的生命受到诅咒，必须在恐惧和黑暗中度过。据说我的许多族人都相信这些。我其他的族人相信形形色色的起源神话，有些人甚至接受了他们听说的吸血鬼故事，以为自己是邪恶的不死化身。

我听说了早已逝去的先祖的故事，其中有争斗和迫害，还有我们的一次次迁徙。史密斯告诉我，一千年前在波罗的海的荒凉岸边有过一场大战，几百名我的族人趁着黑夜偷袭了一支数千人的军队，太阳升起时照亮的是遍布鲜血和尸体的战场。这让我想到了拜伦的《辛那赫里布》。西蒙向我讲述辉煌的古拜占庭文明，我的许多族人潜伏于那座富饶繁荣的大城之中，无忧无虑地生活了几百年，直到十字军来袭，劫掠摧毁了一切，纵火烧死了他们中的许多人。那些入侵者佩戴着十字架，我怀疑那就是我的族人恐惧和憎恶基督象征的传说背后的真相。所有人都向我讲述一座城市的传说，那是我们建造的一座属于夜晚的大城，用钢铁和黑色大理石筑成，位于亚洲腹地的黑暗洞窟之中，一条地下河流穿城而过，与一片从未被阳光触碰过的海洋相邻。他们声称，早在罗马甚至吾珥[1]建立前，我们的城市就已经兴盛，这与他们先前告诉我的历史——我们曾经赤身裸体在月光照耀的冬日森林中奔跑——完全背道而驰。按照这个起源神话，我们由于某种罪孽被驱逐出了自己的城市，我们忘记了一切，迷失了数千年。但那座城市还在原处，有朝一日，我的族民中会诞生一位新的王者，一位前所未有的伟大血主，他会召集我们离散的族民，带领我们返回那无光之海旁的暗夜城市。

阿布纳，在我听说和读到的一切之中，最打动我的正是这个神话。我怀疑这座巨大的地下城市并不存在，甚至从来没有存在过，但能够讲述这么一个故事，足以证明我的族民并不是传说中邪恶空虚的吸血鬼。

1.美索不达米亚的一座古城。

我们没有艺术和文学，甚至没有自己的语言，但这个故事证明我们拥有做梦和想象的能力。我们没有建设或创造过任何事物，只是窃取你们的服装，住在你们的城市里，以你们的生命、你们的活力和你们的血液为食——但假如给我们机会，我们也有可能去创造，就像我们为自己创造了属于自己的城市的虚幻传说。猩红渴欲是个诅咒，它把我的种族和你的种族变成了仇敌，夺去了我的族民的所有高远志向。它确实是该隐的标记。

阿布纳，在漫长的时间中，我们也有过伟大的领袖，有存在于现实中和想象中的伟大血主。我们有过我们的恺撒，我们的所罗门，我们的祭司王约翰[1]。但你要明白，我们还在等待我们的救主，我们的基督。

我们蜷缩在阴森城堡的废墟里，听着狂风在外面呼啸。西蒙和其他人喝着我的药酒，向我讲述古老的传说，用狂热灼人的眼睛打量我，我知道他们在想什么。他们每一个都比我年长几百岁，但我更加强大，我是血主。我带给他们能够熄灭猩红渴欲的灵药。我几乎像是半个人类。阿布纳，他们视我为神话中的救主，吸血鬼的应许之王。而我也无法否认这一切。那一刻我明白了，我的宿命就是带领我的族人走出蒙昧。

我想做的事情太多了，阿布纳，真的太多了。你的族人充满恐惧、迷信和仇恨，因此我的族人目前必须隐藏踪迹。我目睹过你们如何彼此征伐，读过弗拉德·采佩什[2]——说起来，他并不是我们中的一员——读过他、盖乌斯·卡利古拉[3]和其他帝王的事迹，我见过你的族人仅仅因为怀疑老妇人是我们的成员就烧死她们，我在新奥尔良见过你们如何奴

1.祭司王约翰（Prester John）的传说，于12至17世纪盛行于欧洲，内容是传闻于东方充斥穆斯林和异教徒的地域中，存在由一名基督教（宗主教）之祭司兼国王所统治的神秘国度。关于这个王国的记载，见于中世纪流行的多部虚构作品。甚至在马可·波罗的游记中也提到了他。

2.瓦拉几亚大公，吸血鬼传说“德古拉伯爵”的原型。

3.罗马帝国史上著名的暴君皇帝。

役自己的族人，你们鞭打他们，把他们像动物一样贩卖，只是因为他们的皮肤是黑色的。黑人更接近你们，关系与你们更近，远远超过了我的族人有可能做到的。你们甚至能让他们的女性怀孕，而黑夜与白昼却不可能如此混血。不，为了自身的安全，我们必须继续躲避你的族人。然而，既然摆脱了猩红渴欲，我希望有朝一日能向你们当中的开明人士揭示我们的存在，例如研究科学的饱学之士，你们的领袖。阿布纳，我们能够如何地互相帮助啊！我们可以向你们传授你们的历史，你们可以向我们学习如何医治伤害和延长寿命。而我们，我们才刚刚起步。我击败了猩红渴欲，若是能够得到帮助，我梦想有一天我们能够征服阳光，这样我们就可以在白昼出来活动了。你们的外科医师和药物专家能够为我们的女性接生，这样分娩就不会再意味着死亡。

我的种族能够创造和成就的事情不存在极限。听着西蒙的话，我意识到我能够让我们成为世界上最伟大的一个群体。但首先我必须找到我的族人，然后才有可能让这一切成为现实。

这个任务并不轻松。西蒙说他年轻的时候，我们还有一千人左右，散居于从乌拉尔到不列颠的整个欧洲。据说我们有些人向南迁徙去了非洲或向东迁徙去了蒙古和中国，但没人能够证明这些远走他乡的真实性。居住在欧洲的这一千人大多数已经死于战乱和女巫审判，或者因为疏忽大意而遭受猎杀。西蒙估计我们也许只剩下一百人左右，甚至更少。新生儿极为罕见。幸存者散落各处，隐匿踪迹。

于是我们开始了历经十几年的漫长搜寻。我就不详细讲述那些乏味的细节了。我们在俄罗斯的一所教堂发现了你在我的船舱里见过的书籍，那是我所知道的由我的族人书写的所有典籍。我花了一些时间破译密码，读到的是个凄惨的故事，它讲述了一个五十人左右的血族团体的遭遇，故事里有他们的灾祸、迁徙、战斗和最终的死亡。他们全都死了，最后三个人在我出生前几百年被钉上十字架烧死。我们在特兰西瓦尼亚[1]发现了一座山中要塞被焚烧后剩下的空壳，废墟底下的洞穴里有我的两名族人的尸骨，腐朽的木桩刺穿他们的肋间，颅骨插在木柱上。通过研究他们的遗骨，我得到了许多知识，但终究没有找到任何幸存者。我们在的里雅斯特[2]发现了一家人，他们白天从不外出，传闻称他们的皮肤异常苍白。实际上也确实如此，因为他们是白化病人。我们在布达佩斯遇到了一个有钱女人，这是个令人恐惧的病态女人，她鞭打女仆，用水蛭和匕首放她们的血，把血涂在自己的皮肤上，企图保持美貌。然而，她是你的族人。我承认我亲手杀了她，她让我发自肺腑地厌恶。她做这些不是出于渴欲的驱使，只是因为邪恶的天性，这让我极为愤怒。最后，我们一无所获，只好回到了我在苏格兰的住所。

几十年一晃而过。我们群体中的那个女人，也就是西蒙的同伴、我儿时的仆人，于一八四〇年去世，我一直没能确定她的死因。她还不到五百岁。我解剖她的遗体，发现了我们是多么不同，我们与人类的差异竟如此巨大。她至少有三个我从未在人类尸体中见过的器官。我对它们的功能只有一个模糊的猜想。她的心脏仅有人类心脏的一半大，肠道长度仅仅是人类肠道长度的零头，她拥有两个胃，我猜另一个胃专门用于消化血液。还有其他的一些区别，不过这并不重要。

我博览群书，学习其他的语言，偶尔写诗，涉足政治。我们参加每一场最高级的社交聚会。至少西蒙和我是这样。你称之为史密斯和布朗的那两位族人对英语始终缺乏兴趣，性格也更加内向。我和西蒙又两次前往欧洲大陆，重新展开搜索。我还派他单独前往印度，他找了三年才回来。

终于，不到两年前，我们发现了凯瑟琳，她就住在伦敦，我们的眼

1.欧洲东南部地区，现属罗马尼亚。
2.意大利海港城市。

皮底下。她确实是我们种族的一员，但更重要的是她告诉我的事情。

她说，一七五〇年前后，我有一批数量可观的族人散居于法国、巴伐利亚、奥地利和意大利。她说了几个名字，西蒙认识他们。我们曾经花了好几年徒劳无功地寻找他们。凯瑟琳说一七五三年前后，他们中的一员在慕尼黑被警察追捕和杀死，其他人因此成了惊弓之鸟。他们的血主认为欧洲的人口变得过于密集，政府的组织变得过于规范，不再是个安全的场所了。我们生活在夹缝与阴影中，这样的地方似乎日益稀少。于是他包了一艘船，他们全体从里斯本[1]出发前往新世界，那里还是蛮荒之地，无尽的森林和原始的殖民地环境使得他们既容易捕猎，又能够确保自己安全。她不知道我父亲为什么没有加入这场迁徙。她本想和他们一起走的，但狂风暴雨和折断的马车车轮延误了她的行程，等她赶到里斯本，他们已经出发了。

我自然立刻去了里斯本，查阅葡萄牙人保留的所有航运记录。花了一些时间，我终于找到了。正如我的猜测，这艘船出发后没有回来。他们要在海上待那么久，最后他们别无选择，只能把船员一个个吃掉。问题在于，这艘船有没有安全地抵达新世界？我找不到任何记录。但我找到了它预定的目的地：新奥尔良港。以那里为起点，通过密西西比河，整块大陆都向他们敞开了门户。

随后的事情应该不难想象。我们来到美洲。我确定我能找到他们。在我看来，拥有一艘汽船既能让我享受我已经习惯了的奢侈生活，也能拥有搜寻他们所必需的机动性和自由。这条河上充满了怪人，再多几个也不会引来注意。要是这艘美丽大船和船长昼伏夜出的消息在河上传开，那反而正中我的下怀。消息也许会传到我要找的那些人的耳朵里，他们会像多年前西蒙所做的那样来找我。我调查了一番，然后那天晚

1.葡萄牙首都。

上，我们就在圣路易斯见面了。

其他的我认为你已经知道或者猜到了。不过有一件事我必须特别说一说。在新奥尔巴尼，你向我展示我们的汽船时，我的欣喜和满足并不是装出来的。阿布纳，“热夜之梦”非常美丽，正是她应有的样子。有史以来第一次，美丽的事物因为我们而出现在这个世界上。这是个全新的开始。不过船名有点让我害怕——“热病”是我的族民用来形容猩红渴欲的另一个词。但西蒙指出，若是我们的族人听见这么一个船名，反而更有可能被激起好奇心。

这就是我的故事，几乎就是我们的全部历史。也是你坚持想了解的真相。你以你的方式对我开诚布公，你说你不迷信，我愿意相信。假如我的梦想能够实现，那么总有一天，白昼和黑夜将会手挽手跨过横亘于我们之间的蒙昧与恐惧。冒着风险打破障碍的那一刻迟早会到来。就从现在开始好了，就从你开始好了。我的梦想和你的梦想，我们的汽船，我的族民的未来和你的族民的未来，吸血鬼和血畜——阿布纳，我把一切都交给你来决断。你的结论是什么？是信任还是恐惧？是鲜血还是美酒？是朋友还是仇敌？

15

“热夜之梦”号汽船上　新奥尔良　一八五七年八月

约书亚的故事讲完了，沉重的寂静随之降临，阿布纳·马什能听见自己稳定的呼吸声和心脏在胸膛中的怦怦跳动声。约书亚似乎说了几个小时，但是在黑暗而凝滞的船舱中，他无法确定时间。外面应该已经天亮了。托比正在烹制早餐，贵宾舱的乘客在锅炉甲板的步道上晨间漫步，河堤上会变得熙熙攘攘、忙忙碌碌。然而在约书亚·约克的船舱里，黑夜依然如故，永远不会结束。

阿布纳·马什又想起了那首该死的诗，他听见自己在说：“清晨来了就走——来了，但没有带来白昼。”

“《黑暗》。”约书亚轻声说。

“而你一辈子都活在该死的黑暗中，”马什说，“没见过清晨，对你来说根本不存在。天哪，约书亚，你怎么能忍受得了？”

约克没有回答。

“真是没道理，”马什说，“我一动不动地坐着，听了一个最该死的故事。但要是说我不相信，那才是真的该死呢。”

“我希望你会相信我，”约克说，“阿布纳，现在呢？”

这是最艰难的时刻了，阿布纳·马什心想。“我不知道，”他诚实地说，“你说你杀了很多人，但我还是很同情你。不知道我该不该这么做。也许我该杀了你才对，因为只有这么做才符合基督徒的准则。也许我应该帮助你。”他哼了一声，两难的处境让他感到恼怒。“我猜我应该再听你说点别的，然后再做出决定。因为，约书亚，你有话没说。是的，你还有事瞒着我。”

“什么事？”约克问。

“新马德里。”阿布纳·马什坚定地说。

“我手上的血，”约书亚说，“阿布纳，我能对你说什么呢？我在新马德里夺走了一条生命。但情况和你想象中的不一样。”

“那就告诉我究竟是个什么情况。说吧。”

“西蒙向我讲述了我们种族的大量历史，包括我们的秘密、习俗和生活方式。阿布纳，他说的一件事情让我感到极为不安。你的族民建造的世界是个白昼的世界，我们在其中生活并不容易。有时候，为了让我们过得更加轻松，我们中的一员会去接近你们中的一员。我们能够利用我们眼睛和声音中的力量，利用我们的体力、我们的活力和永生的承诺，利用你的族民编造的有关我们的传说，来实现我们自身的目标。我们能够利用谎言、恐惧和承诺把人类变成血奴。这样的一个奴仆很有用处。他能在白昼保护我们，去我们无法去的地方，在人类之中活动，但又不会引来怀疑。

“新马德里发生了杀人案。就是我们停靠的那家堆木场。按照我在报纸上读到的情况，我认为我很有希望能找到我的一名族人。然而我找到的却是他的——随你怎么称呼好了——奴隶、宠物、同谋。一名血奴。他年纪很大，非常老了。他是个混血儿，头发掉光了，满脸皱纹，形容丑恶，一只眼睛像乳白色的玻璃球，多年前的烧伤在他脸上留下了可怕的疤痕。他的外貌不会让人赏心悦目，而内心——他的内心更是污秽不堪。腐化堕落。我走向他的时候，他跳起来挥舞斧头。然后他看见我的眼睛，阿布纳，他立刻认出了我。他立刻知道了我是什么。他跪倒在地，哭着说胡话，膜拜我，像狗对人一样卑躬屈膝，祈求我兑现承诺。'承诺，'他一遍又一遍说，'承诺，承诺。'

"最后我命令他住嘴，他立刻停下了。他在恐惧中畏缩退开。你要明白，他被教导必须服从血主的命令。我叫他讲述他的生平经历，希望他能带我找到我的族民。

"他的经历和我的人生一样可怖。他是个黑人自由民，出生之处名叫沼泽地，要是我没弄错，应该是新奥尔良一个恶名在外的地区。他当过皮条客和扒手，后来堕落成一名割喉党，专门向来城里消遣的平底船船员下手。他不到十岁就杀了两个人。后来他为巴拉塔里亚湾最嗜血的海盗文森特·甘比[1]卖命。甘比从西班牙奴隶贩子那儿抢来奴隶，在新奥尔良出售，他负责看管这些奴隶。他也是一名巫毒教徒。另外，他侍奉过我的族人。

"他向我描述他的血主，收他成为血奴的那个人。他的血主嘲笑他的巫毒信仰，承诺要教他学习更伟大和更黑暗的魔法。他的血主承诺说，侍奉我，我就把你变成我们的一员。你的伤疤将会痊愈，你的眼睛将能重新视物，你将喝血永生，不再衰老。于是这个混血儿侍奉他的血主。近三十年的时间里，血主说什么他就做什么。他为了承诺而活。他为了承诺而杀人，血主教他吃温热的人肉，喝活人的鲜血。

"直到他的血主发现了一个更好的机会。混血儿已经年老力衰，变成了一个累赘。他失去了用途，于是被无情地抛弃。杀了他也许还仁慈

1.意大利裔海盗，19世纪初横行于墨西哥湾，1819年被手下杀死。

一点，但血主没有这么做，而是打发他去上游，任其自生自灭。血奴无法违背血主的意志，哪怕他知道向他许下的承诺都是谎言。于是苍老的混血儿只得徒步流浪，靠抢劫和杀人为生，缓慢地朝着上游而去。有时候他靠捕奴或卖劳力挣些辛苦钱，但大多数时候他躲在树林里，只有夜晚才出来活动。胆子大的时候，他会吃受害者的肉，喝受害者的血，他依然相信这么做能让他重拾青春和健康。他告诉我，他在新马德里附近生活了一年。他为堆木场的看管人砍木头，因为看管人年纪太大，已经没有那个力气了。他知道很少有人会造访那家堆木场。因此……唉，其他的你都知道了。

“阿布纳，你的族民能从我的族民这里学到很多东西，但绝对不是他学到的那些东西。不是那些。我怜悯他。他老了，形容丑恶，毫无希望。但另一方面我也很愤怒，就像我在布达佩斯见到那个用人血沐浴的有钱女人一样。在你们种族的传说中，我的族民就是邪恶的化身。你们说吸血鬼没有灵魂，没有品质，没有救赎的希望。阿布纳，我不会接受这样的说法。我造过无数杀孽，做过许多坏事，但我并不邪恶。我不会选择去过那样的生活。别无选择的时候就不存在善恶了。我的族民没有选择的余地。猩红渴欲控制我们，支配我们，夺去了我们可能拥有的其他一切。但你的族民，阿布纳——他们没有这样的冲动。我在新马德里郊外的森林里遇到的那个人，他从没感受到过猩红的渴欲，他可以选择其他的任何道路，成为任何一个人。但他没有，而是选择变成了现在的样子。对，没错，我的一名族人也有罪，他欺骗了这个人，许了永远不可能实现的承诺。但尽管我厌恶这样的行为，却能理解背后的原因。在你的族民中找到一名盟友，许多事情都会变得更容易。我的种族和你的种族，我们都会感到恐惧。

“我无法理解的是你的一名族人为什么会渴望一种必须在黑暗中度过的生活，会主动寻求猩红的渴欲。然而他就是在寻求渴欲，而且极为狂热。他乞求我不要像另一个血主那样抛弃他。我无法给他他想要的东西。而且就算我能做到，我也不会给他。我给了他我能给他的东西。”

“你撕碎了他该死的喉咙，对吧？”阿布纳·马什对着黑暗说。

“我说过了。”瓦莱丽说。她那么安静，马什几乎忘了她的存在。“他是不会理解的，你听听他是怎么说的。”

“我杀了他，”约书亚承认道，“用我的这双手。是的。他的血流过我的手指滴了下来，渗入泥土。但是，阿布纳，他的血没有碰到我的嘴唇。我埋葬了他完整的尸体。”

沉重的寂静再次充斥船舱，阿布纳·马什扯着胡子思考。“你说，”他最后开口道，“有没有选择的余地，这就是善与恶的区别。现在看起来，轮到我必须做出选择了。”

“阿布纳，我们全都要做出选择。每天都要。”

“也许吧，”马什说，“不过我不怎么在乎那家伙的死活。约书亚，你说过你需要帮助。就当我会帮助你好了。但是，要是我这么做，我和你杀死的那个该死的老混血儿又有什么区别呢？你回答我！”

“我永远不会把你变成——他那种人，”约书亚说，“我根本没有尝试过。阿布纳，你去世后我还会活上几百年。我难道用长寿来诱惑过你吗？”

“但你用一艘该死的汽船来诱惑我，”马什答道，“还对我说了一大堆谎话。”

“阿布纳，连我的谎话里也包含着一定的真相。我说过我在寻找吸血鬼，结束他们的邪恶。你看不出这其中的真相吗？我需要你的帮助，阿布纳，但我需要的是一名搭档，而不是血主需要一名血奴。”

阿布纳·马什考虑他的话。“也是，”他说，“或许我相信你。或许我应该相信你。但是，假如你想要我成为你的搭档，就也必须信任我。”

“我已经把我的秘密托付给了你。这还不够吗？”

“当然不够，”阿布纳·马什说，“对，你告诉了我真相，现在你在等待我的回应。但假如我给你的是你不想听的回应，我恐怕就不可能活着走出这个船舱了，对吧？就算你不动手，你这位女性朋友也会把我处理掉。”

“很有洞察力嘛，马什船长，”瓦莱丽在黑暗中说，“我对你没有任何恶意，但约书亚绝对不能受到伤害。”

马什嗤之以鼻。“明白我的意思了吗？这可不是信任。在这艘船上，我们再也不是搭档了。你和我太他妈不对等了。你随时都他妈可以杀死我。我必须乖乖听话，否则就是死路一条。按照我的看法，我成了你的奴隶，而不是什么搭档。另外，我只有一个人。要是遇到麻烦，船上有一群该死的喝血朋友会帮助你。天晓得你在盘算什么，你显然没有告诉我。但你说我不能去告诉其他人。妈的，约书亚，也许你该现在就宰了我。我不认为我会喜欢现在这种合伙关系。”

约书亚·约克沉吟了好一会儿，然后说：“有道理。我明白你的意思了。为了证明我对你的信任，你说你要我怎么做吧？”

“首先，”马什说，“假如我想杀死你，我该怎么动手？”

“不行！”瓦莱丽惊呼道。马什听见她走向约书亚的脚步声。“你不能告诉他。你不知道他在盘算什么。约书亚，假如他没有这个念头，为什么要问——”

“为了让我和他变得对等，”约书亚轻声说，“瓦莱丽，我能理解他，这是我们必须承担的风险。”她开始继续恳求，但约书亚阻止了她，他对马什说：“火烧就可以。淹死也行。用枪，瞄准头部。我们的大脑容易受到伤害。一枪爆头会杀死我，但朝心脏开枪只能打倒我，等伤口愈合就没事了。传说有一些方面是准确的。砍掉我们的脑袋，把木桩钉穿心脏，我们就会死去。”他用沙哑的声音哧哧笑道。“我觉得这样也能杀死你的族人。阳光同样能致命，你已经见过效果了。至于其他的，银器和大蒜，全都是胡说八道。”

阿布纳·马什重重地吐出一口气，他都没怎么意识到自己屏住了呼吸。“真够坦白的。”他说。

“满意了？”约克问。

“差不多，”马什说，“我还有一个要求。”

一根火柴擦过皮革，约克拢起的手掌里忽然燃起了一团小小的火苗。他把火柴凑在油灯上，火苗爬上灯芯，暗黄色的光线顿时充满了船舱。“好了。”约书亚说，挥手甩灭火柴，“如何，阿布纳？更对等了吧？合伙关系需要一点光明，你觉得呢？这样我们可以看见彼此的眼睛。”

阿布纳·马什不由得眨眼，以抑制流泪；他在黑暗中待得太久了，连这么一丁点光线似乎都明亮得可怕。但房间似乎变得开阔，恐惧和令人窒息的逼仄顿时消融。约书亚·约克平静地看着马什。他的脸上覆盖着一块块干硬的死皮。他微微一笑，一块死皮裂开脱落。他的嘴唇依然肿胀，双眼像是两个黑窟窿，但灼伤和水泡已经完全消失。这种改变令人震惊。“阿布纳，你的另一个要求是什么？”

马什接受了约克先前的话，直视他的眼睛。“我不能单独参与这件事，”他说，“我必须告诉……”

“不行，”瓦莱丽说，她就站在约书亚的身旁，“一个人就够糟糕了，我们不能让他散播出去。他们会来杀死我们的。”

“该死的，女人，我没打算在《三角洲真理报》上登广告。”

约书亚把十指搭成宝塔，若有所思地盯着马什。“阿布纳，你说说你打算怎么做？”

“就一两个人，”马什说，“你肯定知道，起疑心的人不止我一个。另外你需要的帮助也许会超出我一个人的能力。我只会告诉我知道我能信任的人。长毛迈克是一个。还有杰弗斯先生，他太聪明，早就在琢磨你了。其他人就不需要知道了。奥尔布赖特太古板和虔诚，这种事不能入他的耳朵，要是告诉了弗拉姆先生，不到一个星期，这条河上上下下就全都知道了。至于怀蒂·布莱克，只要他的轮机不出毛病，整个上层甲板全烧掉了他也不会皱皱眉头。但杰弗斯和长毛迈克，他们有资格知道。他们是好人，你会需要他们的。"

"需要他们？"约书亚说，"阿布纳，这话是什么意思？"

"万一你这帮人有哪一个不爱喝你的怪酒呢？"

约书亚·约克真诚的笑容陡然消失。他起身走到船舱的另一头给自己倒酒：威士忌，什么都不加。等他回到座位上，他依然眉头紧锁。"也许吧，"他说，"我需要考虑一下。假如他们真的值得信任……我对去长沼的这一趟确实有些顾虑。"

出乎马什的意料，这次瓦莱丽难得没有表示反对。马什望向她，发现她紧紧地抿着嘴唇，眼睛里透出的神色似乎是一丝恐惧。"怎么了？"马什问。"你们两个看上去都很……奇怪。"

瓦莱丽突然抬起头。"是他，"她说，"我央求过你们掉头回上游。要是我认为你们有可能会听我的，我肯定会再央求一次。他就在那儿，柏树港。"

"谁？"马什困惑道。

"一名血主，"约书亚说，"阿布纳，你要明白，并不是我的每一个族人都和我有着相同的想法。即便在我的追随者里，好吧，西蒙忠诚于我，史密斯和布朗随波逐流，但凯瑟琳——我从一开始就在她身上感觉到了怨恨。她的内心深处存在黑暗，她更喜欢传统的生活方式，哀叹自己错过了那班船，因为顺从我的统领而恼怒。她服从是因为不得不服从，因为我是血主。但她并不喜欢这样。至于我这一路带上船的那些人，我对他们没有把握——除了瓦莱丽和让·阿尔当，我无法完全信任他们中的任何人。记得你提醒我要当心雷蒙德·奥尔特加吗？我和你一样，对他也有顾虑。瓦莱丽对他来说什么都不是，因此你想错了，嫉妒并不是动机，然而除此之外你都是正确的。我不得不征服他，就像多年前我在喀尔巴阡征服西蒙那样。而卡拉·德·格鲁伊和文森特·蒂博，我和他们也有过争斗。现在他们追随我了，因为他们必须如此。这就是我的族民的生存之道。但是，我猜测他们中至少有几个人不会消极等待，等着看'热夜之梦'驶入长沼后，我和他们往日的主人见面时会发生什么。

"瓦莱丽告诉了我很多他的事迹。阿布纳，他很老。比西蒙和凯瑟琳都老，比我们中的任何一个人都要老。光是他的年龄就让我感到不安。他现在自称戴蒙·朱利安，但他曾经用过贾尔斯·拉蒙特的名字，那个倒霉的混血儿侍奉了三十年的正是这个贾尔斯·拉蒙特。我听说他现在又有了另一个人类血奴——"

"坏水比利·蒂普顿。"瓦莱丽厌恶地说。

"瓦莱丽害怕这个朱利安，"约书亚·约克说，"其他人提到他的时候同样带着畏惧，但有时候也会带着某种程度的忠诚。作为血主，他把他们照顾得很好。他给了他们栖身之处、财富和食物。他们以奴隶为食。难怪他会选择居住在那个地方。"

瓦莱丽摇着头说："约书亚，别去管他。求你了。即便不为别的原因，哪怕只是为了我呢。戴蒙不会欢迎你的到来，也不会欣赏你带去的自由。"

约书亚气恼地板起了脸。"我们还有其他的族人在追随他。你难道要连他们一起抛弃？不行。另外，你对朱利安的看法也许是错误的。他被猩红渴欲控制了不知道多少个世纪，而我能够平息那种热病。"

瓦莱丽抱起双臂，紫色的双眼喷出怒火。"要是他不愿被平息呢？约书亚，你不了解他。"

“他受过教育，有头脑，有教养，热爱美，”约克顽固地说，“这话都是你说的。”

“他同时还很强大。”

“西蒙也很强大，还有雷蒙德和卡拉。他们现在都是我的追随者。”

“戴蒙不一样，”瓦莱丽坚持道，“真的不一样！”

约书亚·约克不耐烦地挥挥手。“无所谓。我会控制住他的。”

阿布纳·马什一直在沉思中默默地看着他们争执，此刻他忽然开口。“约书亚是正确的，”他对瓦莱丽说，“真该死，我有一两次注视过他的眼睛，而第一次握手的时候，他险些捏碎我的骨头。另外，你叫他什么来着？什么王？”

“是的，”瓦莱丽承认道，“白王。”

“好，既然他是你们的白王，那么他就有理由会获胜，对吧？”

瓦莱丽的视线从马什移向约克，又转过来。最后她颤抖起来。“你们两个人，都没有见过他。”她犹豫片刻，用苍白纤细的手向后撩起乌黑的头发，面对阿布纳·马什说，“马什船长，也许我确实看错了你。我没有约书亚的力量，也缺乏他的信心。我被猩红渴欲统治了半个世纪。你的族人是我的猎物。你不可能和猎物交朋友。你不可能。你也不可能信任你的猎物。这就是我催促约书亚杀死你的原因。一个人不可能随便抛开秉持了一辈子的戒心。你能理解吗？”

阿布纳·马什警惕地点点头。

“我依然没有把握，”瓦莱丽继续道，“但约书亚向我们展示了许多新事物，而我愿意承认你也许值得信任。只是也许。”她急切地瞪着他，“但无论我有没有看错你，我对戴蒙·朱利安的看法一定是正确的！”

阿布纳·马什皱起眉头，不知道该说什么。约书亚伸出胳膊，握住瓦莱丽的手。“我认为你这么恐惧是不对的，”他说，“但为了你，我一定会提高警惕。阿布纳，照你的意思办吧，把实情告诉杰弗斯先生和邓恩先生。假如瓦莱丽是正确的，那我们就更需要他们的帮助了。你挑选一批特别能干的船员，让其他人上岸。‘热夜之梦’开进长沼的时候，我希望驾驶她的是最优秀和最可靠的人，能满足开船所需的最少人数就行。我不要宗教狂，不要胆小鬼，不要毛躁鲁莽的人。”

“长毛迈克和我会亲自挑选人手。”马什说。

“我要在我的汽船上和朱利安会面，时间由我选择，你和你最优秀的船员为我提供保障。想清楚你要怎么告诉杰弗斯和邓恩。不能出任何差错。”他望向瓦莱丽，“满意了吗？”

“不。”她说。

约书亚微笑道：“但我也只能做到这一步了。”他又望向阿布纳·马什，说：“阿布纳，我很高兴你不是我的敌人。我已经很接近目标了，我的梦想触手可及。击败猩红渴欲是我的第一个伟大胜利。我愿意认为今夜在这里，你和我缔造了第二个伟大的胜利，奠定了我们两个种族之间的友谊和信任。‘热夜之梦’将在黑夜与白昼的分界线上航行，无论来到哪里，都会驱散昔日恐惧的幽灵。朋友，我们将会共同成就伟大的事业。”

马什对口吐莲花一向没什么好感，但约书亚的热忱依然感染了他，他勉强挤出一个笑容。“在我们得到任何该死的成就之前，还有许许多多的破事要做呢。”马什说，抓住手杖，站起身，“那我就告辞了。”

“好的，”约书亚微笑道，“我也要休息了，黄昏时再见。请确保让船做好出发的准备。我们以最快的速度解决这个问题。”

“我会让我们的船做好准备的。”马什说着走了出去。

外面，白昼已经到来。

看天色像是九点左右，阿布纳·马什心想，站在船长的卧舱外眨着眼睛，而约书亚已经在他背后锁上了房门。这是个阴沉沉的上午，闷热难当，厚厚的灰色乌云遮蔽了阳光。汽船航行时喷出的煤灰和黑烟悬在天空中。暴风雨要来了，阿布纳·马什心想，这样的未来让他沮丧。他忽然意识到自己睡得太少了，感觉到无法形容的疲惫，但需要做的事情太多了，他连打个瞌睡都不敢考虑。

他下楼去大厅，希望早餐能够振作他的精神。他喝了足有一加仑滚烫的黑咖啡，托比为他烹制牛肉馅饼和点缀着蓝莓的华夫饼。他正在狼吞虎咽的时候，乔纳森·杰弗斯走进大厅，看见他，大步流星地走了过来。

“坐下，陪我吃点，”马什说，“杰弗斯先生，我想和你好好谈一谈。但不是在这儿。等我吃完，然后去我的船舱。”

“好的，”杰弗斯答道，有些心神不定，“你去哪儿了，船长？我找了你几个小时。你不在你的船舱里。”

“约书亚和我在谈话，”马什说，“怎么……？”

“有人找你，”杰弗斯说，“他是半夜上船的。他非常坚持。”

“我不喜欢被人晾在这儿，就好像我是什么不值一提的垃圾。”陌生人说。马什甚至没看见他进来。他甚至都没说声请别见怪，就拖出一把椅子坐了下去。这是个丑陋的汉子，形容枯槁，一张长脸上满是坑坑洼洼的痘疤。稀疏的棕发没精打采地一绺一绺耷拉在额头上。他的脸色很不健康，头发和皮肤上沾着白色的鳞屑，就好像他遭遇了一场个人的雪崩。但另一方面，他身穿昂贵的黑色绒面呢正装，衬衫前襟有白色的褶饰，还戴着一枚浮雕戒指。

阿布纳·马什不喜欢他的相貌、语气、抿成一条线的嘴唇和冰蓝色的眼睛。“你他妈是谁？”他粗声粗气地说，“吃早饭的时候打扰我，你最好有个他妈的好理由，否则我就把你从船舷上叉下去。”光是这么说，马什的心情就好了起来。他向来觉得，要是不能隔三岔五地叫别人滚蛋，当船长就没有任何意义了。

陌生人的乖戾表情毫无变化，但他盯着马什的冰蓝色眼睛里透出了某种沾沾自喜的恶意。“我想坐坐你这艘漂亮的筏子。”

“做你的大头梦去吧。”马什说。

“要我叫长毛迈克来收拾这个混球吗？”杰弗斯冷冷地说。

男人轻蔑地瞥了一眼事务长，视线随即回到马什脸上。“马什船长，昨天夜里我来是为了邀请你和你的搭档。我以为你们至少有一个会愿意夜里出来走走。好吧，现在已经是白天了，所以只能改成今天夜里。圣路易斯大饭店吃个晚餐，日落后一小时左右，你和约克船长。”

“我不认识你，也不想认识你，”马什说，“我根本不可能和你吃什么晚饭。另外，‘热夜之梦’今晚要出发了。”

“我知道。我也知道你们要去哪儿。”

马什皱眉道：“你说什么？”

“我看得出来，你不了解黑鬼。一个黑鬼听说点什么，没多久全城的黑鬼就都知道了。而我，我的耳朵灵得很。你不会想开着这条大船去你们想去的那个长沼的。船肯定会搁浅，搞不好整个船底都会被刮掉。我可以替你省掉所有的麻烦，明白了吗？你们要找的人就在这儿等着你们呢。所以，等天黑以后，你去告诉你的主人，听见了？你告诉他，戴蒙·朱利安在圣路易斯大饭店等他。朱利安先生非常期待能认识他。”

16

新奥尔良　一八五七年八月

傍晚时分，坏水比利·蒂普顿回到圣路易斯大饭店，他心中的恐惧不止一星半点。朱利安不会喜欢他从“热夜之梦”带回来的口信，朱利安不高兴的时候会变得非常危险，喜怒无常。

豪华套房的会客室里光线昏暗，只点着一支小小的蜡烛。朱利安坐在窗口松软的天鹅绒椅子里，喝着一杯萨泽拉克鸡尾酒[1]，黑眼睛反射着烛光。寂静充斥了房间。坏水比利能感觉到视线压在他身上的重量。门在他背后关上，锁扣发出死一般的咔哒声。“如何，比利？”戴蒙·朱利安温和地说。

“朱利安先生，他们不肯来。”坏水比利说，他一口气说完，答得有点太快。昏暗的光线下，他看不见朱利安的反应。“他说请你去找他。”

1.由威士忌、佩诺茴香酒、糖浆、苦味酒和柠檬汁配制而成的混合饮料。

“‘他说’，”朱利安重复道，“比利，这个他是谁？”

“他，”坏水比利说，“就是……另一位血主。自称约书亚·约克。就是雷蒙德写信告诉你的那个人。另一个人是船长，叫马什，是个满脸肉疣和胡须的胖子，他也不肯来，而且非常没礼貌。但我一直等到天黑，等血主起床，然后他们带我去见他。”坏水比利依然浑身发冷，他回想起约克的灰眼睛凝视他的那一刻，感到自己无比渺小。约克的眼神轻蔑得令人难以接受，比利不得不立刻转开了视线。

“告诉我们，比利，”戴蒙·朱利安说，“这另一个人是个什么样子？这位约书亚·约克。这位血主。”

“他……”比利刚开口就停下了，搜肠刮肚寻找字眼，“他……很白，我是说，他的皮肤和一切都非常苍白，连头发都没有颜色。他连衣服都是白的，像个什么幽灵。还有白银，他佩戴了很多白银饰物。他的举止……朱利安先生，就像该死的克里奥尔人，既高傲又尊贵。他……朱利安先生，他很像你。他的眼睛……”

“苍白而强大，”辛西娅在房间对面的角落里喃喃自语，“还有一种能征服猩红渴欲的药酒。戴蒙，难道就是他吗？肯定是他。传说竟然是真的。瓦莱丽一直相信那些传说，而我却嘲笑她，但这竟然是真的。他会让我们团结在一起，带领我们返回失落的黑暗之城。我们的王国，我们自己的王国。是真的，对吧？他是血主中的血主，是我们等待的王者。”她望向戴蒙·朱利安，想要寻求答案。

戴蒙·朱利安品了一口鸡尾酒，露出狡黠如猫的笑容。“一位王者，”他沉吟道，“比利，这位王者对你说了什么？来，告诉我们。”

“他请你们所有人一起去那艘汽船。明天，天黑后。他说他请你们共进晚餐。他和马什不会像你希望的那样单独来这儿。马什说，要是非要他们来，那他们就会带上其他人。”

“奇怪，这位王者很胆怯嘛。”朱利安评论道。

“杀了他！”坏水比利突然口不择言，“去那艘该死的船上杀了他，杀了他们所有人。朱利安先生，他不对劲。他看着我的眼神，就像个该死的克里奥尔人。就好像我是只虫子，不值一提，哪怕我是代表你去的。他认为他比你优秀，还有其他人，满脸肉疣的船长和他该死的事务长，一个花里胡哨的家伙，让我砍了他，用他的血浸透他漂亮的衣服，你必须去杀了他，你必须去。”

坏水比利爆发完之后，房间陷入寂静。朱利安望着窗外的黑夜。窗户大开，窗帘随着晚风懒洋洋地飘动，底下的街道传来阵阵喧闹声。朱利安望着遥远的灯光，幽暗的双眼藏在黑暗中。

等他最后转过来，那支蜡烛的火光再次映在他的瞳孔中，把它囚禁在那里，鲜红闪烁。他露出了粗野而凶狠的表情。“那种酒，比利。”他提示道。

“他逼着他们所有人都喝它。”坏水比利说。他靠在门上，拔出匕首。握着匕首，他的心情好了起来。他一边说话，一边用刀尖抠指甲缝里的灰泥。“卡拉说里面不只是血，还有其他成分。他们都说它能熄灭渴欲。我走遍了整艘船，找雷蒙德、让、若热和另外几个人聊了天。是他们告诉我的。让提到那种酒就没个完，说什么它可真的让他解脱了，信不信由你。”

“让。”朱利安鄙弃地说。

“所以是真的了，”辛西娅说，“他比渴欲更加不可战胜。”

“还不止呢，”坏水比利继续道，“雷蒙德说约克和瓦莱丽好上了。”

会客室里的寂静充满了紧张。库尔特皱起眉头。米歇尔转开视线。辛西娅低头喝酒。他们全都知道瓦莱丽——美丽的瓦莱丽——曾经是朱利安的宠儿；他们全都小心翼翼地打量他。朱利安似乎陷入了沉思。“瓦莱丽？”他说，“我明白了。”修长的苍白手指轻轻敲打椅子扶手。

坏水比利·蒂普顿用刀尖剔牙，心中一阵喜悦。他料到瓦莱丽的情事会给整件事画上句号。戴蒙·朱利安对瓦莱丽有他的打算，而朱利安不喜欢别人扰乱他的计划。比利问他为什么送走瓦莱丽的时候，他曾经一五一十地全都告诉过比利，语气里透着狡诈和快活。“雷蒙德年轻强壮，他能拴住她，”朱利安当时说，“他们两个人会单独行动，彼此只有对方和渴欲的陪伴。多么浪漫的一个未来，你不觉得吗？过上一年、两年甚至五年，瓦莱丽肯定会怀孕。比利，我敢和你打赌。”然后他发出他特有的低沉而悦耳的笑声。但此刻他毫无笑意。

“戴蒙，我们该怎么办？”库尔特问，“去吗？”

“咦，当然要去了，”朱利安说，“盛情难却，我们怎么能拒绝呢？更何况邀请我们的还是一位王者。你不想尝一尝他的美酒吗？”他轮流扫视每一个人，没人敢开口。“哎呀，”朱利安说，“你们的热情都去哪儿了？让向我们推荐了他的佳酿，瓦莱丽无疑也会推荐。酒比鲜血甘美，比生命浓烈。想一想它会给我们带来的和平吧。”他微微一笑。没人开口。他等了一会儿。寂静越拖越长，最后朱利安耸耸肩说：“好吧，但要是我们更喜欢其他的饮料，希望这位王者不会因此看不起我们。”

“他逼其他所有人喝那东西，”坏水比利说，“他们愿不愿意都必须喝。”

“戴蒙，”辛西娅说，“你会……拒绝他吗？不，你不能。我们必须去见他，必须照他说的做。我们必须如此。”

朱利安缓缓扭头望向她。“你真的这么认为？”他似笑非笑地问。

“是的，”辛西娅低声说，“我们必须如此。他是血主。”她转开视线。

“辛西娅，”戴蒙·朱利安说，“看着我。”

她怀着一万分的不情愿，重新抬起头，直到与朱利安视线相接。“不，”她轻声说，“求你了。天哪，求求你。”

戴蒙·朱利安没有说话。辛西娅无法转开视线。她从椅子上滑出来，跪在地毯上，微微颤抖。金丝镶紫水晶的手镯在她纤细的手腕上闪闪发亮。她推开手镯，张开双唇，像是想要说话，但随后她抬起手，把嘴压在手腕上。鲜血开始流淌。

朱利安看着她从地毯上爬向他，伸出手臂献给他。他郑重其事地握住她的手，深深地啜饮了很久。等他喝完，辛西娅想爬起来，但踉跄一下，单膝跪倒，终于勉强起身，抖个不停。“血主，”她垂首道，“血主。”

戴蒙·朱利安的嘴唇变成了湿漉漉的猩红色，一滴鲜血从嘴角淌下来。朱利安从口袋里掏出手帕，轻轻吸掉下巴上细细的一条血线，然后叠好手帕收起来。“比利，那艘船大吗？”

坏水比利微笑着把匕首插回后腰上的刀鞘里，动作娴熟而轻松。辛西娅手腕上的伤口，朱利安下巴上的血迹，这一切都让他浑身发软，心神激荡。朱利安会给汽船上那帮人一点颜色看看的，他心想。“我从没见过这么大的一艘船，”他答道，“而且很漂亮。银器、镜子和大理石，许多彩色玻璃和地毯。朱利安先生，你会喜欢她的。”

“一艘汽船，”戴蒙·朱利安沉吟道，“我为什么就没想到过这条河呢？优点如此显而易见。”

“所以我们是要去了？”库尔特说。

“是的，”朱利安说，“当然要去。哎呀，血主在召唤我们。王者。”他仰天大笑。“王者！”他在阵阵狂笑中吼道，“王者！”其他人一个接一个地跟着他笑了起来。

朱利安突然起身，就像弹簧刀弹出来似的，他的脸色重新变得阴沉，笑声戛然而止，和开始时一样突兀。他望着旅馆窗外的黑暗。“我们必须带点礼物，”他说，“一个人不能空着手去觐见陛下。”他转向坏水比利，“比利，明天你跑一趟莫罗街。去帮我买件东西回来。一件小礼物，献给我们的白王。”

17

“热夜之梦”号汽船上　新奥尔良　一八五七年八月

河边的一半汽船似乎都想在这个下午离开新奥尔良，阿布纳心想。他站在飓风甲板上望着她们出港。

去上游的船按习惯会在下午五点驶离河堤。下午三点，轮机员给锅炉点火，开始积蓄蒸汽。松香和油松连同木柴和煤炭一起被扔进汽船饥饿的巨腹；一艘接一艘的汽船上冒出滚滚黑烟，灼热的烟柱从烟囱顶部的花朵中高高升起，仿佛一面面象征着告别的三角旗。河堤旁绵延四英里的船队能制造出许多浓烟。诸多烟柱逐渐融合成一大团黑云，悬挂在河面上几百英尺的空中；这团黑云挟着炉灰，充满了灼热的余烬，随风缓缓飘动。越来越多的汽船开始点火，喷出浓烟，这团黑云也变得越来越大，最后终于遮蔽了阳光，开始爬向城市的表面。

从阿布纳·马什所站立的高处望去，新奥尔良的整座城市都像是燃起了烈火，而所有的汽船都准备逃离。他不由得感到心惊肉跳，就好像其他船长知道了他所不知道的什么秘密，就好像“热夜之梦”也应该烧起锅炉，准备倒船离港。马什迫不及待地想走。尽管新奥尔良代表着巨大的财富和浮华的魅力，但他更渴望投入他熟悉的河流的怀抱：他喜爱密西西比河上游的峭壁和密林，喜爱野蛮而混浊、像开胃点心般吞噬汽船的密苏里河，喜爱狭窄的伊利诺伊河和塞满淤泥、熙熙攘攘的热河。“热夜之梦”驶下俄亥俄河的处女航现在仿佛是一首田园诗，让他缅怀更淳朴和美好的日子。还不到两个月，但感觉已经像是上辈子了。自从他们离开圣路易斯驶向下游，一切就都走上了岔路，他们越是深入南方，情况就越是不堪。马什眺望着新奥尔良，他喃喃自语道：“约书亚说得对，这地方有一股腐烂的气味。”这儿太他妈炎热，太他妈潮湿了，虫子也太他妈多，足以让一个人认为这整个鬼地方都受到了诅咒。也许确实如此，因为该死的奴隶制，但马什也不敢确定。他能确定的只有一件事，那就是他想命令怀蒂给锅炉点火，叫弗拉姆或奥尔布赖特登上领航室，这样他就可以指挥“热夜之梦”倒出码头，逆流驶向上游了。就是现在。日落之前。在他们到来之前。

阿布纳·马什很想吼出这些命令，他都能尝到那些字词的味道了，无法说出的字词在舌尖上苦涩地打转。对于今天晚上，他有一种近乎迷信的恐惧感，尽管他反复对自己说，你不是个迷信的人。但他也不是瞎子——天空如此炽热和憋闷，风暴正在西方蓄积，那将是一场大风暴，能够摧毁一切，丹·奥尔布赖特两天前就闻到了它的气味。其他汽船都在离开，一艘接一艘数以十计地离开，马什目送她们驶向上游，消失在摇曳的热浪之中，他觉得越来越孤单，就好像每一艘消失在远方的汽船都带走了他的一小部分，有的是一块勇气，有的是一分确定，有的是一个梦想，有的是一小团被煤烟染黑的希望。马什对自己说，每天都有很多汽船离开新奥尔良，今天也没什么不同，只是密西西比河上八月里普普通通的一天：炎热而慵懒，烟雾腾腾，所有人都行动缓慢，都在等待什么，也许是一阵凉风，也许是干净新鲜的雨水来洗掉天空中的黑烟。

但另外半个他，埋藏在他内心深处更老的那个他，知道他们等待的既不是凉爽也不是干净，那场雨也不会让他们摆脱炎热、潮湿、虫子和恐惧。

长毛迈克在底下朝力工咆哮，挥舞黑铁棍摆出威吓的姿势，但码头上的喧嚣和其他汽船的钟声和汽笛声淹没了他的叫声。河堤上等待装运的货物堆积如山，接近一千吨，达到了“热夜之梦”的极限。通过狭窄的船板搬进主甲板的货物还不到四分之一，需要几个小时才能装完剩下的东西。就算他想走，马什也不能开船，因为货物都还在码头上等着呢。长毛迈克和杰弗斯还有其他人都会认为他在发疯。

他希望他能按照原先的打算那样告诉他们，和他们一起制订计划。但他找不到时间。事态发展得太快了，今晚天黑后，那位戴蒙·朱利安要来“热夜之梦”赴宴。他没时间找长毛迈克或乔纳森·杰弗斯谈话，没时间解释、说服、打消疑虑和回答他们必定会提的问题了。因此，今晚阿布纳·马什只能孤军奋战了，或者说，几乎孤军奋战，只有他和约书亚在房间里，整整一房间的他们——黑夜族人。马什没有把约书亚·约克算在那些人里面。他不一样。约书亚说一切都会顺利的，约书亚有他的药酒，有一肚子动听的言辞和伟大的梦想。但阿布纳·马什有他的顾虑。

“热夜之梦”静悄悄的，像是被遗弃了。约书亚打发几乎所有人都去了岸上；今天的晚宴将尽可能地不事声张。阿布纳·马什并不喜欢这样，但约书亚一旦下定了决心，你就不可能再和他争辩了。主船舱里，餐桌已经快布置好了。油灯还没点，而黑烟、蒸汽和即将到来的风暴像是在合谋，使得从天窗照进来的光线变得昏暗、阴沉而疲惫。马什觉得黄昏已经降临了大厅，来到了他的汽船上。地毯看上去几乎是黑色的，镜子里充满了暗影。有人在黑色大理石的长台里面清洗酒杯，但连这个人都似乎变得面目不清。马什漫不经心地朝他点点头，自己走向明轮罩后面的厨房。他在厨房里找到了活跃的气氛；托比的两个帮厨在搅动大铜炖锅里的东西和用平底锅煎鸡肉，侍者在无所事事地谈天说地。马什能闻到烤炉里馅饼的香味。他不禁流出了口水，但他坚决地走了过去。他在右舷的备膳室找到了托比，堆起来的笼子包围着他，笼子里装满了鸡和鸽子，偶尔还有一两只知更鸟和鸭子，等等。家禽发出震耳欲聋的聒噪声。马什走进去，托比抬起头。厨子在杀鸡。三只剁掉脑袋的鸡堆在他手边，第四只正在他面前的案板上有一下没一下地挣扎。“怎么了，马什船长？”他微笑道。他轻快地一挥切肉刀，随着砰的一声闷响，鲜血喷溅，托比松开手，没脑袋的鸡开始疯狂抽搐。他粗壮的两只大黑手上沾满了血液。他在围裙上擦擦手。“有什么吩咐吗？”他问。

“就是想告诉你一声，今天等晚餐结束你就下船，”马什说，“你好好伺候我们，然后就走。带上你的帮厨和所有侍者。听懂了吗？明白我什么意思吧？”

“当然明白，船长，”托比咧嘴一笑，“当然明白。你们要来一场小小的狂欢，对不对？”

“不关你的事，”马什说，“反正你干完活就上岸去。”他转身要走，面色凝重。但他又想到了一件事，于是重新转过去。“托比。”他说。

“怎么了？”

“你知道我一向不赞成奴隶制，虽说我也没做什么去反对它。我本来是愿意的，但那些该死的废奴主义者太喜欢宣讲《圣经》了。不过我想来想去，觉得他们也许终究是正确的。你不能就这么……奴役另一种人，就好像他们根本不是人。明白我的意思吗？奴隶制迟早会结束。要是能和平结束当然最好，但就算要打仗流血，它也一定会结束，明白吗？废奴主义者一直在说的也许就是这个。你讲道理，那当然最好，但道理讲不通，那你就必须做好准备了。有些事它就是错误的。必须被结束。”

托比奇怪地看着他，心神恍惚，双手依然在围裙上擦来擦去，正一下反一下，正一下反一下。“船长，”他轻声说，“你在说废奴。船长，这儿是奴隶制的地盘。你说这种话是会送命的。”

“也许吧，托比，但对的就是对的，我想说的就是这个。”

“马什船长，你对老托比很好，你给了我自由，虽说我只能为你做饭。你就是这么对我的。”

阿布纳·马什点点头。“托比，”他说，“去厨房给我拿把刀来。别告诉别人，听见了吗？去拿一把锋利的好刀给我。要一把能塞进我的靴子的。能帮我这个忙吗？”

“好的，马什船长。”托比说。他饱经风霜的漆黑脸膛上，眼睛稍微眯了一下。“好的，先生。”他说完就跑去拿刀了。

接下来的几个小时，由于有一把长刃厨刀插在高筒皮靴里，阿布纳·马什走起路来有点奇怪。不过等到夜幕降临的时候，他已经开始习惯那把该死的刀，几乎忘记了它的存在。

风暴在日落前如期而至。驶向上游的大多数汽船早已不见踪影，但到港的其他船只在新奥尔良河堤旁占据了她们原有的位置。风暴袭来，可怖的雷声仿佛汽船锅炉爆炸，闪电划破头顶上的天空，大雨尖啸着滂沱而下，激烈得仿佛春季洪水。马什站在锅炉甲板散步道的遮阳篷底下，听着雨点敲打汽船，看着码头上的人们奔跑躲雨。他在那儿站了很久，趴在栏杆上思考，约书亚·约克突然从他身旁冒了出来。“约书亚，下雨了，”马什说，用手杖指着暴雨，“也许这个朱利安今晚不会来了。也许他不想淋雨。”

约书亚·约克的脸色凝重得奇怪。“他会来的。”他说。就这几个字，就是：“他会来的。”

是的，最后，他来了。

那时候风暴已经减弱。雨还在下个不停，但变得和缓，只比水雾大那么一点点。阿布纳·马什依然站在锅炉甲板上，他看见了他们的到来：河堤上空无一人，在雨中变得湿滑，而他们大步流星地穿过河堤而来。即便隔着一段距离，他也知道就是他们。他们走路的方式很特别，既优雅又像掠食动物，充满了可怖的美感。不过其中有一个人的步伐不太一样，他昂首阔步，但脚下时而打滑，就好像他希望能成为他们之中的一员，但无论如何都做不到；等他们走到近处，他发现那个人是坏水比利·蒂普顿。他别扭地拎着什么东西。

阿布纳·马什走进大厅。其他人已经就位：西蒙与凯瑟琳，史密斯与布朗，雷蒙德与让和瓦莱丽，以及约书亚沿河召集的其他人。他们在轻声交谈，看见马什进门，所有人都沉默下来。“他们来了。”马什说。约书亚·约克从桌首起身，出去迎接他们。阿布纳·马什走向吧台，给自己倒了一杯威士忌。他一饮而尽，随后又来了一杯，然后走向餐桌。约书亚坚持要马什也坐在桌首，坐他左手边的位置。他右手边的座位留给戴蒙·朱利安。马什重重地坐进椅子，皱着眉头看他对面的空位。

这时，他们走进了船舱。

马什注意到走进大厅的只是四名黑夜的子民。坏水比利留在了外面的某个地方，这倒是正中他的下怀。来的有两个女人和一个高大的白脸男人，男人阴森森地皱着眉头，忙着抖掉外衣上的雨水。还有一个人，他。马什立刻认出了他。他光滑的脸上看不出岁月的痕迹，黑色的鬈发披在面颊两侧，身穿深酒红色的正装和前襟满是褶饰的宽松领丝绸衬衫，看上去像某个贵族。他手指上戴着一枚金戒指，上面的蓝宝石有一块方糖那么大，他马甲上别着一枚胸针，是嵌在黄金丝网中的一枚光亮黑钻。他穿过船舱，绕过长桌停下，站在约书亚的位置旁，桌首的那把椅子背后。他把光滑苍白的双手放在椅背上，逐一注视桌边的每一个人。

而他们站了起来。

首先起立的是跟着他来的三个人，然后是雷蒙德·奥尔特加，接着是卡拉，其他人也三三两两地起身，最后是瓦莱丽。房间里的所有人都站在那儿，只有阿布纳·马什除外。戴蒙·朱利安露出迷人而温暖的笑容。“能够再次和大家见面真是太好了。”他说。他特地望向凯瑟琳，说：“亲爱的，这一晃就是多少年？多少年不见了？”

她秃鹫般的老脸笑起来更是惨不忍睹，马什心想。他决定把事态控制在自己的手中。“坐吧。”他没好气地对戴蒙·朱利安吼道，拽了一把他的袖子，“我饿了，我们等这顿饭已经等了天晓得多久。”

“对。”约书亚说，他们就这么打破了魔咒，所有人重新落座。但朱利安占据了约书亚的桌首位置。

约书亚走过去，站在朱利安身旁。“你坐在我的座位上了。”他说，声音听上去断然而紧绷。“先生，这才是您的座位。麻烦您让一下。”约克打个手势。他盯着戴蒙·朱利安，马什抬头望向朱利安，在他的脸上看见了力量、决心和冷酷的意念。

戴蒙·朱利安微微一笑。“啊哈，”他轻声说，微微耸肩，“不好意思。”他起身换了个座位，甚至都没抬头看一眼约书亚·约克。

约书亚生硬地坐下，不耐烦地勾了勾手指。一名侍者连忙从暗处跑出来，把酒瓶放在约克面前。“麻烦请出去一下。”约书亚对年轻人说。

酒瓶上没有标签。在枝形吊灯的照耀下，在明晃晃的水晶和银器的包围中，它显得阴森而危险。瓶塞已经拔出来了。“你知道这是什么。”约书亚·约克对戴蒙·朱利安淡然道。

“知道。”

约克伸出手，拿起朱利安的酒杯，开始斟酒。他把酒倒得满到了杯沿，然后把酒杯放在对方面前。“喝吧。”他命令道。

约克盯着朱利安，朱利安盯着酒杯，嘴角泛起一丝笑意，就好像他想到了只有他自己才知道的什么笑话。大厅陷入死寂。马什听见一艘挣扎着穿越风暴的汽船远远地拉响汽笛。这一刻似乎会永远持续下去。

戴蒙·朱利安伸出手，拿起酒杯，开始喝酒。他一口气喝完了杯里的酒，似乎连船舱里的紧张气氛也一起喝了下去。约书亚微笑，阿布纳·马什哼了一声，长桌旁的其他人交换警觉而困惑的眼神。约克又倒了三杯酒，传给朱利安的三名同伴。他们全都喝了下去。长桌旁的人们开始小声交谈。

戴蒙·朱利安笑着望向阿布纳·马什。“马什船长，您的汽船给我留下了深刻的印象，”他真诚地说，“希望食物也一样精美。”

“食物，”马什说，“比船还要好。”他吼了一嗓子，觉得精神头差不多全回来了，侍者开始上托比烹制的盛宴。他们吃了一个多小时。黑夜的子民举止优雅，但胃口和内河人一样好。他们消灭食物的模样就像力工听见了大副高喊一声“给我上”。但戴蒙·朱利安是个例外。朱利安吃得很慢，说是秀气都行，他时而停下喝一口酒，经常毫无理由地微笑。马什已经换了三个盘子，而朱利安的盘子依然半满。交谈无拘无束，没什么重要的话题。离他比较远的那些人压低声音，尽管聊得很起劲，但马什听不清他们在说什么。他身旁，约书亚·约克和戴蒙·朱利安就风暴、炎热、密西西比河和“热夜之梦”聊了很多。除了提到这艘汽船的时候，阿布纳·马什没怎么去听谈话的内容，他更愿意把注意力放在盘子上。

酒足饭饱，咖啡和白兰地送了上来，然后侍者退场，主船舱里只剩下了阿布纳·马什和黑夜的子民。马什喝着白兰地，听见了自己吧唧嘴的声音，这才意识到所有人都停止了交谈。“我们终于聚首了，”约书亚用平静的声音说，“这是我们黑夜子民的一个新起点。生活在白昼中的人也许会称之为新的黎明。”他微微一笑，“对我们来说，更恰当的比喻也许是新的日落。各位，请听我说。我来讲一讲我的计划。”约书亚起身，热情洋溢地说了起来。

阿布纳·马什不确定他说了多久。他这些话马什全都听过，摆脱猩红渴欲的控制，获得自由，终结恐惧，白昼与夜晚的互信，彼此扶持所能实现的伟业，走向辉煌的新时代。约书亚说得口若悬河、慷慨激昂，演讲中充满了诗歌片段和晦涩词汇。马什更关注的是其他人，他来回扫视桌边的一张张苍白面孔。他们全都盯着约书亚，全都一言不发地听着。但每个人又都有所区别。西蒙似乎有点胆战心惊，视线在约书亚和朱利安之间扫来扫去。让·阿尔当显得着迷和崇敬，但有几张脸冷淡而漠然，看不出究竟在想什么。雷蒙德·奥尔特加笑得很诡秘，名叫库尔特的大个子皱着眉头，瓦莱丽似乎很紧张，而凯瑟琳——她换上了刻薄而恶毒的表情，充满了毫不动摇的憎恶，马什光是看见就觉得心里发怵。

随后马什望向对面的戴蒙·朱利安，发现朱利安也在看他。他的眼睛漆黑而无情，像优质煤炭似的闪闪发亮。马什在其中看见了深渊，深不见底的两个无底洞，随时都会吞噬他们每一个人。他转开视线，甚至不想尝试去用视线慑服朱利安——很久以前，他也曾经在“种植园主之家”尝试过用视线慑服约克。朱利安微笑，重新望向约书亚，听他讲演，喝着他的凉咖啡。阿布纳·马什不喜欢这个笑容，也不喜欢他犹如深渊的双眼。恐惧突然重新涌上心头。

约书亚终于说完了，坐回椅子上。

“汽船是个了不起的好主意，”朱利安愉快地说，柔和的声音传到了大厅的另一头，“连你的药酒说不定也会有点用处——偶尔而已。但其他的，我亲爱的约书亚，你就还是忘了吧。”他的语气很迷人，笑容放松而灿烂。

有人猛地吸了一口气，但没人敢开口。阿布纳·马什坐了起来，坐得非常直。约书亚皱起眉头。“你这是什么意思？”他说。

朱利安没精打采地打个不值一提的手势。“亲爱的约书亚，你的故事让我难过，”他说，“你在血畜之中长大，现在连思维方式都和他们一样了。当然了，这不是你的错。你迟早会领悟的，到时候你会拥抱你真正的天性。你在那些渺小的动物之中生活，他们腐化了你，给你灌输了他们渺小的伦理道德、他们衰弱的宗教信仰、他们平凡乏味的所谓梦想。”

“你说什么？”约书亚怒道。

朱利安没有直接回答他，而是转向马什。“马什船长，”他问，“你享用的烤肉曾经长在一头活生生的动物身上。请你告诉我，假如这头动物会说话，它会同意被你吃掉吗？”他的眼睛，那双喷火的黑眼睛，牢牢地盯着马什，命令他回答问题。

“我……妈的，不……但是……”

“但你还是吃了它，对吧？”朱利安轻快地笑了笑，“你当然会吃它，船长，用不着感到羞愧。”

“我没有羞愧，”马什斩钉截铁地说，“只是一头牛而已。”

“当然了，”朱利安说，“而血畜仅仅是畜生。”他扭头望向约书亚·约克。“但血畜的观点或许不太一样。不过，我们这位船长不该因此而感到烦恼。他比牛的等级更高。宰杀和吃肉是他的天性，而牛注定要被宰杀和吃掉。你看，约书亚，生活实际上就是这么简单。

“你的错误源自你在牛群之中长大，它们给你的教导是不要吃它们。你刚才说到过邪恶。你是从哪儿得到这个概念的？当然是从他们那儿了，从血畜那里。善与恶，那是血畜的用语，毫无意义，只是为了保住他们毫无价值的生命。他们从出生到死去都怀着对我们的恐惧，而我们天生就优于他们。我们甚至会滋扰他们的梦境，于是他们从谎言中寻求安慰，编造出能够管辖我们的神祇，愿意相信十字架和圣水能够制服我们。

“但你必须明白，亲爱的约书亚，并不存在什么善与恶，只有强大和弱小、主人和奴仆。你痴迷于他们的道德规范，什么负罪和愧疚。多么愚蠢啊。这是他们的用语，不是我们的。你宣讲什么新的起点，但我们要开始做什么呢？去成为血畜吗？受他们的太阳烧灼，在能够夺取的时候非要劳作，向着血畜的神祇低头？不。他们是动物，天生劣于我们，是我们美丽的大猎物。这就是世界运转之道。”

“不。”约书亚·约克说。他推开椅子，站起来，像苍白而瘦削的巨人那样俯视长桌。“他们思考，梦想，朱利安，他们建造了一个世界。你错了。我们和他们是亲属，是同一枚硬币的两面。他们不是猎物。你看看他们都成就了什么！他们把美带到这个世界上来。而我们创造了什么？什么都没有。猩红渴欲已经成了我们的灾祸。”

戴蒙·朱利安叹了口气。“唉，可怜的约书亚，”他说着喝了一口白兰地，“让血畜去创造好了——生命、美丽，随便什么。而我们会夺取和使用他们创造的东西，要是愿意就随手毁灭。这就是世界之道。我们是主人。主人不需要劳作。让他们缝制盛装，而我们来穿。让他们建造汽船，而我们来乘。让他们梦想永恒的生命，而我们会享用永恒的生命，啜饮他们的生命，品尝他们的鲜血。我们是地上的主宰，这是我们与生俱来的权利。亲爱的约书亚，你想说宿命也可以。约书亚，释放你的天性吧，不要妄图去改变它。真正了解我们的血畜都满怀嫉妒。只要能让他们选择，他们每一个都会希望成为我们。”朱利安露出恶毒的笑容。“你有没有思考过他们的耶稣基督为什么要命令他的追随者饮他的血，这样才能得到永久的生命？”他哧哧一笑。“他们发狂般地想成为我们，就像黑鬼都梦想着变成白人。你看看他们做得多么彻底。为了扮演主人，他们甚至会奴役自己的同类。”

“就像你的行为，朱利安，”约书亚·约克的语气变得危险，“你对我们族人的统治还能用其他的字眼来形容吗？即便是你所谓的那些主人，你也把他们变成了奴隶，屈服于你扭曲的意志。”

“即便是我们之中，亲爱的约书亚，也有强大和弱小的区别，”戴蒙·朱利安说，“强者应该带领弱者的道理同样适用。”朱利安放下酒杯，望向桌尾。“库尔特，”他说，“去叫比利。”

“好的，戴蒙。”大个子说着起身。

“你去哪儿？”约书亚喝问道，但库尔特大踏步走出房间，十几面镜子映出他坚定的身影。

“约书亚，你假扮血畜已经太久，”朱利安说，“我要教你明白当主人代表着什么。”

阿布纳·马什感觉到了冰冷的恐惧。房间里的每一双眼睛都目光呆滞，愣愣地望着桌首上演的戏剧。戴蒙·朱利安坐在椅子上，约书亚·约克站着，看似居高临下，但不知为何并没有占据上风。约书亚灰眼睛里的力量和激情已经达到了人类的极限，马什心想，但朱利安根本不是人类。

库尔特很快就回来了。坏水比利肯定就在门口附近，像是等待主人召唤的奴隶。库尔特回到座位上。坏水比利·蒂普顿径直走向桌首，手里拎着一件东西，冰蓝色的眼睛里带着怪异的兴奋神情。

戴蒙·朱利安用胳膊扫开面前的盘子，在桌上清理出一块空间。坏水比利卸下负担，把一个棕色皮肤的婴儿放在约书亚·约克面前的桌布上。

“这他妈是搞什么？”马什咆哮道。他推了一把桌子，瞪着眼睛，想要站起来。

“坐下，老弟，给我保持安静。”坏水比利用单调而平静的语气说。马什想扭头去看他，却感觉到一件冰冷而锐利的东西轻轻压在他的脖子上。“你敢张嘴，我就放你的血，”坏水比利说，“你能想象见到滚烫的鲜血他们会有什么反应吗？”

阿布纳·马什一时间既愤怒又恐惧，他颤抖起来，但一动不动地坐着。比利的刀尖压得更深了，马什感觉到某种温热的液体滴在了衣领上。“很好，”比利轻声道，“非常好。”

约书亚·约克瞥了一眼马什和坏水比利，然后又转向朱利安。“我觉得这很恶心，”他冷冰冰地说，“朱利安，我不知道你为什么要带来这个孩子，但我不喜欢这样。玩笑到此为止，叫你的人把刀从船长的喉咙上拿开。”

“啊哈，”朱利安说，“要是我不愿意呢？”

“你会愿意的，”约书亚说，“我是血主。”

“是吗？”朱利安轻佻地问。

“是的。朱利安，我不喜欢使用你那些胁迫的手段，但要是非用不可，我也是会用的。”

“啊哈。”朱利安说。他微微一笑，起身，伸个懒腰，就像一只黑豹打完瞌睡醒来，然后隔着桌子向坏水比利伸出手。“比利，把匕首给我。”他说。

“可是——他怎么办？”坏水比利说。

“马什船长会乖乖听话的，”朱利安说，“匕首。”

比利把匕首递给他，刀柄在前。

“很好。”约书亚说。

他没能再说下去。就在这时，婴儿——营养不良，皮包骨头，深棕色皮肤，浑身赤裸——发出了咕噜噜的声音，无力地扭动起来。戴蒙·朱利安做出了阿布纳·马什有生之年见过的最恐怖的举动。他俯身靠近桌面，挥动坏水比利的匕首——动作敏捷，非常优雅——轻轻一划，剁掉了婴儿小小的右手。

约书亚·约克在颤抖。愤怒让他嘴唇紧绷，脖子上青筋凸起，灰眼睛和冰塞一样冷酷无情。他站在那儿，仿佛一个人被附体，一尊苍白的盛怒神祇，身穿白色、蓝色和银色的衣物。任何事物都无法阻挡他的意志和力量的如此迸发，马什心想。不可能阻挡。

然后他望向戴蒙・朱利安。

他的双眼主宰了整张脸：冰冷、漆黑、恶毒、充满敌意。阿布纳・马什只看了一瞬间，但这一瞬间就已经太久了，让他感到晕眩。马什远远地听见有人在尖叫，温热的血腥味充满了口腔。马什看见他的所有面具——戴蒙・朱利安、贾尔斯・拉蒙特、吉尔贝・达坎、菲利普・凯纳、谢尔盖・阿列克索夫和其他一千个化身——逐个脱落，每个面具背后都是另一个面具，一个比一个古老，一个比一个恐怖，每一层都比前一层更加接近野兽，藏在最底下的怪物没有魅力、没有微笑、没有甜言蜜语、没有华服珠宝，那个怪物与人类无关，是毫无人性的，有的只是渴欲和热病，猩红，只有猩红，无比古老，永不满足。它是原始的非人类生物，而且极为强大。它以恐惧为生，呼吸和啜饮恐惧，它是那么古老，比人类和人类的所有造物都要古老，比森林和河流古老，甚至比梦境古老。

阿布纳・马什眨了一下眼睛，看见桌子对面的是一只动物，这只动物高大而英俊，身穿酒红色的盛装，它没有一丝人性，它的面部线条由恐惧绘成，它的眼睛——它的眼睛是猩红的，根本不是黑的，而是猩红的，从内部发光，猩红的，熊熊燃烧，充满渴欲，猩红的。

约书亚・约克松开婴儿的残肢。被抑制住的鲜血突然喷出，无力地洒在桌面上。片刻之后，带着水声的恐怖的碎裂声充斥了大厅。

阿布纳・马什尽管还头昏目眩，但他拔出了靴筒里的厨刀，号叫着一跃而起，疯狂地胡乱劈砍。坏水比利企图从背后抱住他，但马什太强壮、太狂暴了。他甩开比利，隔着餐桌扑向戴蒙・朱利安。朱利安刚好挣脱约书亚・约克的视线，向后退了半步。厨刀在毫厘之外掠过他的眼睛，在他右脸上划出一道长长的血槽。鲜血涌出伤口，朱利安从喉咙深处发出一声嗥叫。

有人从背后抓住马什，把他从桌上拽下来，举起他，向后扔向大厅的另一头，三百磅体重的他在那人手里就像个孩子。马什摔在地上，浑身剧痛，但还是逼着自己翻身，重新站了起来。

他发现是约书亚把他扔了出去，现在离他最近的也是约书亚，约书亚苍白的双手在颤抖，灰眼睛里充满恐惧。“快跑，阿布纳，”他说，“快下船。快跑。”他背后，其他人都站了起来。一张张惨白的脸，一双双热烈瞪视的眼睛，一只只苍白无情的贪婪手爪。凯瑟琳对他微笑，就像逮到他溜出约书亚的船舱时那样微笑。老西蒙在颤抖。连史密斯和布朗都在缓缓地走向他，包围他，他们的眼神并不友善，他们的嘴唇沾着鲜血。他们全都围了过来，戴蒙·朱利安几乎无声无息地绕过长桌，面颊上的血已经干了，伤口就在马什的视线下自动愈合。阿布纳·马什低头望去，发现他已经失去了厨刀。他一步一步后退，直到背靠一扇通往贵宾舱的镜面舱门。

“阿布纳，快跑。”约书亚·约克重复道。

马什摸索着打开舱门，倒退着走进背后的船舱，他看见约书亚转过去，挡在船舱和其他人之间，挡住了朱利安、凯瑟琳和除他之外的所有人，那是黑夜的子民，是吸血鬼。他转身逃跑之前，这就是他见到的最后一幕了。

18

“热夜之梦”号汽船上　密西西比河　一八五七年八月

第二天清晨，太阳在新奥尔良升起，像一只肿胀的黄色眼球，把河面上的雾气染成深红色，预示着这将是个焦热的日子，阿布纳·马什在河堤上等待。

前一天夜里他跑了很远，像疯子似的跑过老广场煤气灯照耀下的街道，撞倒行人，踉跄喘息，他这辈子从没这么奔跑过，直到终于意识到其实没人在追他。然后马什找了一家烟雾腾腾、光线昏暗的小酒馆，一口气灌下三杯威士忌，这才止住双手的颤抖。最后，即将破晓的时候，他开始重新走向“热夜之梦”。阿布纳·马什这辈子从没这样愤怒和羞愧过。他们把他赶下他的汽船，把刀架在他的脖子上，当着他的面，就在他的餐桌上杀死了一个婴儿。没人能这么对待阿布纳·马什之后还可以全身而退，他心想，无论你是白人是黑人是红皮肤的印第安人还是该死的吸血鬼都不行。戴蒙·朱利安会追悔莫及的，他对自己发誓。等白昼到来，猎人就会变成猎物。

马什来到码头的时候，这里已经人来人往地喧闹了起来。另一艘侧明轮大船在“热夜之梦”旁边靠岸，此刻正在卸货，推着车的小贩在叫卖水果和冻奶油，还有一两辆旅馆的马车停在岸边。马什惊讶地发现“热夜之梦”已经在烧蒸汽了，不禁心中发慌。烟囱里冒出黑烟，底下有一群衣着褴褛的力工在搬运最后一批货物。他加快步伐，叫住一个力工。他喊道：“哎，你！等一等！”

这是个体格粗壮的大块头黑人，光头闪闪发亮，缺了一只耳朵。听见马什的叫声，他转了过来，右肩上扛着一个木桶。“船长，怎么了？”

“这是在干什么？”马什喝问道，“怎么已经生火了？我没下过命令。”

力工皱起眉头，说：“我只管搬东西，船长。先生，我啥都不知道。”

马什骂了一声，从他身边走过去。长毛迈克·邓恩大摇大摆地走过浮码，手里拎着铁棍。“迈克。”马什叫道。

长毛迈克皱起眉头，黑黝黝的脸上露出极为关注的神情。“早上好，船长。你真的把船卖了？”

“什么？”

“约克船长，他说你把你的一半股份卖给他了，说你不和我们走了。半夜过后几个小时，我和几个小伙子回到船上，约克说你觉得两个船长多了一个，于是他出钱买你退出。他吩咐怀蒂把蒸汽烧起来，没错，然后就这样了。船长，是真的吗？”

马什怒目而视。力工们好奇地围了过来，于是他抓住长毛迈克的胳膊，拖着他穿过浮码，登上主甲板。拉开一段距离之后，他说：“我没时间跟你从头说起了，所以你别问这问那的，可以吗？反正我怎么说你就怎么做。”

长毛迈克点点头。“船长，有麻烦了？”他说，铁棍啪的一声打在粗壮的手掌上。

“回来了多少人？”马什问。

“大部分船员，部分乘客——不算太多。”

“不等其他人了，”马什说，“船上人越少越好。你去找弗拉姆和奥尔布赖特，随便哪个都行，叫他们去领航室，然后启航离开。就现在，听懂了？我去找杰弗斯先生。你叫舵手上去之后，去事务长的办公室找我。别告诉其他人发生了什么。”

长毛迈克浓密的八字胡须之间露出了一丝狞笑。“我们这是要怎么着，低价把船买回来？”

“不，”阿布纳·马什说，“不，我们要去杀一个人。不，不是约书亚。好了，快去吧！事务长办公室见。”

但乔纳森·杰弗斯不在办公室里，马什只好转而走向事务长的卧舱，他砸了一阵门，直到睡眼惺忪的杰弗斯开门，杰弗斯还穿着睡衣。“马什船长，”他捂着嘴打哈欠，“约克船长说你卖掉股份退出了。我觉得说不通，但你人不在，所以我也不知道该怎么想了。请进。”

马什走进事务长的卧舱，立刻说：“告诉我昨天夜里发生了什么。”

杰弗斯又打个哈欠。“不好意思，船长，”他说，“我没怎么睡觉。”他走向放在抽屉柜上的洗脸盆，扑了些凉水在脸上，摸索着找到眼镜，然后回到马什面前，恢复了原本的模样。“好的，让我回忆一下。就像我和你说过的，我们在圣查尔斯饭店。我们打算在那儿过夜，好让约克船长和你吃你们的私人晚餐。”他嘲讽地挑了挑眉毛。“和我在一起的有杰克·伊莱、卡尔·弗拉姆、怀蒂和几个机工，还有……总之我们有一大帮人。弗拉姆先生的学徒也在。奥尔布赖特先生和我们一起吃了饭，然后就上楼去睡觉了，我们其他人留在下面喝酒聊天。我们要了房间，等等等等，但我们刚睡下没多久……大概是夜间两三点……雷蒙德·奥尔特加、西蒙和那个叫坏水比利·蒂普顿的人物来了，叫我们回船上去。说约克找我们有急事。”杰弗斯耸耸肩。“我们就来了，约克船长在大厅召见我们所有人，说他买了你的股权，我们明天上午就出发。他派一部分船员出去找还在新奥尔良的其他人，顺便通知乘客。大多数船员应该已经归队了。我签收完所有货物，决定睡一觉。好了，到底发生了什么？”

马什哼了一声。“没时间解释了，再说你反正也不会相信。昨天夜里你在大厅看见什么不对劲的东西了吗？”

“没有，”杰弗斯说，挑起一侧眉毛，“应该会看见吗？”

“也许吧。”马什说。

“晚餐的桌子清理得干干净净，”杰弗斯说，“你这么一说，确实有点奇怪，因为侍者都上岸去了。”

“我猜是坏水比利收拾的，”马什说，“不过也无所谓。当时朱利安在吗？”

“在，他，还有另外几个我没见过的。约克船长叫我给他们安排船舱。那个叫戴蒙·朱利安的是个怪人。他一直紧贴着约克船长。他挺有礼貌，长相也不错，除了有个伤疤。”

“你说你给他们安排了船舱？”

“是的，”杰弗斯说，“约克船长说让朱利安住你的船舱，但我不可能答应，因为你的东西都还在那儿。我坚持让他住大厅旁边的一个贵宾舱，等我得到机会和你谈一谈再说。朱利安说没问题，所以也没闹出什么风波来。”

阿布纳·马什笑了笑。“很好，”他说，“坏水比利呢？”

“他住进了朱利安隔壁的船舱，”杰弗斯说，“但我猜他不在里面。我最后一次见到他的时候，他正在大厅里溜达，一副这艘船归他所有的嘴脸，手里在玩他那把匕首。我和他吵了几句。你都没法相信他干了什么——他在拿漂亮的廊柱练飞刀，就好像那是一棵枯树。我命令他住手，否则我就叫长毛迈克把他扔下船，他倒是不扔了，但他挑衅地瞪着我。那家伙是个麻烦。”

“你觉得他还在大厅里吗？”

“唔，我刚才在睡觉，但最后一次见到的时候他在那儿，瘫在一把椅子里打呼噜。”

“穿上衣服，”阿布纳·马什对他说，“快点。然后去你的办公室找我。”

“好的，船长。”杰弗斯说，有点摸不着头脑。

“还有，带上你的剑。”马什说完就出去了。

不到十分钟之后，他、杰弗斯和长毛迈克·邓恩在事务长办公室碰头。“坐下，闭嘴，听我说，”马什说，“事情听上去会很疯狂，但你们认识我许多年了，很他妈清楚我不是什么笨蛋，不喜欢像弗拉姆先生那样胡说八道。我要说的都他妈是事实，我发誓，要是我在撒谎，就让我脚底下的锅炉立刻爆炸。”

阿布纳·马什深吸一口气，开始讲他的故事。他把一切都告诉了他们，说得滔滔不绝，中间只停下一次，因为汽船狂野的汽笛声打断了他，而甲板开始震动。

“出港了，”长毛迈克说，“往上游走，按照你的命令。”

“很好。”马什说。他继续说了下去，而“热夜之梦”离开新奥尔良的河堤，倒转巨大桨轮，在灼热清澈的阳光下沿着密西西比河逆流而上。

等马什说完，乔纳森·杰弗斯陷入沉思。“嗯，”他说，“引人入胜。也许我们该报警。”

长毛迈克·邓恩嗤之以鼻。“你知道叫他们也没用。在河上，自己的麻烦还是要自己解决。”他掂了掂他的铁棍。

阿布纳·马什赞同他的意见。“这是老子的汽船，杰弗斯先生，我他妈才不会叫外人来帮忙呢。”这就是河上的生存之道；要是有人惹事，一棍子干翻，然后从船上扔下去，要么就让桨轮把他撕成碎片。密西西比河这个老魔鬼自然会保守秘密。“尤其是不能找新奥尔良的警察。他们不可能在乎一个黑奴婴儿，而我们连婴儿的尸体都拿不出来。再说他们就是一群无赖，根本不会相信我们。而且就算相信了，然后呢？他们带着手枪和警棍来，对付朱利安和他的那伙人，比毫无用处还要糟糕。”

“所以我们要自己解决，”杰弗斯说，“怎么做？”

“我去叫一帮弟兄来，宰了他们所有人。”长毛迈克喜滋滋地说。

“不行，”阿布纳·马什说，“我猜约书亚能控制其他人。他曾经做到过。他试过控制局势，阻止昨晚的事情发生，但朱利安太强大了，超出他的能力。我们必须在天黑前除掉朱利安。”

“难不到哪儿去。”长毛迈克说。

阿布纳·马什皱起眉头。“我不太有把握，”他说，“事情不像传说中那样。白天他们并不是没有反抗能力，而只是在睡觉。要是你吵醒他们，他们强壮和敏捷得可怕，而且很难受到伤害。我们必须想个万全之策。我觉得我们三个人能处理好，没必要把其他人卷进来。要是出了岔子，我们在天黑前让所有人下船，在上游找个没人能插手的地方停下，要是情况发展到光是杀朱利安一个人不够，就要让那些黑夜子民无路可逃。不过我觉得应该不至于走到那一步。”马什望向杰弗斯，“你安排朱利安住的那个船舱，你有备用钥匙吗？”

“在保险箱里。”事务长说，用剑杖指了指他的黑铁保险箱。

“很好，”马什说，“迈克，你用你那玩意儿砸人能有多狠？”

长毛迈克笑呵呵地用铁棍拍了拍手掌，发出的声音响亮得令人满意。“船长，那要看你要我砸得多狠了。”

“我要你砸烂他该死的脑袋，”马什说，“而且必须一下子正中目标。你不会有时间来第二下。要是你只是打断他的鼻梁，用不了一秒钟，他就会撕开你的喉咙。”

“一下，”长毛迈克说，“就一下。”

阿布纳·马什点点头，相信他魁梧的大副能说到做到。“还有一个麻烦。坏水比利。他是朱利安的看门狗。也许他真的瘫在椅子上打盹，但我敢打赌，只要他发现我们走向朱利安的房门，他就会立刻惊醒。所以不能让他发现我们。锅炉甲板的贵宾舱都有两道门。既然比利在大厅里，那我们就从散步道进入船舱。要是他在外面，我们就从大厅进。行动之前，必须先确定比利在哪儿。杰弗斯先生，这是你的任务。你去替我们找到坏水比利·蒂普顿先生，告诉我们他在哪儿，然后你要确定他不会乱跑。要是他听见响动，跑向朱利安的船舱，我要你从手杖里抽出短剑，开了他一肚子坏水的膛，听明白了？”

“明白了。”事务长郑重地说。他扶了扶眼镜。

阿布纳·马什停下来，目光灼灼地盯着两位盟友：事务长，瘦削的花花公子，戴金边眼镜，扎纽扣绑腿，他嘴唇抿紧，头发一如既往地向后梳得整整齐齐；他身旁是魁梧的大副，穿粗鄙的衣服，一张粗鄙的大脸，举手投足也同样粗鄙，绿眼睛视线坚定，做好了大干一次的准备。阿布纳心想，这是个奇异的组合，但也是令人生畏的一对。他哼了一声，觉得很满意。“好了，我们还等什么？”他说，“杰弗斯先生，你去找坏水比利吧。”

事务长起身，理了理衣服。“交给我了。”他说。

不到五分钟他就回来了。“他在大厅里吃早饭，肯定是被汽笛声叫醒了。他在吃煎蛋和煮牛肉饼，喝水似的灌咖啡，他坐的位置能看见朱利安的船舱门。”

“很好，”马什说，“杰弗斯先生，你不如也去吃个早饭吧？”

杰弗斯微笑道：“我好像忽然有了胃口。”

“先把钥匙给我。”

杰弗斯点点头，走向保险箱。拿到钥匙后，马什给了事务长足足十分钟，等他回到大厅里，然后站起来，深吸一口气。他的心脏在怦怦乱跳。“走吧。”他对长毛迈克·邓恩说，打开通往外部世界的舱门。

白昼明亮而炎热，马什觉得这是个好兆头。“热夜之梦”悠然自得地驶向上游，在船尾搅出两道斑驳的白色水沫。她肯定开到了每小时十八英里，马什心想，轻快得就像克里奥尔人的举止。他不禁琢磨起了船开到纳齐兹需要多久，他突然难以抑制地想要登上领航室，像他最喜欢的那样眺望河面。阿布纳·马什咽了口唾沫，眨掉眼睛里的泪花，一时间只觉得难过和胆怯。

“船长？”长毛迈克犹豫道。

阿布纳·马什暗骂一声。“没什么，”他说，“只是……真他妈的……来吧。”他气冲冲地走向前方，一只通红的大手紧攥着戴蒙·朱利安的船舱钥匙，用力大得指节发白。

来到船舱门口，马什停下来环顾四周。散步道几乎空无一人。船尾方向隔着很远有个女人站在栏杆前，船首方向隔着十几个船舱有个男人，他身穿白衬衫，头戴软呢帽，屁股底下的椅子翘起来，椅背靠在舱门上；两个人对马什和长毛迈克似乎都毫无兴趣。马什小心翼翼地把钥匙插进锁眼。“记住我告诉你的，”他压低声音对大副说，“动作要快，要安静。就一下。”

长毛迈克点点头，马什转动钥匙。锁咔哒一声，门开了，马什推开舱门。

房间里憋闷而黑暗，窗帘和百叶窗拉得严严实实，正是黑夜子民喜欢把房间弄成的样子，但借着从门口洒进房间里的光线，他们看见一个白色的人形摊手摊脚地躺在被单底下。他们蹑手蹑脚地走进去，两个魁梧而吵闹的男人顶多也只能像他们这么无声无息了，马什随手关上舱门，长毛迈克·邓恩向前移动，把三英尺长的黑铁棍举过头顶，马什隐约看见床上的人影动了动，朝着有响动和光线的方向翻身，长毛迈克两个箭步蹿上去，动作像闪电一般飞快，铁棒在粗壮的手臂尽头画出一道可怖的弧线，落向白色人影的模糊头部，这个瞬间像是长得如同永恒。

就在这时，舱门完全关上了，最后一缕光线随之消失，在伸手不见五指的黑暗中，阿布纳·马什听见了一个声音，它像是一块肉摔在屠夫的案板上，这个声音底下还有另一个声音，有点像鸡蛋被敲得粉碎，马什屏住了呼吸。

船舱里陷入死寂，马什什么都看不见。从黑暗中传来一声低沉沙哑的怪笑。冷汗顿时从马什的身上冒出来。“迈克。”他轻声说，摸索着掏火柴。

“我在，船长。”大副的声音说，“就一下，没的说。”他又笑了一声。

阿布纳·马什在墙上划着火柴，使劲眨了眨眼睛。长毛迈克站在床边，手里拎着铁棍。砸下去的那一头湿漉漉地沾着血污。被单底下的那东西，它的脸变成了塌下去的血红一团。半个头盖骨变得稀碎，一股血流正在慢慢地浸透被单。毛发和其他黑乎乎的东西溅在枕头、墙壁和长毛迈克的衣服上。“他死了吗？”马什问，忽然产生了一个疯狂的念头：被砸烂的脑袋开始自行拼合，惨白的尸体爬起来朝着他们微笑。

“没见过比这死得更透的。”长毛迈克说。

“确认一下，”阿布纳·马什命令道，“要万无一失。”

长毛迈克·邓恩慢吞吞地耸了耸他粗壮的肩膀，举起沾血的铁棍，再次砸在头颅和枕头上。第二下。第三下。第四下。等他砸完，那东西已经无法再被称为一个脑袋了。长毛迈克·邓恩是个非常强壮的男人。

火柴燎到了马什的手指。他吹灭火苗。“我们走吧。”他用粗哑的声音说。

“他怎么办？”长毛迈克问。

马什拉开舱门。太阳和大河出现在眼前，仿佛一个神赐的安慰。“留在这儿好了，”他说，“留在黑暗中。我们等天黑再回来，把他扔到河里去。”大副跟着马什出来，马什锁上舱门。他觉得不舒服。他把沉重的身躯靠在锅炉甲板的栏杆上，小心不让自己翻出去。无论戴蒙·朱利安是不是个吸血怪物，他们对他做的事情都惨不忍睹。

“需要帮忙吗，船长？”

“不。”马什说。他勉强挺直身躯。虽说还是早晨，但天气已经很热了，黄色的太阳把猛烈的阳光倾泻在河面上。汗水浸透了马什全身。“我没怎么睡觉。”他说，挤出一声大笑。“其实根本没睡。我们刚刚做的事情也有点耗费精力。”

长毛迈克耸耸肩，这事情似乎没怎么耗费他的精力。“去睡吧。”他说。

“不，”马什说，“还不行。我要去找约书亚，告诉他我们干了什么。他必须知道，让他准备好应付其他人。”阿布纳·马什突然开始思考，等约书亚·约克得知他们残忍地杀害了他的一名同类，真不知道他会做出什么反应。经过昨晚的事情，他不认为约书亚会有多难过，但他不敢确定——他并不真的了解黑夜子民和他们的想法，既然朱利安能杀婴吸血，那么他们其他人就也能做出同样可怕的事情，甚至包括约书亚。另外，戴蒙·朱利安也曾经是约书亚的血主，是吸血鬼之王。假如有人杀害了你的国王，哪怕你憎恨这个国王，你是不是依然有义务要为此做些什么？阿布纳·马什回想起约书亚冰冷而压倒性的愤怒，这段记忆让他不再急着奔向上层甲板上的船长卧舱，尤其是此刻，约书亚若是被吵醒，情绪一定会极其糟糕。“也许我还是等一等吧，”马什不知不觉地说，“先去睡一觉。”

长毛迈克点点头。

“我应该现在就去找约书亚。”马什说。他真的很不舒服，他心想：反胃、发热、疲惫。他必须去躺几个小时。“但这会儿不能叫醒他。”他舔了舔嘴唇，嘴唇干得像砂纸。“你去找杰弗斯，告诉他发生了什么，你或者他在日落前来叫醒我。一定要在日落前，听懂了吗？给我至少一个小时，让我上去找约书亚。我去叫醒他，把情况告诉他，这样等到天黑，他会知道该怎么处理其他黑夜子民的。至于你……你派一个你的弟兄盯紧坏水比利……我们也必须处理掉他。”

长毛迈克微微一笑。“交给这条河去处理吧。”

“也许吧，”马什说，“也许。我现在要去休息了，记住在天黑前叫醒我。千万别让我睡到天黑，明白了？”

“明白了。”

阿布纳·马什迈着疲倦的步伐爬上上层甲板，每一步都觉得自己更加难受和疲惫了。站在自己船舱的门口，他突然感觉到一阵恐惧——要是杰弗斯先生弄错了，他们中的一员就埋伏在房间里怎么办？他猛地打开舱门，让阳光照进房间，却发现里面空无一人。马什跌跌撞撞地进去，拉开窗帘，打开窗户，尽可能让阳光和空气进入房间，他锁上门，重重地坐在床上，脱掉被汗水打湿的衣物。他懒得穿睡衣。船舱里很憋闷，但马什已经筋疲力尽，懒得在意。睡眠几乎立刻夺走了他的意识。

19

“热夜之梦”号汽船上　密西西比河　一八五七年八月

接连不停的急促敲门声终于从无梦的沉睡中唤醒了阿布纳·马什。他昏昏沉沉地翻个身，在床上坐起来。“等一下！”他喊道。他踉踉跄跄地走向水盆，像是一头赤裸裸的大熊刚从冬眠中醒来，而且一肚子不情愿。马什往脸上浇了两捧水，这才忽然醒悟过来。“真他妈该死！”他怒骂一声，因为狭小的船舱已经变得昏暗，灰色的影子正在每一个角落里蓄积。窗外的天空是暗沉沉的紫色。“真该死。”他重复道，套上一条干净裤子。他跺着脚过去开门。“让我睡到这会儿到底是个什么意思？”马什朝乔纳森·杰弗斯吼道，“我叫长毛迈克在日落前一小时叫醒我，这他妈算什么？”

“现在就是日落前一小时，”杰弗斯说，“只是云很厚，所以看上去这么暗。奥尔布赖特先生说我们会遭遇又一场雷雨。”事务长走进马什的船舱，随手关上门。“船长，我给你带来了这个，”他说，把山胡桃木手杖递给马什，“是我在主船舱里找到的。”

马什接过手杖，心情好了起来。“昨晚丢在那儿的，”他说，“当时心里有别的事情。”他把手杖靠在墙上，皱起眉头，再次望向窗外。河面之上，杀气腾腾的乌云遮蔽了西方的整个地平线，正在朝着他们飘来，就像一面即将砸在他们身上的黑暗高墙。落日不见踪影。他很不喜欢这幅景象。“我去找约书亚。”他说，翻出一件衬衫，开始穿衣服。

杰弗斯倚在剑杖上。“要我陪你去吗？”他问。

“我应该单独和约书亚谈谈，”马什说，一只眼睛看着镜子，开始打领带，“但我不喜欢这样。你和我一起上去，在外面等着。也许约书亚会愿意叫你进去，商量一下我们该怎么办。”他没说他希望事务长留在身边还有另一个理由，等约书亚·约克听说戴蒙·朱利安的死讯，态度也许会很差劲，马什说不定会需要事务长的帮助。

“好的。”杰弗斯说。

马什穿上船长服，抓起手杖。“好了，杰弗斯先生，我们走吧。天已经太他妈黑了。”

“热夜之梦”正在轻快地向前行驶，大风卷动旗帜，吹得它们猎猎作响，烟囱中冒出黑烟。天空呈现出奇异的紫色，光线昏暗，密西西比河的水面近乎黑色。马什眉头紧锁，快步走向约书亚·约克的船舱，杰弗斯跟在旁边。这次他在门口没有犹豫，直接举起手杖敲门。敲到第三下，他喊道：“约书亚，让我进去。我们得谈谈。”敲到第五下，门开了，门徐徐向内打开，露出里面柔和而寂静的黑暗。“等着我。”马什对杰弗斯说。他走进船舱，关上房门。“约书亚，别急着生气，”他对黑暗说，觉得胃里发紧，“我不想来打扰你，但事情很重要，天也快黑了。”没有回应，但马什能听见呼吸声。“真该死，”他说，“约书亚，我们非得摸着黑说话吗？让我很不舒服。”他皱起眉头。“点根蜡烛吧？”

“不。”声音简慢、低沉、流畅。不是约书亚的声音。

阿布纳·马什倒退一步。“我的天，上帝啊，不。”他说，黑暗中传来窸窸窣窣的声音，他颤抖的手摸到背后的舱门，一把拉开。舱门敞开，而他的眼睛也终于习惯了黑暗，尽管暴雨来临前的紫色天空只投下了一点亮光，但也足以让船长卧舱里的暗影暂时拥有了形状。他看见约书亚·约克躺在床上，肤色苍白，赤身裸体，双眼紧闭，一条胳膊垂到地上，手腕上有一块可怕的深色淤伤，也可能是一片干涸的血迹。他看见戴蒙·朱利安微笑着走向他，敏捷得像是死亡本身。“我们杀了你呀。”马什难以置信地咆哮道，他踉跄着退出船舱，绊了一下，不偏不倚地摔在乔纳森·杰弗斯的脚上。

朱利安在门口停下。他的面颊上有一道黑色的细线，比猫抓的伤痕还要不起眼，那就是昨晚马什给他留下的那个巨大伤口。除此之外，他毫无损伤。他没穿外衣和马甲，带褶饰丝绸衬衫上没有血迹或污渍。“请进，船长，”朱利安平静地说，“别跑。进来谈谈。”

“你死了。迈克把你该死的脑袋砸成了肉酱。”马什说，险些被自己的话呛死。他不敢看朱利安的眼睛。现在还是白天，他心想，我在外面很安全，只要太阳不下山，朱利安就不能出来抓我，所以只要我不看他的眼睛就行，只要我不再走进船长卧舱就行。

“死了？”朱利安微笑道，“哎呀。那个船舱。可怜的让。他那么想相信约书亚，你看他得到的是个什么结果。你是说，他被砸烂了脑袋？”

阿布纳·马什爬起来。“你换了船舱，”他嗓音沙哑，“该死的魔鬼。你让他睡在你的床上。”

“约书亚和我有那么多话要谈。”朱利安答道，他招招手，“来吧，船长，我厌倦了等待。进来，我们喝一杯。”

“下地狱被火烧吧！”马什叫道，“今天上午我们失手了，但你还没逃掉呢。杰弗斯先生，去叫长毛迈克和他的弟兄们上来。我看十几个人应该就够了。”

“不，”戴蒙·朱利安说，“你不会这么做的。”

马什挥舞手杖威胁他。“我当然会的。你难道能拦住我？”

朱利安瞥了一眼天空——深紫红色夹杂黑色，斑驳的阴沉暮色已经笼罩世界。“能。”他说，然后走进了白昼。

阿布纳·马什觉得恐惧捏住了他的心脏，就像一只湿冷的大手。他举起手杖叫道：“滚开！”声音突然变得尖利。他开始后退。戴蒙·朱利安微笑着向前走。阳光不够充足，马什绝望地心想。

随着金属与木头摩擦的沙沙声响，乔纳森·杰弗斯轻快地走到马什前方，他从手杖里拔出了短剑，锐利的刀刃凶狠地画了个圈。“船长，快去叫人。”杰弗斯平静地说。他用另一只手推了推眼镜，“我来陪一陪朱利安先生。”杰弗斯以老练剑客的速度向前突进，敏捷地挥剑斜劈。他手里是一把剑尖锋利的双刃细剑。戴蒙·朱利安及时退开，事务长的劈砍从他面前几英寸处掠过，他的笑容陡然消失。

“让开。”朱利安阴森森地说。

乔纳森·杰弗斯一言不发。他摆出击剑手的姿势，踮着脚尖缓缓前进，把朱利安逼向船长卧舱的房门。他突然前刺，但朱利安太快了，向后滑步，避开剑锋。杰弗斯不耐烦地啧了一声。戴蒙·朱利安一只脚踏回船舱里，报以近似嗥叫的怪笑。他抬起惨白的双手，张开手掌。杰弗斯再次前刺。

而朱利安扑了上来，双臂在前。

阿布纳·马什看得分明。杰弗斯的前刺是个实招，但朱利安根本没有躲避。短剑从裆部上方刺进朱利安的身体，他惨白的脸顿时扭曲，痛得闷哼一声，但继续扑向前方。杰弗斯刺中了他，但朱利安迎着刀锋继续前进，没等惊呆的事务长有机会抽身后退，朱利安已经用双手扼住了杰弗斯的喉咙。杰弗斯发出可怖的哽咽声，双眼忽然突出，他企图挣脱朱利安的双手，金边眼镜飞出去落在了甲板上。

马什也扑了上去，抡起手杖砸向朱利安，手杖雨点般地落在朱利安的头部和肩膀上。朱利安被短剑刺穿，似乎都没感觉到他的攻击。他的双手使劲一扭，随着木头折断似的噼啪一声脆响，杰弗斯软了下去。

阿布纳·马什使出浑身力气，最后一次抡起手杖砸了下去，正中戴蒙·朱利安的额头中央，打得他一个踉跄。朱利安松开双手，杰弗斯像个玩具娃娃似的倒下，他被扭断了脖子，头部怪异地像是对着后方。

阿布纳·马什再次发动攻击。

朱利安摸了摸额头，像是在评估马什那一下造成的伤害。马什失望地注意到他没有出血。尽管他很强壮，但毕竟不是长毛迈克·邓恩，而胡桃木也不是钢铁。戴蒙·朱利安踢开死后还抓着剑柄的杰弗斯。他咧了咧嘴，从身体里拔出沾血的短剑。他的衬衫和裤子被鲜血浸透，在他行动时贴在他的身上。他几乎漫不经心地抛开短剑，短剑像陀螺似的一圈一圈转动，在河面上飞了一会儿，然后消失在黑暗的河水中。

朱利安重新迈开踉跄的脚步，在甲板上留下了一个个血淋淋的脚印。但他还是走向了马什。

马什在他面前后退。他不可能杀死朱利安，他在盲目的惊恐中心想：我们什么都做不了。约书亚和他的梦想，长毛迈克和他的铁棍，杰弗斯先生和他的短剑，这些东西都不可能与这个戴蒙·朱利安匹敌。马什连滚带爬地跑下短短的一段楼梯，来到飓风甲板，开始逃跑。他气喘吁吁地奔向船尾，想通过升降扶梯从飓风甲板下到散步道上，他在那儿能找到帮手和安全。他发现天已经几乎全黑了。他咚咚咚地向下跑了三步，然后紧握住栏杆，他觉得天旋地转，想要借此稳住自己。

坏水比利·蒂普顿和他们中的四个人爬上楼梯，朝着他而来。

阿布纳·马什转身向上跑。去船首敲钟，他疯狂地心想，敲钟叫人帮忙……但朱利安已经从上层甲板下来，挡住了他的去路。马什有一瞬间呆站在那儿，陷入死一般的绝望。他无路可逃，他被困在了朱利安和其他人之间，他没有武器，只有一根没用的手杖，再说有武器也没用，反正他不可能伤害他们，战斗毫无意义，他还不如投降算了。朱利安走向他，面带一丝残忍的浅笑。马什在脑海里看见那张惨白的脸凑近他的脸，露出獠牙，眼睛闪着热病和渴欲的火光，猩红、古老、不可战胜。若是他还有眼泪，马什也许会哭泣。他发现他的双腿像是生了根，再也无法移动，就连手杖也变得重如万钧。

就在这时，远远地在上游前方，另一艘侧明轮轮船拐过一个河曲，阿布纳·马什不可能注意到她，但舵手注意到了，“热夜之梦”拉响汽笛，告诉对方，会船时她会靠左侧的航道。震耳欲聋的尖利哨声从瘫痪状态中唤醒了马什，他抬起头，看见驶向下游的那艘船上的隐约灯火和高高的烟囱顶上喷出的火花，看见近乎墨色的天空压向那艘船，看见闪电在远方从内部照亮云团，他看见了密西西比河，这条漫长的黑色大河，这条河是他的家、他的生计、他的朋友和他最凶狠的敌人，是他的船队的喜怒无常的残忍配偶。它一如既往地滚滚奔流，既不了解也不在乎戴蒙·朱利安和他的同类，他们对它来说不值一提，他们迟早会逝去和被忘记，而密西西比河这个老魔鬼会永远流淌，切割出新的岔道，淹没城镇和庄稼，养育出新的城镇，用牙齿碾碎汽船，吐出残渣木屑。

阿布纳·马什朝着高耸于甲板之上的明轮罩上半部移动。朱利安跟着他。“船长。”他叫道，声音扭曲，但依然有诱惑力。马什置之不理。生死关头，一股力气油然而生，他甚至都不知道自己还有这样的力量，他爬上了明轮罩的顶端。巨大的侧明轮在他的脚下转动。他隔着木头都能感觉到它的颤抖，能听见铿铿的转动声。他小心翼翼地向船尾挪动，他不想从错误的地方掉下去，被桨轮吸进去碾成肉酱。他望向下方。天光几乎完全消逝，河水仿佛墨汁，但“热夜之梦”经过之处的河面却在沸腾翻滚。汽船的炉子把河水染成红色，因此河面看上去像是沸腾的血海。阿布纳·马什望着脚下，动弹不得。更多的血，他心想，他妈的更多的血，我不可能逃脱，我无论如何都逃不掉了。汽船的活塞杆的运行声仿佛雷鸣。

坏水比利·蒂普顿爬上明轮罩的顶端，小心翼翼地向他挪动。“胖子，朱利安先生要你，”他说，“给我下来，你已经没地方可去了。”他拔出匕首，对马什狞笑。坏水比利·蒂普顿的笑容确实非常骇人。

“那不是血，”马什大声说，“只是该死的大河。”他依然紧握着手杖，深吸一口气，跳下了汽船。撞击水面的时候，坏水比利的咒骂声在他耳畔回荡。

20

“热夜之梦”号汽船上　密西西比河　一八五七年八月

雷蒙德和阿曼德一左一右扶着戴蒙·朱利安，看着坏水比利从明轮罩上跳下来。朱利安像是刚杀过猪，鲜血浸透了他的衣物。“比利，你放他逃掉了。”他冷冷地说，语气让坏水比利感到紧张。

“他完了，”比利嘴硬道，“桨轮会把他吸进去碾碎的，否则他也会淹死。他的大肚子先撞上水面，你真该看看他溅起来的水花有多高。总算不用再看见他的肉疣了。”坏水比利说着环顾四周，他可不喜欢他见到的景象，一点也不喜欢；朱利安浑身是血，鲜红色的足迹从上层甲板沿着楼梯一直延伸到飓风甲板的半中间，花花公子模样的事务长悬在上层甲板走廊的尽头，嘴里还在往外冒血。

“要是你让我失望，比利，你就永远不会成为我们的一员了，”朱利安说，“我希望他真的死了，那是为了你好。明白吗？”

“明白，”比利说，“朱利安先生，发生什么了？”

“他们攻击我，比利。他们攻击我们。按照那位好船长的说法，他们杀了让。砸烂了让该死的脑袋，他好像是这么说的。”他微微一笑，“动手的是马什和他的废物事务长，还有一个叫迈克的。”

“长毛迈克·邓恩，”雷蒙德·奥尔特加说，“‘热夜之梦’的大副。魁梧，愚蠢，粗俗。他的工作是朝黑鬼吆喝和揍他们。”

“啊哈，”朱利安说，“放开我吧，”他对雷蒙德和阿曼德说，“我觉得我有些力气了。我自己能站住。”

夜色变得更深。他们站在阴影中。“戴蒙，”文森特提醒道，“晚餐时间会换班，船员会上来回卧舱。我们必须行动起来。我们必须尽快下船，免得被他们发现。”他望向血迹和尸体。

“不用，”朱利安说，“比利会收拾干净的。对不对，比利？”

“对，”坏水比利说，“我会把事务长扔下去陪他的船长。”

“那就去干活吧，比利，别光是动嘴皮子。”朱利安的笑容很冰冷，“然后来约克的船舱。我们先去那儿。我需要换一身衣服。”

坏水比利·蒂普顿花了近二十分钟才清理完上层甲板上的杀人证据。他动作麻利，很清楚随时都可能有人走出船舱或爬上楼梯。还好此刻黑暗已经几乎完全降临，帮了他的大忙。他拖着杰弗斯的尸体走下甲板，费了些功夫才把它弄到明轮罩上推下去，事务长比他想象中沉重得多。黑夜和河流吞噬了尸体，水花远不如马什溅起来的那么壮观，桨轮转动的铿铿声吞没了溅水的声音。坏水比利刚脱掉衬衫，开始擦洗血迹，却碰上了好运气——蓄力一整个下午的暴雨终于袭来。雷声在他耳畔炸响，闪电刺向河面，雨水浇了下来。干净冰冷的雨点倾盆而下，落在甲板上，把比利浇了个透心凉，也冲掉了血迹。

坏水比利滴着水走进约书亚·约克的船舱，漂亮的衬衫湿乎乎地团成一个球抓在手里。“完事了。”他说。

戴蒙·朱利安坐在松软的皮椅上。他换了一身干净衣服，手里拿着一杯酒，恢复了以往的强壮和健康。雷蒙德站在他旁边，阿曼德坐在另一把椅子里，文森特靠坐在写字台上，库尔特坐在写字台前的椅子里。约书亚·约克坐在床上，耷拉着脑袋盯着脚尖，皮肤惨白如白垩。坏水比利心想，他像是挨了一顿鞭子的落水狗。

“哎呀，比利，”朱利安说，“离了你我们该怎么办呐？”

坏水比利点点头。“朱利安先生，我干活的时候想了想，”他说，“要我说，我们有两个选择。这条汽船有艘用来测深的小艇。我们可以划上它溜掉。不过这会儿暴雨下来了，我们可以等舵手系缆靠岸，然后回岸上去。我们离萨拉港不远，也许可以在那儿停下。”

“比利，我对萨拉港不感兴趣。我对离开这艘美丽的汽船也不感兴趣。‘热夜之梦’已经是我们的了。约书亚，对不对？”

约书亚·约克抬起头。“对。”他说。他的声音非常无力，几乎听不清楚。

“太危险了，”坏水比利坚持道，“船长和事务长都不见了，底下的人会怎么想？他们会找他们，会问这问那的。用不了多久。”

“戴蒙，他说得对，”雷蒙德插嘴道，“我是在纳齐兹上船的。乘客来来去去，但船员不一样——我们待在船上会有危险。我们是陌生人，受到怀疑，没人认识。马什和杰弗斯一起失踪，他们会首先来找我们。”

“还有那个大副，”比利说，“假如他帮了马什，朱利安先生，那么他就知道一切。”

“杀了他，比利。”

坏水比利·蒂普顿不安地咽了口唾沫。“就算我杀了他，朱利安先生，然后呢？对我们没有好处。别人也会来找他，他手底下还有其他人，整整一大帮黑鬼、没脑子的德国佬和壮实的瑞典佬。我们还不到二十个人，白天只有我一个。我们必须下船，而且要尽快。我们打不过那么多船员，就算我们能，我一个人反正肯定成不了事。我们必须走。”

“我们要留下。比利，他们要害怕我们才对。你总是像奴隶一样思考，怎么可能成为主人中的一员呢？不，我们要留下。”

“等他们发现马什和杰弗斯不见了，我们该怎么办？”文森特问。

“还有大副呢？他是个祸害。”库尔特说。

戴蒙·朱利安盯着坏水比利，微微一笑。“啊哈，”他说，喝了一口酒，“哎呀，就让比利替我们解决这些小小的问题吧。比利会让我们看一看他有多精明的，你说呢，比利？”

“我？”坏水比利·蒂普顿张口结舌道，“我不知道……”

“不行吗，比利？”

“行，”比利连忙道，“行。”

“我能解决，不需要再流更多的血。”约书亚·约克说，声音里多了一丝他以往的坚决，“我还是这艘船的船长。我可以打发邓恩先生和你们有可能担心的其他人下船。我们可以让他们乖乖地离开‘热夜之梦’。死的人已经够多了。”

“够多了吗？”朱利安问。

“解雇他们是没用的，”坏水比利对约克说，“他们只会怀疑为什么，然后要求见马什船长。”

“对，”雷蒙德附和道，“他们不会听从约克。”他又对朱利安说：“他们不信任他。他必须大白天出来见人，否则他们都不会同意和他一起去长沼。现在马什和杰弗斯都不见了，他不可能控制住船员。”

坏水比利·蒂普顿惊讶地看着约书亚·约克，眼神中多了些尊敬。“你真的那么做了？”他脱口而出，“白天出来？”其他人偶尔会在黄昏时分出来走走，或者在日出之后多停留一会儿，但他从没见过他们在烈日当头的时候出来。就连朱利安也不会那么做。

约书亚·约克冷冷地看着他，没有回答。

“亲爱的约书亚喜欢扮演血畜，”朱利安愉快地说，“也许他希望自己的皮肤能烤成棕色，变得坚韧。”

其他人礼貌地呵呵笑。

听着他们的笑声，坏水比利有了主意。他挠挠脑袋，挤出笑容。“我们不需要解雇他们，”他忽然对朱利安说，“我想到了。我们可以让他们自己逃跑。我知道该怎么做了。”

“很好，比利。离了你我们该怎么办呐？”

“你能让他照我说的做吗？”比利问，用大拇指指了指约克。

“我会做一切必要的事情来保护我的族人，”约书亚·约克说，“以及保护我的船员。不需要强迫我。”

“好，很好，”坏水比利说，“非常好。”事情会比他想象中更容易。他会给朱利安留下一个深刻印象的。“我去换件衬衫。约克船长，你也穿好衣服，然后我们去保护他们。”

“很好，”朱利安轻声说，“库尔特陪你去。”他朝约克举了举酒杯，说：“只是以防万一。”

半小时后，坏水比利领着约书亚·约克和库尔特来到锅炉甲板。雨稍微小了一点，“热夜之梦”已经在萨拉港靠岸，系缆停在十几艘比较小的汽船旁边。大厅里正在供应晚餐。朱利安和他的追随者与其他客人一起吃饭，看上去并不显眼。船长的座位空着，迟早会有人说三道四。还好长毛迈克·邓恩在底下的主甲板上，正在朝搬运货物和十几考得[1]木柴的力工吼叫。坏水比利从上面仔细观察了他一会儿，然后才开始执行计划，邓恩是个危险因素。

“先处理尸体。”坏水比利说，领着他们径直走向让·阿尔当丧命的船舱的外门。库尔特挥挥手就破坏了门锁。来到房间里，比利点亮油

1.木料的体积单位，1考得等于3.62立方米。

灯，他们望着床上的尸体。坏水比利·蒂普顿吹声口哨。“好，好得很，你的朋友们倒是好好招待了一下让，”他对约克说，“他的一半脑浆在被单上，另一半在墙上。”

约克的灰眼睛里充满了厌恶。“快点吧，”他说，“我猜你要我们把尸体扔进河里。”

“当然不是，”坏水比利说，“不，我们要烧了他的尸体。就用船上的炉子，船长，而且不是偷偷摸摸搬下去。我们抬着他的尸体穿过大厅，然后走主楼梯下去。”

“比利，为什么？”约克冷冷地问。

“照着做就行了！”坏水比利吼道，“另外，船长，叫我蒂普顿先生！”

他们用被单裹住让的尸体，没人能从外面看见里面是什么。约克让库尔特帮忙抬尸体，但坏水比利赶开他，自己抓起尸体的一头。“船长和半个东家抬死人看上去不对劲。你只需要陪着我们走，露出焦急的神色。”

露出焦急的神色对约克来说并不困难。他们打开通往大厅的舱门，走了出去，比利和库尔特抬着用被单裹着的尸体。餐桌坐满了一半。有人惊呼，所有人都停止了交谈。

“约克船长，需要帮忙吗？”一个小个子男人问，他留着白色的八字胡，马甲上沾着油污，“发生什么了？有人死了？”

男人朝他们走了一步，坏水比利大喝：“别靠近！”

“怀蒂，照他说的做。”约克说。

男人停下了。“呃，好的，但是……”

“只是死了个人，”坏水比利说，“死在自己的船舱里。是杰弗斯先生发现的。他在新奥尔良上船，肯定是生病了。杰弗斯听见他呻吟，发现他烧得滚烫。”

餐桌旁的所有人都面露忧色。一个男人变得脸色苍白，逃向自己的船舱。坏水比利努力憋住笑意。

“杰弗斯先生呢？”体面的小个子舵手奥尔布赖特问。

“回他的船舱了，”坏水比利立刻答道，“他不舒服。马什陪着他。杰弗斯先生的脸色有点发黄，我猜见到一个人死去让他感觉不太好。”

他的话收到了他预料中的效果，尤其是阿曼德隔着桌子凑近文森特，按照比利的指点，咬着他的耳朵大声说：“青铜约翰。”两个人立刻起身离开，扔下只吃了一半的晚餐。

“不是青铜约翰！”比利大声说。他必须扯开嗓子说话，因为桌边的每一个人都突然有话想说，其中一半人已经跳了起来。“我们必须去烧掉尸体，快点吧。”他又说，他和库尔特继续拖着脚走向主楼梯。约书亚·约克跟在后面，他抬起双手，竭力挡开上百人惊恐的诘问。乘客和船员纷纷躲开库尔特和比利以及他们抬着的尸体。

除了抬着板条箱和木柴走进走出的力工，主甲板上只有两个乘客，那是两个衣衫褴褛的外国佬，坐在甲板的过道上。炉子熄了火，但依然滚烫，坏水比利和库尔特把用床单裹着的尸体塞进最近的一个炉子，他不小心烫伤了手指。他咒骂着甩手，这时约书亚·约克从上面下来，又找到了他。“他们在下船了，”约克说，苍白的脸上写满困惑，“几乎所有乘客都在收拾行李，一半船员跑来找我要工资。机工、女佣、侍者，甚至包括副轮机长杰克·埃利。我不明白。”

“青铜约翰搭着你的船往上游走呢，”坏水比利·蒂普顿说，“至少他们这么以为。”

约书亚·约克皱眉道：“青铜约翰？”

坏水比利微笑道：“就是黄热病，船长。我看得出来，青铜约翰拜访新奥尔良的时候你没去过那儿。只要没人逼他，谁也不会待在这艘船上，也不会多看一眼尸体，更别说去找杰弗斯或马什了。我让大家以为他们得了热病，懂了吧？热病很容易传染，而且发病特别快。你脸色变黄，吐出黑乎乎的东西，烧得浑身发烫，然后就死了。我们烧掉让的尸体，他们会认为我们把情况看得很严重。”

他们花了十分钟重新点燃炉子，不得不叫来一个瑞典佬司炉帮忙，不过其他都很顺利。坏水比利发现他在偷瞄木柴中间的尸体，看见了他的眼神，然后笑呵呵地看着他落荒而逃。让很快就会化作飞灰。坏水比利看着尸体开始冒烟，厌烦地扭过头去。他发现旁边摆着几桶猪油。“用来竞速的，对吧？”他问约书亚·约克。

约克点点头。

坏水比利啐了一口。“在我们下游，要是哪个船长和人竞速，需要更多的蒸汽，找个胖黑鬼塞进炉子就行了。猪油太贵。你看，我对汽船也有点了解。真可惜，我们没法留着让，等竞速的时候再用。”

库尔特听得微微一笑，但约书亚·约克只是怒视着他。坏水比利不喜欢这个眼神，非常不喜欢，但他还没来得及开口，就听见了他在等待的那个声音。

“你！”

长毛迈克·邓恩昂首阔步地从前甲板进来，六英尺的魁梧身躯逼近他。雨水从黑毡帽的宽檐上滴下来，黑色的八字胡上挂着水珠，湿衣服贴在身上。他视线凌厉，眼睛像是两颗绿色石子，一只手握着铁棍，威胁地啪啪拍打另一只手的手掌。十几个水手、机工和力工站在他背后。大个子瑞典佬也在其中，还有个块头比他更大的黑鬼，一个精瘦的混血儿拿着木棒，两个小子拿着匕首。大副走到近处，其他人紧随其后。“小子，你在烧谁？”他咆哮道，“黄热病是放什么狗屁？船上根本没有黄热病。”

“照我说的做。”坏水比利压低声音，急切地对约克说。大副越逼越近，他从炉子前退开。

约书亚·约克插到两人之间，举起双手。“够了，”他说，“邓恩先生，我解除你的职务，就在此时此地。你不再是‘热夜之梦’的大副了。”

邓恩怀疑地打量他。“我不是了？”他说，然后狞笑道，“妈的，你没资格解雇我！”

“我是这艘船的主人和船长。”

“是吗？呵呵，我只听马什船长的命令。他叫我滚蛋我就滚蛋。但他不开口，我就留在这儿。你别胡扯什么你买了他的股份。今天上午我已经听够了这些屁话。”他又向前走了一步，“现在，船长，请你给我让开。我有几个问题要请教一下那位坏水比利先生。”

“邓恩先生，这艘汽船上有传染病。我解除你的职务是为了你的安全。”约书亚·约克骗人的时候倒还挺真诚，坏水比利心想。“蒂普顿先生是新的大副。他接触过感染源。”

“就他？”铁棍砸在大副的手掌上。“他才不是汽船人呢。”

“曾经是监工，”比利说，“我会使唤黑鬼。”他重新上前。

长毛迈克·邓恩放声大笑。

坏水比利只觉得浑身发冷。若是说这世上有什么是他无法忍受的，那就是被人嘲笑了。这时他下定决心，他不再打算吓跑邓恩，而是要宰了他。“你叫了一群黑鬼和白皮垃圾站在你背后，”他对大副说，“看来你没胆子和我单挑。”

邓恩眯起了绿眼睛，铁棍敲打手掌的力道也更大了。他上前两步，站在炉火的火光中，他停下脚步，笼罩在地狱般的红光之中。他盯着燃烧的尸体看了一会儿，然后转过来面对坏水比利。“里面就他一个，”他说，“算你走运。万一要是船长或杰弗斯，我会先打断你的每一根骨头，然后再宰了你。现在我只需要宰了你就行。”

“不。”约书亚·约克说。他再次走到大副面前。“滚下我的船，”他说，“你被解职了。”

长毛迈克·邓恩一把推开他。“船长，你别插手。就我和他，公平地打一场。他赢了，他就是大副。不过我会砸烂他的脑袋，然后你和我去找马什船长，看看是谁该离开这艘船。”

坏水比利从背后拔出匕首。

约书亚·约克绝望地看看长毛迈克，又看看坏水比利。其他人都退开了，呼喝着为长毛迈克打气。库尔特轻快地上前拉开约克，免得他坏了好事。

长毛迈克·邓恩沐浴在炉火的红光中，像是刚从地狱逃出来的什么怪物，他四周烟雾缭绕，皮肤闪亮发红，头发上的雨水正在蒸发，他向前迈步，铁棍拍打着手掌。他露出狞笑。“我以前也和用刀的小子打过。”他说，铁棍拍打手掌的声音是他的标点。“很多下流的小崽子。”啪！“我被人用刀砍过。”啪！“坏水比利，刀伤是会长好的。”啪！“脑袋被砸烂，那就是另一码事了。”啪！啪！啪！

比利一步一步后退，直到后背重重地撞上一摞板条箱。匕首险些从手里飞出去。长毛迈克眼看他被逼进死角，咧嘴一笑，把铁棍举过头顶。他咆哮着扑上去。

而坏水比利扔出了匕首，匕首嗖的一声划破空气，从长毛迈克的下巴底下扎进去，穿过胡须刺进头部。他跪倒在地，鲜血从嘴里涌出，向前扑倒在甲板上。

“好嘛，好嘛。”坏水比利说，跨过尸体。他踢了一脚尸体的脑袋，给黑鬼、外国佬和库尔特看，但主要是给约书亚·约克看的。“好嘛，好嘛，”他重复道，“看来现在我是大副了。”

21

圣路易斯　一八五七年九月

阿布纳·马什闯进热河定班航运公司的松树街办公室，重重地摔上房门。“船在哪儿？”马什吼道，几个箭步穿过房间，趴在办公桌上，瞪着目瞪口呆的代理员。一只苍蝇绕着他的脑袋嗡嗡飞，马什不耐烦地挥手赶开它。“我问，她在哪儿？”

代理员是个瘦弱的黑皮肤年轻人，他穿条纹衬衫，戴绿色护目帽。他惊慌失措。“天哪，”他说，“天哪，马什船长，何等的荣幸啊，我没想到，呃，我们没想到你会来，不，先生，船长，一点都没想到。船长，是‘热夜之梦’回来了吗？”

阿布纳·马什从鼻孔里出气，厌烦地直起腰，手杖咚的一声敲在没铺地毯的木地板上。“格林先生，”他说，“别他妈说胡话了，给我听清楚。我问你，她在哪儿？格林先生，你知道我在问哪艘船吗？”

代理员咽了一口唾沫。“船长，我好像不知道。”

“‘热夜之梦’！”马什吼道，涨红了脸，“我想知道她在哪儿？

她不在码头上，这个我知道，老子有眼睛。我在该死的河边根本找不到她。她是不是来了又走了？是去圣保罗还是去密苏里河了？还是俄亥俄河？别这么一脸惊呆地看着我，你快说。我该死的汽船在哪儿？”

“我不知道，船长，”格林说，“我是说，既然你没有开她回来，我就完全不知道了。自从你七月开船出发，她就没回过圣路易斯。但我们听说……我们……”

“什么？听说什么了？”

“热病，先生。我们听说‘热夜之梦’在萨拉港暴发了黄热病。听说人们像苍蝇似的死去，船长，像苍蝇似的。杰弗斯先生和你，我们听说你也得病了。所以我才没想到……所有人都死了，船长，我们以为他们把她烧掉了。‘热夜之梦’。”他摘掉眼镜，挠挠脑袋。“船长，看来你的热病好了。很高兴再见到你。只是……既然‘热夜之梦’没和你一起回来，那她在哪儿呢？你确定你不是和她一起回来的，只是忘记了？我听说热病会让一个人失魂落魄。”

阿布纳·马什怒视他。“我没得热病，格林先生，我他妈也分得清不同的汽船。我是乘‘公主’号回来的。我病了一个星期左右没错，但不是热病。我着凉了，因为我他妈掉进了河里，险些淹死。所以我才会和‘热夜之梦’分开，现在我要重新找到她，听见了吗？”他哼了一声。“黄热病什么的是从哪儿听说的？”

“船员说的，船长，在萨拉港下船的那些船员。其中有几个回到圣路易斯以后来过这儿，哦，那是一个星期前了。有几个人问‘伊莱·雷诺兹’缺不缺人，船长，不过‘雷诺兹’早就满员了，所以我只好打发他们走。我希望我没做错。你和杰弗斯先生都不在，我以为你俩都死了，所以没人告诉我该怎么办。”

“不用管那些了。”马什说。这个消息多少鼓舞了他。就算朱利安和他那伙人抢走了马什的汽船，至少他有一部分船员已经安全脱身。

“来的都有谁？”

“呃，我看见了副轮机长杰克·埃利、几个侍者和两个机工——应该是萨姆·克兰和萨姆·汤普森。还有另外几个人。”

“还有人在圣路易斯吗？”

格林耸耸肩。“我没雇他们，船长，他们就去其他的船上找工作了，所以我不知道。”

“该死。”马什说。

“等一等！”代理员说，竖起一根手指，“我想起来了！奥尔布赖特先生，舵手，告诉我黄热病的人里就有他。他四天前来过，没打算找工作——他是跑下游的舵手，你知道的，所以‘伊莱·雷诺兹’不适合他。他说他会住在‘种植园主之家’，直到能在一艘上档次的侧明轮大船上找到工作。”

“奥尔布赖特，很好，”马什说，“卡尔·弗拉姆呢？看见他了吗？”要是弗拉姆和奥尔布赖特都下了船，那么想找“热夜之梦”就应该不困难了。没有像样的舵手，她会寸步难行。

但格林摇摇头。“没。没看见弗拉姆先生。”

马什的希望破灭了。假如卡尔·弗拉姆还在船上，那么“热夜之梦”就可能在密西西比河上的任何一个地方，他在萨拉港以南的那个堆木场休养的时候，“热夜之梦”甚至有可能重新回到了新奥尔良。“那我去拜访一下丹·奥尔布赖特吧，”他对代理员说，“等我走了，你帮我写几封信。写给从这儿到新奥尔良的各个代理人和舵手，你认识的随便什么人。打听‘热夜之梦’的消息。肯定有人见过她。那么大的一艘汽船不可能凭空消失。今天下午给我写完这些信，明白吗？然后去码头，找最快的船寄出去。我一定要找到我的船。”

“好的，先生。”代理员说。他取出一沓信纸和一支笔，拿起笔蘸了蘸墨水，开始写信。

“种植园主之家”的前台点头欢迎他。“哎呀，这不是马什船长吗？”他说，“听说了您的不幸遭遇，真是太可怕了，青铜约翰是个坏胚子，没错，坏得很。很高兴你恢复过来了，船长，真的很高兴。”

“别管那些了，”马什气呼呼地说，“丹·奥尔布赖特住哪个房间？”

奥尔布赖特正在擦皮靴。他放马什进门，生疏但有礼貌地点点头表示欢迎，坐回椅子上，把一条胳膊伸进皮靴，继续擦了起来，就好像根本没起来开过门。

阿布纳·马什重重地坐下，没有浪费时间寒暄。“你为什么离开‘热夜之梦’？”他开门见山。

“热病，船长。”奥尔布赖特说。他打量了一眼马什，然后低头继续擦皮靴，连一个字都没再多说。

“告诉我发生了什么，奥尔布赖特先生。当时我不在。”

丹·奥尔布赖特皱起眉头。“你不在？要是我没弄错，是你和杰弗斯先生发现了第一个病人。”

“你弄错了。快告诉我。”

奥尔布赖特擦着皮靴把经过告诉了他：暴雨，晚餐，约书亚·约克、坏水比利·蒂普顿和另一个人抬着尸体穿过大厅，乘客和船员落荒而逃。他惜字如金。等他说完，他的皮靴已经闪闪发亮。他穿上皮靴。

“所有人都走了？”马什说。

“不是所有人，”奥尔布赖特说，“有些人留下了。有些人不像我这么了解热病。”

“哪些人？”

奥尔布赖特耸耸肩。“约克船长。他的朋友们。长毛迈克。还有机工和力工。我猜他们太害怕迈克，所以不敢逃跑。尤其是在奴隶制的地盘上。怀蒂·布莱克好像留下了。我以为你和杰弗斯也没走。”

“杰弗斯先生死了。”马什说。奥尔布赖特没有说话。

“卡尔·弗拉姆呢？”马什问。

“不知道。”

“你们是搭档。”

“我和他不是一路人。我没看见他。船长，我不知道。”

马什皱眉道：“你拿薪水离开后发生了什么？”

“我在萨拉港待了一天，然后搭上莱瑟斯船长的‘纳齐兹’号。我去了上游的纳齐兹，每天盯着河面，在那儿待了一个星期左右，然后乘‘罗伯特·福克’号来了圣路易斯。”

“‘热夜之梦’呢？”

“开走了。”

“开走了？”

“我猜是开走了。热病暴发后的第二天早晨，等我醒来，她已经不在萨拉港了。”

“没带船员？”

“剩下的人手想必够用。”奥尔布赖特说。

“去了哪儿？”

奥尔布赖特耸耸肩。“从纳齐兹一路过来都没看见她。不过也有可能是我错过了。我不是一直盯着河面看的。说不定她去下游了。”

“奥尔布赖特先生，你真是帮了我一个大忙。”马什说。

奥尔布赖特说：“不知道的事情我不会乱说。也许他们把船烧掉了。热病。要我说，就不该给她起那个名字的。不吉利。”

阿布纳·马什失去了耐心。“她没有被烧掉，”他说，“她就在河上的某个地方，我要去找到她。还有，没什么不吉利的。”

“我是舵手，船长。我全看在眼睛里。风暴，浓雾，延误，然后是热病。那艘船被诅咒了。换了我是你，我会放弃她。她对你来说没好处。有邪气。”他站起身。“倒是提醒了我，我有东西要还给你。”他取出两本书递给马什。“‘热夜之梦’的图书室里的，”他解释道，“我和约克船长在新奥尔良下象棋，我提到我喜欢诗歌，一天后他给了我这两本书。我离开时不小心带走了。”

阿布纳·马什接过来翻了翻。诗集。一本拜伦，一本雪莱[1]。他需要的正是这个，他心想。他的汽船不见了，从河上不翼而飞，留给他的她存在过的全部证据就是两本该死的诗集。“你留着吧。”他对丹·奥尔布赖特说。

奥尔布赖特摇头道：“我不想要，船长。不是我喜欢的那种诗歌。不道德，两本都是。载着这样的书，难怪你的船会受到惩罚。”

阿布纳·马什把书塞进口袋，站起身，怒目而视。“这种屁话我受够了，奥尔布赖特先生。我不想听你这么诋毁我的船。她比河上的任何一艘船都要优秀，没有受到诅咒。也根本不存在什么诅咒。‘热夜之梦’是他妈的一艘好……”

“确实是。”丹·奥尔布赖特打断他。他也站了起来。“我要去找份差事了。”他说，领着马什走向房门。马什任由他领着走。精干的小个子舵手请他出去的时候，忽然又说：“马什船长，放手了。”

“什么？”

“别管那艘汽船了，”奥尔布赖特说，“她对你没好处。你知道我能闻到风暴来袭，对吧？”

“对。”马什说。马什没见过比奥尔布赖特更会闻风暴的人。

“有时候我也能闻到其他东西，”舵手说，“船长，你别去找她。

1.珀西·比希·雪莱（Percy Bysshe Shelley，1792—1822），英国浪漫主义诗人，代表作为《解放了的普罗米修斯》《西风颂》等。雪莱是英国文学史上最有才华的抒情诗人之一，被誉为“诗人中的诗人”，与拜伦并称为英国浪漫主义诗歌的“双子星座”。

忘了她吧。我以为你死了。但你没死。你应该感恩才对。船长，找‘热夜之梦’不会给你带来任何喜悦。”

阿布纳·马什瞪着他。“你怎么能这么说？你掌过她的舵，驾驶着她开过密西西比河，怎么能这么说呢？”

奥尔布赖特一言不发。

“唉，我不会听你的，”马什说，“奥尔布赖特先生，那是我的船，有朝一日我会亲自掌她的舵，我会驾驶她和‘日食’竞速，听见了吗？还有……还有……”马什气得面红耳赤，却发现自己一时语塞。他说不下去了。

“船长，傲慢也是一项大罪，”丹·奥尔布赖特说，“放手吧。”他关上门，把马什扔在走廊里。

阿布纳·马什在“种植园主之家”的餐厅吃午饭，他一个人躲在角落里吃。奥尔布赖特的话震撼了他的心灵，他在“公主”号上逆流而上时动过的念头再次涌入脑海。他吃了浇薄荷酱的羊腿配芜菁和菜豆，又要了三客木薯粉，依然没有让自己平静下来。喝咖啡的时候，马什心想也许奥尔布赖特是正确的。他回到了圣路易斯，他和约书亚·约克第一次见面正是在这个房间里，而他恢复了在此之前的状态。他依然拥有他的公司和“伊莱·雷诺兹”，银行里还多了些钱。他一向在这条河的上游讨生活，去下游的新奥尔良从一开始就是个可怕的错误。来到奴隶制的地盘，来到热得让人发烧的南方，他的美梦变成了噩梦。但噩梦已经过去，他的汽船不知去向，只要他愿意，他可以假装这些事情从未发生过，不存在一艘名叫“热夜之梦”的汽船，也不存在名叫约书亚·约克、戴蒙·朱利安和坏水比利·蒂普顿的这几个人。约书亚不知道从哪儿冒出来，现在又天晓得去了哪儿。“热夜之梦”在四月份还不存在，如今在马什看来，她似乎又不复存在了。再说，一个有理智的人不该相信那些东西，什么吸血怪物，什么夜晚潜行，还有一瓶瓶味道可怕的烈酒。整个就是一场热梦，阿布纳·马什心想，而现在热病已经过去，他可以在圣路易斯继续过他的小日子了。

马什又要了一杯咖啡。他喝着咖啡，心想，他们会继续杀人，只要没人阻止他们，他们就会继续喝血和杀戮。“反正也阻止不了他们。”他嘟囔道。他已经尽力了，不但是他，还有约书亚、长毛迈克和杰弗斯先生——可怜的杰弗斯，他再也不会挑眉毛和挪动棋子了。然而他们没能做到任何事情。去找警察也不可能有任何用处，尤其是跑去说一群吸血鬼劫走了你的汽船。他们只会相信黄热病的传闻，认为他的脑袋出了问题，说不定会把他关起来。

阿布纳·马什付了账单，回到热河定班航运公司的办公室。码头上熙熙攘攘。晴朗的蓝天下，阳光照耀的河水明亮而清澈，空气中弥漫着黑烟和蒸汽的刺鼻气味，他听见河面上船只会船时拉响的汽笛声，听见侧明轮轮船靠岸时敲响铜钟的声音。大副们在咆哮，力工唱着号子搬运货物，阿布纳·马什站在那里，望着这一幕，听着这些声音。这才是他的生活，之前那段日子只是一场梦。约书亚告诉过他，吸血鬼杀人已有数千年之久，马什怎么可能指望去改变这种状态呢？也许朱利安终究是正确的。杀人是他们的天性。而阿布纳·马什的天性是当一名汽船人，除此之外他别无他求，他不是什么斗士，约克和杰弗斯曾经尝试过战斗，结果付出了惨重的代价。

走进办公室的时候，马什只差一点就要接受丹·奥尔布赖特的意见了。他要忘记“热夜之梦”，忘记发生过的所有事情，这么做才符合理性。他要好好管理他的公司，认真挣钱，过上一两年，他也许能存下足够的钱，再造一艘船——一艘更大的船。

格林在办公室里忙碌。“船长，我写了二十封信，”他对马什说，“已经按照您的吩咐寄出去了。”

“很好。”马什说，一屁股坐进椅子里。他险些坐在那两本别扭地塞在口袋里的诗集上。他掏出两本书，飞快地翻了翻，扫了一眼几首诗的标题，随手把它们放在一旁。反正就是诗歌。马什叹了口气。“格林先生，把账本拿给我，”他说，“我想看看数字。”

“好的，船长。”格林说，走过去抽出账本。这时他看见了另一件东西，拿起来，连同账本一起交给马什。“哦，”他说，“我险些忘记。”他递给马什一个用细绳扎住的牛皮纸大包裹。“大约三个星期前，一个小个子男人送来的，说你应该来取，但一直没来。我说你在‘热夜之梦’上，船还没回来，然后付钱给他。希望我没做错。”

阿布纳·马什皱着眉头看包裹，手一扯就拉断了细绳，然后撕开包装纸，打开盒子。里面是一件崭新的船长服，纯粹而干净的白色就像冬天覆盖上游河道的积雪，钉着两排闪闪发亮的银纽扣，每一个该死的纽扣上都用浮雕字体印着“热夜之梦”这四个字。他取出衣服，盒子掉在地上，他的眼泪忽然淌了出来。

“出去！”马什吼道。代理员看了一眼他的脸色，吓得落荒而逃。阿布纳·马什起身穿上白色上衣，系上所有的银纽扣。这是件漂亮的衣服。比他身上那件厚重的蓝色船长服凉快，凉快得多。办公室里没有镜子，因此马什看不见自己的模样，但他能够想象。在脑海里，他看上去就像约书亚·约克，威风堂堂，气度不凡，饱经世故。这衣服白得耀眼啊，他心想。

“我看着就像‘热夜之梦’的船长。”马什对自己大声说。他用手杖重重地顿了一下地板，感觉到血液涌向面部，他站在那儿回想，回想“热夜之梦”矗立于新奥尔巴尼夜雾中的模样，回想船上的镜子如何发亮，回想船上的银饰，回想汽笛的狂野哨声和轮机的运转声——响亮得仿佛雷霆。他回想起她如何远远甩开“南方人”，她如何毫不费力地超过“玛丽·凯”。他也回想起了船上的人们：弗拉姆和他荒诞不经的故事，总是浑身油渍的怀蒂·布莱克，杀鸡时的托比，长毛迈克咆哮咒骂力工和水手，杰弗斯在棋盘上第一百次地击败丹·奥尔布赖特。既然奥尔布赖特这么精明，马什心想，他为什么一次都没能击败杰弗斯呢？

马什想得最多的还是约书亚，一身白衣的约书亚，小口喝酒的约书亚，坐在黑暗中编织梦想的约书亚。灰色的眼睛，有力的双手，还有诗歌。“我们都会做出我们的选择。”记忆悄声说。清晨来了就走——来了，但没有带来白昼。

“格林！”阿布纳·马什扯开嗓门大叫。

门开了，代理员紧张兮兮地探进一个脑袋。

“我要我的汽船，”马什说，“她到底在哪儿？”

格林咽了口唾沫。“船长，我说过了，‘热夜之梦’——”

“不是她！”马什用手杖重重敲打地面，“我的另一艘汽船。我的另一艘汽船到底在哪儿，我需要她。”

22

"伊莱·雷诺兹"号汽船上　密西西比河　一八五七年十月

初秋的一个凉爽夜晚，阿布纳·马什和"伊莱·雷诺兹"终于离开圣路易斯，前往下游搜寻"热夜之梦"。若不是有那么多事情要处理，马什早在几星期前就会出发。首先他不得不等"伊莱·雷诺兹"从伊利诺伊河上游返回，然后里里外外检查一遍，确定她能经得住下游的风浪，他还为她雇了两位跑密西西比河的舵手。马什还必须处理种植园主和承运商的索赔，他们在新奥尔良把发运到圣路易斯的货物交给了"热夜之梦"。马什本来会要求他们分担损失，但他一向自豪于他的公正态度，因此他折半价赔偿了他们。此外他还承担着一个不幸的任务：向杰弗斯先生的亲属通报噩耗。马什发觉他很难把事情的真相告诉他们，于是也搬出了黄热病的奇谈。其他人也有兄弟或儿子或丈夫仍告失踪，他们用他无法回答的问题来滋扰马什，他还不得不应付政府的一名调查员和舵手行会的一名职员，另外他有账目要平，有账本要过目，还要做准备工作，林林总总加起来，他在延误、挫折和烦恼中度过了一个月。

不过另一方面，马什一直在搜寻。格林代表他寄出的那一批信件都石沉大海，于是他继续写信。只要能腾出时间，他就去接入港的汽船，打听“热夜之梦”，打听约书亚·约克，打听卡尔·弗拉姆、怀蒂·布莱克、长毛迈克·邓恩和托比·兰亚德。他雇了两名侦探，派他们去下游，命令他们尽可能查出发生了什么。他甚至借用了约书亚的手段，开始搜罗河道从上游到下游的各种报纸；他每天晚上阅读船运栏目、广告版和船期表——甚至不放过辛辛那提、新奥尔良和圣保罗这么遥远的城市。他比平时更加频繁地去“种植园主之家”和内河人消磨时间的其他场所，问了成千上万的问题。

结果他一无所获。“热夜之梦”似乎不见了，从这条河上凭空消失了。没人见过她。没人和怀蒂·布莱克、弗拉姆先生或长毛迈克聊过天，也没人听说过他们的任何消息。没有报纸列出过她的抵达和离港时间。

出发前一个星期，马什向“伊莱·雷诺兹”的高级船员们大声抱怨：“完全没道理嘛。一艘崭新的船，长三百六十英尺，快得能让任何一艘汽船瞠目结舌。这么一艘船不可能不引起人们的注意。”

“除非她已经沉没了，”卡特·格罗夫猜测道，他是“伊莱·雷诺兹”的大副，矮小精瘦，“这条河有些地方深得能淹没整个城镇。她有可能沉底了，带着船上的所有人。”

“不可能。”马什顽固地说。他没告诉他们究竟发生了什么。他不知道该怎么说。这些人都没有上过“热夜之梦”，他们不可能相信他。“不，她没有沉。她就在下游的某个地方，躲着不想被我发现。但我会找到她的。”

“怎么找？”“伊莱·雷诺兹”的船长约杰问。

“这条河很长，”马什承认道，“而且分出了许许多多的溪流、小河和长沼，到处都是岔道、斜道和河曲，充满了各种各样的犄角旮旯，一艘汽船很容易找个地方躲起来，轻易不会被发现。但这条河还没长到不能找一遍的地步。我们可以从起点一路开到终点，沿途找人打听，要是我们到新奥尔良还没找到她，那就去俄亥俄河、密苏里河、伊利诺伊河、亚祖河[1]和红河[2]找，就算翻个底朝天，我们也必须找到这条该死的船。”

“恐怕要点时间。”约杰说。

“所以呢？”

约杰耸耸肩，“伊莱·雷诺兹”的高级船员交换怀疑的眼神。阿布纳·马什怒视他们。“无论花多少时间都用不着你们操心，”他吼道，“你们给我把汽船准备好就行，听懂了？”

“遵命，船长。”约杰说。他是个高大瘦削的老人，有点驼背，声音沉静，自从汽船诞生那天他就在汽船上做事了，因此没什么能让他感到吃惊，从他的语气里就听得出来。

出航的那天，阿布纳·马什穿上双排银纽扣的白色船长服。不知为何，这件衣服似乎很合适这个日子。他在“种植园主之家”吃了顿丰盛的大餐，然后走向码头——“伊莱·雷诺兹”的伙食不怎么像样，船长的厨子连给托比刷锅洗碗都不配。

马什赞许地看见“伊莱·雷诺兹”已经烧起了锅炉。不过她实在没什么看头。这是一艘专跑上游的船只，船身小而低矮，因为她走的航道浅而狭窄，遍布激流。她的长度还不到失踪的“热夜之梦”的四分之一，宽度顶多一半，满载可装大约一百五十吨货物，和载货量超过千吨的“热夜之梦”无法相提并论。“雷诺兹”只有两层甲板，船上没有顶层甲板，船员住锅炉甲板靠近船头的那些卧舱——反正她也很少搭载旅

1.密西西比河支流之一。
2.美国南部河流。

客。单独一个高压锅炉驱动艉明轮，开足马力也快不到哪儿去。船上几乎没装货物，因此马什能看见安装在前舱里的锅炉。上层甲板由简陋的刷白木柱支撑，散步道的顶篷久经风雨，撑起它的立柱方方正正、简简单单，和篱笆墙一样不起眼。船尾的明轮罩是个四方形的木盒子，舵轮同样模样可怜，红漆已经褪色，因为长期使用而斑驳脱落。其他地方也在掉漆。领航室是用木头和玻璃做的，搁在汽船顶上，活像个该死的室外厕所，粗短的黑铁烟囱上毫无装饰。“伊莱·雷诺兹”浮在水上，一看就知道已经上了年纪；她看上去异常疲惫，还有点歪斜，就好像即将倾覆沉没。

她完全不可能和身躯庞大、马力强劲的“热夜之梦”相提并论。但是，阿布纳·马什知道，这是他唯一的选择，她不行也得行。他登上汽船，走过被无数只靴子磨得发白的活动跳板。卡特·格罗夫在前甲板迎接他。“船长，一切就绪。”

“告诉舵手，出发。”马什说。格罗夫朝顶上喊叫下令，“伊莱·雷诺兹”拉响了汽笛。马什心想，她的啸声尖细而哀伤，但又带着拼死一搏的英勇。他爬上陡峭狭窄的楼梯，来到主甲板；主甲板还不到四十英尺长，光线昏暗，让人觉得逼仄憋闷。地毯磨秃了好几块，贵宾舱房门上的风景画早已褪色。这艘船的整个内部都弥漫着过期食品、放酸的葡萄酒、油脂、浓烟和汗水的气味。船舱里热得人很不舒服，唯一的一扇天窗上积满了污垢，光线几乎照不进来。马什走进船舱，看见约杰和不当班的舵手正在喝咖啡。“我的猪油上船了吗？”马什问。

约杰点点头。

“船上好像没装什么东西。”马什说。

约杰皱起眉头。“我猜你会想要这样，船长。装满了货物，船就开不快了，而且还要停很多地方。”

阿布纳·马什想了想，点点头表示赞同。“对，”他说，“有道理。我的另一件货送到了吗？”

“在你的船舱里。”约杰说。

马什告退，回到他的卧舱里。他坐在床沿上，压得小床吱嘎作响，他打开包裹，取出猎枪和子弹。他仔细检查长枪，在手里掂了掂，朝枪管里看。感觉不错。普通的手枪或步枪对黑夜子民也许不起作用，但这完全是另一码事，他找圣路易斯最好的枪械师定制了这把猎枪。它是用来打野牛的，短而粗的枪管呈八角形，适合在马背上射击，能挡住正面冲撞的野牛。五十发特制子弹，这位枪械师从没做过这么大的子弹。“妈的，”那家伙埋怨道，“这玩意儿能把你的猎物轰成渣，留不下东西让你吃。”阿布纳·马什只是点点头。这把枪没什么准头可言，尤其是拿在马什手上，但它不需要非常精准。近距离扣动扳机，子弹会抹掉戴蒙·朱利安脸上的笑容，把他该死的脑袋永远地从肩膀上轰下来。马什小心翼翼地上膛，把枪挂在床头的墙上，他坐起来顺手就能操起这把枪。直到做完这件事，他才允许自己躺下。

旅程就这么开始了。日复一日，“伊莱·雷诺兹”驶向下游，穿过雨水和雾气，穿过阳光和黑暗，碰到城镇、汽船码头和堆木场就停下，然后派人上岸去问这问那。阿布纳·马什坐在飓风甲板上，他的木椅紧靠着已经出现裂纹的老铜钟，一连几个小时地望着河面。有时候他甚至把饭端到上面去吃。他不得不去睡觉的时候，约杰船长或卡特·格罗夫或事务员接班，继续守在上面。若是碰到筏子、平底船或其他汽船经过，马什就会大喊：“哎，哥们！有没有见过一艘叫‘热夜之梦’的船？”然而即便有人回答，答案也永远是“没有，船长，肯定没见过”，而码头上和堆木场里的人一问三不知；这条河上挤满了大大小小的汽船，白天黑夜川流不息，有的向上游走，有的向下游走，有的在河岸边半躺着，但其中就是没有一艘名叫“热夜之梦”的。

“伊莱·雷诺兹”在这条大河上是条小船，龟爬般的速度会让任何一个汽船人感到羞愧，而一次次停船和上岸打听则进一步拖累了行程。然而即便如此，他们还是经过了一个个城镇和堆木场，森林、房屋和其他汽船夜以继日地一晃而过，岛屿和沙洲被他们甩在背后，舵手灵巧地驾着船绕过残桩和浮木，他们一路向南而去。圣热讷维耶沃[1]过去了，开普吉拉多和克罗斯诺[2]也过去了，他们在希克曼稍做停留，在新马德里停留得比较久。浓雾遮蔽了卡拉瑟斯维尔[3]，但他们还是找到了码头。奥西奥拉一片寂静，孟菲斯人声鼎沸。海伦娜。罗斯代尔。阿肯色城。拿破仑。格林威尔[4]。莱克普罗维登斯[5]。

十月里一个狂风呼啸的日子，“伊莱·雷诺兹”开进维克斯堡，两个男人在码头上等他们。

阿布纳·马什打发大部分船员上岸休息。他、约杰船长和卡特·格罗夫在主船舱会见客人。两人中的一个高大强壮，留着红色络腮胡，脑袋秃得像鸽子蛋，穿一身黑色绒面呢正装。另一个是黑人，体形偏瘦，衣冠楚楚，有一双炯炯有神的黑眼睛。马什请他们坐下，给他们倒咖啡。“所以？”他问，“她在哪儿？”

光头吹着咖啡上的热气，皱眉道：“不知道。”

“我雇你是为了找我的船。”马什说。

“但她不愿意被找到，马什船长，”黑人说，“汉克和我找过了，我向你保证。”

“也不能说我们什么都没发现，”光头说，“只是暂时还没找到她的具体下落。”

1.美国密西西比河河畔城市。
2.美国密苏里州城市。
3.美国密苏里州城市。
4.美国南卡罗来纳州西北部城市。
5.美国罗得岛州城市。

“好吧，”阿布纳·马什说，“说说你们都发现了什么。”

黑人从上衣里面取出一张纸打开。“黄热病恐慌之后，你船上的大部分船员和几乎所有乘客都在萨拉港下了船。第二天上午，你的‘热夜之梦’开走了。所有人都说她朝上游去了。我们找到了几个看堆木场的黑人，他们发誓说船在他们那儿加了木柴。也许他们在撒谎，但我看不出有什么必要。因此我们知道你的船朝哪个方向去了。我们还找到了好些人发誓说看见她经过。至少是认为他们看见了。”

“但她没在纳齐兹出现，”他的搭档接过话头，“往上游走……八个……十个小时就到。”

“顶多，”阿布纳·马什说，“‘热夜之梦’非常快。”

“无论快不快，她都在萨拉港和纳齐兹之间不见了。”

“红河刚好在这一段分出去。”马什说。

黑人点点头。“但你的船也不在什里夫波特[1]或亚历山德里亚[2]，我们查过的堆木场也都不记得见过什么‘热夜之梦’。”

“该死。”马什说。

“也许她就是沉没了。”卡特·格罗夫猜测道。

“还没完呢。”光头侦探说。他喝了一小口咖啡。“刚才说过了，纳齐兹没人看见你的船。但你要找的一些人在那儿。”

“继续说。”马什说。

“我们花了大量时间查银街，”他说，“到处打听。叫雷蒙德·奥尔特加的男人在那儿很有名，他也在你的名单上。他是九月初的一天夜里回去的，拜访了山顶上的一名纳波布，在山脚下拜访了很多人。他带着另外四个人。其中一个符合你描述的坏水比利·蒂普顿。他们待了一

1.美国路易斯安那州西北部城市。
2.美国弗吉尼亚州北部城市。

星期左右。做了些很有趣的事情。雇了许多人，白人黑人都有。你知道你在山下纳齐兹能雇到什么样的人。”

阿布纳·马什非常清楚。坏水比利·蒂普顿吓走马什的船员，换上一帮和他一样的割喉党。“是汽船人吗？”他问。

光头点点头。“还没完呢。这位蒂普顿拜访了岔道口。”

“一个大型奴隶市场。”黑人搭档说。

“他买了一大批奴隶。用金币结账。”光头从口袋里掏出一枚二十美元的金币放在桌上，“就是这样的金币。还在纳齐兹买了些其他东西。同样用这玩意儿付账。”

“什么样的东西？”马什问。

“奴隶主的东西，”黑人搭档答道，“镣铐。铁链。锤子。”

“还有油漆。”光头答道。

真相突然在阿布纳·马什眼前像烟花似的炸开。“我的上帝，”他叫道，“油漆！难怪没人见过她。真该死。他们比我想象中聪明，我是个白痴，居然没一眼看穿！”他用偌大的拳头猛砸桌子，震得咖啡杯跳了起来。

“我们的想法和你的一样，”光头说，“他们重新刷油漆，换了船名。”

“刷点油漆可没法给一艘著名的汽船改头换面。”约杰表示不同意。

“对，”阿布纳·马什说，“但她还没扬名立万呢。妈的，我们才跑了一趟下游，都还没回到圣路易斯。有几个人能认出她来？甚至有几个人听说过她？每天都有新船下水。在明轮罩上刷个新名字，这儿那儿涂点其他颜色，你就有了一艘新船。”

“但‘热夜之梦’那么大，”约杰说，“而且你说还很快。”

“这条该死的河上有很多大船，”马什说，“对，她比除‘日食’

外的几乎所有船都大，但没有‘日食’在旁边做对比，有几个人能一眼看出来她的大小？至于快不快，妈的，把速度降下来还不是轻而易举？这样就不会引来议论了。”马什暴跳如雷。他知道他们肯定就是这么做的；降低速度，不让她发挥出应有的能力，这样就不会引人注意了。不知为何，这让他觉得非常下作。

“问题在于，”光头说，“我们不可能知道他们刷上了个什么新名字，因此想找她并不容易。我们可以登上河里的每一艘船，去找你想找的那些人，但是……”他耸耸肩。

“不用了，”阿布纳·马什说，“我去找反而比较容易。无论刷多少油漆，都不可能把‘热夜之梦’伪装得连我都认不出她来。我们已经走了这么远，现在我们会继续向下游走，一直开到新奥尔良。”马什捋了捋胡须。“格罗夫先生，”他转向大副，“叫我们的舵手过来。他们是跑下游的，应该熟悉下游的汽船。请他们翻一翻我存下的那堆报纸，把他们觉得眼生的船名挑出来。”

“没问题，船长。”格罗夫说。

阿布纳·马什又转向侦探。“看起来我不再需要二位先生的服务了，”他说，“不过要是你们碰巧遇见了那艘汽船，你们知道怎么联系我。我会给你们丰厚的报酬。”他站起身。“好了，跟我去事务长的办公室，我和你们结清剩下的费用。”

他们在维克斯堡度过了那天其余的时间。马什刚吃完晚饭——一盘炸鸡，很遗憾地没炸透，还有些烧过头的马铃薯。卡特·格罗夫拉出他旁边的椅子，手里拿着一张纸。“差不多花了他们一整天，船长，不过总算看完了，”格罗夫说，“船实在太他妈多了。有三十来艘是他们两个人都没听说过的。我自己也翻了一遍报纸，浏览广告和其他文章，看有没有提到船的尺寸、船长是谁等等。我认识不少名字，因此划掉了许多艉明轮轮船和尺寸太小的船只。”

“还剩下几艘？”

“就四艘，”格罗夫说，“四艘他们都没听说过的侧明轮大船。”他把清单递给阿布纳·马什。从上到下，船名用大写字母整整齐齐地写在纸上。

B. 施罗德

女王城

奥兹曼迪亚斯

F. D. 黑金格

马什盯着这张纸看了许久，眉头紧锁。他知道他对清单上的某个名字有所了解，但他怎么都想不到究竟是哪艘船和为什么。

“船长，有想法吗？”

“不是‘B. 施罗德’号，”马什突然说，“船厂在新奥尔巴尼造‘热夜之梦’的时候刚好在组装这艘船。”他挠了挠脑袋。

“最后那艘，”格罗夫指着清单说，“船长，你看缩写字母。F. D. 代表的说不定就是‘热夜之梦’。”

“有可能。”马什说。他大声念出三个名字。“F. D. 黑金格。女王城。奥兹——”最后这个很拗口，还好不需要他拼出来。“奥兹——曼——迪亚——斯。”

就在这时，阿布纳·马什的头脑，他迟钝但谨慎、从不忘事的头脑，把答案扔在了他的面前，就好像被河水吐出来的一块漂浮木。他曾经为了这个该死的单词短暂地伤过脑筋，是不久前在翻看一本书的时候。“等一等。”他对格罗夫说。他起身返回自己的船舱。两本诗集塞在抽屉柜最底下的抽屉里。

马什回到餐桌上，格罗夫问：“那是什么？”

“该死的诗歌。”马什说。他翻了一遍拜伦诗集，一无所获，于是转向雪莱。答案就摆在他面前。他飞快地读了一遍，向后一靠，皱起眉头，又读了一遍。

“马什船长？”格罗夫说。

“你听好了。”马什说，然后大声朗诵：

> “我名叫奥兹曼迪亚斯，众王之王：
> 强悍者呵，谁能和我的业绩相比！”
> 这就是一切了，再也没有其他。
> 在这巨大的荒墟四周，无边无际，
> 只见一片荒凉而寂寥的平沙。[1]

“这是什么？”

“一首诗，”阿布纳·马什说，“一首该死的诗。”

“但这代表什么呢？”

“这代表，”马什合上诗集，“约书亚的遗憾和挫败。不过，格罗夫先生，你是不会明白为什么的。重点在于，我们要找的是一艘名叫奥兹曼迪亚斯的汽船。”

格罗夫掏出另一张纸。“我从报纸上抄了些记录，”他说，眯起眼睛看自己的字，“让我找一找，奥兹……奥兹……这艘奥兹什么的在跑纳齐兹航线。船主名叫J. 安东尼。”

“安东尼，”马什说，“妈的。约书亚的中间名就叫安东。你是说纳齐兹？”

“纳齐兹到新奥尔良，船主。”

1.引自雪莱诗作《奥兹曼迪亚斯》，查良铮译。

“我们在这儿过夜。明天天一亮就去纳齐兹。格罗夫先生，听见了吗？我不想浪费一分钟白天的时间。该死的太阳升起来的时候，我希望我们的汽船也烧起了蒸汽，做好出发的准备。”也许可怜的约书亚只剩下了绝望，但阿布纳·马什可不止这点本事。他要去找某些人算账，等他完事，戴蒙·朱利安会比诗里那尊该死的雕像还惨。

23

"伊莱·雷诺兹"号汽船上　密西西比河　一八五七年十月

那天夜里，阿布纳·马什没回去睡觉。他在飓风甲板上的椅子里度过了漫长的黑夜，背对着维克斯堡烟雾弥漫的灯火，望着面前的浩渺大河。夜晚凉爽而安静，水面仿佛黑色的玻璃。偶尔会有一艘汽船驶入他的视野，火焰、黑烟和炉渣缠绕船身，船经过时将静谧击得粉碎。等这艘船系缆靠岸或继续前行，她的汽笛声会逐渐消逝，黑暗会修补自己，重新变得无所不包。月亮仿佛漂在水面上的一枚银币，马什听见疲惫的"伊莱·雷诺兹"发出木头泡水的吱嘎声响，说话声、脚步声或从维克斯堡传来的歌声片段时而打破寂静，这些声音的底下则是河流发出的种种响动，永远流淌的河水奔涌而过时的哗哗水声，河水推动他的汽船，想带着她一起走，向南，向南，前往黑夜子民和"热夜之梦"的潜伏之处。

夜晚的美丽奇异地充满了马什的心灵，深深打动约书亚喜欢的那位英国瘸子的也正是这种黑暗之美。他把椅子翘起来，向后靠在旧汽船的铜钟上，抬眼眺望月亮、群星和大河，心想也许这就是他这辈子的最后一个安宁时刻了。因为明天——顶多后天——他们就会发现“热夜之梦”，夏季的噩梦将重新开始。

他的脑海里充满了预兆、记忆和幻象。乔纳森·杰弗斯一次又一次地出现在马什眼前，他手持剑杖的时候看上去是那么不可一世，而望着朱利安拥抱剑锋时又是那么无能为力。他听见事务长被朱利安拧断脖子时的那声脆响，想起杰弗斯的眼镜如何飞了出去，眼镜掉在甲板上，金光一闪，发出可怜巴巴的微小声音。他的一双大手攥紧了手杖。他在黑黢黢的河面上还看见了其他东西。婴儿的小手被挑在刀尖上，还在滴血。朱利安喝约书亚的黑色药酒。长毛迈克在船舱里完成他可怖的任务时，沾在铁棍上的血污。阿布纳·马什很害怕，前所未有地害怕。为了赶走在黑夜中飘荡的鬼影，他唤出自己的美梦，在这个幻象中，他手持能打死野牛的猎枪，气势汹汹地站在船长卧舱的门口。他听见枪声震响，感觉到它可观的后坐力，看见戴蒙·朱利安惨白的笑容和黑色的鬈发被轰成碎片，就像一个灌满血浆的西瓜被人从高处扔下来。

然而不知怎的，即便在他的脸被轰碎、硝烟也散去之后，那双眼睛也依然存在，依然盯着他，召唤他，唤醒他内心的一些东西：愤怒、憎恨和更阴暗更深沉的某些情绪。那双眼睛充斥着血红色，与地狱一样幽暗，犹如深不见底的裂隙，与他的大河一样亘古长存，那双眼睛在召唤他，搅动他内心的欲望，他自身的猩红渴欲。那双眼睛在他面前浮动，阿布纳·马什盯着它们，望着温暖的黑暗深处，在那里看见了自己的回应，看见了终结它们的方法，比剑杖、木桩和野牛枪更好和更万无一失的方法。

火。“热夜之梦”在河上熊熊燃烧。阿布纳·马什完全能感觉到。烈焰的咆哮声突如其来，比任何雷声都要可怕，撕裂了他的耳膜。翻腾的火焰和浓烟，燃烧的木柴和煤块四处倾泻，灼人的蒸汽自由喷射，白色的死神如云团般包裹了整条船，舱壁被炸开、在燃烧，着火或烤得半熟的尸体在空中乱飞，烟囱劈裂、倒塌，惨叫声，汽船倾斜沉入河中，嘶嘶作响，煮沸河水，烟雾腾腾，面朝下的焦尸在船身残骸之间浮浮沉沉，庞大的侧明轮轮船分崩离析，最后只剩下了烧黑的木头和从水里歪歪斜斜伸出来的一根烟囱。在梦里，船上的锅炉爆炸时，漆在船身上的名字依然是“热夜之梦”。

不会很困难的，阿布纳·马什心想。雇他们送货去新奥尔良；他们绝对不会起疑心。许多桶爆炸物，毫无戒备地码放在主甲板上，旁边就是炽热的炉子和难以驾驭的巨型高压锅炉。他能安排好这一切，把末日送给朱利安和他那帮黑夜子民。一个引信，一个计时器，然后就结束了。

阿布纳·马什闭上眼睛。等他再次睁开眼睛，燃烧的汽船已经了无踪影，惨叫声和锅炉爆炸声随之消失，黑夜重新变得寂静。“不行啊，”他对自己大声说，“约书亚还在船上呢。约书亚。”也许还有其他人：怀蒂·布莱克、卡尔·弗拉姆、长毛迈克·邓恩和他那帮力工。还有他挚爱的大船本身需要考虑，他的“热夜之梦”。马什仿佛看见了一幕景象，那是像今天这样的一个夜晚，在一个安静的河曲上，两艘巨大的汽船争先恐后，疾驰使得拖在背后的黑烟化作了两道直线，烟囱顶上冒出火焰，桨轮疯狂转动。她们向前飞驰，一艘船开始领先，刚开始只有一点点，随即优势越来越大，最后扩大到了一个船身。两艘船驶出视野的时候，她还在继续拉开间距，马什看见了漆在船身上的名字，领先的是“热夜之梦”，她驶向上游，既沉静又迅猛，旗帜在风中飘扬，落后的是“日食”，即便失败，也依然光彩夺目。我要让这个景象成为现实，阿布纳·马什对自己说。

“伊莱·雷诺兹”的大多数船员在午夜前后归来。马什看着他们三三两两地从维克斯堡走向码头，听见卡特·格罗夫在月光下吼出一连串简短的命令，指挥水手把木柴装进炉膛。再过几个小时，等轮机长点燃炉火，第一股黑烟就会从烟囱中袅袅升起。黎明还有一个小时才会降临。这时约杰和格罗夫来到了飓风甲板上，他们拎着自己的椅子和一壶咖啡。他们默默地在马什身旁坐下，给他倒了一杯咖啡。咖啡又烫又浓。他愉快地喝了一口。

过了一会儿，约杰说："好了，马什船长。"他的长脸显得很疲惫，脸色发灰。"不觉得现在该说说到底是怎么一回事了吗？"

"自从我们回到圣路易斯，"卡特·格罗夫说，"你就什么都没说过，只说要把你的船找回来。明天我们也许就会见到她了。然后呢？船长，你什么都不告诉我们，只说过不想让警察牵涉进来。既然有人抢走了你的船，为什么不能找警察呢？"

"格罗夫先生，和我不想告诉你们的原因一样。他们根本不可能相信我的说法。"

"船员很好奇，"格罗夫说，"我也想知道。"

"不关他们的事情，"马什说，"这艘船是我的，没错吧？你为我做事，他们也一样。照我说的去做就行了。"

"马什船长，"约杰说，"我和这个老姑娘在河上待了有些年头了。你有了第二艘汽船之后，就把这艘船交给了我，我记得那是一八五二年的'尼克·佩罗特'号。从那以后我就一直在照看这位女士，你没有解除我的职务，是的，你没有。要是我被开除了，哎，你说一声就行。假如我还是你的船长，那就告诉我你要我的汽船去干什么。我有资格知道。"

"我告诉了乔纳森·杰弗斯，"马什仿佛又看见了金边眼镜在微微闪烁，"他因此而死。长毛迈克或许也一样，我不确定。"

卡特·格罗夫优雅地俯身，拿起咖啡壶，给马什倒了一杯温热的咖啡。"船长，"他说，"从你告诉我们的那点情况来看，你并不确定迈克是不是还活着，但这不是重点。你对其他一些人的下落也不是很确定。怀蒂·布莱克，船上的舵手，留在‘热夜之梦’上的所有人。你把情况告诉了他们吗？”

“没有。”马什承认道。

“所以你的理由站不住脚。”格罗夫说。

“假如下游有危险，那么我们就有权知道。”约杰说。

阿布纳·马什思考片刻，觉得他们说的也很合理。“你们是对的，”他说，“但你们不可能相信。而我不能放你们离开。我需要这艘汽船。”

“我们哪儿都不会去，”格罗夫说，“告诉我们，究竟发生了什么。”

阿布纳·马什叹了口气，再次讲述整件事的来龙去脉。等他说完，他望着两个人的脸。他们都露出了戒备的表情，谨慎而不置可否。

“我不知道该怎么说。”约杰说。

“我相信，”格罗夫说，“并不比闹鬼更难以相信。我本人就见过鬼魂，妈的，几十次了。”

“马什船长，”约杰说，“你说了很多要怎么找‘热夜之梦’的事，但没提过找到她以后打算怎么做。你有计划吗？”

马什想到烈焰，想到锅炉咆哮爆炸，想到仇敌的惨叫。他推开这个念头。“我要夺回我的船，”他说，“你们见过我的枪了。等我轰掉朱利安的脑袋，我猜约书亚能制住其他人。”

“你说你试过这么做了，有杰弗斯和邓恩帮忙，整艘船和船员都还在你的掌握中。但现在，要是你雇的侦探没弄错，你的船上全都是奴隶和割喉党。你只要上船就会被认出来。你怎么可能干掉朱利安呢？”

阿布纳·马什其实没怎么思考过这个问题。现在听约杰这么一说，他意识到他恐怕不可能一只手里拿着野牛枪，单独一人大摇大摆地走过活动跳板上船，而大体而言这就是他原先的打算。他考虑片刻。假如他能伪装成乘客上船……但约杰说得对，那是做不到的。就算他剃掉胡子，这条河上也找不到另一个稍微有点像阿布纳·马什的人了。马什犹豫片刻，然后说："我们强行冲上去。我带上'雷诺兹'所有的船员。朱利安和坏水比利多半以为我死了；我们可以给他们一个惊喜。而且当然是在白天。我再也不会在阳光这方面冒险了。黑夜子民里没人见过'伊莱·雷诺兹'，我估计也只有约书亚听见过这个名字。无论发现她停在哪儿，我们都可以直接开到她旁边，然后等到一个阳光灿烂的早晨，我带着所有愿意跟我去的人冲上船。人渣毕竟是人渣，坏水比利在纳齐兹找到的流氓不会用血肉来抵抗子弹和匕首。我们很可能必须除掉比利那厮，但干掉他也就扫清了道路。这次我会先确定是不是朱利安，然后再轰掉他的脑袋。"他摊开双手，"满意了吗？"

"听着挺好。"格罗夫说。约杰显得还有疑虑。但两个人都拿不出其他像样的建议，因此讨论了一会儿之后，他们同意了马什的计划。此时，晨光已经照亮了维克斯堡的峭壁和山岭，"伊莱·雷诺兹"也烧起了蒸汽。阿布纳·马什起身，伸个懒腰，尽管一整夜没合眼，但他的感觉着实不赖。"开船吧。"他大声对舵手说，舵手从他们身旁走过，爬上简朴而狭小的领航室。"去纳齐兹！"

水手解开把船系在码头上的缆绳，这艘艉明轮轮船倒退离开岸边，然后恢复桨轮的转向，徐徐驶入航道，红色和灰色的云影互相追逐着飘过东边的河岸，西方的云层变成了玫瑰红色。

刚开始的两个小时，他们跑得很顺利，经过了沃伦顿、哈德·泰姆斯和大河湾。三四艘更大的汽船超过了他们，但这也是意料之中的事情，"伊莱·雷诺兹"不是为了竞速而建造的。阿布纳·马什对船速颇为满意，于是下去待了半个小时，他检查和清洁猎枪，确定子弹上膛；然后飞快地吃了一顿早餐，把薄煎饼、蓝莓和煎蛋塞进肚子。到达圣约瑟夫和罗德尼之间时，天空开始转阴，马什对此非常不悦。没多久，河上下了一场不大的阵雨，没怎么雷鸣闪电，雨点连个苍蝇都砸不死，但这是马什的看法，而舵手更敬畏天气，他在一个堆木场系缆停船；马什坐立不安，在船上踱来踱去。换了弗拉姆或奥尔布赖特肯定会向前开驶出雨区，但你不可能指望这么一艘船上的舵手也这么雷厉风行。雨水冰凉，天空灰蒙蒙的。不过等云开雾散，天空中挂上了一道美丽的彩虹，这让马什非常高兴，再说离天黑还很久，足够他们开到纳齐兹了。

重新起航后仅仅十五分钟，“伊莱·雷诺兹”重重地撞上沙洲，搁浅了。

这是个令人恼怒的愚蠢错误。年轻的舵手是个愣头青，为了节省时间，他没有留在向东绕了个大弯的主航道上，而是开进了一段情况不明的截弯岔道。放在一两个月前，这么掌舵倒是很有见地，但现在水位太低，连“伊莱·雷诺兹”这样的小型汽船也蹭不过去。

阿布纳·马什气得暴跳如雷，满口脏话，等他们确定不可能倒退着离开沙洲后，他就更加愤怒了。卡特·格罗夫带着船员取出绞盘和长杆，开始想办法把船弄出来。几场雨浇在他们头上，使得情况更是雪上加霜；他们苦干了四个半小时，浑身湿透，疲惫不堪，然后舵手终于重新启动艉明轮，“伊莱·雷诺兹”挣扎向前，溅起漫天的泥汤和砂土，颤抖得就好像随时都会散架，但她得意扬扬地拉响了汽笛。

他们在截弯岔道里小心翼翼地爬行了半个小时，还好等他们回到航道中，水流立刻抓住船体，“雷诺兹”立刻加快了速度。她冒着黑烟驶向下游，隆隆作响活像魔王降临，但失去的时间怎么都不可能补回来了。

耸立于山崖顶端的城市刚映入眼帘的时候，阿布纳·马什就坐在领航室褪色的黄色沙发上。他把咖啡杯放在大肚火炉上，起身站在舵手背后，舵手忙着穿过河面。马什没多看他，而是望着远处的码头，有二三十艘汽船挤在山下纳齐兹的河岸旁。

她就在那儿，正如他的预料。

马什一眼就认出了她。她是码头上最大的一艘船，比最接近的对手足足长出五十英尺，而烟囱也是最高的。“伊莱·雷诺兹”开到近处，马什发现那帮家伙没做多少改变。船身依然以蓝色、白色和银色为主，但他们把领航室漆成了俗气的亮红色，活像纳齐兹妓女的嘴唇。船名用黄色字母在明轮罩上拼成弧形，活儿做得很粗糙：奥兹曼迪亚斯。马什怒目而视。“看见那艘大船了？”他指着那艘船对舵手说，“停得尽量离她近一点，明白了？”

“遵命，船长。”

马什厌恶地望向城区。阴影已经开始在街道上蔓延，落日将河水染成了血红色和金色。天上阴云密布，云太他妈多了。他们在堆木场和截弯岔道浪费了太多时间，他心想，而且十月日落比夏天早得多。

约杰船长走进领航室，来到他身旁，说出了马什心中的想法。“马什船长，今晚你不能去。这会儿太晚了。不到一个小时就要天黑了。等明天吧。”

“你当我是什么傻瓜吗？”马什说，“我当然会等了。愚蠢的错误我犯过一次不会再犯。”他气恼地用手杖敲了一下甲板。约杰又开始说话，但马什充耳不闻。他还在看码头上的那艘侧明轮大船。“该死。”他忽然说。

“怎么了？”

马什用手杖指给他看。“黑烟，”他说，“狗娘养的，他们在烧蒸汽！她要开走了。”

“别着急，”约杰劝告他，“她要走就走好了，我们会在下游的其他地方追上她的。”

“他们肯定选夜里开船，”马什说，“白天系缆。我应该会想到的。”他转向舵手，“诺曼先生，别靠岸了。继续向下游走，看见第一家堆木场就停下，等那艘船开过去。然后跟着她，尽可能别跟丢了。她比‘雷诺兹’快得多，所以你被甩掉也别着急，只管继续向下游开，尽量跟紧就行了。”

“你说了算，船长。”舵手答道。他转了几把木质舵轮，“伊莱·雷诺兹”突然转向，斜插回航道中。

他们在堆木场待了九十分钟，夜幕降临后过了至少二十分钟，“热夜之梦”才冒着蒸汽开过去。见到她驶近的时候，马什不由得战栗。这艘侧明轮大船驶向下游，姿态极其优雅，平静而流畅的动作让他想到了戴蒙·朱利安和他走路的样子。半艘船没有灯光。主甲板映出炉火暗淡的绯红色火光，但锅炉甲板只有几间船舱的舷窗里亮着灯，而上层甲板和领航室干脆一片漆黑。马什觉得领航室里有一条孤零零的人影站在船舵前，但间距太远，他无法确定。月亮和群星照得她的白漆和银饰闪烁白光，亮红色的领航室感觉是在羞辱她。她开过时，另一艘汽船的灯火出现在下游方向，驶向上游靠近她，两条船在夜色中互相打招呼。马什无论在哪儿都能认出这个汽笛声，但此刻他觉得汽笛声中带着他从未听到过的冰冷和哀悼，这一声忧郁的悲叹中饱含痛苦和绝望。

“保持距离，”他对舵手说，“但跟着她。”一名水手解开把船拴在码头木桩上的缆绳，“伊莱·雷诺兹”吞下一大口柏油和松节，喷着鼻息冲进航道，追赶比她更大的悖逆表亲。一两分钟后，先前与“热夜之梦”会船的陌生汽船驶向他们，汽笛发出低沉的三音符轰鸣。“雷诺兹”拉汽笛回应，但汽笛声显得尖细而虚弱，无法与“热夜之梦”让马什感到不安的狂野长啸相提并论。

他以为“热夜之梦”用不了几分钟就会甩开他们，但现实并不是这样。“伊莱·雷诺兹”在她的尾浪中向下游追赶了足足两小时。他们有五六次在河曲处跟丢了“热夜之梦”，但每次都会在几分钟之内重新盯上她。两艘汽船之间的距离越来越远，但过程缓慢得难以察觉。“我们在全速行驶，就算不是也差不多了，”马什对约杰船长说，“但他们只是在慢悠悠地走；除非他们开进红河向北走，否则我猜他们肯定会在萨拉港停船。我们就在那儿追上他们。”他微笑道，“挺顺利的，对吧？”

“热夜之梦”有十八口大锅炉要烧，要推动那么巨大的船体，因此吞吃木柴的速度也远远超过跟着她的小船。她数次停船加木柴，每次“伊莱·雷诺兹”都能拉近一段距离，不过马什很小心，他命令舵手把速度放慢到四分之一，免得在侧明轮大船加木柴的时候超过去。“雷诺兹”停了一次船，把二十考得新砍的山毛榉木柴搬进几乎全空的主甲板，等船重新回到航道中，“热夜之梦”已经变成了前方黑暗水面上的一小团模糊红光。马什命令船员倒了一桶猪油进火炉，瞬间喷发的热量和蒸汽很快就帮他们赶上了一大半被甩开的距离。

快到红河与更宽阔的密西西比河交汇的地方，两艘船之间保持着不远不近的一英里间距。马什命令底下送了一壶咖啡到领航室，他正在给舵手倒咖啡的时候，舵手忽然眯着眼睛望向前方，说：“你快看，船长，水流似乎推着她侧过来了。她在那儿不需要穿过河面啊。”

马什放下杯子，也望向前方。“热夜之梦”忽然近了很多，而且舵手说得对，他能看见左舷的很大一部分了。既然她不是要横穿河面，那就是被支流的河水冲得偏转了方向，但他觉得任何一个像样的舵手都不会犯这种错误。“她是在绕过残桩或者沙洲。”马什说，但语气并不坚定。就在他的注视下，侧明轮大船似乎又转过来了一些，与他们形成了一个直角。他在月光下能看清领航室上的文字。她像是在随波逐流，但烟囱里依然冒出黑烟和火花，而船首也转入了他们的视野。

“该死。”马什大声说。他觉得浑身冰冷，像是再次掉进了河水。“她在转向。真他妈见鬼！她在转向！”

“船长，我该怎么做？”舵手说。

阿布纳·马什没有回答。他望着“热夜之梦”，恐惧在内心滋生。“伊莱·雷诺兹”这样的艉明轮轮船有两种方法可以掉转方向，但两者都很笨拙。假如航道够宽，她可以做个大直径的U字拐弯，但那需要大量空间和推力。她也可以停船，倒转桨轮，倒退转向，然后再次停船，最后向前行驶，完成这次转向。两者都要耗费时间，而马什甚至都不确定他们能不能在这儿掉头。侧明轮轮船更容易做机动操作，她只需要倒转一侧桨轮，另一侧继续正转，就可以完成原地掉头了，轻盈得仿佛舞者做个脚趾着地的旋转。阿布纳·马什已经能看见“热夜之梦”的前甲板了。她的活动跳板现在是收起来的，在月光下犹如两颗长长的白牙，身穿黑衣的白脸人影聚集在主甲板和锅炉甲板的前侧。“热夜之梦”巍然耸立于前方，前所未有地巨大和可怖。她已经几乎完成了掉头，而“伊莱·雷诺兹”还在向她行驶，桨轮隆隆转动，驶向那些白色的可憎面孔、黑色的身影和血红色的灼热眼睛。

“白痴！”马什咆哮道，“停船！快倒退，该死，转向！你没眼睛吗？他们朝我们撞来了！”

舵手犹豫着瞥了他一眼，然后停下桨轮，开始掉头，然而就在他忙碌的时候，阿布纳·马什已经看出他们来不及了。他们永远也不可能及时掉头，就算他们能掉头，“热夜之梦”用不了几分钟也能追上他们。两艘船都在逆流行驶的时候，“热夜之梦”的马力会占尽优势。马什抓住舵手的胳膊。“不！”他叫道，“继续向前！加速！绕过他们。快往炉子里加猪油，真该死，我们必须在他们撞上来之前绕过去，听懂了吗？”

“热夜之梦”已经在缓缓地驶向他们了，黑夜子民挤满了甲板。烟囱中喷出黑烟，马什几乎能分辨清楚一个个等待的人影了。舵手伸手想拉汽笛，但马什再次抓住他，叫道：“不！”

“我们会撞上的！”舵手说，“船长，我们必须让他们知道我们走哪一侧。”

“让他们去猜吧，”马什说，“真该死，这是我们唯一的机会！给我把猪油倒进去！”

月光下暗沉沉的水面上，“热夜之梦”发出得意扬扬的尖啸声。听上去像是魔狼，马什心想，正在猎物背后怒嚎。

24

“奥兹曼迪亚斯”号汽船上　密西西比河　一八五七年十月

“好，很好，”坏水比利·蒂普顿说，“他直冲我们而来。你说他贴心不贴心？”

“比利，你确定是马什吗？”戴蒙·朱利安问。

“你自己看吧，”坏水比利答道，把望远镜递给朱利安，“就在那艘破船的领航室里。没有第二个人像他这么胖还满脸肉疣了。还好我起了疑心，琢磨这艘船为什么总跟着我们。”

朱利安放下望远镜。“对，”他微笑道，“比利，离了你我们该怎么办哪。”笑容随即消失。“但是，比利，你向我保证过这位船长已经死了。他掉进河里的时候。相信你一定记得，对吧，比利？”

坏水比利小心翼翼地望向他，说：“朱利安先生，这次保证万无一失。”

“啊哈，”朱利安说，“对。舵手，会船的时候，我希望我们和他们的船身只相隔几英尺。舵手，明白了吗？”

约书亚·约克从河面上转开视线，但没有放开他握住黑色与银色的舵轮的坚定大手。他冰冷的灰眼睛隔着暗沉沉的领航室与朱利安对视，然后突然垂下视线。“我们会和他们很近的。”约克用空洞的声音答道。

火炉背后的沙发上，卡尔·弗拉姆虚弱地动了动，他站起来，走到约克背后站住，用半死不活的朦胧双眼望向河面。他动作迟缓，摇摇晃晃，像个醉汉或病弱的老人。看着他，你很难想象他刚开始是个多么难以应付的舵手，比利心想。但戴蒙·朱利安已经好好地收拾了弗拉姆；那天他晃晃悠悠地回到船上，没有意识到情况发生了改变，这位精瘦的舵手自己犯傻，在朱利安能听见的地方吹嘘他有三个老婆。戴蒙·朱利安觉得很好玩。“既然你再也不会见到她们了，”后来朱利安对弗拉姆说，“我们的汽船会给你安排三个新妻子。舵手毕竟应该享受他的特权。”现在辛西娅、瓦莱丽和卡拉轮流享用他，小心翼翼地每次不喝太多，但保证会按时给他放放血。弗拉姆是船上唯一有执照的舵手，因此尽管最近主要由约克掌舵，他们还是不能让弗拉姆死去。弗拉姆不再趾高气扬，也不再招惹麻烦。他几乎从不开口，走路时拖着步子，瘦骨嶙峋的手臂上遍布齿痕和伤口，眼神里透着狂热。

弗拉姆看着马什那艘矮墩墩的艉明轮轮船逐渐接近，精神似乎抖擞了一些，甚至露出了笑容。“靠近，”他喃喃道，“她肯定会靠近我们。”

朱利安望向他。“弗拉姆先生，你是什么意思？”

“没什么意思，”弗拉姆说，“只是她会直直地撞向你。”他咧嘴一笑。“我打赌马什船长把炸药一直堆到了锅炉甲板。这在河上是个老手段了。”

朱利安把视线转回到河面上。艉明轮轮船径直冲向“热夜之梦”，不顾一切地喷吐火花和黑烟。

“他撒谎，”坏水比利说，“他总是撒谎。”

“你看她开得多快啊。”弗拉姆说。这是事实，水流推动船身，桨轮疯狂转动，艉明轮轮船像魔王降世似的扑向他们。

“弗拉姆先生说得对。”约书亚·约克说，一把一把地转动巨大的舵轮，动作敏捷而优雅。“热夜之梦”的船首突然转向左侧。片刻之后，撞向他们的艉明轮轮船朝另一个方向转舵，与他们擦身而过。他们看清了船身上褪色的大写字母：伊莱·雷诺兹。

“一个该死的花招！”坏水比利叫道，“他存心放他们过去！”

朱利安冷冷地说：“没有什么炸药。给我追上去。”约克立刻开始倒转舵轮，可惜为时已晚；马什的小船瞥见机会，以令人惊诧的速度向前猛冲，排气管嘶嘶喷出高高的白色汽柱。“热夜之梦”的反应很快，船头重新拉直，但“伊莱·雷诺兹”已经从右舷三十码[1]外冲了过去，安全地驶向下游。她远去时放了一枪，枪声甚至盖过了“热夜之梦”轮机震耳欲聋的运转声和桨轮划水的哗哗声，但没有造成任何伤害。

戴蒙·朱利安没有理会弗拉姆的笑容，而是转向约书亚·约克。“约书亚，给我逮住他们。否则我就叫比利把你的酒瓶全扔进河里，让你和我们其他人一样感受渴欲。听懂了吗？”

“懂了。”约克说。他命令停转两侧桨轮，然后左舷桨轮慢速正转，右舷桨轮高速反转。“热夜之梦”在水流的帮助下掉转方向。“伊莱·雷诺兹”飞速逃离，艉明轮疯狂地溅起白色的水花，烟囱中喷出火焰。

“很好，”戴蒙·朱利安说，然后转向坏水比利，“比利，我回我的船舱了。”朱利安在船舱里度过大量的时间，他一个人坐在黑暗中，连一支蜡烛都不点，他喝着白兰地，望着虚无。他越来越多地把这艘

---

1. 1码约合0.9144米。

船的管理工作交给比利，他在种植园的时候也是这样，总是坐在黑洞洞的积灰的书房里，让比利管理一切。“你留在这儿，”朱利安继续道，“确保我们的舵手照我说的做。等我们追上那艘船，带马什船长来见我。”

“其他人呢？”比利犹豫道。

朱利安微笑道：“我知道你会想到办法的。”

朱利安离开后，坏水比利转回去望着河面。趁着“热夜之梦”掉头的时候，“伊莱·雷诺兹”朝下游驶出了很长一段距离，尽管现在她领先几百码，但这样的情况显然不可能持久。“热夜之梦”几个月来第一次向前猛冲，两侧明轮都以满速转动，炉火在咆哮，庞大的活塞杆震得甲板轰轰作响。比利眼看着两艘船之间的距离越来越短；“热夜之梦”正在吞噬“雷诺兹”的优势。马什很快就要来拜访戴蒙·朱利安了。坏水比利·蒂普顿对此满怀期待，期待的情绪颇为热烈。

但就在这时，约书亚·约克下令降低右舷桨轮的转速，同时开始转动舵轮。

“喂！”比利反对道，“你要让他们逃掉了！你这是干什么？”他从腰间拔出匕首，抵在约克的后背上。“你在干什么？”

“穿过河面，蒂普顿先生。”约克淡然道。

“你给我把舵转回去。马什没有穿过河面，反正我没看见，他越开越远了。”约克对他的命令置若罔闻，比利愈加愤怒了。“我说了，给我转回去。”

“我们刚刚经过了一条小溪，”约克说，“溪口旁边有一棵枯死的棉白杨。那是标记。见到这个标记，我必须穿过河面。要是我一直向前开，就会驶出深水区，结果会沉船。那儿的正前方有块礁石，在水下比较深的地方，水面上看不出来，但又不够深，因此会划破我们的船底。弗拉姆先生，我没说错吧？”

“换了我也不可能更准确了。”

坏水比利怀疑地东张西望。“我不相信你们，”他说，“马什没有穿过河面，他的船底也没破，至少我没注意到。”他挥了挥匕首，“你不会让他逃掉，对吧？”“伊莱·雷诺兹”把间距又拉长了一百码左右。直到此刻，这艘小船才开始转向右方。

“你算什么大副，”卡尔·弗拉姆轻蔑地说，“妈的，我们追的那艘艉明轮小船吃水太浅。下上一场大雨，她能开到新奥尔良的城中心才发现自己离开了河道。”

“阿布纳不是白痴，”约书亚·约克说，“他的舵手也不是。他们知道那块礁石很深，即便在现在这个水位，对他们的船也不会构成威胁。他们直接开了过去，就希望我们会跟上去，最好触礁沉没，再不济我们也会搁浅到天亮。现在你明白了吗，蒂普顿先生？”

坏水比利瞪着眼睛，忽然觉得自己像个傻瓜。他收起匕首，而卡尔·弗拉姆笑了起来。尽管只是轻轻一笑，但也足以让比利听见了。他吼道：“闭嘴，否则我就叫你的女人来。”现在轮到他嗤笑了。

“伊莱·雷诺兹”绕过了前面的一处岬角，但黑烟依然悬在半空中，你能在树林的另一侧看见她的灯火。坏水比利默默地望着她的亮光。

“你为什么那么在乎阿布纳能不能逃掉？”约克平静地问，“蒂普顿先生，船长难道做过什么伤害你的事情？”

“我才不在乎那堆肉疣呢，”比利冷冷地说，“是朱利安要抓他。朱利安怎么说，我就怎么做。”

“离了你他该怎么办哪。”约书亚·约克说。坏水比利很不喜欢约克的这个语气，但他还没来得及反驳，约克就说了下去：“比利，他在利用你。没有你，他什么都不是。你替他思考，替他行动，白天保护他。是你成就了他。”

“是啊。”比利自豪地说。他知道他有多么重要。他很喜欢这样。在汽船上就更愉快了。他喜欢当大副。他买的黑鬼和雇的白皮垃圾都畏惧他，他们称呼他为“蒂普顿先生”，无论他吩咐什么，他们都会跑着去做，他甚至不需要大声吆喝甚至瞪眼睛。有几个内河白人刚开始不服管教，直到坏水比利给一个开了膛，把内脏翻出来的尸体塞进炉子。从那以后，他们全都非常尊重他。黑鬼根本不需要他费心，除了停靠码头的时候，靠岸前比利会给他们戴上镣铐，而铁链的另一头固定在主甲板上，这样他们就无法逃跑了。这比在种植园当监工还要令人愉快。监工是白皮垃圾，所有人都看不起他。但是在河面上，汽船大副是个重要角色，是高级船员，是你必须待之以礼的体面人。

“朱利安给你的承诺是谎言，”约克说，“比利，你永远也不可能成为我们的一员。我们是不同的种族。我们的解剖结构不一样，身体组织不一样，连血液本身都不一样。无论他怎么说，都不可能让你变成我们。”

“你肯定以为我他妈很愚蠢，”比利说，“我不光是听朱利安说的。我听过很多故事。我知道吸血鬼如何制造其他吸血鬼。无论你怎么说，约克，你都曾经和我是一样的。只是你生性软弱，而我不是。你害怕了吗？”正是如此，比利心想。约克希望他背叛朱利安，这样朱利安就不会转变他了，因为一旦他成为他们的一员，他就会比约克更强大，甚至和朱利安一样强大。“我让你恐惧，乔希，对不对？你以为你他妈特别了不起，但等朱利安转变了我，你就等着看我让你爬向我吧。不知道你的血液是个什么滋味。朱利安知道，对吧？”

约克没有说话，但坏水比利知道他击中了约克的软肋。自从登上“热夜之梦”以后，戴蒙·朱利安品尝过十几次约克的血液。事实上，朱利安不喝除他之外的任何人的血液。“因为你真的很美，我亲爱的约书亚。”他会这么说，惨白的脸上露出笑容，递给约克一个酒杯让他放血倒满。迫使约克服从似乎使他乐在其中。

“他一直在嘲笑你，”过了一会儿，约克说，“每个白天，每个黑夜。他嘲讽你，他蔑视你。无论你多么有用，他都认为你既丑陋又滑稽。对他来说，你只是个畜生，等他找到一头更强壮的动物来伺候他，他就会把你当垃圾一样抛开。他会从中得到莫大的乐趣，只是到时候你已经彻底腐化和朽烂，然而你依然会相信他，依然会跪求他。”

“我才不会跪求任何人呢，”比利说，“你闭嘴。朱利安没有骗我！”

“那就去问他打算什么时候转变你。问他打算如何制造这个奇迹，如何让你的皮肤变白，如何改造你的身体，如何教你的眼睛能够看穿黑暗。既然你认为他没有骗你，那就去问他好了。然后你仔细听吧，蒂普顿先生，听他和你说话时声音里的嘲讽。”

坏水比利·蒂普顿要气炸了。他竭尽全力才没有拔出匕首，捅进约书亚·约克宽阔的后背，但他知道约克抬抬手就能制服他，而朱利安也会因此而生气。“行啊，”他说，“说不定我会去问他的。他比你年长，约克，他知道你不知道的很多事情。说不定我这会儿就会去问他。”

卡尔·弗拉姆又轻声一笑，连约克都从舵轮上转开视线，对他露出讥讽的笑容。“那你还在等什么呢？”他说，“你去问他呗。”坏水比利于是走向上层甲板，去寻求他想知道的答案了。

戴蒙·朱利安占据了约书亚·约克住过的船长卧舱。比利很有礼貌地敲敲门。“进来吧，比利。”房间里传来轻柔的回应。他开门进去。房间里一片漆黑，但他能感觉到朱利安坐在几英尺外的黑暗中。“逮住马什船长了吗？”朱利安问。

“他还在逃跑，朱利安先生，”比利说，“但我们很快就会追上他。”

“很好。那么，比利，你来干什么？我叫你看着约书亚。”

“我有事情想请教你。”坏水比利说。他重复了一遍约书亚·约克的话。等他说完，船舱里陷入死寂。

“可怜的比利，”朱利安最后说，“经过了这么长的时间，你难道还有疑虑吗？比利，只要你在怀疑，就不可能完成转化。亲爱的约书亚如此饱受折磨，这就是原因。他的疑虑导致他卡在两者之间，他一半是主宰，另一半是血畜。你明白吗？你必须要有耐心。”

“我想开始，”坏水比利坚持道，“已经很多年了，朱利安先生。现在我们有了这艘汽船，情况比以前好得多了。我想成为你们的一员。你给过我承诺的。”

“确实如此，”戴蒙·朱利安轻声一笑，“那好，比利，我们必须开始了，对吧？你侍奉我侍奉得很好，既然你这么坚持，我怎么可能拒绝你呢？你这么精明，我可不想失去你。”

坏水比利几乎不敢相信他的耳朵。“你是说你答应我了？”约书亚·约克会为他的语气感到万分遗憾的，比利发疯般地心想。

“当然了，比利，我毕竟给过你承诺。”

“什么时候？”

“改变不可能在一夜之间完成。比利，转变你需要耗费时间。好几年。”

“好几年？”坏水比利沮丧地叫道。他可不愿意等待好几年。传说中说的可不是好几年。

“恐怕是的。就像你从孩子成长为男人，这个过程很慢，而现在你要从奴隶成长为主人。比利，我们会好好地养育你，你会从血液中得到力量、美貌和速度。你会饮取生命，生命力会在你的血管里奔腾，直到你重生为黑夜的子民。转变不可能一蹴而就，但肯定能够实现。我给你的承诺必将实现。你会拥有永恒的生命和主宰的地位，猩红的渴欲将充盈你。我们很快就会开始。”

“多快？”

“为了起步，比利，你必须饮血。为此我们需要一名猎物。”他放声大笑。“马什船长，”他突然改变话题，“会满足你的需要。等我们追上他的汽船，你照我说的那样带他来见我。不能伤害他。我不会碰他。他会归你所有，比利。我们会把他绑在他的大厅里，由你夜复一夜地喝他的血。他的块头那么大，身体里肯定有很多血。他会坚持很长一段时间，比利，他会扶持你在转变的道路上走得很远。是的，等他落在我们手上，你就可以从马什船长开始。比利，去抓他们吧。为了我，也为了你自己。”

25

“伊莱·雷诺兹”号汽船上　密西西比河　一八五七年十月

阿布纳·马什在“伊莱·雷诺兹”的领航室看着“热夜之梦”转向横穿河面。他重重地敲了一下手杖，骂了一声，但心底里他也说不清他是失望还是松了一口气。马什知道，要是眼看着他心爱的女士被那块该死的暗礁划破船底，他一定会难过得心碎。然而另一方面，现在“热夜之梦”依然紧追不舍，假如“雷诺兹”被追上，戴蒙·朱利安无疑会把他的心挖出来。这场游戏他似乎无论如何都是输家。马什站在那儿皱眉怒视，而“伊莱·雷诺兹”的舵手也转动舵轮，开始穿过河面。“热夜之梦”喷着蒸汽在黑暗中追来，那副模样令人胆战心惊。马什建造她是为了战胜“日食”，是为了让她成为有史以来最快的一艘汽船，而此刻他必须用这条河上最古老最寒酸的一艘船去击败她。“胡思乱想也没用，”他大声说，转向舵手，“我们这是在竞速了。”他说，“要确保不被追上。”

舵手看他的眼神像是在看一个疯子，也许马什确实发疯了。

阿布纳·马什下到主甲板上，去看他能不能帮上什么忙。卡特·格罗夫和轮机长多克·特尼已经接过了指挥权。热浪席卷船舱。炉火咆哮，木柴噼啪燃烧，烈焰蹿向上方，每次司炉把木柴扔进炉膛，焰头就会腾空而起。格罗夫把所有的机工都叫了下来，他们汗流浃背，往橘红色的炉火中添柴，先在山毛榉和松节上涂抹猪油再塞进炉子。格罗夫拎着一桶威士忌走来走去，桶里有个黄铜长勺，这样他们只需要停顿片刻就能喝上一口提神酒了。汗水顺着赤裸的胸膛流淌，在热浪中化作袅袅蒸汽，他的脸被蒸得通红。你很难想象他们如何能够忍受这样的高热，但他们确实在持续不断地补充燃料。

多克·特尼在看锅炉上的压力计。马什也过去看了看。压力正在稳步攀升。轮机长望向他。“我在这艘船上待了四年，压力从没升得这么高过。”他喊道。在火炉的滋滋声和呼呼声、蒸汽的咝咝声和轮机的轰鸣声中，你必须扯着嗓子说话。马什伸出手试了试，立刻又缩回来。锅炉太烫，无法触摸。“船长，安全栓冒出来了怎么办？”

“砸回去，先生，”马什叫道，“我们需要蒸汽。”

特尼皱起眉头，但还是照他说的做了。马什盯着压力计；指针还在稳步上升。蒸汽穿过管道时真的在尖啸，不过效果也摆在眼前：轮机颤抖着咚咚运转，就好像要把自己震成碎片，桨轮在转动，许多年来它从没这么疯狂地转动过，它哗哗地拍击水面，掀起扇形的滔天水花，它使出了前所未有的推力，整艘船都随之震颤。

副轮机长带着机工围着轮机忙活，涂油和加润滑剂，确保活塞杆运转顺畅。他们看上去就像一群泡过沥青的黑色小猴子。他们连动作也像猴子一样敏捷。他们必须如此。在活动部件运转的时候上润滑油可不是一件容易事，尤其是“雷诺兹”衰老的轮机正在以此刻的这个速度运转。

“快点！”格罗夫吼道，“烧猪油，还能再快点！”一个魁梧的红发司炉从炉口踉跄退开，被热浪烤得头晕目眩。他跪倒在地，但另一个司炉立刻顶上，格罗夫连忙跑到倒下的人身旁，舀了一勺威士忌浇在他头上。他抬起头，湿漉漉地使劲眨眼睛，他张开嘴，大副又舀了一勺烈酒倒进去。没过一分钟，他就爬了起来，往松节上抹猪油。

轮机长咧咧嘴，打开排气管，滚烫的蒸汽呼啸着冲向黑夜，锅炉的压力稍微降低了一点。压力随即开始重新升高。部分管线上的焊料正在熔化滴淌，不过有人站在一旁，做好了修补裂口的准备。滚烫的水汽和焦热的炉子烤得马什大汗淋漓。人们在他四周奔跑、喊叫、传递木柴和猪油、补充木柴、养护锅炉和轮机。活塞杆和桨轮发出可怕的噪音，炉火把所有人都浸没在闪动的红光中。这是个酷热的炼狱，是充满噪音、活动、黑烟、蒸汽和危险的地狱。汽船在震颤和咔咔作响，抖得像个即将倒地而死的病人。但她确实在移动，待在这儿，无论阿布纳·马什说什么或做什么，都不可能让她跑得更快了。

他感激地走出船舱，来到前甲板上，远离了可怖的酷热之地，他的外衣、衬衫和裤子都湿透了，就好像他刚从河里爬出来似的。风吹过他的身体，马什一时间觉得凉得无比舒畅。他看见前方有个小岛分开了河流，再过去的西岸上有一点灯光。他们正在快速驶向那里。“该死，”马什说，“肯定开到每小时二十英里了。妈的，三十都有可能。”他大声说，几乎在喊叫，就好像声如雷鸣就能让断言成为事实。“伊莱·雷诺兹”正常行驶的时候每小时只开八英里。尽管这会儿是顺水行船，但他们依然快得惊人。

马什迈着沉重的步伐爬上楼梯，穿过主船舱，来到飓风甲板上，想看清楚背后的情形。粗短的烟囱喷出火花，焰头从顶端冒了出来，他眼看着蒸汽再次涌出排气管，那是多克·特尼正在释放压力，免得该死的锅炉把他们炸上天。马什脚下的甲板抖个不停，仿佛某种活物的皮肤。艉明轮转得快极了，掀起了一道该死的水墙，就好像倒挂的瀑布。

而“热夜之梦”紧追不舍，她暗着一半的灯火，黑色的烟囱直插夜空，喷出黑烟和火花。马什下去的那段时间里，她似乎拉近了二十码左右的距离。

约杰船长走到马什身旁。“我们甩不掉她。”他的语调疲惫而阴郁。

“我们需要更多的蒸汽！更多的热量！”

“马什船长，桨轮不可能转得更快了。要是多克不及时释放蒸汽，锅炉就会爆炸，弄死我们所有人。轮机是七年前的旧东西，迟早会把自己震得解体。猪油也快没了。等猪油用完，我们只能干烧木柴。船长，这位女士上了年纪。你可以让她像在新婚之夜那样跳舞，但她可经不住你的折腾。”

“该死。”马什说。他望向桨轮背后。“热夜之梦”仍在继续逼近。“该死。”他重复道。他知道约杰说得对。马什望向前方。他们在驶向那个河心岛。河流和主航道转向东方。西方的分岔是个截弯岔道，但比较窄。即便隔着一段距离，马什也能看见河面在那里逐渐收拢，树木从河岸上伸出黑色的虬结身躯。他返回领航室，对舵手说：“走岔道。”

舵手惊骇地扭头看他。在河上，这种事情由舵手决定。船长可以做些无关痛痒的建议，但不能发号施令。“不，先生。”舵手答道，若是他的年纪再大一些，肯定会更加生气。“马什船长，你看那儿的河岸。现在是枯水期。我了解那条岔道，这个季节没法通行，要是开进去，这条船肯定会搁浅，要到明年春汛才能脱身。”

“也许吧，”马什说，“但要是连我们都过不去，那‘热夜之梦’就更是不可能了。她必须兜个大圈子。我们能甩掉她。这会儿甩掉她比我们有可能撞上残桩或沙洲要重要得多，听懂了吗？”

舵手皱眉道：“船长，你没资格教我怎么在这条河上开船。我有我的名声。我从没出过船难，今晚也不想破例。我们就待在航道上。”

阿布纳·马什能感觉到自己涨红了脸。他扭头望去。“热夜之梦”离他们只有三百英尺了，间距正在迅速缩短。“该死的白痴，”马什说，“这是密西西比河上有史以来最重要的一场竞速，我他妈却有一个白痴舵手。假如是弗拉姆先生在掌舵，或者要是他们有个知道怎么开船的大副，他们就已经追上我们了。他们多半在烧棉白杨。”他用手杖指着“热夜之梦”说：“但你看，尽管她开得很慢，也还是很快就会追上我们，我们只能靠掌舵胜过她。听见了吗？给我走该死的岔道！”

“我可以向行会举报你。”舵手生硬地顶撞道。

“我可以把你扔下船。”阿布纳·马什答道。他威胁地上前两步。

“放小艇出去，船长，”舵手建议道，“我们先测深，看看船能不能进去。”

阿布纳·马什厌恶地冷哼一声。“给我闪开。”他说，粗暴地推开舵手。舵手绊了一下，跌倒在地。马什抓住舵轮，用力转向右方，“伊莱·雷诺兹”的船首于是转了过去。舵手骂骂咧咧。马什没有理会他，把注意力放在掌舵上，直到汽船经过小岛高出水面的泥泞岬角，沿着弯弯曲曲的西岸勉强前进。他扭头望去，刚好看见已经追得只剩最后两百英尺的“热夜之梦”放慢速度，停船，开始怒气冲冲地倒退。片刻之后，他再次望去，“热夜之梦”正在驶向东面的河曲。再然后他就没时间张望了，因为“伊莱·雷诺兹”重重地撞上了什么东西，听声音是一根相当长的圆木。这一下撞得马什牙齿打架，险些咬掉舌头，他不得不紧握住舵轮来维持平衡。舵手刚爬起来就摔倒在地，疼得呻吟。汽船的速度使得她直接越过了障碍物，马什看见了一眼那东西：一棵黑黢黢的巨树，半沉在水里。随后是好一阵闹腾，咔咔声和隆隆声震耳欲聋，船抖得像是被疯狂的巨手抓住并使劲摇晃，船身随后猛地一歪，艉明轮打在树身上，木头被碾成碎屑的巨响不绝于耳。

"真该死！"舵手骂道，重新爬起来。"舵还给我！"

"那敢情好。"阿布纳·马什说，把位置让给他。"伊莱·雷诺兹"甩开那棵枯树，在浅而窄的岔道中疯狂突进，犁过一个又一个沙洲，船身剧烈颤抖。每一个沙洲都减缓了一点她的速度，而舵手进一步放慢了速度，他像个疯子似的拉响了轮机舱的传话铃。"全停！"他喊道，"桨轮给我全停！"桨轮又缓缓地转了两圈，这才呻吟着停下，两道长长的白色汽柱嘶嘶喷出排气管。"伊莱·雷诺兹"失去了前进的势头，开始胡乱晃动，舵轮在舵手的手里空转。"船舵坏了。"他说，汽船撞上了又一个沙洲。

这下船终于停下了。

阿布纳·马什向前一栽，撞在舵轮上，这次他真的咬到了舌头。他爬起来，吐出一口血，听见底下有人在尖叫。舌头疼得火烧火燎，还好没整个儿咬掉。

"真该死！"舵手说，"你看，你看看。"

"伊莱·雷诺兹"不但损失了船舵，还失去了半个桨轮。桨轮依然连在船身上，但歪着挂在那儿，一半桨叶不是裂了就是断了。锅炉再次放气，船呻吟着沉入淤泥，略略向右倾斜。

"我说过了我们不该走这条岔道，"舵手说，"我说过了。这个季节岔道里只有沙洲和残桩。这事不是我干的，没人能把责任推给我！"

"你给我闭嘴。"阿布纳·马什说。他望向船尾，透过树丛，河面依稀可见。河面似乎空荡荡的。也许"热夜之梦"向前继续开了。有这个可能。"绕过那个河曲需要多少时间？"马什问舵手。

"真该死，你怎么还关心这事？我们在春天前出不去了。你需要新的船舵和新的桨轮，还要一次像样的涨水，把船从沙洲上托起来。"

"河曲，"马什坚持道，"绕过那个河曲需要多少时间？"

舵手喷着口水说："三十分钟，她要是像刚才那么打水，也许二十分钟，但有什么重要的呢？我告诉过你——”

阿布纳·马什打开领航室的房门，大喊约杰船长的名字。他吼了三遍，又等了足足五分钟，约杰这才出现。“抱歉，船长，”老船长说，“我在主甲板上。爱尔兰佬汤米和大个子约翰森被严重烫伤了。”他看见损坏的桨轮，停下了。“我可怜的老姑娘啊。”他沮丧地喃喃自语。

“管道爆了？”马什问。

“很多根。”约杰答道，好不容易才从断裂的桨轮上挣开视线。“蒸汽喷得到处都是，要不是多克及时打开排气管而且一直敞着，情况本来会更糟糕的。刚才撞的那一下把所有东西都震松了。”

马什的心沉了下去。这是给他的最后一击。现在就算他们能挣脱沙洲，换上新船舵，靠半个桨轮退出岔道，想办法搬开那棵该死的死树——这些难题没有一个是容易解决的，他们还有破裂的蒸汽管道甚至损坏的锅炉需要修补。他大声咒骂，骂了很久。

“船长，”约杰说，“我们现在没法按照你的计划去猎杀他们了，但至少我们是安全的。等‘热夜之梦’绕过那个河曲，会以为我们跑远了，然后肯定会顺流而下找我们。”

“不，”马什说，“船长，你去准备担架，抬上被烫伤的人，然后你们穿过树林离开。”他用手杖指了指。他们与河岸之间只隔着十英尺的浅水滩。“找个镇子躲一躲。去最近的那个。”

“这个岛到头，再走两英里。”舵手插嘴道。

马什朝他点点头。“很好。那你带路吧。你们所有人都给我走，快点。”他想起了杰弗斯的眼镜飞出去时的金光一闪，那一抹可怖的小小亮光。不能让这一幕重演，阿布纳·马什心想，不能因为我再让别人丧命了。“去找个医生，为他们包扎。你们应该是安全的。他们要抓的是我，不是你们。”

“你不走？”约杰问。

“我有枪，”阿布纳·马什说，“还有一肚子情绪。我要等着他们。”

“跟我们走吧。”

“我逃跑，他们会来追。他们抓住我，你们就安全了。反正我是这么觉得的。”

“要是他们不来——”

“天一亮我就去追你们。”马什说。他不耐烦地顿了一下手杖。“我还是船长，对不对？别和我吵了，照我说的做。我要你们统统滚下我的汽船，听见了吗？”

“马什船长，”约杰说，“至少让卡特和我留下帮你。”

“不。走吧。”

“船长——”

“走！”马什吼道，涨红了脸，“快走！”

约杰脸色发白，抓住惊呆了的舵手的胳膊，拖着他离开领航室。船员火速撤退的时候，阿布纳·马什又看了一眼河面——依然什么都没有，然后下楼梯去他的卧舱。他取下墙上的猎枪，检查，上膛，把那盒定制子弹塞进白色上衣的口袋。武装好了，马什回到飓风甲板上，把椅子搬到能看见河面的地方。要是他们够精明，阿布纳·马什心想，他们就该知道水位现在有多低。他们会知道“伊莱·雷诺兹”未必能通过这条岔道，但就算能通过，她也必须慢速行船，一路测深。等他们绕过河曲，立刻就会知道他们追过头了。知道这一点，他们就不可能继续向下游走。他们会让“热夜之梦”守住岔道的尽头，等待“雷诺兹”自投罗网。另一方面，他们会在河心岛的顶端分出几个人或黑夜子民，划着小艇慢慢驶过岔道，以防“雷诺兹”停船或搁浅。换了阿布纳·马什，他肯定会这么做。

他能看见的那一小段河道依然空荡荡的。他默默等待，觉得有点冷。他随时都有可能见到一艘小艇绕过那片树丛，上面坐满了沉默的黑影，月光会照亮他们惨白的面孔和得意的笑容。他又检查了一下他的枪，希望约杰能抓紧时间。

约杰和格罗夫带着其他船员离开十五分钟后，河面上依然毫无动静。

黑夜中有着形形色色的响动。河水汩汩淌过他遇难的汽船，风哗哗吹动树木，动物在树林里活动。马什起身，手指扣在扳机上，警觉地扫视上游的水面。他看见了夹着泥沙的河水在冲刷沙洲，看见了虬结的树根，看见了撞坏桨轮的倒伏枯树，除了这些，他什么都没有看见。他看见浮木移动，没见到其他动静。“也许他们没那么精明。”他低声嘟囔道。

马什的眼角余光瞥见河对面的小岛上有个白生生的东西。他猛地转过去，举起枪抵住肩膀，但那儿什么都没有，只有浓密的黑色树丛和厚厚的河泥。他和暗沉沉的寂静小岛之间隔着二十英尺的浅水滩。阿布纳·马什呼吸急促。他们会不会没有驾着小艇驶进岔道，他心想，他们会不会登上小岛，步行摸了过来？

“伊莱·雷诺兹”在他脚下吱嘎作响，马什愈发紧张了。只是船在下沉，他对自己说，她搁浅了，正在沉进沙地。但另一半的他在轻声说，吱嘎声也许是脚踩出来的声音，就在他盯着河面看的时候，他们也许已经偷偷靠近。也许他们已经上了船。也许戴蒙·朱利安正在爬上楼梯，悄无声息地穿过主船舱——他知道朱利安走路时能多么无声无息，朱利安他逐个搜查船舱，走向会带他爬上飓风甲板的这段楼梯。

马什把椅子转了个方向，面对楼梯顶端坐着，等待一张惨白的脸忽然升入视野。他抓着猎枪的双手在出汗，枪托抓在手里滑溜溜的。他在裤腿上擦了擦手。

轻柔的耳语声顺着楼梯飘了上来。

他们就在底下，马什心想，就在底下盘算怎么来抓他。他被困在上面了，孤身一人。当然了，他是不是孤身一人并不重要。他以前也有过帮手，对黑夜子民来说毫无区别。马什起身，走到楼梯顶端，俯视底下点缀着斑驳月光的茫茫黑暗。他紧握猎枪，使劲眨眼，等待异物现身。他等了不知道多久，听着隐约的耳语声，心脏怦怦乱跳，就像“雷诺兹”衰老而疲惫的轮机。他们希望他听见他们，阿布纳·马什心想。他们希望他害怕。他们像幽灵似的摸上他的汽船，敏捷而无声无息，他根本没有看见他们，而此刻他们想让他害怕起来。“我知道你们就在底下，”他喊道，“上来啊。朱利安，我为你准备了礼物。”他端起猎枪。

寂静。

“去死吧。”马什吼道。

楼梯底下有东西在动，一个白色的影子冲了过去。马什抬枪准备射击，但他还没来得及瞄准，那个影子就消失了。他骂了一声，下了两级台阶，忽然又停下。他们就希望我这么做，他心想。他们企图引我下去，去散步道和暗沉沉的卧舱，去积灰的昏暗主船舱，月光只能勉强照进那里肮脏的天窗。待在飓风甲板上，他还有还手之力。他们无法轻易攻上来，他能看见他们走上楼梯或爬上船舷。然而一旦下去，他就听凭他们摆布了。

“船长，”一个柔和的声音在召唤他，“马什船长。”

马什举起枪口，眯起眼睛。

“别开枪，船长。是我。只是我。”她在楼梯底下走进视野。

瓦莱丽。

马什犹豫了。她抬着头对他微笑，月光照亮她黑色的头发，等着他的回应。她穿长裤和男式褶饰衬衫，前襟没系纽扣。她的皮肤柔软而苍白，她的眼睛虏获他的眼神，和他对视，那是两个紫红色的闪亮信标，美丽，深不见底。他能在那双眼睛里游泳，一直到永远。“船长，到我身边来吧，”瓦莱丽对他说，“我只有一个人。约书亚派我来的。下来吧，我们谈谈。”马什向下走了两级台阶，那双璀璨的眼睛困住了他。瓦莱丽伸出双臂。

就在这时，“伊莱·雷诺兹”吱嘎一声，向下一沉，突然向右舷倾斜。马什一个踉跄，小腿重重地磕在楼梯上，疼得他淌出了眼泪。他听见微弱的笑声从底下飘上来，看见瓦莱丽的笑容抖动消失。马什怒骂一声，重新抬起猎枪，抵着肩膀扣动扳机。后坐力险些害得他脱臼，他重重地坐在楼梯上。瓦莱丽不见了，幽灵般地消失了。马什骂了一声，爬起来，在口袋里摸子弹，倒退着走上楼梯。“约书亚，妈的！”他朝着黑暗咆哮道，“真该死，朱利安派你来抓我！”

马什刚回到已经以三十度角倾斜的飓风甲板上，就感觉到一个硬邦邦的东西顶在了两肩之间。“哎呀，哎呀，”一个声音在他背后说，“这不是马什船长吗？”

其他人一个接一个地出现，马什把枪扔在甲板上。瓦莱丽最后一个现身，不愿正视他的眼睛。阿布纳·马什破口大骂，说她是个背信弃义的婊子。她终于受不住了，向他投来责备的可怕视线。“你以为我有选择吗？”她恶狠狠地说。马什于是停止了攻击。让他住嘴的并不是瓦莱丽的言辞，不，绝对不是，而是她的眼神。因为尽管只看了短暂的一眼，马什就在那双紫色眼睛的深处看见了羞愧、恐惧和……渴欲。

“走吧。”坏水比利·蒂普顿说。

“去死吧。”阿布纳·马什说。

26

"奥兹曼迪亚斯"号汽船上　密西西比河　一八五七年十月

坏水比利推着他走进船长的卧舱，阿布纳·马什以为里面会是一片黑暗，却发现房间沐浴在油灯的柔和光线之中。与记忆中相比，房间里多了些灰尘，但除此之外，这儿依然是约书亚居住时的老样子。坏水比利关上门，让马什和戴蒙·朱利安单独相处。他攥紧胡桃木手杖，比利把猎枪扔进河里，但允许马什带上了手杖，他怒目而视。"要杀我就快点动手吧，"他说，"老子没心情和你玩虚的。"

戴蒙·朱利安微笑道："杀了你？天哪，船长！我打算请你吃饭呢。"两张宽大的皮椅之间，小桌上摆着一个银餐盘。朱利安掀开盖子，里面是一盘煎鸡肉和蔬菜，配菜是芜菁和洋葱，还有一块浇奶酪的苹果馅饼。"还有葡萄酒。船长，请坐吧。"

马什看着食物，闻了闻。"托比还活着。"他突然很有把握地说。

"当然了，"朱利安说，"快坐下吧。"

马什警惕地走过去。他不知道朱利安想干什么，但他思考片刻，觉得他无所谓了。食物里也许有毒，但那不合逻辑，要是想杀他，他们有许多更简单的办法。他坐下，抓起一块鸡胸。肉还是热的。他开始狼吞虎咽，想起自己很久没吃过一顿像样的大餐了。也许他很快就会丧命，但至少他可以做个饱死鬼。

戴蒙·朱利安身穿棕色正装和金色马甲，看着马什吃东西，苍白的脸上露出一丝玩味的笑容。“要酒吗，船长？”他只说了这么一句。他倒了两杯酒，优雅地拿起自己那杯喝了起来。

阿布纳·马什吃完馅饼，向后一靠，打了个嗝，然后皱起眉头，怒视对方。“一顿好饭，”他勉强道，“行了，朱利安，你这是要干什么？”

“那天晚上你走得太匆忙了，船长，我说过了，我只是想和你谈谈。但你选择不相信我。”

“太他妈对了，我就是不相信你，”马什说，“现在也还是不相信。不过这会儿我没什么资格开口，所以你就说吧。”

“你很勇敢，马什船长。还很强壮。我钦佩你。”

“难说我对你能有什么用处。”

朱利安大笑。笑声犹如纯粹的音乐。他的黑眼睛闪闪发亮。“有意思，”他说，“何等的气势汹汹。”

“我不明白你为什么想恭维我，但你反正也得不到任何好处。你把全世界所有的炸鸡都堆在我面前，我也没法忘记你对那个婴儿做了什么，还有杰弗斯先生。”

“你似乎忘了杰弗斯把我捅了个对穿，”朱利安说，“谁能对这种事无动于衷呢？”

“那个婴儿可没有剑。”

“一个奴隶，”朱利安轻快地说，“根据贵国法律的规定，只是财产而已。按照贵国人民的看法，那是个劣等生物。我让它解脱了，船长，免得一辈子受到束缚。”

“下地狱去吧，”马什说，“那只是个可怜的婴儿，你砍掉它的手，就好像剁掉鸡头，然后你又捏碎了它的脑袋。它没对你做过任何事情。”

“是的，”朱利安说，“让·阿尔当也没有伤害过你或你的族民。但你和你的大副趁他睡觉的时候砸烂了他的脑袋。”

“我们以为那是你。”

“啊哈，”朱利安微笑道，“所以是误杀。然而无论你们是不是搞错了目标，都杀害了一个无辜者。然而负罪感似乎并没有让你痛苦万分。”

“他不是人。他是你们中的一员。吸血鬼。”

朱利安蹙眉道：“请别这么说。我和约书亚一样，都痛恨这个词。”

马什耸耸肩。

“马什船长，你的话自相矛盾，”朱利安说，“你当我是邪恶的，因为我做了你也做过的事情，而没有受到良心的谴责——夺走与你不一样的异类的生命。你毫不在意。你在保护你的同类。你心目中的同类甚至包括黑皮肤的族人。我钦佩你，明白吗？你知道你是什么，你了解你的处境和你的天性。这正是事物应有的样子。你和我，在这方面是一样的。”

“我和你才不一样呢。”马什说。

“哎呀，但事实上就是一样的。你和我，我们接受了各自的天性，我们不会寻求变成与我们不同、我们不该成为的异类。我鄙视弱者，厌恶那些低能儿，他们厌恶自己，甚至必须伪装成其他的模样。你对此也有同感。”

“我没有。”

“没有？你为什么那么讨厌坏水比利？”

“他是个卑鄙小人。”

“他当然是了！”朱利安像是格外愉快，“可怜的比利，他很软弱，渴望能变强。只要能成为我们族群的一员，他什么都愿意做。任何事情。我认识一些和他一样的家伙，非常多。他们很有用，往往能逗我开心，但我绝对不会钦佩他们。马什船长，你厌恶比利是因为他模仿我们这个种族，却残害你们自己的种族。亲爱的约书亚也抱着同样的看法，没有意识到他在比利身上看见的是他自己的镜像。”

“约书亚和比利·蒂普顿没有任何相似之处，”马什坚定地说，“比利是个该死的下作胚。约书亚也许做过一些坏事，但他想要弥补他的过错。他本来能帮助你们所有人的。”

“他会把我们变成你们。马什船长，你自己的国家被奴隶制分裂成互相仇视的两部分，而奴隶制的基础就是种族。假如你能结束这一切。假如你有办法在一夜之间把这块土地上的所有白人变成黑炭头。你会这么做吗？”

阿布纳·马什皱起眉头。他并不喜欢变成黑炭头的这个想法，但他知道朱利安想引出什么结论，同样不喜欢朝那个方向走。于是他什么都不说。

戴蒙·朱利安喝了一口酒，露出微笑。“啊哈，”他说，“你明白了吧。就连你们的废奴主义者也承认黑皮肤的种族是劣等生物。他们对企图扮成白人的奴隶不会有什么好脸色，要是白人为了变成黑人而喝下某种药剂，他们更是会感到厌恶。马什船长，我伤害那个奴隶婴儿并不是出于恶意。我内心没有恶意。我那么做是为了影响约书亚，我亲爱的约书亚。他那么美丽，却让我感到难过。”

“而你，则是另一码事了。八月的那个夜晚，你真的担心我会伤害你吗？哎呀，在痛苦和愤怒之下，我也许确实会伤害你。但在那之前我并不会。美吸引我，马什船长，而你与美无缘。”他大笑。“我觉得我从没见过比你更难看的人。你让我恶心，一身肥膘，长满了黑毛和肉疣，飘着汗臭味，你的鼻子是扁的，眼睛像猪眼，一口歪歪扭扭的烂牙。你比比利还不可能引起我的渴欲。但你很强壮，你狗胆包天，你知道自己的位置。这些都是我钦佩的东西。你还知道该怎么指挥一艘船。船长，你和我不该是敌人。加入我吧。为我指挥‘热夜之梦’。”他微微一笑。“或者现在这个船名。比利决定必须给它换个名字，约书亚不知道从哪儿翻出来一个。要是你愿意，还可以改回去。”

“是她。”马什说。

约书亚皱起眉头。

“船是女性的她，不是它。”马什说。

“哦。”戴蒙·朱利安说。

“比利·蒂普顿在管这艘船，对吧？”

朱利安耸耸肩。“比利是监工出身的，不是内河人。我可以处理掉比利。船长，意下如何？只要你加入我，这就是给你的第一个奖赏。比利的小命。我会为你杀了他，你自己动手也行。说起来，他杀了你的大副。”

“长毛迈克？”马什觉得浑身发冷。

“对，”朱利安说，“过了几个星期，又杀了你的轮机长。比利逮住他企图破坏锅炉，想让锅炉爆炸。你不想为你的伙伴报仇吗？这在我给你的权力之内。”朱利安专注地坐了起来，黑眼睛兴奋地闪闪发亮。“你还能拥有其他的东西。财富。我对钱不感兴趣。你可以掌管我的全部财富。”

“你从约书亚那儿抢来的全部财富。”

朱利安微微一笑。“血主会收到许多礼物，”他说，“我还可以给你女人。我在你的族民之中生活了许多年，我了解你们的欲望，你们的饥渴。船长，你有多久没碰过女人了？喜欢瓦莱丽吗？她可以属于你。她比你的种族的任何一个女人都可爱，而且不会变老和变得难看，至少在你活着的时候不会。你可以拥有她。还有其他女人。她们不会伤害你。你还想要什么？食物？托比还活着。只要你想吃，每天都能享用六七顿他的大餐。

“船长，你是个务实的人。你不像你的同类那样沉迷于宗教妄想。考虑一下我的条件吧。你会拥有惩罚敌人和保护朋友的权力，你能享受美食、金钱和女人。还有你拼死也想做到的事情——驾驶这艘汽船，你的‘热夜之梦’。”

阿布纳·马什嗤之以鼻。“她已经不是我的了。你玷污了她。”

“你看看你的四周。情况有那么糟糕吗？我们定期来往于纳齐兹和新奥尔良之间，船维护得很好，数以百计的乘客上船又下船，没发现有任何不对劲的。偶尔会失踪一两个人，但绝大多数都是岸上的居民，来自我们拜访的小镇和城市。比利说这样比较安全。死在你的汽船上的人屈指可数，但都是因为他们异乎寻常的美貌和青春。新奥尔良每天都会有更多的奴隶丧生，然而你并没有为了对抗奴隶制而付出努力。阿布纳，这个世界充满了邪恶。我并不想要你的宽恕或参与。我只要你管理好你的汽船，履行你应尽的职责。我们需要你的专业技能。比利只会让乘客望而生畏，我们每跑一趟都会损失金钱。约书亚的资金并非用之不竭。来吧，阿布纳，伸出你的手。同意吧。你是愿意的。我能在你的眼睛里感觉到。你想夺回这艘汽船。这是你内心的渴欲，你的激情。那我就给你。善与恶只是愚蠢的谎言，捏造它们是为了折磨心志不坚定的普通人。我了解你，阿布纳，我能给你你想要的东西。加入我，侍奉我。来握住我的手吧，你我联手，一定能战胜‘日食’。”他的黑眼睛仿佛燃烧的旋涡，没有尽头的深渊，视线插进马什的内心深处，触碰他，爱抚他，污秽不堪，但充满诱惑力，它在呼唤，不停地呼唤。他伸出一只手。阿布纳·马什也开始抬起手臂。朱利安笑得非常和蔼，他的话听上去特别有道理。他并没有要马什做任何伤天害理的事情，只是管理一艘汽船而已，帮忙保护朱利安和他的朋友。妈的，他保护过约书亚，而约书亚不也是个吸血鬼吗？船上也许确实死了几个人，但一八五四年“甜蜜热河”号上有个人被勒死，“尼克·佩罗特”号受马什指挥的时候有两名赌徒死于枪下；两次出事都不是他的责任，他只负责处理他的分内事，指挥他的汽船，死的人又不是他亲手杀的。一个人必须保护他的朋友，但不可能保护整个世界，他要让坏水比利得到应有的惩罚。一切听上去都很好，是一笔他妈的好交易。朱利安的眼睛漆黑而饥饿，他的皮肤摸上去凉丝丝的，紧实得就像约书亚的手，就像那天夜里在河堤上约书亚的手……

……阿布纳·马什猛地缩回了他的手。“约书亚，”他大声说，“原来如此。你还没有战胜他，对吧？你狠狠地收拾了他，但他还活着，但你无法逼他喝血，无法让他改变。这就是原因。”马什感到热血涌向面部。“你根本不在乎这艘船能挣多少钱。就算她明天就沉了，你他妈也不会在乎，你只会换个地方去作恶。还有坏水比利，你也许想要除掉他，让我顶替他的位置，但事情没这么简单。是因为约书亚。要是我屈从了你，就会粉碎他剩下的那点信念，证明你是正确的。约书亚信任我，你要我是因为你知道那会如何伤害他。”朱利安的手依然举在半空中，戒指在他修长苍白的手指上闪闪发亮。“你见鬼去吧！”马什咆哮道，他拎起手杖，用力挥舞，把那只手打到一旁。“你见鬼去吧！”

戴蒙·朱利安嘴唇上的笑容消失了，他的脸变成了非人类的某种怪物。他的眼睛里只有黑暗和岁月，朦胧的闪烁火光燃烧着古老的罪孽。他站起身，耸立于阿布纳·马什之上，抢过马什砸向他的面部的手杖。他空手折断手杖，轻松得就像马什折断一根火柴，然后随手抛开。两截手杖从墙上弹开，落在地毯上。“世人本来会记住是你击败了‘日食’，”朱利安的声音里含着恶毒和冷酷，“但现在你会死去。马什船长，你死前会经受漫长的折磨。你对我来说太丑陋了。我要把你交给比利，教他品尝鲜血的滋味。也许亲爱的约书亚也会分到一杯。对他来说有好处。”他微微一笑。“至于你的汽船，马什船长，不要担心。你死后我会好好照顾她的。这条河上的每一个人都不会忘记‘热夜之梦’。”

27

“奥兹曼迪亚斯”号汽船上　密西西比河　一八五七年十月

阿布纳·马什被带出船长卧舱的时候，天已经破晓。浓密的晨雾笼罩河面，丝丝缕缕的灰色雾气随风飘荡，像烟气似的在水面上盘卷，穿梭于汽船的栏杆和廊柱之间，仿佛一个个活物，很快就会在清晨的阳光中燃烧和消散。戴蒙·朱利安看见东方的红晕，留在了光线昏暗的船舱里。他把马什推出舱门。“比利，带船长去他的船舱，”他说，“看好他，直到天黑。马什船长，能邀请你和我们共进晚餐吗？”他微微一笑。“我知道你一定会答应的。”

他们就在门外等候。坏水比利身穿黑色正装和格纹马甲，他坐在椅子里，翘起椅子腿，背靠上层甲板的舱壁，忙着用匕首抠指甲缝。听见门打开，他立刻起身，轻快地掂了掂手里的匕首。“遵命，朱利安先生。”他说，冰蓝色的眼睛盯着马什。

他带着两个人。帮助比利把马什从“伊莱·雷诺兹”上带过来的黑夜子民已经返回各自的船舱，躲避晨光的触碰，于是比利叫来了他的河畔混混。朱利安刚关上舱门，他们就围了上来。他们中的一个是个肥壮的年轻人，留着参差不齐的棕色八字胡，腰带上别着一根槲树木棒。另一个是个巨人，也是阿布纳·马什见过的最丑陋的一个家伙。他站直了估计有近七英尺高，但脑袋特别小，眼睛斜视，装着木头假牙，根本找不着鼻子。阿布纳·马什瞪着他看。

“你别盯着‘没鼻子’看，”坏水比利说，“船长，那样不礼貌。”“没鼻子”像是为了表示赞同，粗暴地抓住马什的胳膊，一把扭到他的背后，他很用力，扭得马什一阵剧痛。“鼻子是被鳄鱼咬掉的，”坏水比利说，“不是他的错。‘没鼻子’，你给我把马什船长抓紧了。马什船长有个跳河的爱好，我们可不希望他再跳下去。”比利大摇大摆地走过来，用匕首戳了戳马什的肚子，只是为了让马什感受一下刺痛。“船长，你的水性比我想象中好。肯定是因为你的一身肥肉，让你更容易浮起来。”他忽然一转匕首，割掉了马什衣服上的一颗银纽扣。银纽扣落在甲板上，然后滚了几圈，直到被比利一脚踩住。“船长，今天你没法游泳了。我们会让你好好睡一觉的。你甚至可以有个自己的船舱。你别以为你能偷偷溜出去。黑夜子民也许都睡下了，但‘没鼻子’和我会在门口守一整天。现在给我走吧。”比利懒洋洋地在空中一挥匕首，把它插回刀鞘里，转身领着他们走向船尾，“没鼻子”一路推搡马什，第三个家伙走在最后。

他们拐过上层甲板的一个转弯，险些和托比·兰亚德撞个满怀。

“托比！”马什叫道。他想走上去，但“没鼻子”扭了一下他的胳膊，马什疼得闷哼一声，停下了。

坏水比利·蒂普顿也停下了，瞪着托比。“黑鬼，你来这上面干什么？”他怒喝。

托比没有看他。他站在那儿，身穿一身破旧的棕色正装，双手扣在背后，垂着脑袋，一只脚紧张地蹭着甲板。

“我说，黑鬼，你他妈来这儿干什么？”坏水比利威胁地说，“为什么没被铁链锁在厨房里？黑鬼，你回答我，否则你会后悔的。”

“铁链！”马什咆哮道。

听见这个，托比·兰亚德终于抬起了头，他点点头。“比利先生说我现在又是奴隶了，不管我有没有自由身的证明文件。不工作的时候，他就用铁链把我们全锁起来。”

坏水比利·蒂普顿从背后拔出匕首。“是谁把你放出来的？”他喝问道。

“蒂普顿先生，我砸断了他的铁链。”上方传来一个声音。他们一起抬头望去。约书亚·约克站在上层甲板的顶上俯视他们。他的白色正装在晨光中熠熠生辉，灰色斗篷随风飘飞。“现在，”约克说，“请放开马什船长。”

“太阳都出来了。”肥壮的年轻人用木棍指着太阳说，听上去惊恐万状。

“你给我滚远点。”坏水比利·蒂普顿对约克说，别扭地抻着脖子，看着碍他好事的人，“你敢做些什么，我就叫朱利安先生。”

约书亚·约克微微一笑。“是吗？”他说，瞥了一眼太阳。太阳已经清晰可见，仿佛一颗灼烧的黄色眼球，在红色和橙色的云雾中绽放光辉。“你觉得他会来吗？”

坏水比利紧张地舔了舔薄薄的嘴唇。“你吓不住我，”他举起匕首，“现在是白天，你只有一个人。”

“不，他不是。”托比·兰亚德说。托比从背后拿出双手。他一只手握着剁肉刀，另一只手握着锯齿切肉刀。坏水比利瞪大眼睛，后退了一步。

阿布纳·马什扭头看了一眼。“没鼻子”还在眯着眼睛看约书亚，手稍微松开了一点。马什瞥见了他的机会。他用尽全力，向后撞在巨人身上，“没鼻子”一个趔趄，摔倒在地。阿布纳·马什的三百磅体重结结实实地砸在他身上，巨人闷哼一声，像是被炮弹击中了腹部，一时间甚至无法喘息，马什的胳膊挣脱出来，他就地一个翻滚。他这个滚打得恰到好处，只见一把匕首钉在甲板上不住颤动，离他的面门只有一英寸。

拿木棍的男人已经抢上两步，但现在忽然改了主意。他开始后退，马什还来不及眨眼，约书亚就跳下来落在了那男人背后，挡开他疯狂挥动的木棍，肥壮的年轻人一转眼就倒在了甲板上，人事不省。马什都没看清约书亚是怎么收拾他的。

“别过来！”坏水比利说。他从托比面前后退，却撞在了马什怀中，马什抓住他，把他抡起来砸在一扇舱门上。“别杀我！”比利尖叫道。马什用胳膊抵住他的气管，身体用力，另一只手用匕首抵住他瘦骨嶙峋的胸膛，对准心脏。那双冰蓝色的眼睛变得狂乱和惊恐。“不要！”他哽咽道。

“为什么不？”

“阿布纳！”约书亚提醒他，马什扭头望去，看见“没鼻子”跳了起来。他发出动物般的怪叫声，冲向前方，然而托比的动作比马什能够想象的还要快，巨人踉跄一下，跪倒在地，被自己的鲜血呛住了。托比只是轻轻一挥切肉刀就割开了那家伙的喉咙。鲜血喷涌而出，“没鼻子”眨了几下他的斜眼，举起双手抓住脖子，像是想扶住快掉下来的脑袋。最终他瘫倒下去。

“托比，没这个必要的。”约书亚·约克平静地说，“我能拦住他。”

好人托比·兰亚德只是皱着眉头，握紧他的剁肉刀和血淋淋的切肉刀。“约克船长，我可没你那么厉害，”他说，然后转向马什和坏水比利，“开了他的膛，马什船长。”他催促道，“我和你打赌，比利先生他根本没心。”

“别这样，阿布纳。死一个已经够了。”

阿布纳·马什把两个人的话都听在耳里。他向前一送匕首，刀尖刺穿比利的衬衫，一小股鲜血淌了下来。“喜欢这样吗？”马什问。冷汗把比利稀疏的头发贴在了额头上。“你拿着刀的时候很喜欢这样，对吧？”

比利被卡住了喉咙，无法回答，马什稍微松开了一点他皮包骨头的脖子，让他开口。“别杀我！”比利叫道，声音又细又尖，“不能怪我，是朱利安，他逼我做坏事。要是我不照他说的做，他就会杀了我！”

“长毛迈克死在他手上，还有怀蒂，”托比说，“还有很多其他人。他在炉子里活活烧死了一个人，整艘船都能听见那个可怜的家伙在惨叫。马什船长，他对我说我又是个奴隶了，我给他看我的自由身证明，他把文件撕碎了烧掉。船长，开了他的膛吧。”

“他撒谎！该死的黑鬼就爱撒谎！”

“阿布纳，”约书亚说，“放了他吧。你夺走了他的武器，他现在没法害人了。你这么杀了他，比他也好不到哪儿去。我们离开时要是有人挡路，他能帮我们一把。我们还需要去放小艇逃跑呢。”

“小艇，”阿布纳·马什说，“去他妈的小艇。老子要夺回我的汽船。”他朝坏水比利微笑。“比利能帮我们进入朱利安的船舱，对不对？”

坏水比利使劲咽了咽口水。马什感觉到他的喉结在皮肤底下起伏。

“如果你想袭击朱利安，那就只能自己去了，”约书亚说，“我没法帮你。”

马什扭过头，诧异地瞪着约克。“他做了这么多坏事，你居然还能这样？”

约书亚突然显得无比软弱和疲惫。“我做不到，”他嗫嚅道，“阿布纳，他太强大了。他是血主，我受他统治。我胆敢做到这一步，就已经超越了我的族民的全部历史。他强迫我屈服于他十几次了，逼我用我的血喂养他。每次屈服都会让我变得……更软弱，更受到他的奴役。阿布纳，请你理解。我无法攻击他。他只需要用那双眼睛盯着我，我走不出两步就会被他控制。到时候我杀死的更有可能是你，而不是朱利安。”

“那就托比和我去杀他。”马什说。

“阿布纳，你们根本不会有机会的。听我的。我们现在可以逃跑。我冒着巨大的风险来救你。你不要自己去送死。”

马什扭头看着无力反抗的比利，思考约书亚的话。他很可能是对的。另外，他失去了猎枪，他们没有能够伤害朱利安的武器。匕首和剁肉刀肯定不行，马什也没兴趣和朱利安徒手格斗。“好吧，我们走，”他最后说，“但我要先宰了这家伙。”

坏水比利呜咽起来。“不，”他说，“放了我，我会帮你们的。”泪水打湿了他满是痘痕的脸。“你有漂亮的汽船，什么都不缺，你的生活当然很轻松，但我从来就没有过别的选择，我从小就什么都没有，没有家人，没有钱，我只能照他说的做。”

“穷苦出身的人又不是只有你一个，”马什说，“这不是借口。成为现在这个样子是你自己做出的决定。”他的手在颤抖。他发疯般地想把匕首捅进去，但天晓得为什么，他下不了手，他没法这么杀人。“真他妈的。”马什愤愤地说。他松开比利的喉咙，向后退开，比利向前跪倒在地。“走，你要让我们平平安安地乘上小艇。”

托比厌恶地哼了一声，坏水比利警惕地看着他。“让该死的黑鬼厨子离我远点！他和他那把剁肉刀，别让它们靠近我。”

“给我他妈的起来吧。”马什说。他望向约书亚，约书亚用一只手挡住额头。“你没问题吧？”

“阳光，”约克疲倦地说，“我们必须尽快。”

“其他人，”马什说，“卡尔·弗拉姆呢？他还活着吗？”

约书亚点点头。“活着，还有其他人，但我们不可能放走所有人。没时间了。我们已经耽搁得太久了。”

阿布纳·马什皱眉道：“也许吧，但我必须带走弗拉姆先生。能驾驶这艘汽船的只有他和你。把你们两个都带走，她就只能待在这儿了，直到我们再杀回来。”

约书亚点点头。“有人守着他。比利，今天弗拉姆在陪谁？”

坏水比利挣扎着爬起来。“瓦莱丽。”他说，马什回想起她苍白的身体和诱惑的紫色眼睛，回想起他如何被拉向黑暗的船舱。

“很好，”约书亚说，“快。”他们开始行动，马什盯着坏水比利，托比把武器藏在外衣的褶皱和口袋里。弗拉姆的船舱在上层甲板上，所幸位于汽船的另一侧。船舱的窗户拉着窗帘和百叶窗，门也锁着。约书亚抬起他有力的白皙大手，轻轻一击就破坏了门锁，他推开舱门。马什推着坏水比利跟他进去。

弗拉姆衣衫整齐，趴在床上，不省人事。一个苍白的身影从他身旁坐了起来，瞪大眼睛愤怒地盯着他们。“谁……约书亚？”她立刻从床上下来，睡衣如白色的花瓣般垂落。“现在是白天。你要干什么？”

“他。”约书亚说。

“现在是白天，”瓦莱丽重复道，视线飘向马什和坏水比利，“你要干什么？”

“逃跑，”约书亚·约克说，“弗拉姆先生要和我们一起走。”

马什命令托比盯着比利，然后走向床边。卡尔·弗拉姆一动不动。马什把他翻过来。他的脖子上有几处伤口，衬衫和下巴上有已经凝结的鲜血。他的身体瘫软而沉重，他没有要苏醒的迹象。但他还在呼吸。

“渴欲控制了我，”瓦莱丽说，声音微弱，视线从马什转向约克，“自从那次狩猎……我别无选择……戴蒙把他给了我。”

“他还活着吗？”约书亚问。

“对，”马什说，“但必须帮他一把。”他直起腰，打个手势，“托比，比利，你们抬他上小艇。”

“约书亚，求你了。”瓦莱丽恳求道。她身穿睡袍站在那儿，显得既绝望又恐惧。看着她，你见不到她在“伊莱·雷诺兹”上的那个模样，也无法想象她如何吸吮弗拉姆的鲜血。“等戴蒙发现他不见了，会惩罚我的。求求你，别这样。”

约书亚犹豫道：“瓦莱丽，我们必须带他走。”

“那就也带上我吧！”她说，“求你了。”

“现在是白天。”

“既然你敢冒险，那我也可以。我很强壮。我不害怕。”

“太危险了。”约书亚坚持道。

“你把我留在这儿，戴蒙会认定是我帮了你，”瓦莱丽说，“他会惩罚我。我受到的惩罚还不够多吗？他恨我，约书亚……他恨我是因为我爱你。帮帮我。我不想要……那渴欲。我不想要！求你了，约书亚，带我走吧！”

阿布纳·马什能看见她的恐惧，突然间，她似乎不再是他们的一员了，而仅仅是一个女人，一个恳求帮助的人类女性。“约书亚，带上她吧。”

“那就穿衣服吧，”约书亚·约克说，“快点。穿弗拉姆先生的衣服。比你的衣服厚实，更能遮住你的皮肤。”

“好的。”她说。她脱掉睡袍，露出苗条的雪白躯体，高耸而饱满的胸部，有力的双腿。她从抽屉里取出弗拉姆的衬衫套上，开始系纽扣。还不到一分钟，她就穿好了衣服；长裤、皮靴、马甲、外衣和宽边软呢帽。这一身对她来说太大了，但似乎不会妨碍她的行动。

“走吧。”马什喝道。

比利和托比架着弗拉姆。他们匆匆走向楼梯，舵手依然昏迷不醒，皮靴拖在甲板上。马什紧随其后，匕首别在腰带上，一只手握住刀柄，用上衣下摆挡住。瓦莱丽和约书亚走在最后。

大厅里坐满了乘客，有几个人好奇地打量他们，但没人开口。下了一层来到主甲板，他们跨过沉睡的水手，马什没有见到任何一张熟面孔。他们走向测深小艇，两个人迎了上来。“你们去哪儿？”其中一个问。

“不关你事，”坏水比利说，“我们要送弗拉姆去看医生。他不舒服。你们也别愣着，帮我们把他弄上小艇。”

其中一个男人犹豫片刻，眼睛盯着瓦莱丽和约书亚。他显然是第一次在白天见到他们。“朱利安知道吗？”他问。马什注意到主甲板的其他人从各个方向盯着他们。他握住刀柄，坏水比利敢说错一个字，他就割了比利该死的喉咙。

“蒂姆，几时轮到你问我了？”比利冷冷地问，“也许你该想一想鳄鱼乔治的下场了。快，给老子动起来，我说什么你就做什么！”

蒂姆吓得一缩，连忙去执行命令。另外三个人跑过来帮助他，小艇很快就泊在了汽船旁的河水中，卡尔·弗拉姆被放了下去。约书亚扶着瓦莱丽过去，托比随后跳进小艇。好奇的水手们在船舷旁站成了一排。阿布纳·马什贴在坏水比利·蒂普顿的身旁，低声说：“到现在你的表现都很好。现在给我上小艇。”

坏水比利看着他。“你说过你会放了我的。”他说。

“我骗你的，”马什说，“在我们离开这儿之前，你都要陪着我们。”

坏水比利退开。“不，”他说，“你会直接杀了我的。”他提高嗓门。“拦住他们！”他喊道，“他们抓住了我，他们要逃跑，拦住他们！”他向后猛地一扭，从马什的手里挣脱出去。马什骂了一声，拔出匕首，但为时已晚，水手和力工已经围了上来。他注意到有几个人也拔出了匕首。“宰了他！”坏水比利叫道，“去叫朱利安，去叫人帮忙，宰了他们！”

马什捞起把小艇系在汽船上的缆绳，挥动匕首一把割断，然后把匕首扔向比利狂吠的嘴巴。可惜他没有扔准，坏水比利一猫腰就躲开了。有人抓住马什的上衣，马什给他脸上狠狠一拳，把他推向他背后的那些人。水流开始带着小艇漂开。马什跑向船舷，想在它漂远前跳过去。约书亚喊叫着要他快点，但有人勒住他的脖子，把他拖向后方。阿布纳·马什疯狂地向后踢腿，但那家伙抓着不放，小艇朝着下游渐渐远去。约书亚还在喊叫，马什心想这下他完蛋了。就在这时，托比·兰亚德的剁肉刀嗖的一声从他耳畔飞过去，带走了他的一小块耳垂，勒住他喉咙的胳膊松开了，马什感觉到鲜血喷在他肩膀上。他向前一蹿，跳向小艇，在半空中飞越了一半的距离，重重地掉进了河里，腹部朝下拍在水面上。这一下摔得他无法呼吸，河水冰得他一激灵。阿布纳·马什扑打四肢，喝了一大口泥浆，好不容易才浮出水面。他看见小艇快速漂向下游，于是奋力游向小艇。一块石头或一把匕首擦着他的脑袋飞过去，另一个什么东西落在他一码前的水面上。托比解开船桨，稍微减慢了一点小艇的速度，马什游到小艇旁，伸出一条胳膊扒住船舷。他往上爬，险些弄翻小艇，还好约书亚抓住了他，约书亚只是一拽，还没等马什反应过来，他就已经躺在了小艇里，忙着往外吐水。他爬起来，发现他们离“热夜之梦”已经有二十码了，正在水流的帮助下迅速拉开距离。坏水比利·蒂普顿从某处找来了一把手枪，站在前甲板上朝他们开火，但子弹什么都没击中。

“狗娘养的，”马什，“约书亚，我应该宰了他的。”

“要是宰了他，我们就不可能上小艇了。”

马什皱起眉头。“妈的。也许吧。但说不定也值了。”他在小艇里看了一圈。托比在划桨，看上去很需要人帮忙。马什拿起另一只船桨。卡尔·弗拉姆依然昏迷不醒。马什心想天晓得瓦莱丽吸了他多少血。瓦莱丽看上去不怎么好。她蜷缩在弗拉姆的衣服里，帽子拉下来遮住面部，似乎正在阳光中枯萎。她白皙的皮肤已经隐约变得绯红，紫色的大眼睛显得小而无神，露出痛苦的表情。他心想不知道他们算不算是逃出来了，他把船桨插进水里，背部用力向后拉。他的胳膊很疼，他的耳朵在流血，炽烈的太阳正在升起。

28

密西西比河上　一八五七年十月

阿布纳·马什有二十多年没划过测深小艇了。能划桨的只有他和托比，尽管他们顺水行舟，但依然非常累人。不到半个小时，他的手臂和后背就酸痛得厉害了。马什骂骂咧咧地继续划桨。“热夜之梦”已经离开了视野，消失在他们的背后。太阳一点一点爬向天顶，河面变得非常宽阔，看上去足有一英里。

“很痛苦。”瓦莱丽说。

约书亚·约克说：“遮住你的身体。”

“我要烧起来了，”她说，“我没想到过会是这样的。”她抬头看了一眼太阳，像是挨了一拳似的立刻转过去。她的面部变成了鲜红色，马什看得心中一紧。

约书亚·约克开始向她移动，但突然停下了，看上去摇摇欲坠。他抬起手捂住额头，慢慢地深吸一口气。然后他小心翼翼地继续靠近瓦莱丽。“坐在我的影子里，”他说，“把帽子拉下去。”

瓦莱丽蜷缩在小艇的船底，说是躺在约书亚的膝下也行。他弯下腰，拉直她的衣领，动作温柔得出奇，然后用一只手垫住她的头部。

马什注意到，下游这里的河岸上，树木被砍得精光，只是偶尔能看见一排装饰性的树苗。密西西比河的两侧都是精心耕种的平坦田地，一望无际，一座希腊复兴式的种植园豪宅点缀其中，穹顶俯瞰宽阔的平静河面。西面的河滩上，甘蔗榨汁后留下的一堆甘蔗渣在闷烧，刺鼻的灰色烟柱伸向天空。那堆甘蔗渣有一座屋子那么大，浓烟扩散，像裹尸布似的笼罩河面。马什没有看见火焰。“我们不如在这儿停下，”他对约书亚说，“四周都是种植园。”

约书亚闭着眼睛，听见马什开口，他睁开了眼睛。“不行。”他说，“太近了。我们必须拉开足够的距离。比利有可能会上岸徒步追赶我们，等到天黑……”剩下的他就不需要说了。

阿布纳哼了一声，继续划船。约书亚重新闭上眼睛，把白色的宽檐帽向下拉了拉。

接下来的一个多小时，他们默默地顺流而下，只有船桨的划水声和偶尔的鸟鸣声陪伴他们。托比·兰亚德和阿布纳·马什奋力划桨，约书亚和瓦莱丽偎依着靠在一起，像是在睡觉，卡尔·弗拉姆盖着毯子躺在一旁。太阳继续上升。今天凉飕飕的，风很大，但阳光灿烂。还好两岸有种植园和一堆堆冒烟的甘蔗渣，因为只有从火中冒出的阵阵灰烟在为他们遮挡黑夜子民的视线。

瓦莱丽忽然叫了起来，像是在承受巨大的痛楚。约书亚睁开眼睛，俯身爱抚她的黑色长发，对她低声说话。瓦莱丽呜咽道：“约书亚，我曾经以为你就是我们的白王。我以为你会来改变一切，带领我们回家。”她挣扎着说话，整个身体都在颤抖。“我们的城市，我父亲向我描述过那座城市。约书亚，它存在吗？黑暗之城？”

“安静，”约书亚·约克说，“安静。不要耗费你的体力。”

“但它真的存在吗？亲爱的约书亚，我以为你会带我们回家。我梦见过它，真的。我已经厌倦了这一切。我以为你会拯救我们。”

“安静。”约书亚说。他想说得有魄力一些，但声音既哀伤又疲惫。

“白王，”她悄声说，“来拯救我们。我以为你会来拯救我们。”

约书亚·约克轻轻亲吻她肿胀起泡的嘴唇。“我也是。”他苦涩地说。他用手指捂住她的嘴唇，让她不要再说了，然后重新闭上眼睛。

阿布纳·马什继续划船，大河在他们四周流淌，太阳无情地倾泻阳光，风把烟雾和灰烬吹过水面。一粒灰烬钻进了他的眼睛，马什咒骂着揉了一会儿，直到眼睛红肿，泪水横流。这时他的整个身体都酸痛难当。

向下游走了两个小时，约书亚终于开口，他一直没有睁开眼睛，声音里饱含痛苦。“他发疯了，知道吗？”他说，“是真的。他占有我，一夜又一夜。白王，是啊，我曾经以为，以为我就是……但朱利安征服了我，一次又一次，我只能屈服。他的眼睛，阿布纳，你见过他的眼睛。黑暗，多么可怕的黑暗。而且古老。我以为他很邪恶，而且强大，而且聪明。但后来我发现并非如此。朱利安并不……阿布纳，他发疯了，真的疯了。在以前的某个时候，他肯定符合我对他的全部想象，但现在……他仿佛在沉睡，只是偶尔短暂地醒来，这时你能感觉到他以前的样子。你也见到了，阿布纳，晚宴的那一天，你见到朱利安如何骚动苏醒。但绝大多数时候，阿布纳，他对这艘船、这条河、他周围的所有人和事都毫无兴趣。坏水比利管理‘热夜之梦’，制订计划来保障我的族人的安全。朱利安几乎从不下令，即便下令也独断甚至愚蠢。他不阅读，不交流，不下象棋。他对食物没有要求。我甚至不认为他能尝到味道。占领‘热夜之梦’后，朱利安陷入了某种幽暗的梦境。他大多数时候都一个人待在黑暗的船舱里。发现有一艘船跟着我们的是比利，而不是朱利安。

“刚开始我认为他很邪恶，是黑王，带领他的追随者走向灭亡，但看着他……他已经被毁灭了，只剩下一个空壳。他吞噬你的族人的生命，是因为他自己没有生命，他甚至没有属于自己的名字。我思考过他一个人白天黑夜都待在黑暗中，究竟在想些什么。现在我知道了，他根本不思考。也许他还会做梦。即便做梦，我认为他梦见的也是死亡，是他的结局。他待在黑暗空洞的船舱里，就好像那里是个陵墓，他只在闻到鲜血的气味时才会骚动苏醒。而他做的那些事情……比鲁莽更加可怕。他追求的是毁灭和探求。我认为他肯定想要一个结局，想要安息。他太古老了。他肯定已经无比厌倦。”

“他问我要不要做个交易。”阿布纳·马什说。他一边费劲地划船，一边讲述他和戴蒙·朱利安的对话。

等他说完，约书亚说：“阿布纳，你只看到了一半真相。是的，他想引诱你堕落，当作对我的嘲讽。但还不止如此。你也许会同意，但不可能出于真心。你有可能会欺骗他，等待机会，然后尝试杀死他。我猜朱利安知道这一点。让你上船加入他，他是在拿自己的死亡开玩笑。”

马什哼了一声。“要是他想死，可以稍微配合一点嘛。”

约书亚睁开眼睛，他的眼睛变得很小，失去了神采。“然而若是有切身的危险接近，他就会醒来。他内心的野兽……那野兽古老而疲惫，没有头脑，但若是醒来，它就会拼命挣扎，想要活下去……它非常强大，而且古老。”约书亚无力地笑了笑，苦涩的笑声中毫无笑意，“那一夜过后……事情出了岔子之后……我一遍又一遍地问自己，情况怎么会走到这一步。朱利安喝了满满一杯我的……我的药酒……应该足以熄灭猩红渴欲了，应该足够了……我无法理解……药酒从来都是有效的，一向如此，但对朱利安不起作用……对他没用。刚开始我以为是因为他的力量，他的强大，他的邪恶。后来……一天夜里，他看见了我眼睛里的疑问，他狂笑着告诉了我。阿布纳，你还记得吗……我向你讲述的我的人生……我年纪很小的时候，我并没有感受到过渴欲的冲动。还记得吗？”

“记得。”

约书亚虚弱地点点头。他脸上的皮肤绷得很紧，颜色发红，像是被擦破了。“朱利安很老了，阿布纳，很老。渴欲……他很多年没感受到过那种冲动了……几百年，甚至几千年……因此他喝了……也不见效。我从来不知道，我们没有人知道。你活到一定的年龄，渴欲就会消失，而他……他并没有欲望……但他还是要进食，因为他选择这么做，原因就是那天夜里他说的那些话，你还记得吧，力量和软弱，主人与奴隶，他的那些论调。有时候我认为……他人类的那一面完全是个空壳，是面具……他只是一头古老的野兽，老得已经失去了对食物的胃口，但它还是要狩猎，因为这就是他记忆中的一切，这就是它的本性——一头野兽。阿布纳，你们种族的传说，你们的吸血鬼故事……活死人，不死者，你们的传说中这么称呼我们。朱利安……我认为对朱利安来说这是真的。他连渴欲都没有了。不死者。冰冷、空洞但不死。”

阿布纳·马什搜肠刮肚地想构思出一个回应，能够抹掉约书亚对戴蒙·朱利安的描述中的“不”字，但瓦莱丽突然笔直地坐了起。马什这一下刚划到一半，被她吓得一缩，愣住了。宽边软帽底下，瓦莱丽的皮肤仿佛一个绽开的伤口，布满水泡，绷得紧紧的，颜色已经从红色转向带着紫色的斑驳黑色，就像一整块出血的淤伤。她嘴唇皲裂，她咧开嘴唇，露出长长的白牙，疯狂地咯咯怪笑。她的眼白挤占了整个眼球，看上去像是个疯狂的盲人。“太疼了！”她惨叫道，举起红得像龙虾爪子的双手，企图遮挡头顶的阳光。她的视线在小艇上游动，最后落在卡尔·弗拉姆随着呼吸轻微起伏的身体上，她连滚带爬地扑向他，张开嘴唇。

“不！”约书亚·约克叫道。他扑上去，压在她身上，赶在她的牙齿接近弗拉姆的喉咙前扭开了她。瓦莱丽疯狂挣扎尖叫。约书亚按得她无法动弹。瓦莱丽的牙齿咔咔咬合，一次又一次，直到咬破了自己的嘴唇。鲜血混着唾沫从她的嘴角向下滴淌。然而无论她怎么挣扎，都敌不过约书亚·约克的力气。最后，她似乎丧失了一切斗志。她重重地沉下去，用无法视物的眼白望着太阳。

约书亚绝望地把她搂在怀里。“阿布纳，”他说，“测深索的底下。他们昨晚出去找你的时候，我藏在那儿的。阿布纳，快点。”

马什放下船桨，走向测深索，这是一根三十英尺长的缆绳，一头拴着一截灌铅的铁管。马什在卷成一卷的测深索底下找到了约书亚想要的东西：一个没有标签的酒瓶，喝掉了不到四分之一。他把酒瓶递给约克，约克拔掉软木塞，把瓶口塞进瓦莱丽肿胀开裂的嘴唇。酒顺着她的下巴淌下去，大部分都流到了她的衬衫上，约书亚只把少许一点灌进了她的嘴巴。但似乎起了作用。她忽然开始贪婪地吸吮瓶口，就像婴儿在吸吮奶头。“慢一点。”约书亚·约克说。

阿布纳·马什搬开测深索，皱起眉头。“就这一瓶？”他问。

约书亚·约克点点头。他的面部像是被烫伤了，“雷诺兹”的蒸汽管道炸开的时候，二副站得离它太近，当时马什也见过类似的伤口。水泡和皲裂已经开始出现。“朱利安把我的存货放在他的船舱里，每次只给我一瓶。我不敢反对。他经常考虑要不要把它们全毁掉。”他拿开瓦莱丽手里的酒瓶，剩下的酒在四分之一到一半之间。“我以为……以为会够用的，然后我可以再制造一批。我没想到瓦莱丽会和我们一起走。”他的手在颤抖。他叹了口气，拿起酒瓶，深深地喝了一大口。

“疼。”瓦莱丽呜咽道。她平静下来，蜷成一团，身体在颤抖，但这次发作显然已经过去。

约书亚·约克把酒瓶递给马什。“阿布纳，你收着，”他说，“必须多坚持一阵。我们只能合理分配。”

托比·兰亚德也停下了，正在看着他们。卡尔·弗拉姆在船底无力地动了动。小艇顺水漂流，马什看见前方有一艘汽船冒出的烟柱。他拿起一只桨。“托比，我们上岸，”他说，“快。我要拦住那艘该死的汽船。我们可以搞个船舱住进去。”

“遵命，船长。”托比说。

约书亚摸了摸眉头，疼得一缩。“不行，”他轻声说，“不，阿布纳，不能这么做。会引起怀疑的。”他想起身，但一阵眩晕，结果跪倒下去。“太热了，”他说，“不行。听我说。不能上船，阿布纳。继续向前。找个镇子，我们要去个镇子。在天黑前……阿布纳？”

“妈的，”阿布纳·马什说，“你已经晒了四个小时，看看你的样子。看看她。现在还没到中午。等我们把你们弄到室内，你们早就被烤焦了。”

“不行，”约克说，“他们会有疑问的，阿布纳。你不能……”

“你给我闭上你的鸟嘴。”马什说，用他酸痛的后背继续划船。小艇穿过河面。汽船朝着他们驶来，三角旗随风飘扬，五六个乘客在散步道上闲逛。等汽船驶近，阿布纳发现这是一艘新奥尔良的侧明轮定班船，中等尺寸，叫“H. E. 爱德华兹”号。他朝汽船挥动船桨，隔着水面大喊大叫，托比一个人划船，小艇左右摇摆。汽船的甲板上，乘客也向他们挥手，指指点点。汽船发出一声不耐烦的短促汽笛声，阿布纳·马什转过头去，在下游方向的远处看见了一个白点，那是另一艘汽船。他的心沉了下去。他知道了：他们在竞速，而任何一艘汽船都不会在竞速的时候因为召唤而停下。

“H. E. 爱德华兹”以全速从他们面前驶过，桨轮搅动河水，掀起的波浪使得小艇上下起伏，像是被卷进了激流。阿布纳·马什朝着她的背影怒骂，威胁地挥舞手杖。第二艘船逐渐接近，以更快的速度驶过，烟囱喷出火花。她们开过之后，只剩下小艇在河中央载浮载沉，两岸都是空荡荡的田野，阳光直射而下，下游方向有一堆甘蔗渣在闷烧，冒出灰色的烟柱。“上岸。”马什对托比说，两人划向西岸。小艇碰到浅滩，他跳下去，站在齐膝深的淤泥里，把小艇继续拖向岸边。他环顾四周，心想，就算在该死的河滩上，也没有任何阴凉之处，没有树木为他们遮挡无情的阳光。“离开这儿。”马什对托比·兰亚德吼道。“必须把他们弄到岸上去，”他说，“然后把该死的小艇拖上岸翻过来，把他们罩在底下。”托比点点头。他们先把弗拉姆抬上岸，然后是瓦莱丽。马什从腋下把她抱起来，她开始剧烈颤抖。她的脸看上去非常可怕，他连碰都不敢碰，担心她的皮肤会在他的手里脱开。

他们回去接约书亚，发现他已经爬出了小艇。“我来帮忙，”他说，“它很沉。”他靠在小艇的船舷上。

马什朝托比点点头，三个人一起用力，把小艇从河滩推到了岸上。这是个艰巨的任务。阿布纳·马什使出了吃奶的劲。岸上的烂泥像湿漉漉的手指似的紧紧抓住小艇，对抗他的力量。要是没有约书亚，他们根本不可能做到。费了九牛二虎之力，他们总算将小艇翻过堤岸，弄进了田地，把它倒扣过来就很容易了。马什再次抱起瓦莱丽，把她拖到了小艇底下。“约书亚，你也进去。”他说着转过身。托比在照看卡尔·弗拉姆，他捧起河水，从舵手苍白的嘴唇之间灌进去。约书亚不见踪影。马什皱起眉头，绕到小艇的另一侧。他的裤子湿透了，沉甸甸地沾满了烂泥，贴在他的腿上。“约书亚，”他吼道，“你跑哪儿去了……”

约书亚·约克瘫倒在河岸上，被灼伤的通红的双手刨着烂泥。“该死，”马什叫道，“托比！”

托比闻声而来，两人合力，把约克拖到阴凉处。约克双眼紧闭。马什取出酒瓶，往他喉咙里灌了一口。“喝下去，约书亚，喝下去。你他妈给我喝啊。”约克终于开始吞咽。他咕咚咕咚地喝药酒，直到酒瓶空空如也。阿布纳·马什拿着酒瓶，皱起眉头。他把酒瓶倒过来。最后一滴约书亚·约克的私藏烈酒淌下来，落在马什满是烂泥的皮靴上。“见鬼。”马什说，他把空酒瓶扔进河里。“托比，陪着他们，”他说，“我去找人帮忙。这附近肯定有人。”

“遵命，马什船长。”托比答道。

马什开始穿过田地。甘蔗已经收割完毕。田野宽阔而空旷，马什看见一道山坡的背后有一道细细的青烟。他走向那里，希望是一座屋子，而不是一堆闷烧的甘蔗渣。他的希望落空了，不过走过火堆没几分钟，他就看见一群奴隶在田地里干活，他朝他们喊叫，跑了过去。他们带他去了种植园的大宅，他向监工讲述了一个悲惨的故事：锅炉爆炸，汽船沉没，几乎全员遇难，只有几个人划着测深小艇逃了出来。监工点点头，叫来了种植园主。“有两个人严重烧伤，”马什对他说，“我们必须快点去。”几分钟后，他们把两匹马系在马车上，穿过田地，前去救人。

他们来到倒扣的小艇前，发现卡尔·弗拉姆站在一旁，昏昏沉沉的，显得很虚弱。阿布纳·马什跳下马车，指着小艇。“快点，”他对和他一起来的人说，“我们把烧伤的人藏在船底下了。快带他们去屋里。”他转向弗拉姆，“弗拉姆先生，你还好吧？”

弗拉姆无力地笑了笑。“好多了，船长，”他说，“算是从鬼门关上回来了。”

两个人抬着约书亚·约克上马车。烂泥和药酒弄脏了他的白色正装，他一动不动。第三个人是种植园主最小的儿子，他从小艇底下爬出来，在裤子上擦了擦手，眉头紧锁。他看上去有点不舒服。“马什船长，”他说，“底下的那个女人烧伤太严重，已经死了。”

29

格雷种植园　路易斯安那州　一八五七年十月

两名男仆从车厢里抬起约书亚·约克，带他进屋，爬上宽阔的旋转楼梯，走向一间卧室。“房间必须要暗！”阿布纳·马什朝着楼上喊道，“记得拉上该死的窗帘，听见了吗？房间里不能有该死的阳光。”他转向他的两名伙伴，种植园主带着儿子们和另外两个奴隶去处理瓦莱丽的尸体了。弗拉姆用一条胳膊搂住托比的肩膀，免得自己倒下。“弗拉姆先生，你去找点吃的塞到肚子里。”马什说。

舵手点点头。

“还有，记住发生了什么。我们在‘伊莱·雷诺兹’上，锅炉爆炸了。除了我们，全员遇难。她沉得找不着了，在上游很远的地方，那儿没有浅滩。你只知道这些，听见了吗？剩下的交给我来说。”

“这比我知道的已经多得多了，”弗拉姆说，“我他妈是怎么到这儿来的？”

“这你就别管了。记住我告诉你的就行。”马什转过身，咚咚咚地跑上楼梯，托比扶着弗拉姆坐进一把椅子。

他们把约书亚·约克放在一张有华盖的大床上，马什进门的时候，他们正在帮他脱衣服。约书亚面部和双手的情况最糟糕，烧灼得惨不忍睹，但衣服底下，他苍白的皮肤只是略微发红。皮靴被脱掉的时候，他无力地动了动，呻吟起来。“天哪，这家伙被烧得太惨了。”一个奴隶摇着头说。

马什皱着眉头走向敞开的窗户。他关上窗户，拉上百叶窗。“给我找块毯子之类的东西来，”他下令道，“挂在窗口。这儿太他妈亮了。给我把床的帐子也放下来。”他的语气是汽船船长的那种颐指气使，不容任何争辩。

马什把房间弄得尽可能地黑暗，一个消瘦憔悴的黑女人上来，用草药、烧伤油膏和凉水毛巾处理约克的烧伤，马什这才离开。来到楼下，种植园主和两个儿子与卡尔·弗拉姆围坐在一张桌子前，种植园主是个直率的方下巴男人，他说他叫亚伦·格雷。闻到食物的香味，马什意识到他很久没吃东西了。他感到饥肠辘辘。“船长，一起吃点吧。”格雷说，马什感激地拉出一把椅子坐下，看着他们把炸鸡、玉米饼、香豌豆和土豆堆在他的盘子里。

马什狼吞虎咽，心想，约书亚没说错，他们确实有许多疑问。格雷父子问了几百个问题，只要马什的嘴里没有塞满食物，他就尽可能地回答。马什吃到第二轮的时候，弗拉姆告退——舵手看上去依然脸色很差，请用人领他去休息。马什回答的问题越多，他就越是觉得不自在。他不像他认识的一些内河人那样天生会撒谎，从他嘴里吐出来的每一个字都在证明这一点。不过，天晓得他是怎么做到的，他还是坚持吃完了整顿饭，尽管马什觉得到他咽下最后一口甜点的时候，格雷和他的大儿子看他的眼神都有些古怪。

离席的时候，格雷的二儿子说：“你的黑奴没问题，罗伯特去叫穆尔医生来处理另外两位先生的伤势了。他来之前，莎莉会照看他们的。船长，你不需要着急。你大概也想休息一下了吧。你失去了汽船和你所有的朋友，我很同情你的遭遇。”

“是啊。”阿布纳·马什说。听到他的建议，马什立刻感觉到了难以言喻的疲惫。他有三十多个小时没合眼了。“感谢你的好意。”他说。

“吉姆，带他去房间休息，”种植园主说，“另外，船长，罗伯特也会去联系殡仪馆。为了那位不幸的女士。真是一场悲剧。你说她叫什么来着？”

“瓦莱丽。”马什说。他到死也不可能记住她使用的姓氏。“瓦莱丽·约克。”他随机应变道。

“她会有一场像样的基督徒的葬礼的，”格雷说，“除非你想把遗体还给她的家人？”

“不，”马什说，“不。”

“很好。吉姆，带马什船长上楼吧。让他住得离他可怜的烧伤朋友近一些。”

“遵命，老爷。”

马什都懒得看一眼他们为他安排的房间。他睡得像块木头。

等他醒来，房间里一片漆黑。

马什僵硬地从床上坐起来。划船让他付出了代价。他稍微一动，关节就嘎嘎作响，他的肩膀在抽筋，胳膊像是被人用木棍揍了一顿。他呻吟着缓缓挪到床垫边缘，把光着的脚放在地上。他走向窗户，每一步都让他感到浑身剧痛，他打开窗口，把凉爽的夜风放进房间。外面是个小小的石砌阳台，隔着一排楝树就是田地，在月光下显得孤寂而凄凉。马什在远处能分辨出甘蔗渣闷烧的火光，灰色的烟雾还在滚滚涌出。火堆的另一侧是河面，从这里望去只能看见隐约闪烁的微光。

马什打个寒战，关上窗户，回到床上。房间里变得凉飕飕的，他扯过毯子盖在身上，翻身侧躺。月光在每一个角落里勾勒出黑暗和阴影，对他来说完全陌生的家具在微弱的光线下显得愈加陌生。他睡不着了。他不禁想到戴蒙·朱利安和“热夜之梦”，思考他的船会不会还留在他抛弃她的地方。他还想到了瓦莱丽。他们从小艇底下把尸体拖出来的时候，他看清楚了她的模样，她的死状真是惨不忍睹。你不可能想到她曾经那么美丽，曾经白皙、优雅而性感，曾经有一双紫色的大眼睛。阿布纳·马什为她感到惋惜，他觉得自己的这种情绪很奇怪，尤其是考虑到大约就在昨夜的这个时刻，他还企图用那把猎枪打死她呢。这个世界真是异常古怪，他心想，一天之内就能发生天翻地覆的改变。

他终于又睡着了。

“阿布纳。”轻轻的呼唤声打扰了他的梦境。“阿布纳，”一个声音在召唤他，“让我进来。”

阿布纳·马什突然坐起来。约书亚·约克站在阳台上，用伤痕累累的惨白的手敲着窗户。

“等一下。”马什说。外面依然漆黑，屋子寂静无声。马什下床走向约书亚，约书亚露出了微笑。他的脸上遍布裂口和溃疡，坏死的皮肤结成了硬痂。马什打开阳台门，约书亚走了进来，身穿他那身倒霉的白色正装，衣服现在皱皱巴巴的，满是污渍。直到他走进房间，阿布纳·马什这才想到被他扔进河里的空酒瓶。他突然后退。“约书亚，你不是……不是渴了吧？”

“不。”约书亚·约克说。风飒飒吹进敞开的阳台门，卷动他的灰色披风。“我只是不想破坏门锁或玻璃。阿布纳，别害怕。”

“你好起来了。”马什看着他说。约克的嘴唇依然皲裂，眼睛深陷在紫黑色的眼窝中，但他的情况显然有所好转。中午时分，他像是已经濒临死亡。

“是啊，”约书亚说，“阿布纳，我来是和你告别的。”

“什么？”马什大惊失色。“你不能走。”

“阿布纳，我必须离开。这个种植园的主人，他们看见我了。我隐约记得医生为我治疗。等明天我就会痊愈。到时候他们会怎么想？”

“他们给你送早饭，却发现你不在房间里，他们又会怎么想呢？”马什说。

“他们无疑会感到困惑，但依然更容易解释。阿布纳，你会和他们一样感到震惊。你就说我肯定是在发烧谵妄中走丢了，然后再也没有找到我。”

“瓦莱丽死了。”马什说。

“是啊，”约书亚说，“外面的马车里有一口棺材。我猜是为她准备的。”他叹了口气，摇摇头。“我辜负了她。我辜负了我所有的族人。我们不该带她走的。”

“那是她自己的决定，”马什说，“至少她逃出他的魔掌，得到了自由。”

“自由，”约书亚·约克苦涩地说，“这就是我带给我的族人的自由吗？多么可鄙的礼物啊。有一段时间，戴蒙·朱利安进入我的生活之前，我胆敢梦想瓦莱丽和我有朝一日也许会成为一对爱侣。不是我的族人被鲜血激发的那种情人关系，而是一种激烈的情愫，来自亲昵、爱怜和彼此共同的欲望。我和她谈过这样的未来。”他在自责中扭曲了嘴唇。“她信任我，我却害死了她。”

“狗屁，”马什说，“直到最后她还在说她爱你。她不是非要和我们走的。她想走。我们都必须做出选择，你自己说过的。我认为她做出了正确的选择。她是一位非常可爱的女士。”

约书亚·约克打了个寒战。“她走在美的光彩中，像夜晚。”他轻轻地说，盯着自己攥紧的拳头，“有时候我也会疑惑，阿布纳，究竟有没有哪个小时属于我的种族。黑夜充满了鲜血和恐怖，而白昼又是那么残酷无情。”

“你要去哪儿？”马什问。

约书亚脸色阴沉。“回去。”

马什怒视着他。“不行。”

“我别无选择。”

“你刚从那儿逃出来，”马什激烈地说，“我们费了那么大的力气才逃出来，你怎么能就这么回去？你等着我。找个树林或者什么地方躲起来，要么去个什么镇子。等我从这儿脱身，我们再会合，制订计划，夺回那艘汽船。”

“再一次？”约书亚摇摇头。“阿布纳，有段往事我没告诉过你。事情发生在很久以前，我刚到英国后的头几个月，猩红渴欲还会时常折磨我，迫使我出去寻找鲜血。一天夜里我和渴欲搏斗，但我输了，我在午夜的街道上狩猎。我遇到一对情侣，这一男一女赶着要去什么地方。为了安全起见，我的习惯是放过这样的猎物，只向落单的人下手。但渴欲完全占据了我，即便距离还很远，我也能看见那女人非常美丽。她吸引我，就像火焰吸引飞蛾，于是我靠近了他们。我从黑暗中出击，双手扼住男人的脖子，撕掉了他的半边喉咙。然后我随手一推，他倒在地上。他的块头很大。我把女人抱在怀中，俯身把牙齿凑近她的脖子，动作是那么温柔。我的眼睛慑服了她，让她神志恍惚。我刚品尝了一口她滚烫甘美的鲜血，就有人从背后抓住我，把我和她分开。是那个男人，女人的伴侣。我并没有杀死他。他的脖子上全是肌肉和脂肪，我撕开了他的喉咙，因此他的脖子在滴血，但他依然站了起来。他一个字都没说。他只是像职业拳手那样举起拳头，狠狠地打在我的脸上。他非常强壮。那一拳打懵了我，在我眼睛上方开了个口子。我本来已经不太清醒了。被人从猎物身旁拖开会让你感到恶心、晕眩、不辨方向。男人又给了我一拳，而我反手抽了他一个耳光。他重重地倒下，脸上多了几个长长的血口子，一颗眼珠从眼眶里掉出来一半。我重新转向女人，把嘴唇压在咬开的伤口上。但这时他又扑向了我。我从我身上掰开他的胳膊，险些从他肩膀上卸掉那条胳膊，为了万无一失，我又一脚踢断了他的一条腿。他倒下了。这次我看着他。他痛苦地爬起来，举起拳头，一点一点向我挪动。我踢倒了他两次，他又爬起来两次。最后我拧断了他的脖子，他死了，然后我杀了他的女人。

"事后，我无法把他赶出我的脑海。他肯定知道我不完全是人类。他肯定意识到了，尽管他非常强壮，但依然敌不过我的力量、我的速度、我的渴欲。热病发作害得我分心，再加上他的伴侣的美貌，我失了手。他本来可以活命的。他可以逃跑。他可以喊人帮忙。他可以先撤退，去找武器。但他没有。他看见他的女人在我怀中，看见我吸她的血，他脑袋里只剩下了一个念头，那就是爬起来，用他愚蠢的大拳头来攻击我。后来等我有了时间回想，我不禁钦佩他的力量、他疯狂的勇气和他对那个女人的汹涌爱意。

"但是，阿布纳，即便如此，他依然很愚蠢。他没能救下他的女人，也丢掉了自己的性命。

"阿布纳，你让我想到了那个男人。朱利安夺走了你的'热夜之梦'，你唯一的想法就是把她抢回来，于是你爬起来，举起拳头，径直冲上去，结果再一次被朱利安打倒在地。假如你继续攻击下去，总有一天你会爬不起来的。阿布纳，放弃吧！"

"你他妈胡说什么？"马什愤怒地叫道，"现在要担心的是朱利安和他那群吸血鬼了。该死的汽船离了舵手哪儿都没法去。"

"我可以掌舵。"约书亚·约克说。

"你愿意？"

"是的。"

愤怒和背叛让马什觉得天旋地转。“为什么？”他追问道，“约书亚，你和他们不一样！”

“要是我不回去，就会变得和他们一样，”约克沉重地说，“除非我能喝到药酒，否则渴欲就会侵占我，我遏制了它这么多年，它只会变得格外强烈。到时候我会杀人，会喝血，会变得和朱利安一样。下次我在夜里摸进别人的卧室，就不会是为了谈话了。”

“那你就回去吧！去拿你该死的药酒！但别开动那艘该死的船，等我赶到再说。”

“带着全副武装的人。带着削尖的木桩和心中的仇恨。为了杀戮。不，我不能允许你这么做。”

“你到底站在哪一边？”

“我的族人那一边。”

“朱利安那一边。”马什啐道。

“不。”约书亚·约克喟然长叹，“听我说，阿布纳，请你理解一下。朱利安是血主。他控制他们每一个人。他们有些人和他一样，腐化，邪恶。凯瑟琳、雷蒙德等人，他们心甘情愿地追随他。但不是每一个人。你见过瓦莱丽，今天你在小艇里也听见她怎么说了。我并不孤独。我们两个种族并不是截然不同。两个种族都有各自的好人和坏人，我们全都有自己的梦想。但是，假如你去攻打汽船，你对朱利安表现出敌意，他们就会保护他，把个人的意愿抛在一旁。几百年的仇恨和恐惧会驱使他们。白昼与黑夜之间流着一条血河，那可不是能够轻易跨越的。即便有人内心怀着疑惑，到时候也只能被迫采取行动。

“阿布纳，假如你带着你的族人来，结局必定是死亡。而且不止朱利安一个人。其他人会保护他，他们会死，而你的族人也会死。”

“有时候你必须接受风险的存在，”马什说，“另外，谁敢帮助朱利安，就活该去死。”

“是吗？”约书亚显得很悲伤，“也许确实如此。也许我们全都该死。你的种族建造的这个世界里并没有我们的位置。你的同胞杀得我们只剩下了寥寥无几的这几个人。也许现在是该送最后的幸存者上路了。”他笑得有些狰狞。“假如这就是你的意图，阿布纳，那么请你记住我的身份。你是我的朋友，但他们是我的血亲、我的族人。我属于他们。我认为我是他们的王。”

他的语气是那么苦涩和绝望，阿布纳·马什感到怒火逐渐熄灭，取而代之的是怜悯。“你努力过了。”他说。

“但我失败了。我辜负了瓦莱丽，还有西蒙，我辜负了所有信任过我的人。我辜负了你和杰弗斯先生，还有那个婴儿。从某个奇异的角度说，我觉得我甚至也辜负了朱利安。”

“那不是你的错。”马什坚持道。

约书亚·约克耸耸肩，但他的灰眼睛里透着冰冷和严峻。“过去已经过去。我现在只关心这个夜晚，下一个夜晚和下下一个夜晚。我必须回去。尽管他们未必意识到了，但他们需要我。我必须回去，尽管我能做的不多，但我必须尽力帮助他们。”

阿布纳·马什哼了一声。“而你在劝我放弃？你以为我就像那个一次又一次扑向你的傻瓜？妈的，约书亚，想一想你自己吧。朱利安放过你多少次血了？你说我既固执又愚蠢，但在我看来，你他妈和我一样。”

约书亚微笑。“有可能。”他承认道。

“妈的，”马什咒骂道，“好吧。你这个白痴，回去找朱利安吧。你他妈要我怎么做呢？”

“你最好尽快离开这儿，”约书亚说，“他们已经起疑心了，你应该在他们更加怀疑之前离开。”

“我看也是。”

“结束了，阿布纳。别再来找我们了。”

阿布纳·马什怒目而视。“放屁。”

约书亚微微一笑。“你这个该死的傻瓜，”他说，“唉，非要找就来找吧。你是找不到我们的。”

“你走着瞧吧。”

“也许我们还存在希望。我回去驯服朱利安，在黑夜和白昼之间搭起桥梁，然后你我携手，一起战胜‘日食’。”

阿布纳·马什嘲弄地哼了一声，但内心深处，他很愿意相信。“你照顾好我该死的汽船，”他说，“没见过比她更快的一艘，等我回来接她，她最好还维护得好好的。”

约书亚微笑的时候，嘴角枯干的死皮皲裂破开了一角。他抬起手，撕掉那块死皮。死皮完整地脱落了下来，就好像仅仅是他戴在脸上的一个面具，这个丑陋的面具遍布疤痕和皱纹。底下的皮肤白如牛奶，毫无皱纹，准备好了重新开始，等待世界给它刻上记号。约克把旧脸捏在手里，往日的痛苦连同皮肤的碎片从指间漏出来，落在地板上。他在外衣上擦了擦手，向阿布纳·马什伸出手。他的手在颤抖。

“我们都必须做出选择，”马什说，“这话是你对我说的，约书亚，你没说错。选择并不总是轻而易举。我认为，总有一天你也必须做出选择。一方是你的黑夜子民，另一方……呃，就当是好人吧。你要做出正确的选择。你明白我是什么意思。约书亚，请你做出正确的选择。”

“而你，阿布纳，你要做出明智的选择。”

约书亚·约克转过身，披风在他背后翻飞，他走出房间。他翻过栏杆，动作轻松而优雅，下坠二十英尺，双脚稳稳地落地，就好像他每天都会这么出门。然后他就不见了，他陡然消失，他的动作太快，看上去仿佛融化在了黑夜中。也许他变成了一团该死的雾气，阿布纳·马什心想。

远方微光闪烁的河面上，一艘汽船拉响了汽笛，那声音微弱而忧郁，有点失落又有点孤独。这是密西西比河上的一个厄运之夜。阿布纳·马什打了个哆嗦，心想说不定会起霜。他关上阳台门，回到床上。

30

疯狂年月　一八五七年十一月至一八七〇年四月

他们两人都守住了承诺：阿布纳·马什没有放弃寻找，但一直没有找到她。

约书亚·约克失踪数日后，一旦卡尔·弗拉姆的体力足以支撑旅行，他们就匆匆告别了亚伦·格雷的种植园。马什很高兴能够离开。到了这个时候，格雷一家已经非常好奇，因为没有任何报纸刊载汽船爆炸的新闻，他们也想知道为什么没有一个邻居听说这个消息，还有约书亚为何会不告而别。马什被他自己编造的谎言捆住了手脚。等他、托比和卡尔·弗拉姆回到上游，不出他的所料，“热夜之梦”已经消失。马什于是返回圣路易斯。

那一整个漫长而压抑的冬天，马什坚持不懈地寻找他的船。他继续写信打听，他在河畔的酒吧和台球房里消磨时间，他雇用更多的侦探，他没完没了地读报，他找到了约杰、格罗夫和“伊莱·雷诺兹”的其他船员，给他们买贵宾舱的船票，让他们走遍了密西西比河的上下游。

结果都一无所获。没人见过“热夜之梦”，也没人见过“奥兹曼迪亚斯”。阿布纳·马什猜他们又更换了船名。他翻遍了拜伦和雪莱的该死的诗集，但这次完全白费工夫。他读得过于认真，记住了他们每一首该死的诗，他甚至去查了其他诗人的作品，可惜从这个方向他只在密苏里河上找到了一艘寒酸的艉明轮小船，这艘船名叫“海华沙”号。

侦探倒是给了马什一份报告，可惜提到的事情都不出他的所料。十月的那个晚上，侧明轮轮船“奥兹曼迪亚斯”离开纳齐兹时载着四百吨货物、四十位贵宾舱旅客和八十名左右甲板舱旅客。货物未能送到目的地，汽船和船上的乘客再也没有现身，只有纳齐兹下游的几个堆木场声称见过她。阿布纳·马什皱着眉头，把这封信读了五六遍。乘客数量太少，这说明坏水比利的活儿做得很差劲，但也有可能是存心少载乘客，方便朱利安和其他黑夜子民向他们下手。一百二十个人消失得无影无踪。马什不由得出了一身冷汗。他盯着那封信，想到戴蒙·朱利安对他说的话：这条河上的每一个人都不会忘记“热夜之梦”。

可怖的噩梦纠缠了阿布纳·马什好几个月，梦里有一艘船顺流而下，船上一片黑暗，熄灭了所有的油灯和蜡烛，大块的黑色油布挂在主甲板的四周，连炉子的红色火光都逃不出去，这艘船幽暗如死亡、漆黑如罪孽，她仿佛一个影子，在月光和浓雾中穿行，几乎看不见，悄无声息，迅疾如风。在梦里，她移动时从不发出任何声音，白色的身影在甲板上游动，造访她豪华的大厅，乘客在贵宾舱里恐惧地缩成一团，直到舱门在某天子夜打开，然后他们开始尖叫。马什有一两次也尖叫着醒来，即便在他清醒的时候，他也无法忘记她，包裹他的梦幻之船的是阴影和惨叫，还有和朱利安的眼睛一样黑的浓烟和颜色犹如鲜血的蒸汽。

到了上游的坚冰开始解冻的时候，阿布纳·马什不得不面对一个艰难的选择。他没有找到“热夜之梦”，而搜寻把他逼到了破产边缘。他的账本在向他讲述一个无情的故事：他的资金已经几乎耗尽。他拥有一家船运公司，但连一艘船都没有，而他的存款甚至不够建造一艘最简朴的小船。因此，马什只得不情愿地写信给他的代理员和侦探，命令他们停止搜寻。

他用仅剩下的一点钱前往下游，找到依然搁浅在岔道里的“伊莱·雷诺兹”。他们给船装上新的船舵，勉强修补了艉明轮，然后等待春汛。洪水如期而至，岔道重新变得能够通行；约杰带领船员驾驶“雷诺兹”小心翼翼地开回圣路易斯，给她安装了崭新的桨轮、推力翻倍的轮机和第二台锅炉。她甚至重新油漆了一遍，主船舱铺上了明黄色的地毯。然后马什开始用她跑新奥尔良航线，尽管她太小也太破旧，完全不适合这个任务，但至少他可以继续他个人的捕猎事业了。

阿布纳·马什在动身之前就知道他的希望近乎零。光是在凯罗和新奥尔良之间就有大约一千一百英里的河道。此外还有凯罗以北一直到圣安东尼瀑布[1]的密西西比河上游，还有密苏里河，还有俄亥俄河、亚祖河、红河和另外五十几条能走汽船的次级水道与支流，它们大多数还有自己的支流，假如你有个厉害的舵手，那还要再算上一年中部分时间可通行的小溪小河和岔道了。“热夜之梦”可以藏在它们中的任何一段河道上，要是“伊莱·雷诺兹”驶过而没能发现她，那他就又要重头找起了。数以千计的汽船航行在密西西比河水系之中，每个月还有新船加入队伍，这意味着报纸上有许多该死的船名需要筛查。不过马什也许没有别的，固执他绝对不缺。他没完没了地搜寻，“伊莱·雷诺兹”成了他的家。

她接不到多少生意。密西西比河上最大、最快和最奢华的汽船都在抢圣路易斯到新奥尔良航段的生意，又老又慢的“雷诺兹”只能接从侧明轮大船的指缝中漏出来的小活儿。一八五八年，新奥尔良的代理员通知马什说他要离职，他告诉马什：“原因不只是她慢得像蜗牛，比蜗牛还难看

1.密西西比河在距圣安东尼瀑布13公里处与明尼苏达河交汇。

一倍。真正的原因是你，假如我说的不是实话，就让我下地狱好了。”

“是我？”马什咆哮道，“你他妈什么意思？”

“你知道的，河上的人传你的闲话。说你是有史以来最倒霉的汽船主人。他们说你被诅咒了，比“德雷南·怀特”受到的诅咒还可怕。他们说你有一艘汽船锅炉爆炸，害死了所有人。四艘被冰塞碾碎。一艘被黄热病害死了所有人，然后失火烧掉。最后这艘被你自己撞坏了，因为你发疯，用棍子打舵手。”

“那个该死的废物。”马什骂道。

“所以，我问你，谁他妈想和这么一个受诅咒的人上同一条船？或者为他工作？我反正不愿意，这一点我可以向你保证。我不愿意。”

他雇来接替乔纳森·杰弗斯的事务长不止一次地央求马什让“雷诺兹”撤出新奥尔良航线，去更适合她的密西西比河上游或伊利诺伊河找事做，连密苏里河都行，那儿环境很差，很危险，但只要你的汽船不被撞成碎渣，就能挣得盆满钵满。阿布纳·马什拒绝了，那人固执己见，马什解雇了他。他认为他不可能在北面的河道里找到“热夜之梦”。另一方面，过去这几个月，他一直在夜间偷偷停靠路易斯安那州的某些堆木场和密西西比河及阿肯色河的一些荒岛，接逃奴送去北方的自由州。托比和“地下铁路”组织[1]取得了联系，后者做了所有安排。阿布纳·马什对该死的铁路毫无好感，坚持称之为“地下河”，不过能够帮忙让他颇为愉快，他觉得这也算是对戴蒙·朱利安的一种伤害。他有时候会去主甲板和逃奴坐在一起，向他们打听黑夜子民和“热夜之梦”的事情，他认为黑人也许知道一些白人不知道的事情，可惜他们也没能给他任何有用的消息。

1.19世纪美国南方黑奴在同情者和废奴主义者的帮助下，由南方的蓄奴州向北方的自由州逃离的一系列道路网络的统称。

阿布纳·马什持续不断地搜寻了近三年。那段时间他过得很艰苦。到了一八六〇年，运营“雷诺兹”期间造成的亏损使得马什负债累累。他被迫关闭了他在圣路易斯、新奥尔良和沿河其他城镇开设的办事处。噩梦不再像以前那样纠缠他，但随着时间一年一年过去，他变得越来越脱离人世。有时候，马什觉得，他和约书亚·约克在“热夜之梦”上度过的那段时间就是他所知道的最后一段真实人生了，此后的岁月像是在梦中那样匆匆飘过。另一些时候，他的感觉恰恰相反，他觉得这才是真实的，无论是账本上的赤字、脚下“伊莱·雷诺兹”的甲板、蒸汽的气味，还是新换的黄色地毯上的污渍。过去的记忆——包括约书亚、他们共同建造的奢华大船、朱利安在他心中激起的冰冷与恐惧，这些才是一场梦，马什心想，难怪它们消失得无影无踪，难怪河上的人们认为他发疯了。

随着与马什共同经历了一八五七年夏天的人们离开他的生活，那段时间变得愈加像是一场梦了。他们回到圣路易斯后过了一个月，老托比·兰亚德动身前往东海岸。重新变成奴隶这种事，经历一次就已经太多了，现在他只想尽可能远离蓄奴州。一八五八年年初，他收到了托比的一封短信，信里说他在波士顿的一家旅馆找到了厨师的工作。然后他就再也没有托比的消息了。丹·奥尔布赖特在一艘崭新的新奥尔良侧明轮轮船上给自己找了个差事。不幸的是，一八五八年夏天，黄热病猛烈袭击新奥尔良的时候，奥尔布赖特和他所在的汽船恰逢其会。包括奥尔布赖特在内的数千人死于瘟疫，最终使得这座城市大力整治环境卫生，在夏天不再完全像个露天化粪池了。约杰船长为马什指挥“伊莱·雷诺兹”直到一八五九年的航运季结束，他退休回到威斯康星州的农场家中，一年后平静地告别尘世。约杰离开后，为了省钱，马什自己担任这艘艉明轮轮船的船长。到了这个时候，船员里的熟面孔早已屈指可数。前一年夏天，多克·特尼在山下纳齐兹遇劫被杀，而卡特·格罗夫放弃航运前往西部，他在丹佛待了一阵，然后去旧金山，最后远渡重洋去了中国或日本或天晓得的鬼地方。马什雇用“热夜之梦”以前的副轮机长代替特尼，还接收了那艘失踪的侧明轮轮船的另外几位船员，但他们后来不是死了就是走了或者另谋高就了。到了一八六〇年，在一八五七年体验过荣光并从恐怖中活了下来的那些人里，就只剩下了马什和卡尔·弗拉姆。尽管弗拉姆技术高超，可以去更大和更显赫的船上掌舵，但他留在了“雷诺兹”上。弗拉姆记得很多事情，但他不愿向别人提起，哪怕是和马什。这位舵手依然乐天，但不像以前那样爱吹牛了，马什在他眼睛里见到了过去没有的冷峻神情。弗拉姆如今随身带枪。“免得我们找到了他们。”他说。

马什嗤之以鼻。“你那小玩意儿可伤害不了朱利安。”

卡尔·弗拉姆笑起来依然歪着嘴，金牙反射着阳光，但他回答时眼睛里没有任何笑意。“船长，那不是给朱利安准备的。是给我自己。我不会再活着落在他们手上。”他望着马什，“要是临到那一天，我也可以帮你解脱。”

马什瞪起眼睛。“不会走到那一步的。”他说，离开了领航室。他有生之年都不会忘记这次交谈。他还记得一八五九年在圣路易斯的一场圣诞聚会，举办者是俄亥俄一艘大型汽船的船长。城里所有的汽船人都参加了，马什和弗拉姆也去了，酒过三巡，有几个人开始讲密西西比河上的故事。那些故事他都听过，但听着人们再次说给没听过它们的商人、银行家和漂亮女人听，他从中得到了平静与安心的感觉。他们提到鳄鱼王老阿尔，提到拉罗歇尔的鬼船，提到迈克·芬克、吉姆·鲍伊和咆哮杰克·拉塞尔，提到“日食”和“A. L. 肖特韦尔”的旷世决战，提到死后还在一段凶险河道上雾中行船的舵手，提到二十年前有一艘该死的汽船把天花带到上游，杀死了两万印第安人。“彻底毁掉了毛皮生意。”说故事的人最后道，除了马什和另外几个人，所有人都放声大笑。然后有人开始吹嘘大得不可思议的汽船，例如“飓风”号和“E. 詹金斯”号等等，他们在自己的飓风甲板上种树供应木柴，桨轮大得需要整整一年才能转完一圈。阿布纳·马什不禁笑了。

卡尔·弗拉姆从人群中挤出来，手里拿着一杯白兰地。“我知道一个故事，”他听上去有点醉了，“保证是真的。你们知道，有艘汽船名叫‘奥兹曼迪亚斯’……”

“没听说过。”有人插嘴道。

弗拉姆淡然一笑。“你最好希望你永远也别见到她，”他说，“因为见过的人都没有好下场。这艘船只在夜间行驶。而且不亮灯，从头到尾都是暗的。她每一英寸都和烟囱一样漆成黑色，但大厅铺着血红色的地毯，银色的镜子里什么都照不出来。镜子里永远空空荡荡，但船上有很多乘客，一个个都衣着优雅，脸色惨白。他们总是在微笑。但镜子照不出他们的模样。”

有人战栗。所有人都安静下来。“为什么？”和马什算是点头之交的一位轮机长问。

“因为他们都是死人，”弗拉姆说，“他们每一个都他妈死了，全是死人。但他们不肯安息。他们是罪人，他们注定要永远待在那艘黑船上，永远与血红色的地毯和空荡荡的镜子做伴，在这条河上来回行驶，但永不靠岸，是的，先生，永不。”

“鬼船。”有人说。

“闹鬼，”一个女人说，“就像拉罗歇尔的那艘船。”

“才不是呢，”卡尔·弗拉姆说，“你可以径直穿过一艘鬼船，但不可能穿过‘奥兹曼迪亚斯’。她是真的，要是你在夜里遇到她，很快就会后悔不迭。那些死人，他们很饥饿。他们喝血，明白吗？滚烫的鲜血。他们藏在黑暗中，只要看见另一艘船的灯光，就会出来追赶，等他们追上了，就会蜂拥上船。那些尸体一般惨白的脸，笑容可掬，衣着优雅。事后他们会沉了猎物的船，或者烧掉，等到第二天早晨就什么都没了，你只会看见两根烟囱从河面上冒出来，或者一艘全是尸体的遇难汽船。但你不会看见那些罪人。他们已经回到‘奥兹曼迪亚斯’上，而且会永远漂流下去。”他喝了一口白兰地，微笑道，“所以假如你哪天夜里在河上看见背后的水面上有个影子跟着你，那就要仔细看清楚了。说不定就是一艘漆成黑色的汽船，而船员白得像幽灵。‘奥兹曼迪亚斯’不会有任何灯光，因此有时候等她顶到你的船尾你才会发现，而她的黑色桨轮掀起漫天的水花。要是你见到她，你最好希望你们有个优秀的舵手，或者船上备了煤油或猪油。因为她那么大又那么快，要是她在夜里追上你，那你就完蛋了。你注意听她的汽笛声。她只会在确定你逃不掉的时候才拉响汽笛，所以要是你听见了，就开始忏悔一生的罪孽吧。”

“她的汽笛声是什么样的？”

“听上去就像一个人在惨叫。”卡尔·弗拉姆说。

“她叫什么来着？”一个年轻舵手问。

“奥兹曼迪亚斯。”弗拉姆说，他知道这个名字怎么念。

“是什么意思？”

阿布纳·马什起身。“来自一首诗，”他说，“‘强悍者呵，谁能和我的业绩相比’。”

参加聚会的人群茫然地看着他，一个胖女人发出紧张的尖细笑声。“那条老魔鬼河上有诅咒和更可怕的东西。”一位矮小的事务长开口道。趁他说话的当口，马什抓住卡尔·弗拉姆的胳膊，拉着他出门。

“你他妈为什么要讲这个故事？”马什问他。

“让他们害怕，”弗拉姆说，“这样等他们在某个该死的夜晚看见她，就会知道应该逃跑。”

阿布纳·马什想了想，最后不情愿地点点头。“你说得有道理。你用了坏水比利给她起的名字。要是你说的是‘热夜之梦’，弗拉姆先生，我会当场把你的脑袋拧下来。听见了吗？”

弗拉姆听见了，但他不在乎。无论好坏，故事已经传出去了。一个月以后，马什在“种植园主之家”吃饭的时候，听另一个男人说了个添油加醋的版本，那年冬天他还听到过两次。当然了，故事在流传中会逐渐改变，连黑船的名称都不一样了。对大多数讲故事的人来说，奥兹曼迪亚斯这个名字似乎过于怪异和难以记住。不过无论他们如何称呼这艘船，故事永远是同一个该死的故事。

半年刚过几天以后，马什听说了另一个故事，这个故事改变了他的生活。

那天他刚在圣路易斯的一家小旅馆坐下吃饭，这儿比“种植园主之家”和“南方人”便宜，但食物相当不赖。内河人也很少光顾这家旅馆，正合马什的心意。近两年来，故友和宿敌看他的眼神都不太对劲，要么当他是个倒霉蛋，对他避之不及，要么只想拉着他坐下，议论他的种种不幸，马什对这两者都没什么好脾气。他更愿意一个人待着。一八六〇年的那一天，他太太平平地坐在餐桌前，品着一杯葡萄酒，等侍者端来他点的烤鸭、甘薯、菜豆和热面包，这时有人向他搭话。“一年没见你了。”这个人说。马什隐约记得他，几年前他曾经是“A. L. 肖特韦尔”号上的一名机工。马什没好气地请他坐下。“别介意我的打扰。”前机工说，立刻拖出一把椅子，絮絮叨叨地说了起来。他在马什从没听说过的一艘新奥尔良汽船上当副轮机长，装了一肚子的流言蜚语和航运新闻。马什很有礼貌地听着，琢磨自己的食物什么时候才能上桌。他饿了一天。

烤鸭很快就来了，马什在一块热面包上涂黄油，这时那位副轮机长说：“哎，你有没有听说新奥尔良的那场大风暴？”

马什嚼着面包，咽下去，又咬了一口。“没。”他说，他不是很感兴趣。他现在很少和外界打交道，因此没怎么听说洪水、风暴和其他灾害的消息。

那家伙从满嘴黄牙的缺口中吹了声口哨。“妈的，可真是太惨了。好几艘船散了架，彻底完蛋了。其中就有‘日食’。听说她被毁得很严重。”

马什咽下嘴里的面包，放下正准备向烤鸭发动进攻的刀叉。“‘日食’。”他说。

“没错。”

“多严重？”马什问，“斯特金船长肯定会修好她的，对吧？”

“唉，她的情况太差劲，已经没法修了，”副轮机长说，“听说他们要把剩下的破船拖到孟菲斯去当趸船。”

“趸船。”马什麻木地重复道，想到了那些灰蒙蒙的破旧船壳，它们在圣路易斯、新奥尔良和河边其他大型市镇的码头上排成一列，废船被掏空了轮机和锅炉，剩下的空壳用来装载和转运货物。“她不可能……她那么……”

“要我说，她那是活该，”男人说，“妈的，我们‘肖特韦尔’本来能打败她的，要不是……”

马什从喉咙深处发出压抑的吼声。“给我滚出去，”他咆哮道，“要不是看你在‘肖特韦尔’上做过，就为你刚才说的屁话，老子都该把你踢到该死的街上去。现在你给我滚远点！”

那位副轮机长连忙起身。“大家没说错，你真的疯了。”他脱口而出，起身离开。

阿布纳·马什在餐桌前呆坐良久，没去碰面前的晚餐，他视线茫然，脸上露出狰狞的冰冷表情。终于，一名侍者战战兢兢地走上来。“船长，鸭子做得不合您的口味吗？”

马什低头一看，发现鸭子已经凉了，油脂开始凝固。“我没胃口了。”他说，推开盘子，付账离开。

接下来的一星期，他整理账本，清算负债。然后他找来卡尔·弗拉姆。“已经没意义了。”马什对他说，“就算找到她，她也不可能和‘日食’竞速了，而且我们也找不到她。我找够了。卡尔，我要开‘雷诺兹’去跑密苏里河航线。我必须挣点钱了。”

弗拉姆责备地看着他。“我没有密苏里河的行船执照。”

“我知道。我这是在放你走。再说你本来就配得上比‘雷诺兹’更好的船。”

卡尔·弗拉姆吸着烟斗，一言不发。马什无法和他对视，于是低头翻文件。“我会把欠你的薪水全给你的。”他说。

弗拉姆点点头，转身离开。走到门口，他停下来。“要是我找到了新工作，”他说，“就会继续找她。要是找到了，你会收到消息的。”

“你不可能找到她的。”马什生硬地说。弗拉姆关上门，走下他的汽船，离开了他的人生，阿布纳变得前所未有地孤独。现在只剩下他一个人了，不再有人记得“热夜之梦”和约书亚的白色正装，记得戴蒙·朱利安眼睛背后召唤人们坠入的地狱。这些记忆之所以还存在，仅仅是因为马什还记得，而马什决定忘记它们。

几年匆匆过去。

“伊莱·雷诺兹”在密苏里航线上挣到了钱。她跑了近一年的这条航线，马什担任船长，陪着她流汗，悉心照看货物、乘客和账本。头两次航行他挣到的钱就帮他偿还了他可观债务的四分之三。若不是更广阔的世界存心和他作对，他本来有可能会发财的；林肯当选总统（尽管他是共和党人，但马什还是投了他一票），结果是萨姆特要塞[1]点燃战火。大规模流血即将开始的时候，马什想起了约书亚·约克的话：猩红的渴

1.萨姆特要塞是位于美国南卡罗来纳州查尔斯顿港的一处石制要塞防御工事，始建于1827年，以美国独立战争英雄托马斯·萨姆特将军的姓来命名。南北战争的第一炮在此处打响。

欲控制了这个国家，只有鲜血才能满足它。

事后马什苦涩地想到，那可真是许许多多的鲜血啊。他很少提起内战和他在内战中的经历，对没完没了争论那些战役的人更是毫无耐心。“打了一场战争，”他会大声说，“我们赢了。现在事情已经过去了，我真不明白为什么非要一遍又一遍地唠叨那些破事儿，就好像值得自豪似的。整场战争唯一的好事就是结束了奴隶制。其他的老子一点也不关心。真是活见鬼了，朝别人开枪并不值得吹嘘。”战争最初的几年里，马什和“伊莱·雷诺兹”回到了密西西比河上游，从圣保罗、威斯康星和艾奥瓦运送部队上前线。后来他在一艘联邦炮舰上服役，目睹了几场河面上的水战。

卡尔·弗拉姆也在密西西比河上作战。马什听说他在维克斯堡战役中牺牲，但一直没有得到确定的消息。

和约缔结后，马什回到圣路易斯，将“伊莱·雷诺兹”投入密西西比河上游航线。他短暂地与四艘竞争船只的船主和船长结盟，组成了一家按时间表运转的定班航运公司，以便更有效率地和统治上游的大型公司抢夺市场。然而他们都是些意志坚定、固执己见的家伙，在争吵和怒吼中勉强熬过半年之后，公司最终解散。到了这个时候，阿布纳·马什发觉他对汽船这个行当已经失去了兴趣。不知怎的，密西西比河变得和从前不一样了。内战后，尽管汽船的数量还不到战前的三分之一，但竞争变得更加激烈，因为铁路抢走了越来越多的生意。如今你乘坐汽船来到圣路易斯，只会看见十来艘汽船停靠在河堤旁，而以前她们会密密麻麻地排成超过一英里的长队。除此之外，战后那几年还发生了其他的变化。除了密苏里河比较荒凉的流域，煤炭在几乎所有地方都把木柴挤出了市场。联邦机构带着必须遵守的法律法规插手航运，安全检查、注册手续和形形色色的繁文缛节一样不少，甚至企图严禁竞速。汽船人也不一样了。马什认识的大多数老家伙不是死了就是退休了，接替者都是与他格格不入的陌生人。以前那些吵吵闹闹爱骂人、花钱大手大脚的狂野内河人会猛拍你的后背，彻夜请你喝酒，瞎扯各种离奇的故事，他们现在成了一条行将断流的小溪。马什听说连山下纳齐兹都变成了它自己的鬼魂，几乎和满是名号响亮的奢华庄园的山上纳齐兹一样寂静无声。

一八六八年五月，他最后一次见到约书亚·约克和"热夜之梦"已经是十多年前了，一天晚上，阿布纳·马什沿着河堤散步。他想到他和约书亚初次见面的那个夜晚，他们也曾走过这同一个码头——那时候的河边挤满了汽船，有骄傲的侧明轮大船，有不服气的艉明轮小船，有新船也有旧船，"日食"就在其中，拴在她的趸船上。现在"日食"自己也成了一条趸船，这条河上有些自称机工、事务员和舵手学徒的人连看都懒得看她一眼。码头现在几乎全空着。马什停下数了数。五艘。算上"伊莱·雷诺兹"就是六艘。"雷诺兹"已经太老了，连马什都不太敢把她开出去。她肯定是全世界最老的一艘汽船，他心想，而他是最老的一个船长，他和她真的都累了。

"大共和"号正在装船。这是一艘巨大的侧明轮新船，去年才从匹兹堡的某个船厂下水。他们说她全长三百三十五英尺，在"日食"和"热夜之梦"都早已被遗忘的今天，她无疑是密西西比河上最大的汽船。这艘船非常壮观。马什欣赏过十几次，甚至登船参观了一次。她的领航室里里外外全都是花哨的装饰，顶上有个华丽的圆顶，船舱里的油画、玻璃、地毯和抛光的木头看得他心碎。人们公认她是有史以来最精致和漂亮的汽船，奢侈得足以让所有的旧船自惭形秽。但马什也听说了，她并不特别快，而且据说在以令人惊愕的速度亏损。他站在岸上，双臂抱在胸前，身穿黑衣，显得既粗鲁又严厉，他望着力工装船。力工全都是黑人。这是另一个变化。密西西比河上的力工现在全是黑人了。内战前当力工、机工和水手的移民全都不见了，马什不知道他们去了哪儿，获得自由的黑人占据了他们的位置。

力工一边干活一边唱歌。歌声低沉而忧郁。*夜晚漆黑，白昼漫漫，日复一日。我们离家，流离失所。哭吧，我的兄弟，哭吧。*马什知道这首歌。歌的另一段是这么唱的：*夜晚过去，长日消逝。我们归家，前路迢迢。喊吧，我的兄弟，喊吧。*但他们没有唱这一段。今晚他们不会唱，他们在空荡荡的汽船码头上，为一艘崭新而奢华的大船装货，但这艘船无论如何都揽不到足够的生意。阿布纳·马什望着他们，听着歌声，他觉得这整条大河正在死去，而大河会把他一起带走。他见过的黑暗夜晚和漫漫长日足够他在余生中慢慢回味了，而他甚至无法确定自己还有没有家。

阿布纳·马什慢慢地从码头走回旅馆。第二天，他遣散了所有高级船员和普通船员，结束热河定班航运公司的运营，出售“伊莱·雷诺兹”。

马什带上他的全部财产，彻底离开了圣路易斯，在老家加利纳买了一座能看见河面的小房子。但这条河已经不叫热河了。几年前它的名字被改成加利纳河，现在人人都这么称呼它。人们说这个名字能唤起更好的联想。阿布纳·马什继续叫它热河，就像他小时候那样。

他在加利纳无事可做。他大量阅读报纸。在他寻找约书亚的那几年里，读报成了他的习惯，而且他喜欢收集关于快船和快船名称的消息。现在依然有几条快船。“罗伯特·E. 李”号于一八六六年在新奥尔巴尼下水，那可是个真正的飞毛腿。内河人叫她“疯狂鲍勃·李”或干脆“坏鲍勃”。汤姆·莱瑟斯船长，在汽船上当过船长的最凶恶、最无情和最乖僻的一个老家伙，他在一八六九年造出了一艘新的“纳齐兹”号，这已经是第六条使用这个名字的汽船了。莱瑟斯给他的所有汽船都起名叫“纳齐兹”。按照报纸上的说法，新“纳齐兹”比前面五艘都要快。她能像刀子一样划开水面，莱瑟斯在密西西比河上下游到处吹嘘，说要给约翰·坎农船长和他的“疯狂鲍勃·李”一点颜色看看。报纸上全是这个消息。尽管身处遥远的伊利诺伊州，他也能感觉到一场竞速即将来临，这场比赛能让人们津津乐道许多年。“我很想看看那场该死的竞速，”他对他雇来打扫卫生的女人说，“当然了，两艘船碰到‘日食’都不会有任何机会，这话我敢和你打包票。”

“两艘船都比你的老‘日食’快好几倍。”她说。这女人就喜欢和他顶嘴。

马什嗤之以鼻。“胡说八道。这条河现在比以前短了。它每年都比前一年短一点。用不了多久，你就能从圣路易斯走路去新奥尔良了。”

马什读的不止报纸。在约书亚的影响下，他培养出了对诗歌这种鬼东西的兴趣，偶尔还会读一本小说。他还爱上了木雕，按照他的记忆，制作了他那几艘汽船的细致入微的模型。他为模型上漆和做配件，所有的船都按同一个比例缩小，这样就可以把她们摆成一排，看看她们究竟有多大了。完成第六个也是最大一个模型的那天，他自豪地对女管家说：“这是我的‘伊丽莎白·A.’。密西西比河见过的最美丽的一艘船。要不是那场该死的冰塞，她本来能创下纪录的。你看得出来她有多大，近三百英尺长呢。你看我的老‘尼克·佩罗特’，和她比起来简直是个侏儒。”马什指给她看，“那是‘甜蜜热河’，然后是‘邓利斯’——她的右舷轮机有很多毛病，许许多多的毛病，再旁边是‘玛丽·克拉克’。她的锅炉炸了。”马什摇摇头，“死了很多人。也许都是我的错。我也不知道。我有时候会想到她。最头上的小船是‘伊莱·雷诺兹’。很不起眼，但她是个坚强的老姑娘。我把我能给她的一切都给她了，也许还不止，让她的锅炉一直烧，桨轮一直转。你知道那条难看的艉明轮小船坚持了多少年吗？”

“不知道，”女管家说，“你不是还有另一艘船吗？特别漂亮的一艘大船？我听说——”

“真该死，别管你听说了什么。对，我还有一艘船。‘热梦’。用热河给她命名的。”

女管家对他发出无礼的怪声。“难怪这儿永远也成不了一个像样的镇子，都怪你这种人对热河还念念不忘。别人肯定以为我们这儿都有热病。你们为什么就不能叫它的正经名字呢？它现在叫加利纳河了。”

阿布纳·马什嗤之以鼻。“改一条该死的河的该死的名字，我从没听过这么该死的蠢事。对我来说，它就是热河，而且永远是热河，无论该死的镇长怎么说，”他怒目而视，“或者你怎么说。真他妈的，他们放着河里的淤泥不管，用不了多久，它就会变成该死的加纳利溪了！”

“又说脏话。我还以为一个读诗的人能记住说话要文明呢。”

“你管我说不说该死的脏话，”马什说，“另外，也别去镇上瞎嚷嚷什么诗不诗的，听见了吗？我有几本诗集，唯一的原因就是我认识一个喜欢那些诗的家伙。你少管老子的闲事，别让灰尘落在我的汽船上。”

“没问题。你会做你另外那艘船的模型吗？‘热夜之梦’？”

马什坐进一把宽大的软椅，皱起眉头。“不，”他说，“不，我不会。那艘船我只想忘记她。好了，快去给我擦灰尘，别拿该死的愚蠢问题来烦我了。”他抓起一份报纸，开始读关于“纳齐兹”号和莱瑟斯最新的夸耀言论的新闻。女管家嘴里啧啧有声，总算开始去擦灰尘了。

他的屋子高处有个面向南方的圆形塔楼。马什经常会在傍晚爬上去，带着一杯葡萄酒或咖啡，有时候还会带一块馅饼。自从内战之后，他不再像以前那样吃东西。不知道为什么，食物的滋味不一样了。他的块头依然很大，但他比他和约书亚在“热夜之梦”上的时候轻了至少一百磅。他全身上下的肉都松垮垮地挂在那儿，就好像他买了个大了几码的皮囊，希望它会自己缩水。他还多了个悬在脖子底下的肉下巴。“害得我比以前更难看了。”照镜子的时候，他会瞪着眼睛这么说。

马什坐在塔楼的窗口，可以看见河面。他在那里度过了许多个夜晚，阅读，喝酒，眺望水面。月光下的河面美极了，它从马什面前流过，永不停歇，他出生前它就这么流淌，他入土后依然会这么流淌。看着它，马什感到平静，他将这种感觉奉为珍宝。大多数时候，他只会觉得疲惫或忧郁。他读过济慈[1]的一首诗，诗里说最令人悲伤的事情莫过于美丽的东西渐渐死去，马什有时候觉得，这世界上每一件该死的美丽东西似乎都在凋零逝去。马什还感到孤独。他在河上待得太久，因此在加利纳已经没有真正的朋友了。没人来拜访他，除了该死的烦人女管家，他也不和任何人说话。她总是惹马什生气，但他其实并不在意；能够让他的血液保持温热的也只剩下了这一点小小的联系。有时候他认为他的一生已经结束，然而这个念头会气得他面红耳赤。还有那么多该死的事情他从没做过，那么多没有了结的恩怨……但无可否认的是，他老了。他以前拿着一根胡桃木手杖是为了指指点点和赶时髦。现在他拿一根把手包金的昂贵手杖是为了走得更稳当。不但他的眼角，连肉疣之间都起了皱纹，他左手的手背上长出了古怪的棕色斑点。有时候，他看着斑点，琢磨它是怎么长出来的。不知不觉间，这玩意儿就冒了出来。然后他会暗骂一声，拿起报纸或一本书。

那天马什坐在客厅里读一本狄更斯[2]先生的书，这本书说的是他游历密西西比河和美国的故事，而女管家拿着一封信走了进来。他惊讶地嗯了一声，砰的一声合上狄更斯的书，低声嘟囔道："该死的白痴英国佬，要是落在我手上，非得把他扔进河里去不可。"他接过信，撕开信

1.约翰·济慈（John Keats，1795—1821），19世纪初期英国诗人，浪漫派的主要成员。代表作有《夜莺颂》《希腊古瓮颂》《秋颂》等。济慈与雪莱、拜伦齐名，被推崇为欧洲浪漫主义运动的代表。

2.查尔斯·狄更斯（Charles Dickens，1812—1870），英国批判现实主义作家。1837年他完成了第一部长篇小说《匹克威克外传》，是第一部现实主义小说创作，后来创作才能日渐成熟，先后出版了《雾都孤儿》《大卫·科波菲尔》《艰难时世》《双城记》《远大前程》等作品，他的作品对英国文学发展有深远的影响。

封，松手让信封落在地上。收到一封信本身就很稀奇了，而这封信还要更加不寻常；信原先是寄到圣路易斯的热河定班航运公司的，然后从那里转寄到了加利纳。阿布纳·马什展开泛黄发脆的信纸，震惊得倒吸了一口气。

这是一张古老的信纸，但他记得清清楚楚。十三年前他亲自定制了这种信纸，把它放在汽船每间贵宾舱的写字台抽屉里。页眉上有一幅漂亮的钢笔画，画的是一艘侧明轮大型汽船，旁边是用华丽的花体字拼出的“热夜之梦”这几个字。另外，他也认出了信纸上那优雅而流畅的笔迹。信很短：

亲爱的阿布纳：

我已做出我的选择。

假如你身体健康，而且有意相见，请尽快来新奥尔良与我会合。我在加勒廷街的绿树舞厅等你。

——约书亚

“下地狱去吧！”马什骂道，“都这么久了，那个该死的傻瓜以为他一封该死的信就能让我大老远地跑到该死的新奥尔良去？而且连一个字都不解释！他以为他是他娘的老几？”

“我反正不知道！”女管家接茬道。

阿布纳·马什艰难地站起来。“女人，你把我该死的白上衣收到哪儿去了？”他咆哮道。

31

新奥尔良　一八七〇年五月

夜晚的加勒廷街仿佛一条穿过地狱的主大道，阿布纳·马什心想，沿着这条路匆匆前行。舞厅、酒吧和妓院林立于路边，每一家都人满为患、污秽不堪和沸反盈天，人行道上熙熙攘攘地全是醉汉、妓女和扒手。妓女在他走过时热情地打招呼，但见到他的冷面孔，虚伪的邀请立刻变成了冷嘲热讽。眼神冰冷的带刀糙汉戴着黄铜指套，毫不掩饰地用轻蔑的视线打量他，马什不禁希望他看上去别这么富裕，也他妈别这么老。他穿过马路，避开掂着橡木短棍堵在舞厅门口的一伙男人，抬头一看，发现他来到了绿树舞厅门口。

这家舞厅和其他的舞厅没什么区别，只是被众多魔窟包围着的一个魔窟。马什挤了进去。店堂里挤满了人，烟雾腾腾，光线昏暗。发蓝的霾气中，一对对男女大致跟着喧闹而廉价的音乐扭动身体。其中有个体格粗壮的蠢蛋，他没刮过脸，身穿红色法兰绒衬衫，搂着似乎人事不省的舞伴，踉踉跄跄地在舞池中转悠。他支撑着女人的体重，拖着她转圈，隔着她的薄棉布裙子捏她的胸部。其他舞客只当没看见他们。舞池里的女人都是典型的舞厅女郎，身穿褪色的棉布连衣裙和破旧的便鞋。就在马什的眼前，红衬衫男人绊了一下，他丢下怀里的舞伴，整个人压在她身上，舞厅里哄堂大笑。他咒骂着晃晃悠悠地爬起来，而女人四仰八叉地躺在地上。笑声渐渐平息，他弯腰抓住她的连衣裙前襟使劲一拉。她里面光溜溜的，只在一条白皙肉感的大腿上扎了一根吊袜带，吊袜带上别着一把小匕首。刀柄头是粉红色的心形。红衬衫男人开始解裤子纽扣，两个打手一左一右走了过来。他们都是红脸膛的彪形大汉，戴着铜指套，拎着粗木棍。“带她上楼。”一个打手吼道。红衬衫男人连珠炮似的咒骂起来，不过最后还是把女人扛在肩上，晃晃悠悠地穿过烟雾，在阵阵哄笑下走向楼梯。

“跳支舞吗，先生？”一个口齿不清的女声咬着马什的耳朵说。他转过去，眼珠都快瞪掉了。这女人至少和他一样重。她白得像面团，赤裸得像是刚从娘胎里出来，只扎了一条细细的皮带，上面挂着两把匕首。她笑嘻嘻地抚摸马什的面颊，他连忙转身，挤开人群走了。他在店堂里转了一圈，想要找到约书亚。一个格外吵闹的角落里，十几个人围着一个木箱，他们打着酒嗝，骂骂咧咧，正在看老鼠打架。吧台前的人围了两层，几乎每一个都带着枪，而且满脸凶险。马什嘟囔着说抱歉，挤开一个骨瘦如柴的家伙，这位老兄腰上系着一根绞索，和一个佩着枪套的矮个子男人聊得正起劲。系绞索的男人停下来，不悦地瞪着马什，直到他的伙伴朝他吼了句什么，把他拉回到谈话里。“威士忌。”马什说，靠在吧台上。

“阿布纳，这威士忌会把你的胃烧出一个窟窿来。”酒保温和地说，他平静的声音刺穿了周围的喧嚣。阿布纳·马什的下巴险些掉在地上。吧台里的男人朝马什微笑，他身穿粗布宽松裤，裤腰用麻绳扎住，白衬衫脏得都快变成灰色了，外面套着黑色马甲。但他的脸和十三年前一模一样，苍白，没有皱纹，不过脸庞周围的白色直发今天有些凌乱。舞厅里光线昏暗，然而约书亚·约克的灰眼睛似乎在自己发光。他隔着吧台伸出手，抓住马什的胳膊。“上楼，”他急切地说，“找个能说话的地方。”

他正要绕过吧台出来，另一个酒保瞪着他，一个穿黑色正装的黄鼠狼脸瘦子冲过来说：“你他妈去哪儿？快回去，给客人倒威士忌。”

“我辞职。”约书亚对他说。

“辞职？看老子不割了你的喉咙！”

“是吗？”约书亚说。他等待着，环顾忽然寂静下来的店堂，用眼神挑战每一个人。没人动弹。“要是有人想试试手脚，我和我的朋友就在楼上。”他对站在吧台前的六个打手说。然后他抓着马什的胳膊肘，领着他穿过舞厅，走向狭窄的后楼梯。楼上是一条短短的走廊，只有一盏煤气灯投出闪烁的亮光，房间一共有六个。一扇关着的门里面传来哼哼唧唧和呻吟声。另一扇门开着，一个人趴在门口，半个身子在房间里，半个身子在房间外。马什从他身上跨过，注意到正是刚才还在楼下的红衬衫男人。“他这是怎么了？”马什大声说。

约书亚·约克耸耸肩。“多半是布里奇特醒了，撂倒他，抢走了他的钱。她是个真正的小辣椒。我估计她那把小匕首已经宰了至少四个男人。她会在那颗心上刻标记。”他做个鬼脸。“说到给人放血，阿布纳，我的族人实在没什么能教给你们的。”

约书亚打开一个空房间的门。“来吧，请随便坐。”他点亮一盏灯，然后关上门。

马什重重地坐在床沿上。“我的天，”他说，“约书亚，你这是领我进了什么地狱？这儿和二三十年前的山下纳齐兹一样乱。要是我能猜到会在这种地方找到你，那可真是见了鬼。”

约书亚·约克微笑着坐进破旧的扶手椅。“朱利安和坏水比利也不可能想到。这就是关键。我知道他们在找我。但就算他们想到了要来加勒廷街，想找我也还是很困难。朱利安一看就是个有钱人，必定会受到攻击，而这儿人人都认识坏水比利。他带走了太多的女人，她们全都一去不回。今晚在绿树舞厅，至少有两位老兄见到他就会宰了他。外面的街道属于槲树兄弟帮，他们光是为了找乐子就有可能活活打死比利——当然，除非他们决定帮助他。”他耸耸肩。“连警察都不会来加勒廷街。我在这儿比在任何地方都安全，而且在这条街上，我昼伏夜出不会引来任何怀疑。他们都是这么过日子的。”

“别管这些了，”马什不耐烦地说，“你写信给我，说你做出了选择。你知道我为什么来，但我不确定你为什么找我来。所以，你最好给我实话实说。”

“我都不知道该从何说起。阿布纳，多年不见了。”

“谁不是呢？”马什粗声粗气地说，他的语气随即软了下来，“约书亚，我找过你。我他妈都不记得我找了多少年了，找你，也找我那艘该死的汽船。但河道太他妈多，而时间和钱又太少。”

“阿布纳，”约克说，“哪怕给你全世界所有的时间和金钱，你也不可能在河上找到我们。因为过去这十三年，‘热夜之梦’一直在陆地上。她藏在朱利安的种植园的旧靛蓝作坊附近，尽管离长沼只有五百码左右，但藏得非常隐蔽。”

马什说：“真见鬼……”

“是我干的。我从头原原本本地告诉你吧。”他叹了口气，“必须从十三年前我离开你的那个晚上开始说起。”

“我记得那天。”

“我尽快赶往上游，”约书亚说了起来，“我急着想回去，担心渴欲会随时降临。旅途艰难，但我在和你告别后的第二个晚上回到了‘热夜之梦’上。她只移动了一小段距离。她停在远离河岸的地方，幽黑的河水冲刷着左右船舷。那是个雾气弥漫的寒冷夜晚，我走向她，她死气沉沉，黑洞洞的。没有冒烟，没有蒸汽，没有任何火光，悄无声息，我在雾气中险些错过她。我不想回去，但我知道我必须回去。我游向她。”他停顿片刻，“阿布纳，你知道我以前过着什么样的生活。我见过也做过许多可怕的事情，但任何事情都不可能让我做好准备，面对我即将在汽船上见到的景象，绝对不可能。”

马什咬紧牙关。“继续说。”

“我曾经对你说过，我认为戴蒙·朱利安疯了。”

“我记得。”

“疯狂，鲁莽，连梦里也只有死亡，”约书亚说，“他证明了我的猜想。对，是的。他证明了他的疯狂。我爬上甲板的时候，汽船一片死寂。没有声音，没有动静，只有河水哗哗流淌。我在船上游荡，没有受到任何阻拦。”他的眼睛盯着阿布纳·马什，但眼神恍惚而呆滞，仿佛在看其他什么东西，会永远出现在他眼前的某些东西。约克停下了。

“约书亚，告诉我。”马什说。

约克的嘴唇绷紧了。“阿布纳，那是个屠场。”他让这个简单的陈述在半空中停留片刻，然后继续说了下去，“到处都是尸体。到处都是。而且尸体并不完整。我穿过主船舱，在货物之间和轮机旁见到了尸体。到处都扔着……胳膊、腿、其他身体部位。被撕开的。被扯下来的。比利买来的奴隶机工，大多数还戴着镣铐，他们全死了，喉咙被撕开。轮机长倒吊在汽缸上方，开了膛……他的血肯定流进了……就好像鲜血能代替机油似的。”约书亚痛苦地微微摇头。“尸体的数量，阿布纳。你无法想象。还有他们被残害的样子，稀奇古怪的惨状。浓雾渗进了船舱里，所以我无法一眼看到全貌。我漫无目标地乱走，刚才前方还只有模糊的影子和飘荡的纱雾，再一瞬间这些东西就突然冒了出来。我看着浓雾向我揭示的恐怖景象，然后走开，才两三步，雾气就散开，让我目睹更加可憎的画面。

“最后，我从内心里感到憎恶，愤怒像热病一样在我胸中燃烧，我登上主楼梯，来到锅炉甲板。大厅……那景象更加可怕。尸体和尸体的碎块。血流成河，即便过了那么久，地毯都还是湿的。到处都是打斗的痕迹。几十面镜子碎了，三四间贵宾舱的舱门被向内撞开，桌子翻倒在地。有一张桌子没翻，但银盘上摆着一个人头。我穿过大厅那恐怖的三百英尺距离，从没见过比这更加可怕的景象。黑暗中，浓雾中，没有任何东西在动。没有任何活物。我失魂落魄地来来回回走，不知道该做什么。我在饮水机前停下，就是你放在大厅最前面的那台巨大的银饰饮水机。我的喉咙非常干。我拿起一个银杯，转动龙头。水……阿布纳，那水流得很慢。非常慢。尽管大厅里很暗，我还是能看见它是黏糊糊的黑色。已经……半凝结了。

“我站着那儿，手里拿着杯子，茫然四顾，鼻孔里充满了气味……我都还没说那气味呢，气味非常可怕，它……相信你能想象。我站着这一切的中央，望着饮水机那慢得令人痛苦的水流。我觉得我快要窒息了。我的恐惧，我的愤怒，我……我感觉到它们在我心中升腾。我把杯子扔向大厅的另一头，开始尖叫。

“这时有了声音。低语，捶打，恳求，哭泣，威胁。那么多的声音，阿布纳，活人发出的声音。我环顾四周，愈加痛苦，也愈加愤怒了。至少十二个贵宾舱的舱门被钉死，把乘客囚禁在里面。为了今晚或明晚拉出来享用，我很清楚。他们是朱利安保留的活畜。我开始颤抖。我走向离我最近的一扇门，扒开固定舱门的木板。木板被扒开时发出响亮的断裂声，仿佛一声痛苦的惨叫。我正要开门，却听见他说：‘亲爱的约书亚，请你务必停下。我迷途的亲爱的约书亚，终于回到我们身边了。’

“我转过身，看见他们站在那儿。朱利安朝我微笑，坏水比利站在他身旁，还有其他人，其他的所有人，甚至包括我的追随者，西蒙、史密斯和布朗，我抛下的所有人都……望着我。我朝着他们所有人尖叫，狂野而毫无逻辑。他们确实是我的族人，但他们竟然做出了这种事。阿布纳，我的胸中充满了厌恶……

“几天后，我听说了完整的经过，知道了朱利安的疯病到底有多么严重。从某个角度说，也许都是我的错。我救了你、托比和弗拉姆先生，却害死了一百多位无辜的旅客。”

阿布纳·马什嗤之以鼻。“胡扯，”他说，“无论发生了什么，下手的都是朱利安，要负责的也只有他。你甚至不在场，所以你用不着自责，明白吗？”

约书亚的灰眼睛露出痛苦的神色。“这些话我对自己说过许多遍，”他说，“请让我先说完。事情是这样的，那天夜里朱利安醒来，发现我们逃跑了。他暴跳如雷。发疯了。不，语言过于苍白，无法形容他当时的愤怒。也可能是他的猩红渴欲在沉睡几百年后终于苏醒了。不仅如此，他肯定觉得毁灭就在眼前。他的舵手全跑了。汽船没有舵手就寸步难行。而他也知道你一定会杀回来，在白天发动攻击，永远毁灭他。他不可能想到我会回去拯救他们。我的背叛和瓦莱丽的出逃无疑让他内心充满恐惧，确信接踵而至的必将是毁灭。于是他失去了控制。他是血主，但我们违背了他的意愿。黑夜子民的整个历史上都从没发生过这种事情。我认为，在那个恐怖的夜晚，戴蒙·朱利安以为他见到了他既渴求又恐惧的死亡。

“后来我得知，坏水比利建议他们上岸，分成几伙走陆路，在纳齐兹或新奥尔良或其他地方会合。这么做符合常理。但朱利安已经失去理智。他走进大厅，疯狂在眼睛里燃烧，一名乘客忽然走上来，抱怨说汽船的行程远远落后于时间表，而且一整天没动过地方了。‘啊哈，’朱利安说，‘那我们就应该立刻出发了。’他把船开到河中央，这样就没人能上岸了。然后他回到大厅，乘客们正在那儿吃晚饭，他走向刚才向他抱怨的男人，在众目睽睽之下杀了他。

“屠杀于是开始。人们尖叫、逃跑、躲藏，把自己锁在船舱里。但他们无处可去。朱利安使用他的力量，使用他的声音和眼神，让他的追随者上去杀人。我知道那天夜里‘热夜之梦’上有大约一百三十名乘客，他们要对抗二十名我的族人，其中一些受到渴欲的驱使，另一些受到朱利安的蛊惑。但渴欲在这种时刻会变得异常可怕。就像热病，它能从一个人传给另一个人，直到所有人都烧了起来。坏水比利让他在山下纳齐兹雇来的匪徒也协助杀人。他对他们说这是一个抢劫和杀害所有乘客的阴谋，赃物会分给他们一份。等我的族人转而扑向他们的人类帮手时，他们想后悔也来不及了。

“阿布纳，事情就发生在你我站在房间里交谈的时候。那一刻的惨叫，那血腥的屠杀，朱利安死亡疯病的突然发作。并不是一切都在他的掌握之下。乘客也反击了。我得知我的所有族人都受了伤，不过当然很快就痊愈了。文森特·蒂博被子弹打穿眼睛，他死了。两个司炉抓住凯瑟琳，把她塞进了炉子。库尔特和阿兰赶来之前，他们就已经烧死了她。因此，我有两名族人遭遇了灭顶之灾。我们死了两个，你们却死了一百多。幸存者被囚禁在自己的船舱里。

“杀戮结束后，朱利安开始等待。其他人满心恐惧，想要逃跑，但朱利安不允许。我猜他就希望被人发现。阿布纳，他们说他提到了你。”

“我？”马什大吃一惊。

“他说他向你承诺过，这条河永远不会忘记你的‘热夜之梦’。他放声大笑，说他履行了承诺。”

愤怒在阿布纳·马什的胸中蓄积，以一声狂怒的冷哼爆发出来。“他该下地狱！”他说，声音冷静得出奇。

“事情的经过就是这样，”约书亚·约克说，“但回到‘热夜之梦’的那天夜里，我对此一无所知。我只知道我用眼睛见到的惨状，用鼻子闻到的气味，我能猜测和想象的细节。我也发疯了，阿布纳，真的发疯了。就像我刚才说的，我扒开那些木板，这时朱利安冒了出来，我忽然朝他尖叫，叫得语无伦次。我想报复。我想杀了他，我第一次那么想杀死一个人，我想撕开他苍白的喉咙，品尝他该死的鲜血！我的愤怒……唉，语言在这里毫无用处！

“朱利安等我尖叫完，然后平静地说：‘约书亚，还剩下两块木板呢。快拆掉，放他们出来。你肯定非常饥渴了。’坏水比利在嗤笑。我一言不发。‘动手吧，亲爱的约书亚，’朱利安说，‘今夜你将真正地加入我们，这样你大概就再也不会逃跑了。动手吧，亲爱的约书亚。放他出来，杀了他。’他的眼睛盯着我。我能感觉到它们的力量，它们在牵引我，把我拖进他的内心，企图控制我，让我听他的指挥。一旦我再次尝到鲜血的滋味，我就将属于他，我的肉体和灵魂都会永远属于他。他击败了我十几次，强迫我跪在他的面前，迫使我允许他喝我的血。但他一直没能做到的是逼我杀人。那是我对我的自我、我的信念和我的理想的最后一点保护，此刻他正在用眼神摧毁它，它背后只有死亡、鲜血和恐怖，还有很快就将成为我的人生的无数个空虚夜晚。”

约书亚·约克停下了，他转开视线。他的眼神蒙上阴影，多了些说不清道不明的东西。阿布纳·马什惊讶地发现约书亚的手在颤抖。“约书亚，”他说，“无论发生了什么，那都是十三年前了。已经过去了，就像你在英国和其他地方杀死的那些人。你别无选择，完全没有选择的余地。是你告诉过我，没有选择就谈不上善恶。无论你有没有杀死那个人，你都和朱利安不一样。”

约克直视他的双眼，露出一个怪异的笑容。“阿布纳，我没有杀死那个人。”

“没有？那你……”

“我反击了，”约书亚说。“阿布纳，我气疯了。我看着朱利安的眼睛，向他挑战。我和他战斗，这次我赢了。我们在那儿站了足足十分钟，最后朱利安挣脱开，嗥叫一声，爬上楼梯，逃回他的船舱，坏水比利跟着他溜了。我的其他族人傻站着，震惊地望着我。雷蒙德·奥尔特加上前挑战我。不到一分钟他就跪下了。‘血主。’他向我俯首。然后，其他人一个接一个地跟着跪下。阿曼德和卡拉，辛西娅，若热和米歇尔·勒库埃尔，甚至库尔特，他们都跪下了。西蒙露出胜利的喜悦表情。其他人也是。朱利安对他们中的几个施加了残酷的统治。现在他们得到了自由。我战胜了戴蒙·朱利安，尽管他那么强大、那么古老。我重新成为我的族人的领袖。这时我意识到，我面临着一个抉择。除非我立刻采取行动，否则人们就会发现‘热夜之梦’，我、朱利安和我们其他的族人都必死无疑。”

“所以你做了什么？”

“我找到了坏水比利。他毕竟当过一段时间的大副。他躲在朱利安的船舱外面，不知如何是好。我让他掌管主甲板，命令其他人照他说的做。他们开始干活，充当机工、司炉和轮机员。比利吓得半死，但还是指挥着他们烧起了蒸汽。我们用木柴、猪油和尸体当燃料。很可怕，我知道，但我们必须处理掉尸体，而且停船加木柴也会面临巨大的风险。我登上领航室，掌管舵轮。至少那上面没有死人。她行船时熄灭了所有灯火，就算人们的视线能穿透浓雾，也不可能发现我们。有时候我们不得不测深，缓慢前进，另一些时候——雾气消散的时候，阿布纳，我们顺流而下的速度能让你自豪！我们在黑暗中超过了几艘汽船，我向他们拉汽笛，他们也拉汽笛回应，但没人近得能看清我们的船名。那天夜里的河面空荡荡的，浓雾使得大多数船只都系缆靠岸了。我是个鲁莽的舵手，但若是不鲁莽，结果就是被发现和死路一条。天亮时我们还在河面上。我不让他们去休息。比利挂起油布，包住主甲板，遮挡阳光。我待在领航室里。我们在日出时分驶过新奥尔良，然后向下游走，拐进长沼。那里的水面很窄，水深很浅，是整个旅程中最困难的一段路。我们必须走几步就测深一次，但终于还是开到了朱利安以前盘踞的种植园。直到这时，我才躲回我的船舱里。我被严重灼伤。又一次。”他咧嘴苦笑。“我似乎养成了灼伤自己的习惯，”他说，“第二天夜里，我去勘察朱利安的地盘。我们把汽船拴在长沼旁一个半朽烂的老栈桥上，但她太显眼了。假如你想到要来柏树码头，看一眼就会发现她。我不愿毁掉她，因为我们也许还会需要她赋予我们的机动能力，但我知道最好把她隐藏起来。

“我找到了办法。种植园曾经种植过木蓝。五十多年前，种植园主转而种植更有利可图的甘蔗，后来朱利安就什么都不种了；但我在主宅南面发现了以前使用的靛蓝作坊，它位于一条通往长沼的水道上。这是一段死水，长满水草，臭气熏天。木蓝并不是什么有益身体的好东西。水道的宽度勉强够‘热夜之梦’驶过，但深度肯定不够。

“于是我设法让水道变深。我们卸空汽船，清除水草，砍掉树木，疏浚死水。一个月的辛苦劳作啊，阿布纳，几乎每天夜里都在干活。然后我驾驶汽船驶下长沼，好不容易才开进那段死水，让她挤了进去。停船的时候，船底已经蹭到了水底，但她已经几乎看不见了，各个方向都被树叶挡得严严实实。接下来的几个星期，我们筑坝封住死水到长沼的出口，把我们辛辛苦苦挖出来的泥沙填回去，然后抽干死水。一个月之后，‘热夜之梦’落在了潮湿的淤泥地上，槲树和柏树遮蔽她的身形，没人能猜到那儿曾经是一段水道。”

阿布纳·马什不悦地皱起眉头。“这可不是一条汽船的好归宿，”他苦涩地说，“尤其是她。她配得上更好的待遇。”

“我知道，”约书亚说，“但我必须为我族人的安全着想。我做出了我的选择，阿布纳，做完这一切，我感到的是快乐和胜利。你们再也不会发现我们了。我们焚烧或掩埋了大部分尸体。自从那晚我挑战并征服朱利安之后，他几乎没再露过面。他很少离开船舱，就算出来也是为了吃东西。只剩下坏水比利会和他说话。比利很害怕，顺从我的意愿，其他人都成了我的追随者，和我一起喝药酒。我命令比利从朱利安的船舱里取出了我的药酒，存放在大厅的吧台里。我们每晚吃饭的时候会喝上一杯。在我开始考虑我的种族的未来之前，还有一个大问题需要解决，那就是我们的囚徒，从那个恐怖之夜侥幸活了下来的乘客。逃跑和劳作期间，我们把他们关在船舱里，但没有伤害任何一个人。我确保他们有吃有喝，受到良好的对待。我甚至尝试过和他们交流，和他们讲道理，但毫无意义——只要我走进他们的船舱，他们就会吓得歇斯底里。我不想把他们无限期地关押下去，但他们见到了一切，我不知道我该如何安全地放他们离开。

“但很快就有人替我解决了这个问题。一个漆黑的夜晚，戴蒙·朱利安走出他的船舱。他依然住在汽船上，还有另外几个曾经与他最亲近的人。那天夜里我和另外十几个人上了岸，在主宅里做事，给了朱利安一个逞凶的机会。等我回到‘热夜之梦’上，发现两名乘客被他们拖出船舱，已经遇害。雷蒙德、库尔特和阿德里安娜坐在大厅里，正在享用尸体，而朱利安主持了这一切。”

阿布纳·马什冷哼一声。“真该死，约书亚，你有机会的时候应该杀了那家伙的。”

“是啊，”约书亚·约克赞同道，马什吃了一惊，“我以为我能控制住他的。多么惨痛的错误。他重新现身的那天夜里，我当然也尝试过弥补我的错误。我狂怒，感到憎恨。我和他恶语相向，我下定决心，这将是他漫长而畸形的生命中犯下的最后一次罪行了。我命令他面对我。

我打算要他跪下，献上他自己的鲜血，若是有必要就多来几次，直到他真正属于我，直到他被耗尽和臣服，被拔掉爪牙。他起身面对我，结果……”约克凄惨而绝望地哈哈一笑。

“他击败了你？”马什说。

约书亚点点头。“轻而易举。和以前的每一次一样，只有那个夜晚是个例外。我鼓起我胸中全部的力量、意志和怒火，但依然无法与他抗衡。我猜连朱利安都没想到会是这样。”他摇摇头。“约书亚·约克，吸血鬼之王。我又一次辜负了他们。我的统治只维持了短短两个月。过去这十三年，朱利安一直是我们的主宰。”

“你们的囚徒呢？”马什问，他知道答案，但希望自己猜错了。

“死了。接下来的几个月里，我的族人一个一个地杀害了他们。”

马什皱起眉头。“十三年，约书亚，那是很长一段时间。你为什么不逃跑？你肯定有机会的？”

“机会有很多，”约书亚·约克承认道，“我猜朱利安也希望我能消失。他当了一千多年的血主，是有史以来在地上行走过的最强大和最可怖的猎食者，但我迫使他当了两个月的奴隶。无论是他还是我都无法解释我那短暂但苦涩的胜利从何而来，但无论是他还是我都不可能忘记那段经历。我们在这些年里一次又一次地争斗，每一次在朱利安施展出全部力量之前，我都会看到怀疑一闪而过，那是他在害怕，担心这次他又会被我征服。可惜这种事没有再次发生。而我也留在了那儿。阿布纳，我能去什么地方呢？我还能做些什么呢？我应该和我的族人待在一起。自始至终，我一直希望有朝一日能把他们从朱利安手中解救出来。即便他击败了我，我认为我的存在依然是朱利安心中的一根刺。发动抢夺主宰权的争斗的永远是我，而不是他。他没再尝试过诱使我杀人。我的药酒存量告急的时候，我架设起设备，又制造了一批，而朱利安没有干涉。他甚至允许其他人来协助我。西蒙、辛西娅、米歇尔和另外几个人。我们喝药酒，熄灭渴欲。

“而朱利安总是待在他的船舱里。说他休眠了也未尝不可。有时候一连几个星期，除了坏水比利就没人会见到他。几年时间这么匆匆而过，朱利安迷失在他的梦境中，但他的存在凌驾于我们之上。当然了，他依然在喝血。每个月至少一次，坏水比利骑马去新奥尔良，带回来一个牺牲品。战前他带来的是奴隶。战后则是舞女、妓女、醉汉、流氓——他能骗出城来的我们那儿的任何一个人。战争害苦了我们。战争期间，朱利安躁动不安，数次领着一伙人去城里狩猎。后来他派其他人出去。战争常常会把猎物送到我的族人的嘴边，但猎物有时候也会变得危险，战争让我们付出了代价。一天夜里，在新奥尔良，一名联邦士兵袭击了卡拉。她当然杀死了士兵，但士兵还有同伴……卡拉是第一个丧命的。菲利普和阿兰因嫌疑被捕，受到监禁。他们被关在室外的囚笼里等待问询。太阳升起，两个人都死了。一天夜里，一群士兵点燃了种植园的大宅。屋子本来就快变成废墟了，但并非空无一人。阿曼德葬身于烈火之中，若热和米歇尔严重烧伤，不过后来都恢复了。我们其他人四散逃跑，等劫掠者离开后回到‘热夜之梦’上。汽船从此成了我们的家。

“接下来的那几年，朱利安和我进入了某种尴尬的休战状态。我们的人数更少了，还不到十二个，而且分成两派。我的追随者喝我的药酒，朱利安的追随者喝他们的鲜血。西蒙、辛西娅和米歇尔跟着我，其他人跟着他，部分人因为他们和他的思想一致，其他人是因为他是血主。库尔特和雷蒙德是他最强大的盟友。还有比利。”他的表情变得冷峻。“阿布纳，比利在吃人。这十三年里，朱利安把他变成了我们之中的一员，至少他的话是这么说的。过了这么久，鲜血依然会让比利感到恶心。我有十几次目睹他因为鲜血而反胃。但现在他会贪婪地食用人肉了，尽管他要做熟了再吃。朱利安觉得他这么做很好玩。”

“你应该让我宰了他的。”

“也许吧。但要是没有比利，那天我们都会死在汽船上。他的脑子很好使，但朱利安扭曲了他的思想，就像他扭曲每一个听从他的人的思想一样。要是没有比利，朱利安建构的那种生活方式就会垮塌。是比利骑马去城里，带来可悲的猎物交给朱利安。是比利卖掉船上的银器、庄园的土地和任何能变成现钱的东西。因此，从某个角度说，正是因为比利，我们才能再次见面。”

“我就知道你迟早会说到这个，”马什说，“你和朱利安在一起待了这么久，没有逃跑，也没把他怎么样。但现在你跑到这儿来了，朱利安和坏水比利在搜寻你，而你写了封该死的信给我。为什么是现在？有什么不一样了吗？”

约书亚的双手紧紧抓住椅子的扶手。“我前面说的休战已经结束，”他说，“朱利安重新苏醒了。”

“怎么说？”

“比利，”约书亚说，“比利是我们与外部世界之间的纽带。他每次去新奥尔良，除了食物、酒水和猎物，也会为我采购报纸和书籍。比利还会搜集各种各样的消息，城市里和河上的所有传闻。”

“所以？”阿布纳·马什说。

“最近几乎所有人都在说同一个话题。报纸上也全是这个消息。阿布纳，那是你所钟爱的一个话题。汽船。两艘特定的汽船。”

阿布纳·马什皱起眉头。“‘纳齐兹’和‘疯狂鲍勃·李’。”他说，不明白约书亚究竟想说什么。

“正是她们，”约克说，“根据我读到的报纸和比利听说的消息，一场竞速似乎在所难免。”

“妈的，当然了，”马什说，“而且就是最近的事。莱瑟斯在上游下游到处吹牛，另外根据我听到的消息，他抢了很多‘李’的生意。坎农船长不可能一直忍耐下去。这场竞速应该会非常激烈。”他揪了揪胡子。“但我不明白这能和朱利安还有比利还有该死的黑夜子民扯上什么关系。”

约书亚·约克勉强一笑。“比利说得太多，勾起了朱利安的兴趣。而他还记得，阿布纳，记得他向你许下的承诺。我阻止过他一次。但现在，真该死，他打算再搞一次。”

“再搞一次什么？”

“他要重演我在‘热夜之梦’上见到的大屠杀，”约书亚说，“阿布纳，‘纳齐兹’和‘罗伯特·E. 李’的竞争吸引了整个美国的目光。按照报纸上的说法，连欧洲也有人在下重注。假如竞速的航程是从新奥尔良到圣路易斯，那么他们就要跑三或四天。也就是三或四个夜晚。阿布纳，三或四个夜晚啊。”

阿布纳·马什突然明白了约书亚想说什么，他从未体验到过的冰冷感觉笼罩了他。“‘热夜之梦’。”他说。

“他们让她重新浮了起来，”约克说，“他们在清理我们填掉的水道。坏水比利在筹款。这个月晚些时候，他会去城里雇一群船员，帮她做好出航的准备，等时机来临的时候就驾驶她开出去。朱利安认为事情一定会非常好玩。他打算开着她去新奥尔良，一直停到竞速开始的那一天。他打算让‘纳齐兹’和‘罗伯特·E. 李’先走，然后开着‘热夜之梦’逆流追赶。等夜幕降临，他会追上领先的那艘船，和她并驾齐驱，然后……唉，你知道他想干什么。为了减少负载，两艘汽船都只有最少量的船员，而且不带乘客。朱利安很容易就能得手。他会强迫我们每个人都参与。我是他的舵手。”他苦笑一声，“曾经是。我听说他的疯狂计划，立刻向他挑战，但再次败下阵来。第二天黎明时分，我偷了比利的马，逃跑了。我以为我的逃跑会挫败他的阴谋。没有舵手，他就不可能把船开出去。但等我从灼伤中恢复过来，很快就意识到这个想法过于幼稚。比利只需要再雇个舵手就行。”

阿布纳·马什只觉得胃里翻江倒海。一半的他感到恶心和狂怒，因为朱利安打算把“热夜之梦”变成恶魔汽船。但另一半的他也受到了这种胆大妄为的蛊惑，他仿佛见到了“热夜之梦”出现在那两艘船的面前，让坎农和莱瑟斯连同整个世界都看看她的厉害。“舵手个屁，”马什说，“约书亚，那是该死的河上最快的两艘汽船。要是朱利安让她们先出发，他永远也不可能赶上去，更别说杀人了。”嘴里尽管这么说，马什却知道他并不真的这么认为。

“朱利安认为这会让事情变得更加好玩，”约书亚·约克答道，“假如她们能够一直保持领先，那么船上的人就能活下去。要是做不到——”他摇了摇头。“阿布纳，他还说他对你的汽船怀有极大的信心。他要让她出名。事后，两艘船都会被毁掉，朱利安说我们要逃上岸，往东去费城甚至纽约。他声称他厌倦了这条河。我觉得这都是空话。朱利安厌倦的其实是生命。假如他真能贯彻这个计划，对我的种族来说就等于末日。”

阿布纳·马什从床沿上起身，愤怒地用手杖敲击地板。“去他妈的！”他咆哮道，“她能赶上她们，我知道她一定能，我敢发誓，当初要是给她一个机会，她肯定能超过该死的‘日食’。‘纳齐兹’和‘坏鲍勃’之流在她面前根本不堪一击。妈的，那两艘船连‘日食’都不可能战胜。真该死，约书亚，他不能用我的汽船去做这种事情，我发誓，他绝对不能。”

约书亚·约克露出危险的笑容，阿布纳·马什看着他的眼睛，见到了他曾经在“种植园主之家”见过的决心，也见到了他白天闯进约克船舱时见过的冰冷和愤怒。“是的，”约克说，“他绝对不能。因此我才会写信给你，阿布纳，而且祈祷你还活着。这件事我考虑了很久。现在我做出了决定。我们必须杀死他。不存在其他的选择。”

“妈的，”马什说，“你居然花了这么久才转过这个弯来。十三年前我就该让你醒悟过来的。很好，我加入。但是——”他用手杖指着约克的胸口说，“——我们不能伤害我的汽船，听懂了吗？朱利安该死的计划只有一点不对，那就是他想杀死所有人。其他部分我还挺喜欢的。”他微微一笑。“坎农和莱瑟斯会他妈大吃一惊，连自己的眼睛都不敢相信。”

约书亚笑着起身。“阿布纳，我向你发誓，我们会尽可能让‘热夜之梦’保持完整。你记得提醒你的手下。”

马什皱起眉头。“什么手下？”

笑容从约书亚的脸上消失了。“你的船员，”他说，“我以为你肯定是开着你的汽船来的，带着一群船员。”

马什突然想到约书亚的信是寄到圣路易斯热河定班航运公司的。“该死，”他说，“约书亚，我已经没有汽船了，也没有手下了。我是坐汽船来的没错，但我住的是乘客舱。”

“卡尔·弗拉姆，”约书亚说，“托比。其他人，‘伊莱·雷诺兹’的那些船员……”

“不是死了就是散了。我自己也半截入土了。”

约书亚皱起眉头。“我本来打算白天强攻。但这么一来，阿布纳，情况完全不一样了。”

阿布纳·马什脸上阴云密布，仿佛雷暴即将爆发。“不一样个屁，”他说，“在我看来，情况一点也没改变。你大概以为我们会带领一支军队冲进去，但我很清楚实际上不可能。约书亚，我是个他妈的老人，肯定活不了几年了，戴蒙·朱利安再也吓不住我了。他在老子的汽船上盘踞得太他妈久了，他对她做的事情让我很不高兴，我死也要把船抢回来。你写信说你做出了选择，真他妈的，所以现在怎么办？你到底跟不跟我去？”

约书亚·约克静静听着马什狂怒的爆发，一丝不情愿的微笑慢慢爬上他苍白的面庞。“好的，”他最后说，“我们单独去吧。”

32

朱利安种植园　路易斯安那州　一八七〇年五月

午夜时分，他们驾着约书亚·约克买来的马车离开新奥尔良，车轮的辘辘声和马蹄的嘚嘚声打破了黑暗。约书亚穿一身深棕色的衣服，带兜帽的披风在背后飘飞，抖动缰绳催促马匹前进时看上去和过去一样优雅。阿布纳·马什阴沉着脸坐在他身旁，随着马车驶过石块和坑洼而颠簸，紧紧握住横放在膝头的双管霰弹枪。子弹把他的大衣口袋撑得鼓鼓囊囊的。

他们刚驶离城区，约书亚就拐出了大路，然后很快又离开了次级道路，此刻他们沿着人迹罕至的小径疾驰，夜深人静之时，路上空无一人。道路变成了曲折的狭窄小径，穿过浓密的树林，黄松、长叶松、木兰、柏树、多花紫树和槲树伴随他们左右。有些地方的树木在二人头顶上彼此交缠，他们像是一头扎进了长长的黑暗隧道。有时候枝叶密密地搭在一起，遮蔽了月光，马什发现他什么都看不见，但约书亚从不放慢车速。他的眼睛在黑暗中亦能视物。

终于，长沼出现在他们左侧，他们沿着长沼奔驰了很久。幽暗而静谧的水面上，月亮闪着凝滞的白光。萤火虫慢慢飞过慵懒的黑夜，马什听着牛蛙低沉的鸣叫声，闻到了死水散发的浓厚气味，水里长满了睡莲，高大老树下的河岸上则遍布雪白的山茱萸和流苏树。阿布纳·马什心想，这也许是我生命中的最后一个夜晚了。因此他深深呼吸，把夜晚的所有气味都吸进鼻孔，无论它们是芬芳还是腐臭。

约书亚·约克直视前方，驾着马车隆隆驶过黑夜，他面如磐石，对周围的一切视而不见，沉浸在自己的思绪中。

黎明将近，东方刚刚出现一抹微弱的曙光，部分星辰开始隐没身形，他们绕过一棵古老的红橡树，这棵树已经死了，灰色的苔藓从枯萎的枝干上无力地垂向地面，然后驶入草木茂盛的宽阔田野。马什看见远方有一排棚屋，它们黑得仿佛蛀烂的牙齿，近一些的地方是失去了屋顶的种植园大屋，被熏黑的墙壁立在瓦砾堆中。约书亚·约克停下马车。“车停在这儿，剩下的路只能步行，”他说，“已经不远了。”他望向地平线，光明正在扩散，逐渐吞噬星辰。“天大亮的时候，我们发动进攻。”

阿布纳·马什哼了一声表示同意，他紧握着霰弹枪爬下马车。“会是个好天气，”他对约书亚说，“不过太阳也许有点大。”

约克笑着把帽子拉下来盖住眼睛。“这边走，”他说，“记着咱们的计划。我破门而入，去挑战朱利安。等他的全部注意力都放在我身上，你就冲进去朝他的脸开枪。”

“妈的，”马什说，“我才不会忘记呢。我在梦里朝那张脸开枪已经十好几年了。”

约书亚甩开大步，走得飞快，阿布纳·马什迈着沉重的双脚，勉强跟上他的步伐。马什把手杖留在了新奥尔良。这个早晨和其他所有早晨都不一样，他觉得他又变得年轻了。空气甘美而凉爽，芬芳扑鼻，他即将夺回他的好姑娘，他亲爱的汽船，他的“热夜之梦”。

他们走过种植园主屋。他们走过奴隶的棚屋。他们穿过又一片田地，木蓝疯长，开着粉色和紫色的花朵。他们绕过一棵高大的老柳树，柳枝如女人的素手一般温柔抚摸马什的面颊。他们随后走进一片更茂密的树林，树木以柏树为主，混着一些矮棕榈树，地面上开满了芦苇、山茱萸和各色百合的花朵。阿布纳·马什感觉到泥水渗进了旧皮靴的鞋底。

一根低垂的弯曲树枝上垂下一片浓密的灰色寄生藤，约书亚在它下面蹲下，马什在他背后一步外跟着蹲下，她赫然出现在他眼前。

阿布纳·马什把霰弹枪紧攥在手里。“妈的。”他只说了这两个字。

旧水沟里重新灌满了水，死水包围了“热夜之梦”，但水位不够深，因此汽船没有浮起来。她搁浅在淤泥和河沙积成的滩涂上，船首朝着天空昂起，船身向左舷倾斜十度左右，高悬的桨轮叶片上几乎没有水。她曾经是白色、蓝色和银色的。现在她完全成了灰色，而且是饱经日晒雨淋但油漆不足的那种朽木灰色。朱利安和他那帮该死的吸血鬼像是吸干了她的生命力。马什看见领航室的外壁上残存着一些印痕，那是坏水比利强加上的放荡的猩红色名字。“奥兹”两个字已经变得异常浅淡，仿佛陈旧的记忆，其他的几个字已经消失，后刷的油漆开裂剥落之处，真正的船名重见天日。栏杆和廊柱上的白漆脱落得最厉害，那里也是整艘船上最灰暗的地方。马什看见一丛丛的藤蔓攀上了船身，正在向着四周生长。看着她，马什开始颤抖。潮气、炎热和腐朽，他心想，他的眼睛里像是进了东西。他愤怒地揉了揉眼睛。她的烟囱似乎弯了，不过那是因为船身的倾斜。寄生藤爬满了领航室的一侧，从旗杆上垂了下来。拴住左舷活动跳板的绳索早已崩断，活动跳板砸在了前甲板上。用抛光木头做成的宽阔的旋转主楼梯，现在长满了黏糊糊的真菌。马什看见甲板之间的缝隙中长出了一丛丛野花。“真该死，”他说，“真该死，约书亚，你怎么能让她变成这样？你他妈怎么能……”他的喉咙哽住了，声音不听他的使唤，阿布纳·马什发现他说不下去了。

约书亚·约克温柔地按住他的肩膀，说：“对不起，阿布纳。我努力过了。”

“唉，我知道，”马什怒道，“是朱利安把她变成这样的，让她像他碰到的所有东西那样朽烂。对，我知道这是谁干的，我他妈当然知道。约克先生，我不知道的是你为什么要骗我。什么‘纳齐兹’和‘罗伯特·E. 李’的鬼话。妈的。她不可能战胜任何一艘船，她已经不可能重新开动了。”他知道他的脸涨得通红，嗓门也越来越大。“真他妈的活见鬼，她只会待在这儿腐烂，真该死，你他妈很清楚！”他忽然停下，意识到自己正在叫喊，有可能会惊醒所有的吸血鬼。

“我知道。”约书亚·约克承认道，眼神中透出悲哀。朝阳在他背后绽放光辉，他显得既苍白又虚弱。“但我需要你，阿布纳。不完全是骗你。朱利安确实提出了我说的那个计划，但比利告诉他‘热夜之梦’的情况很糟糕，他立刻就放弃了。其他的全都是实话。”

“我他妈怎么还能相信你？”马什愤愤道，“我们一起经历了那么多，你却对我撒谎。约书亚·约克，你他妈下地狱去吧，你是我该死的搭档，你却对我撒谎！”

“阿布纳，听我说。求你了。请听我解释。”他抬起手捂住额头，在阳光中眨着眼睛。

“来，”马什说，“你说啊。该死的，我听着呢。”

“我需要你。我知道我一个人不可能征服朱利安。其他人……就算他们支持我，也不可能站在他的面前，抵挡住他那双眼睛……他能迫使他们做任何事情。阿布纳，你是我唯一的希望了。你，还有我以为你会带来的手下。多么令人痛苦的讽刺啊。几千年来，我们黑夜子民一直在猎杀你们白昼子民，但现在为了拯救我们的种族，我必须求助于你。朱利安会摧毁我们所有人。阿布纳，你的梦想也许已经破灭，但我的依然有可能存活！我曾经帮助过你。要是没有我，你不可能建造她。现在请你帮助我。”

“你可以直接向我求助的，”马什说，“你可以告诉我该死的真相的。”

“我不知道你会不会来救我的族人。但我知道为了她，你一定会来。”

“真见鬼，为了你我也一定会来。你和我不是搭档吗？你说到底还是不是？”

约书亚·约克看着他，眼神既平静又庄重。“是。”他说。

马什仰望这堆灰色的腐烂遗骸，她曾经是他引以为傲的爱船，他看见一只该死的鸟在一根烟囱里筑了巢。其他鸟儿在树木之间飞掠扑腾，发出鸟类才会发出的琐细声响，让阿布纳·马什十分恼火。朝阳斜着穿过树木，把一道道亮黄色的光柱照在汽船上，尘埃在光线中游荡。最后的一些黑影在曙光面前悄悄溜走，钻进了底层灌木丛。“为什么是现在？”马什皱起眉头，又问约克，“假如不是因为‘纳齐兹’和‘罗伯特·E. 李’，那是因为什么？现在和过去十三年有什么区别，你为什么突然逃出来，写信给我？”

“辛西娅怀孕了，”约书亚说，“我的孩子。”

阿布纳·马什想到约克多年前对他说过的话。“你们一起杀了人？”

“不。我们历史上的第一次，受孕没有遭到猩红渴欲的玷污。辛西娅喝我的药酒已经许多年了。她产生了……性的欲望……而且是在没有鲜血和热病的情况下。我做出了回应。阿布纳，那是一种巨大的吸引力。和渴欲一样强大，但本质不同，它更加纯净。是对生命而非死亡的渴求。但是，她会在分娩时死去，除非你的族人能够伸出援手。朱利安不可能允许这种事发生。另外，我要为孩子考虑。我不希望戴蒙·朱利安败坏和奴役我的孩子。我希望这个孩子的出生能揭开我的种族的新篇章。我必须采取行动。”

一个见鬼的吸血鬼婴儿，阿布纳·马什心想。他要冲进去直面戴蒙·朱利安，为的是一个孩子，这个孩子长大后有可能会变成另一个朱利安。但也有可能不会，有可能会变成另一个约书亚。“既然你想做点什么，”马什说，“那我们为什么不在那里面，而是在这儿磨嘴皮子呢？”他用霰弹枪指了指汽船的庞然尸骸。

约书亚·约克露出微笑。“很抱歉我骗了你，”他说，“阿布纳，没有谁能和你相比。请接受我的感谢。”

“少他妈扯这些了。”马什粗声粗气地说，约书亚的感激让他觉得尴尬。他从树木的阴影中出来，走向“热夜之梦”和她背后紫痕斑斑的朽烂染缸。走到水边，烂泥吸住他的皮靴，他拔出皮靴时发出了恶心的吸吮声。马什再次确认霰弹枪已经上膛。他在浅浅的死水中捡了一块饱经风霜的木板，把它斜靠在船身上，然后费力地爬上了汽船的主甲板。约书亚·约克跟着他上船，动作敏捷，悄无声息。

主楼梯出现在前方，通向上面的锅炉甲板，通向回音袅袅的昏暗大厅，通向拉着窗帘的贵宾舱，他们的敌人就在那里沉睡。马什没有立刻上去。“我想看看我的船。”他说，绕过楼梯，走进轮机舱。

两台锅炉的焊缝已经裂开。铁锈蚀穿了蒸汽管道。巨大的轮机变成棕色，油漆处处剥落。马什必须小心翼翼地落脚，免得踩穿朽烂的甲板。他来到一台炉子前。里面是冰冷的灰烬，此外还有其他东西——棕色或黄色，有些地方熏黑了。他伸手进去，取出的是一截骨头。“她的炉子里居然有骨头，”他说，“甲板也烂穿了。锁奴隶的镣铐还他妈扔在地上。铁锈。该死。真该死。”他转过身。“我看够了。”

“我告诉过你了。”约书亚·约克说。

“我就是想看看她。”他们回到前甲板的阳光下。马什扭头望向暗处，朽烂生锈的阴影笼罩了她往日的荣光和他曾经的梦想。“十八台大锅炉，”他嗓音沙哑，“怀蒂钟爱的轮机。”

“阿布纳，走吧。我们来是为了完成我们的使命。”

他们爬上主楼梯，每一步都走得很小心。台阶上长满臭烘烘滑溜溜的黏菌。马什抓住一段木雕的椽木，但他用力太大，椽木断在了他的手里。散步道灰扑扑的，空无一人，看上去很不牢靠。他们走进大厅，三百英尺的朽败、绝望和已经腐烂的美丽映入眼帘，马什不禁皱起了眉头。地毯满是污渍和破口，被真菌和霉菌啃得残缺不全，绿色的霉斑在其上蔓延，就好像癌症正在吞噬汽船的灵魂。有人在精美的彩色玻璃天窗上涂抹了黑色的油漆。船舱里暗沉沉的。大理石长台上积满灰尘。贵宾舱的破损舱门挂在门框上。一盏枝形吊灯掉了下来。他们绕过那堆碎玻璃。三分之一的镜子不是碎了就是不见了。其他的变得黯淡，因为银镀层已经剥落或变黑。

他们爬上飓风甲板，见到阳光让马什感到高兴。他再次检查霰弹枪。上层甲板就在他们的顶上，舱门紧闭，等待他们的到来。“他还在船长的卧舱里？”马什问。约书亚点点头。他们爬上短短的一段楼梯，来到上层甲板上，走向那扇舱门。

上层甲板的走廊上，坏水比利在暗处等待他们。

若不是他的那双眼睛，阿布纳·马什绝对不可能认出他来。坏水比利已经彻底烂透了，就像这艘船一样。他本来就瘦得皮包骨头，现在成了一具能活动的骨架，病态的黄色皮肤紧包着骨头的尖角。看着他的肤色，你会觉得他是个卧床多年的病人。他的脸就是个该死的骷髅头，一个颜色枯黄、遍布痘痕的骷髅头。他的头发差不多掉光了，头顶上遍布疮痂和鲜红色的破口。他身穿褴褛的黑衣，指甲足有四英寸长。但他的眼睛没有任何改变，依然是冰蓝色，依然狂热，依然盯着人看，想要吓住对方，想要变成朱利安那样的一双吸血鬼的眼睛。坏水比利知道他们来了。他肯定听见了他们弄出来的声音。他们转过拐角，见到他站在那里，能置人于死地的手里握着匕首。他说："哎——"

阿布纳·马什抬起霰弹枪，瞄准他的胸口，两个枪管同时射出子弹。"哎个屁。"这次他都懒得听完了。

猎枪咆哮起来，枪身猛地后坐，撞在马什身上，磕痛了他的手臂。坏水比利的胸口爆出一百个血点，冲击力带着他向后飞起。他撞破上层甲板朽烂的栏杆，飞出去摔在飓风甲板上。他依然握着匕首，还企图爬起来。他跌跌撞撞地向前走，脚步蹒跚，像个醉汉。马什跟着他跳到飓风甲板上，重新装弹。坏水比利去掏腰间的手枪。马什再次两弹齐发，把他从飓风甲板上打飞出去。手枪从他手里掉了出来，阿布纳·马什听见比利尖叫着摔在了底下的某个地方。他望向脚下的前甲板。比利面朝下趴在那儿，身体扭成一个不自然的角度，身下有一摊红色的鲜血。他还握着他该死的匕首，但恐怕已经没法用那东西造成任何伤害了。阿布纳·马什哼了一声，从口袋里又掏出两发子弹，转身走向上层甲板。

船长卧舱的门敞开着，戴蒙·朱利安面对约书亚站在上层甲板的走廊上，他整个人就是一团苍白的恶意，黑色的双眼射出摄人的光芒。约书亚·约克一动不动地呆站着，像是一个失魂落魄的人。

马什尽量低头望着霰弹枪和他手里的子弹。就当他不在那儿，他对自己说。你在阳光底下，他不可能冲过来，你别看他，装你的子弹，给枪装子弹，趁约书亚让他无法动弹，朝着他的面门喷他两管霰弹。他的手在颤抖。他稳住自己的手，把一发子弹塞进枪膛。

这时戴蒙·朱利安放声大笑。听见他的笑声，马什不由自主地抬起了头，第二发子弹依然捏在手指里。朱利安的笑声仿佛音乐，充满了热情和喜悦，你很难会继续害怕，很难想起他是个什么样的怪物和能做出什么样的事情。

约书亚已经跪倒在地。

马什骂了一声，勇猛地向前迈了三大步，朱利安突然转身，他依然满脸笑容，开始逼向马什。不，那只是虚晃一招。朱利安翻出朽烂的走廊，落在底下的飓风甲板上，约书亚见到他在逃跑，站起来，跟着朱利安跳下去，从背后抱住了他。两人在甲板上扭打起来。然后马什听见约书亚惨叫一声，他移开视线，把第二发子弹塞进枪膛，合上霰弹枪，等他再次抬起头，却看见朱利安正在扑向他，一张惨白的脸就在他眼前，满嘴可怖的牙齿闪着寒光。他还没来得及瞄准，手指就反射性地扣动了扳机，这一枪打飞了。但后坐力把马什掀翻在地，大概正是因为如此，他才保住了性命。朱利安没有扑到他，就地转身……他停下了，因为他看见约书亚爬了起来，右脸上多了四道长长的流血伤痕。“看着我，朱利安。”约书亚轻声呼唤，“看着我。”

枪膛里还有一发子弹。他躺在甲板上，抬起枪口，但他太慢了。戴蒙·朱利安从约书亚的眼神中挣脱出来，看见枪口正在指向自己。他连忙转身，子弹轰然击穿空气。等约书亚·约克扶着阿布纳·马什起身，朱利安已经跑下楼梯不见了。“去追他！”约书亚急忙说，“记住，要提高警惕。他也许会伏击你。”

“你呢？”

“我会确保他无法离开这艘船。”约书亚说。他转过身，从飓风甲板一跃而起，落在前甲板上，敏捷轻快得仿佛一只猫。他落下之处离坏水比利只有一码远，着地后就地一滚，旋即跳了起来，然后沿着主楼梯冲了上去。

马什又取出两发子弹塞进枪膛。他来到楼梯口，警惕地向下张望，然后小心翼翼地一级一级走下台阶，霰弹枪做好了开火的准备。木头在他脚下吱嘎作响，但除此之外听不见其他声音。马什知道这并不代表着什么。黑夜子民的动作都悄无声息。

他有个预感——他知道朱利安会藏在哪儿。不是大厅，就是大厅旁的某一间贵宾舱。马什的手指一直扣在扳机上，他走进大厅，停下脚步，让眼睛适应黑暗。

大厅左侧的尽头，有个东西动了动。马什举枪瞄准，然后放松下来——那是约书亚。

“他没出去。”约书亚喊道，他的头部随着视线转动，扫视整个船舱，他的眼神比马什好得多。

“我猜也是。”马什说。船舱里突然变得异常寒冷。寒冷而凝滞，就像封闭万年的坟墓中吹出的气息。这儿太暗了。马什只能隐约看见阴森险恶的憧憧黑影。“我他妈需要一点亮光。”他说。他抬起霰弹枪的枪口，朝着天窗射出一发子弹。枪声在封闭的船舱里响得震耳欲聋，玻璃被打得粉碎。玻璃渣和阳光一起洒了下来。马什抖出弹壳，重新装弹。“我什么都没看见。”他说，夹着枪向前走。他放眼望去，长方形的大厅死寂而空旷。也许朱利安蹲在吧台后面，他心想。他慢慢地走向吧台。

微弱的叮咚声忽然传入耳中，仿佛水晶在风中碰撞发出的响声。阿布纳·马什皱起眉头。

约书亚叫道：“阿布纳！你上面！”

马什抬头望去，只见戴蒙·朱利安松开晃动的巨大吊灯，从半空中扑向他。

马什想举枪瞄准，但为时已晚，他的动作太慢了。朱利安落在他身上，猎枪旋转着从马什手中飞了出去，两人一起倒地。马什企图翻滚挣脱，却被死死抓住，向后拽去。他胡乱挥动巨大的拳头，得到的回应是不知从何而来的一击，险些打掉他的脑袋。一时间他趴在地上动弹不得。朱利安抓住他的胳膊，粗暴地向后一拧。马什痛得惨叫。朱利安没有松手。马什想爬起来，那条胳膊被巨大的力量扭向前方。他听见手臂折断，这次他的惨叫更加响亮，剧痛像雷击般传遍身体。他被狠狠地压在甲板上，脸重重地贴上了发霉的地毯。“再挣扎，我亲爱的船长，我就拧断你另一条胳膊，”朱利安蜜糖般的声音对他说，“你趴着别动。”

“放开他！”约书亚叫道。马什抬起眼睛，看见约书亚站在二十码之外。

“我看恐怕不行，”朱利安答道，“亲爱的约书亚，你别乱动。你敢过来，没等你走到五英尺之外，我就会撕开马什船长的喉咙。你站在原处，我会饶他一命。听明白了？”

马什想挣扎，痛苦地咬住嘴唇。约书亚原地不动，双手像利爪般举在面前。“好的，”他说，“我明白了。”他的灰眼睛里杀气腾腾，但又犹豫不决。马什扭头去找霰弹枪。枪在五英尺之外的地上，他不可能够得到。

“很好，”戴蒙·朱利安说，“那么，我们舒舒服服坐下谈谈如何？”马什听见朱利安拖出一把椅子。他紧靠着马什的背后坐下。“我待在这儿的阴影里。既然船长这么贴心，让阳光照进了大厅，那你就坐在太阳底下吧。快去，约书亚。照我说的做，除非你想看他怎么死。”

“你杀了他，那你就没法要挟我了。”约书亚说。

“也许我愿意冒这个风险，”朱利安答道，“你愿意吗？”

约书亚·约克皱起眉头，慢慢地环顾四周，拉了一把椅子到破碎的天窗底下。他在阳光中坐下，与他们隔着足足十五英尺。

“摘掉帽子，约书亚。我想看看你的脸。”

约克咧了咧嘴，摘掉头上的宽檐帽，随手扔向暗处。

“很好，”戴蒙·朱利安说，“现在我们一起等着吧。约书亚，我们要等一会儿了。”他愉快地大笑。“等到天黑。”

33

"热夜之梦"号汽船上　一八七〇年五月

坏水比利·蒂普顿睁开眼睛，想要尖叫，但只从嘴唇之间发出了轻轻的一声呜咽。他深深吸气，却咽了一口血。坏水比利喝过足够多的血，认得出这个味道。区别在于这次他喝的是自己的血。他被呛得咳嗽，竭尽全力呼吸。他感觉很不好。他的整个胸膛都像是着了火，他的身体底下湿漉漉的。血，更多的血。"帮帮我。"他无力地呼喊道。三英尺外就不可能听见他的声音了。他打了个哆嗦，再次闭上眼睛，就好像只要睡过去，痛苦就会离他而去。

但剧痛不肯消退。坏水比利在地上躺了很久，他闭着眼睛，断断续续的呼吸使得胸膛颤抖，发出哨音。他无法思考，脑子里只有从身体底下渗出的鲜血和硬邦邦地抵着他的面庞的甲板，还有臭味。难闻的臭味包围着他。过了一会儿，坏水比利辨认出了这股气味。他把屎拉在了裤子里。他什么都感觉不到，但他能闻到那股臭味。他开始哭泣。

最后，坏水比利·蒂普顿连哭都哭不出来了。他的泪水干涸了，剧痛变得无法忍耐。痛得太厉害了。他试着去想别的东西，除了剧痛，什么都行，这样痛苦也许就会离他而去。记忆慢慢地回到脑海里。马什和约书亚·约克，霰弹枪在他面前开火。他想了起来，他们是来伤害朱利安的，而他企图阻止他们。但这次他的动作不够快。他试着再次呼喊。“朱利安！”他叫道，这次声音稍微响了一点，但依然不够响。

没有回应。坏水比利·蒂普顿呜咽着重新睁开眼睛。他摔了下来，从飓风甲板一直摔到了这儿。他发现他躺在前甲板上。天色已经大亮。戴蒙·朱利安不可能听见他的声音。但就算听见了，现在也已经是早晨了，阳光灿烂，朱利安不可能来救他，朱利安必须要等到天黑才能出来。然而等到天黑，他已经死了。“等到天黑，我就已经死了。”他大声说，但声音轻得他自己都只能勉强听见。他咳嗽了一阵，吞下更多的鲜血。“朱利安先生……”他虚弱地说。

他休息了一会儿，开始思考，更确切地说，他尝试思考。他被打得浑身是洞，他心想。他的胸膛肯定成了一块烂肉。他应该已经死了，马什就站在他面前，他应该已经死了。但他还没死。坏水比利哧哧窃笑。他知道他为什么没有死。霰弹枪不可能杀死他。他已经快要成为他们中的一员了。正如朱利安说过的。坏水比利能感觉到转变在发生。每次他照镜子，都会觉得自己又白了一点，眼睛变得越来越像戴蒙·朱利安的眼睛，他自己看得很清楚，最近这一两年，他觉得他的夜视力也比以前更好了。是鲜血的作用，他心想。要不是喝血让他反胃，他的转变甚至还会更加彻底。有时候喝血让他特别不舒服，害得他胃里抽筋，吐得昏天黑地，但他接受朱利安的教诲，他坚持喝血，喝血使他变得越来越强大。有时候他自己都能感觉到，现在更是用事实证明了这一点：他们朝他开枪，他摔到了底下，但他没有死，不，先生，他还没死。伤口正在愈合，就像戴蒙·朱利安那样。他已经几乎是他们的一员了。坏水比利微微一笑，心想他可以就躺在这儿，等伤口完全愈合，他就上去宰了阿布纳·马什。他能想象等马什见到被子弹打得不成人样的比利扑向他，会露出何等的惊恐表情。

但要是能别这么痛就好了。坏水比利心想，该死的花花公子事务长用剑捅穿朱利安的那次，不知道朱利安是不是也这么痛苦。朱利安先生无疑让他开了眼界。比利也会让几个人开开眼界。他想了一会儿这些，想象他能做的各种事情。只要他喜欢，他随时都能大摇大摆走过加勒廷街，他们全都会非常敬重他，他要给自己搞几个漂亮的混血妞儿和克里奥尔女人，而不是舞厅里的烂婊子，等他搞完她们，他还要吸干她们的血，这样其他人就不能占有她们了，这样她们就再也不能嘲笑他了，以前那些糟糕的日子里，烂婊子们可没少嘲笑他。

坏水比利·蒂普顿乐于想象未来的美好人生。但过了一阵——也许几分钟，也许几小时，他已经难以确定了——他无法继续想象了。他的思绪总会回到剧痛上去，每次他竭力呼吸，他都会感到痛彻心扉。应该没这么痛的，他心想。但就是有这么痛。而且他还在大量出血，失血开始让他觉得天旋地转。假如伤口正在愈合，他为什么会还在出血呢？坏水比利突然害怕起来。也许他的转变还不够彻底。也许伤口根本不会愈合，他不可能像没有受伤似的爬起来，回去弄死阿布纳·马什。也许他真的会流血而死。他喊道："朱利安。"他竭尽全力呼喊。朱利安能够帮他完成转变，能让他好起来，让他变得强壮。只要他能上去找到朱利安，他就会化险为夷。朱利安会给他鲜血，让他变得强壮，朱利安会照顾他的。坏水比利知道这是事实。离了他，朱利安该怎么办哪？他再次呼喊，他扯着嗓子尖叫，剧痛几乎撕裂了他的喉咙。

没有回应。只有寂静。他等待着脚步声，等待朱利安或其他人来帮助他。什么都没有。除了……他竖起耳朵仔细听。坏水比利觉得他听见了说话声。其中之一正是戴蒙·朱利安的声音！他能听见他在说话！这一刻的解脱感让他几乎晕眩。

但朱利安听不见比利的呼唤，而且就算能听见，他多半也不会冒着太阳出来救他。这个念头让坏水比利感到惊惧。等到天黑，朱利安就会来救他，会来帮他完成转变。但等到天黑就来不及了。

坏水比利·蒂普顿躺在血泊里，承受着痛苦，他做出决定：他必须去找朱利安。他必须爬起来，去朱利安所在的地方，这样朱利安才能帮助他。

坏水比利咬住嘴唇，凝聚起全身的力量，尝试起身。

他惨叫起来。

他尝试挪动身体，剧痛像燃烧的匕首般捅穿他的身体，尖锐的疼痛突然爆发，刺穿他的躯壳，驱散了他内心全部的思想、希望和恐惧，到最后只剩下了痛苦本身。他尖叫一声，趴在地上无法动弹，整个身体都在抽搐。他能感觉到心脏在疯狂跳动，而疼痛在渐渐减退。这时坏水比利·蒂普顿意识到他无法感觉到双腿的存在了。他试着弯曲脚趾，却发现下半身没有任何感觉。

他快死了。这不公平，坏水比利心想。他离目标已经那么近了。他喝了十三年的血，一点一点强壮起来，他在转变，离目标已经那么近了。他即将得到永恒的生命，但现在他们却要夺走他的永生，这是剥削，他们一直在剥削他，他永远都无法拥有任何事物。这是欺骗。这个世界又一次欺骗了他，黑鬼、克里奥尔人、富家子弟，他们永远在欺骗他和嘲笑他，此刻又要骗走他的生命、他的复仇、他的一切。

他必须去找朱利安。只要他能完成转变，一切就会回到正轨上。否则他会死在这儿，他们会嘲笑他，会说他是个白痴，是白皮垃圾，会像以前一样嘲笑他，他们会在他的坟头撒尿，会永远嘲笑他。他必须去找朱利安先生。然后就轮到他来嘲笑别人了，对，正是如此。

坏水比利深吸一口气。他能感觉到匕首还攥在手里。他移动手臂，颤抖着用牙齿咬住刀刃。就是这样！并不怎么疼嘛，他心想。他的胳膊依然能动弹。他张开手指，挣扎着按住被霉菌和鲜血弄得滑溜溜的甲板。然后他的双手和双臂用尽全力，向前拉动身体。他的胸膛仿佛着了火，剧痛如利刃般再次插进他的后背，他打着哆嗦，用力咬住匕首。他用尽了力气，在痛苦中瘫软下去。但是，等剧痛稍微减退一些，坏水比利又睁开眼睛，咬着刀刃笑了起来。他能动！他拖着身体向前爬了整整一英尺，他心想。再这么爬个五六次，他就能爬到主楼梯的底下。然后他可以抓住漂亮的楼梯柱，借力一点一点爬上去。他觉得交谈的声音是从上面传来的。他能爬到那儿。他知道他能。他必须能！

坏水比利·蒂普顿伸展双臂，坚硬的长指甲插进木头，牙齿使劲咬住匕首。

34

“热夜之梦”号汽船上　一八七〇年五月

时间在寂静中过去，一个小时又一个小时，那是掺杂着恐惧的寂静。

阿布纳·马什坐得离戴蒙·朱利安很近，他背靠黑色大理石吧台，捂着折断的胳膊，疼得直冒冷汗。马什本来趴在地上，但手臂的抽痛变得越来越难以忍耐，他开始呻吟，朱利安终于允许他爬了起来。以现在这个姿势坐着，疼痛似乎并不强烈，但他知道只要稍微动一动，剧痛就会如洪水般重新袭来。于是马什一动不动地坐着，用另一只手按住胳膊，开动脑筋思考。

马什从来就不是一个好棋手，乔纳森·杰弗斯在棋盘上证明过了五六次。有时候他甚至会忘记该死的棋子是怎么走的。然而即便如此，他的知识还是足以让他在见到僵局时能够认清形势。

约书亚·约克直挺挺地坐在椅子上，隔着一段距离望去，他的双眼幽深莫测，整个身体绷得紧紧的。阳光倾泻在他身上，烘烤着吸走他的生命力，将他的力量蒸发殆尽，就像每天清晨蒸发河面上的雾气一样。他不敢动。因为马什。因为约书亚知道，一旦他发动攻击，没等他冲到约书亚面前，阿布纳·马什就会被自己的鲜血呛住。到时候约书亚也许能杀死戴蒙·朱利安，也许不能，但无论能不能，对马什来说都没什么区别了。

朱利安同样被僵局困住了。假如他杀死马什，就会失去他的筹码。到时候约书亚就可以放手对付他了。戴蒙·朱利安对此显然有所恐惧。阿布纳·马什知道这是为什么。失败会给一个人留下这样的阴影，连自称戴蒙·朱利安的怪物也不例外。朱利安数十次击溃了约书亚·约克的挑战，用约克的鲜血见证他的屈服。约克只取得过一次胜利。但一次就足够了。朱利安失去了自信。恐惧在他心中滋生，就像尸体内的蛆虫。

马什感到虚弱和无助。他的胳膊疼得火烧火燎，而他想不出任何办法。他停止打量约克和朱利安，视线回到霰弹枪上。太远了，他对自己说。真的太远了。他靠着吧台坐在地上之后，枪就离他更远了。至少七英尺。他不可能拿到。马什知道就算在他身体最好的时候，他也绝对不可能拿到。而现在又断了一条胳膊……他咬着腮帮子，试图琢磨其他的出路。假如是乔纳森·杰弗斯坐在马什的位置上，他说不定能想出个什么鬼主意来。一个出其不意、诡谲灵活的办法。但杰弗斯死了，马什只能依靠他自己，而他只能想到一个简单直接的愚蠢念头：去抓那把该死的霰弹枪。然而马什知道，他这么做就等于找死。

“约书亚，阳光是不是让你不舒服了？”呆坐良久之后，朱利安忽然问他。“既然你想成为他们当中的一员，那就必须适应一下才行。血畜全都喜爱阳光。”他微微一笑，笑容随即消失，和它出现时一样突然。约书亚·约克没有回答，朱利安也没有再次开口。

马什看着朱利安，心想腐朽的不但是汽船和坏水比利，朱利安本身似乎也在经历衰败。他和以前不一样了——截然不同，更加可怖。短暂提问之后，他没有继续嘲弄约克。他连一个字也不说。他不看约书亚·约克或马什，甚至也没有在看任何特定的东西。他的眼睛望着虚无，冰冷、漆黑、了无生气，就像两块煤炭。这双眼睛依然有某种闪亮的质感，朱利安坐在阴影中，他的眼睛时而似乎在苍白的浓密眉毛下燃烧，射出只属于它们自己的暗淡光彩。但它们与人类的眼睛不同，而朱利安也不是人类。马什记得朱利安登上“热夜之梦”的那个夜晚。当时他望进朱利安的眼睛，觉得面具好像一个接一个脱落，直到埋藏在最底下的野兽露出真容。此刻的感觉不一样了。现在那些面具似乎不复存在。戴蒙·朱利安曾经是马什见过的最邪恶的一个人，但那时候的邪恶有一部分还是人类的邪恶：他的恶意、他的谎言、他可怖的动听笑声、他折磨人时残忍的喜悦、他对美丽之物及其毁灭的热爱。现在这些元素都不见了。剩下的只有那头野兽，它踞伏于黑暗中，瞪着野性的双眼，被逼进了死角，充满恐惧，丧失了全部理性。现在朱利安不再嘲弄约书亚，不再胡扯什么善恶强弱，不再用温柔而腐败的承诺来拉拢马什。现在他只是坐在那里等待，被黑暗包裹其中，他不受岁月影响的脸上没有任何表情，古老的双眼中唯有空虚。

于是阿布纳·马什意识到约书亚说得对。朱利安疯了，不，他的情况比发疯更加糟糕。朱利安已经变成一个鬼魂，生活在这具躯壳里的怪物没有心智。

但是，马什苦涩地心想，它即将获胜。戴蒙·朱利安也许会死，就像他其他的所有面具在漫长的千百年中陆续死去一样。但野兽会存在下去。朱利安梦想的是黑暗和沉眠，但野兽绝不会死去。它很狡猾，很有耐心，也很强壮。

阿布纳·马什再次望向霰弹枪。要是他能拿到枪就好了。要是他和四十年前一样敏捷和强壮就好了。要是约书亚能把野兽的注意力吸引住足够长的时间就好了。但这些都是妄想。野兽不愿和约书亚对视。马什既不敏捷也不强壮，而且还断了一条胳膊，正疼得死去活来。他不可能一跃而起，及时捡起霰弹枪。另外，枪口指着的方向也不对。霰弹枪落在地上的时候，枪口指着约书亚。要是枪口指着另一个方向，也许还值得冒险。那样他就只需要扑向霰弹枪，以最快速度举起枪管，然后扣动扳机。但按照枪口现在的指向，他必须先抓住霰弹枪，然后把枪整个儿转过来，才有可能朝那个自称朱利安的怪物开火。他还必须在断了一条胳膊的情况下做完这套动作。不可能。马什知道那只会是徒劳的努力。野兽的动作太快了。

约书亚的嘴里发出一声呻吟，那是压抑不住的一声痛呼。他抬起手捂住额头，然后身体前倾，把脸埋在双手里。他的皮肤已经开始泛红，用不了多久就会变得通红。然后他会被烤得焦黑。阿布纳·马什看得出生命正在从他身上流失。是什么让他坚持待在那团灼人的阳光中的呢？马什无从知晓。但他知道约书亚有胆量，要是没有才叫见鬼呢。马什突然觉得他非要说点什么不可。“杀了他，”他大声说，“约书亚，去他妈的，你给我起来杀了他。别管我。”

约书亚·约克抬起头，无力地笑了笑。“不行。”

“真是活见鬼了，你这个固执的傻瓜。你照我说的做！我他妈已经老了，这条命一文不值。约书亚，你照我说的做！”

约书亚摇了摇头，又把脸埋在了双手中。

野兽奇怪地盯着马什，就好像听不懂他在说什么，就好像已经忘记了他曾经通晓的语言。马什望向他的眼睛，不由得颤抖。他的胳膊在剧痛，他把泪水藏在眼眶深处。他破口大骂，直到脸膛挣得通红，但这样总比哭得像个老娘们似的强。然后他叫道：“约书亚，你他妈真是个好搭档。只要我还有一口气，就不可能忘记你。”

约克笑了。马什看得出来，连微笑也让他痛苦。约书亚明显虚弱了下来。阳光很快就会杀死他，然后就只剩下马什一个人了。

白昼还有许多个小时。但时间会过去，夜晚会降临。阿布纳·马什无法阻止夜晚的降临，就像他拿不到那把该死的霰弹枪一样。太阳会落山，黑暗会一点一点爬上“热夜之梦”，野兽会微笑着从椅子上起身。大厅旁的舱门会一扇接一扇打开，其他人会翻身醒来，他们是黑夜的子嗣，是吸血鬼，是野兽的儿女和奴隶。他们会从破碎的镜子和褪色的油画背后钻出来，悄无声息，带着他们冰冷的笑容、惨白的面容和可怖的眼神。他们有一些是约书亚的朋友，甚至有一个还怀着约书亚的孩子，但马什确定无疑地知道，这并不会造成任何区别。他们属于野兽。约书亚有他的宏论、公义和梦想，但野兽拥有力量，它会唤醒其他人内心的野兽，会唤醒他们的猩红渴欲，让他们屈服于他的意志。它本身已经没有渴欲了，但它还拥有记忆。

等那些舱门开始打开，阿布纳·马什就将死去。戴蒙·朱利安声称会饶他一命，但朱利安那些愚蠢的承诺无法约束野兽，野兽知道马什有多么危险。无论丑陋与否，马什今晚都会成为他们的食粮。而约书亚也会死去，情况甚至会更加可怕，他会变得和他们一样。他的孩子长大后会变成另一头野兽，杀戮将永远持续下去，猩红渴欲将不受遏制地世代流传，热梦将被污染腐烂。

事情还能有其他的结局吗？野兽比他们更强大，那是一种自然的力量。野兽就像密西西比河，它永恒奔流。它没有疑虑，没有思绪，没有梦想，没有计划。约书亚·约克也许能制服戴蒙·朱利安，但即便朱利安倒下，底下的野兽会依然如故：生机勃勃、贪婪强壮。约书亚用药物麻醉了他的野兽，让他的野兽屈服于他的意志，因此他只能用人性去面对朱利安体内的野兽。但人性的力量不够。他没有希望获胜。

阿布纳·马什皱起眉头。他的脑海里有个声音在提醒他。他想搞清楚它在说什么，但它总是从他的手中溜掉。他的手臂在抽痛。他希望他能喝一口约书亚那该死的药酒。鬼东西非常难喝，但约书亚说过里面有鸦片酊，而鸦片酊能够止痛。当然了，酒精对他也没什么坏处。

从被子弹打碎的天窗倾泻而下的光线改变了角度。马什知道现在已经是下午了。下午正在慢慢过去。留给他们的时间只剩下了几个小时。然后舱门就会开始打开。他看了一眼朱利安，又望向霰弹枪。他捏住手臂，就好像这样能够减轻疼痛似的。脑海里的声音到底在说什么？说他想喝一口约书亚该死的药酒来止住胳膊的剧痛……不，在说野兽，说约书亚不可能战胜野兽，因为……

阿布纳·马什眯起了眼睛，他望向约书亚。约书亚击败过他，马什心想。无论朱利安是不是野兽，约书亚都击败过他一次。他为什么无法再次取胜呢？为什么？马什捏住手臂，身体缓缓地前后晃动，努力止住剧痛，好让思路变得更加清晰。为什么，为什么呢？

答案跳进了脑海，他总是这样恍然大悟。他的脑筋也许转得慢，但阿布纳·马什记性很好。他想到了答案。药酒，他心想。他想通了当时的情形。约书亚在阳光下昏死过去之后，他把最后几口药酒灌进了约书亚该死的喉咙。最后一滴落在他的皮靴上，他把酒瓶扔进了河里。几个小时候，约书亚与他告别，约书亚花了……多久？……几天，他花了几天才回到“热夜之梦”上。他一路狂奔，奔向他该死的酒瓶，逃离猩红渴欲的魔爪。等他找到汽船，发现船上都是尸体，他动手扯开木板，而朱利安冒了出来……马什记得约书亚的原话是怎么说的……*我朝他尖叫，叫得语无伦次。我想报复。我想杀了他，我第一次那么想杀死一个人，我想撕开他苍白的喉咙，品尝他该死的鲜血！我的愤怒*……不，马什心想，不仅仅是愤怒。是渴欲。约书亚当时失去了理智，自己并不知道，但他处于猩红渴欲发作的早期阶段！朱利安逃跑后，约书亚肯定立刻喝了一杯药酒，因此他完全没有意识到究竟是怎么一回事，那一次的区别究竟在哪里。

冰冷的感觉忽然笼罩了马什，他怀疑约书亚到底知不知道他扯开那些木板的真正原因，怀疑要是朱利安没有插手，接下来到底会发生什么。难怪那次约书亚能够获胜，但以后再也没有赢过。他的灼伤，他的恐惧，他周围的血腥屠场，他连续几天没有喝到药酒……归根结底其实是渴欲。那天夜里，他的野兽醒来了，而且比朱利安的野兽更加强大。

巨大的兴奋感一时间充满了阿布纳·马什的心灵。但他随即想到，他荒诞的希望很可能寄托错了方向。也许他真的看穿了当时的真相，但对此刻来说没有任何用处。约书亚在最后这次逃跑时带走了足够多的药酒。他们出发前往朱利安的种植园之前，他又喝了整整半瓶。马什想不出有任何办法能唤醒约书亚体内的热病，尽管热病是他们唯一的希望……他的视线回到霰弹枪上，他毫无用处的该死的霰弹枪。“妈的。”他喃喃道。忘了你的枪吧，他告诉自己，对你没有任何用处，思考，你要像杰弗斯先生那样思考，想出个所以然来。就好像你正在和别人竞速，马什心想。光靠直线前进，你不可能胜过另一艘快船，你必须动脑子，你必须要有个精明的舵手，他了解每一条岔道的情况，知道该怎么擦着边蹭过去；也许你可以买光能找到的山毛榉木柴，让对手只能烧棉白杨，或者你可以储备一些上等猪油。想个花招出来！

马什眉头紧锁，没受伤的那只手揪着胡子。他知道他什么都做不了。一切都取决于约书亚。但约书亚正在被慢慢烧死，约书亚每一分钟都变得愈加虚弱，只要马什的性命还受到威胁，他就会一动不动地待在太阳底下。假如有办法能让约书亚动起来……唤醒他的渴欲……通过某些手段。渴欲是如何降临的呢？每个月都会来，大致如此，但只要喝药酒，它就会被抑制住。还有其他办法吗？有其他东西能唤醒渴欲吗？马什认为应该有，但他想不出会是什么。愤怒也许有一定的作用，但还不够。美丽？特别美丽的事物能够诱惑他，就算喝了药酒也抵挡不住。马什心想，他选我当他的搭档，说不定正是因为所有人都说整条该死的河上就数我最难看。但依然不够。该死的戴蒙·朱利安，他够漂亮了，而且他弄得约书亚非常生气，但约书亚依然会输，每一次都会输，让他无法获胜的是药酒，必定如此……马什开始回想约书亚对他讲过的每一个故事，那些黑暗的夜晚，那些杀戮，那些可怕的苦闷岁月，当时渴欲还在控制约书亚的肉体和灵魂。

……子弹正中我的腹部，约书亚说，我血涌如泉……我爬起来。我的模样肯定很恐怖，面色苍白，浑身是血。一种怪异的感觉笼罩了我……朱利安喝着他的药酒，微笑着说，八月的那个夜晚，你真的担心我会伤害你吗？哎呀，在痛苦和愤怒之下，我也许确实会伤害你。但在那之前我并不会……马什看见他的脸，他表情扭曲，充满兽性，从身体里拔出杰弗斯的短剑……他想到瓦莱丽被活活烤死在小艇里，记得她尖叫着扑向卡尔·弗拉姆的喉咙……他听见约书亚在说话，说那个男人又给了我一拳，而我反手抽了他一个耳光……他又扑向了我……

肯定是这样没错，阿布纳·马什心想，只可能是这样，他也只能想到这么一个办法。他望向天窗。光线的角度又倾斜了一些，马什觉得光线的颜色也染上了一丝红色。约书亚的部分身体已经在阴影中了。换了一个小时之前，马什见到这一幕也许会感到高兴。但此刻他没那么确定了。

“救救我……”一个声音说。这是个断断续续的耳语声，是充满痛苦的可怖呛咳声。但他们都听见了。在昏暗的死寂之中，他们全都听见了。

坏水比利·蒂普顿从暗处爬了出来，在地毯上拖出一道鲜血的印痕。马什注意到他其实不是在爬行。他在拖着自己的身体向前蹭，他把该死的匕首插进甲板，然后用双臂牵引身体，他扭动着，扯动双腿和整个下半身。他的脊柱朝着诡异的角度弯曲。比利看上去已经不属于人类了。霉菌和污物覆盖他的全身，到处都是板结的血液，直到此刻他还在继续流血。他又向前爬了一英尺。他的胸部塌陷下去，剧痛把他的脸扭曲成了一个丑恶的面具。

约书亚·约克缓缓起身，仿佛正在梦游。马什看见他的脸红得可怕。“比利……”约克开口道。

“约书亚，你给我乖乖坐着。”野兽说。

约克迟钝地望向他，舔了舔枯干开裂的嘴唇。“我不会对你不利，”他说，“让我杀了他。给他一个解脱吧。”

戴蒙·朱利安微笑摇头。“你杀了可怜的比利，”他说，“我就杀了马什船长。”听声音，以前的朱利安似乎又回来了；他流畅而世故的音调，令人不寒而栗的字词，隐约的欢欣语气。

坏水比利痛苦地挪动了又一英尺，然后停下，他的身体在颤抖。鲜血从嘴巴和鼻孔里淌出来。“朱利安。”他说。

“比利，你必须大声点。我们听不清楚你说什么。”

坏水比利握住匕首，龇牙咧嘴。他尽可能地抬起头部。“我……救救我……受伤，我受伤了。里面……我里面，朱利安先生。”

戴蒙·朱利安从椅子上起身。“我看得出来，比利。你有什么愿望？”

坏水比利的嘴角开始颤抖。“救……”他低声说，“转变……完成转变……必须……我快死了……”

朱利安望着比利，同时也望着约书亚。约书亚依然站在那儿。阿布纳·马什绷紧肌肉，盯着霰弹枪。朱利安已经站了起来，他的机会更加渺茫。他不可能掉转枪口，然后扣动扳机。但也许……他望向比利，看着比利的痛苦，马什几乎忘记了自己折断的手臂。比利在哀求。“……永生……朱利安……转变我……你们的一员……”

“哎呀，”朱利安说，“非常抱歉，比利，我有个坏消息要告诉你。我无法让你转变。你真以为你这么一个畜生能成为我们的一员吗？”

“……承诺过，”比利的低语声变得尖利。“你承诺过。我快死了！”

戴蒙·朱利安微微一笑。“离了你，我该怎么办哪？”他说。他愉快地笑了起来，就在这时，马什确定了一个事实：这是朱利安，野兽让朱利安又浮上了表面。这是朱利安的笑声，浑厚、悦耳而麻木。马什听着笑声，看着坏水比利的表情，看见他的手颤抖着把匕首从甲板上拔了出来。

“下地狱去吧！”马什朝朱利安咆哮道，同时爬了起来。朱利安被吓了一跳，扭头看他。马什忍住剧痛，扑向地上的霰弹枪。朱利安比他敏捷一百倍。马什重重地砸在枪上，突然传遍全身的剧痛险些让他昏厥过去，但他的腹部刚感觉到压在了坚硬的枪管上，朱利安冰冷惨白的双手就已经扼住了他的喉咙。

然而那双手立刻就松开了，而戴蒙·朱利安开始惨叫。阿布纳·马什翻了个身。朱利安正在踉跄后退，双手捂住面部。坏水比利的匕首插进了他的左眼，鲜血从苍白的手指之间流淌下来。“去死吧，狗娘养的。”马什叫道，扣动了扳机。子弹掀飞了朱利安，后坐力使得枪托砸在马什的胳膊上，他疼得惨叫。他有一瞬间真的失去了知觉。剧痛略微减退，他又能够看见东西了，但怎么都爬不起来。不过努力再三，他还是做到了。他刚站直，就听见喀嚓一声，仿佛一根湿漉漉的树枝被陡然掰断。

约书亚·约克从比利·蒂普顿的尸体前站起来，双手沾着鲜血。“他没希望了。”约克说。

马什大口大口吸气，心脏怦怦直跳。“约书亚，我们做到了，”他说，“我们宰了那个该死——”

有人放声大笑。

马什转过身，连连倒退。

是朱利安在笑。他没死。他失去了一只眼睛，但匕首插得不够深，没捅进他的大脑。他瞎了一半，但还没死。马什意识到了他的错误，但为时已晚。他那一枪击中的是朱利安的胸部，该死的胸部，他应该轰掉朱利安的脑袋，但他朝着更容易瞄准的胸部扣动了扳机。朱利安的睡袍挂在身上，已经变成血淋淋的破布，但朱利安还活着。“我可不像可怜的比利那么容易死。”他说。鲜血涌出他的眼窝，顺着面颊流淌。血液正在凝结，已经有了一层硬痂。“也不像你那么容易被干掉。”他走向马什，因为疲倦而步伐缓慢。

马什尝试用折断的胳膊夹住霰弹枪，另一只手从口袋里掏出两发子弹。他把枪顶着身体夹在胳膊底下，向后倒退，但剧痛使得他提不上力气，动作笨拙。他的手指滑了一下，一发子弹掉在地上。马什的后背重重地撞在一根柱子上。戴蒙·朱利安放声大笑。

“不。”约书亚·约克说。他插到两人之间，面颊通红，皮肤已经开裂。“我命令你住手。我是血主。朱利安，停下。”

“啊哈，”朱利安说，“又来了，亲爱的约书亚？还要再来一次吗？但这肯定是最后一次了。连比利都了解了他的本质。现在，亲爱的约书亚，该你了解你的本质了。”鲜血糊住了他的左眼，右眼是个咆哮的黑暗深渊。

约书亚·约克站在那里，无法动弹。

“你不可能战胜他，”阿布纳·马什说，“这是一头该死的野兽。约书亚，够了。”但约书亚·约克已经听不进去了。霰弹枪从马什折断的手臂底下掉了出去。他弯腰，用没受伤的那只手捡起枪，搁在背后的桌子上，开始装弹。只用一只手，这个任务很难完成。他的手指粗大而笨拙，子弹一次又一次地滑出去。但最后他还是把子弹塞了进去，他合上枪身，用没受伤的那条胳膊笨拙地抬起枪口。

约书亚·约克已经慢慢地转了过来，那个夜晚“热夜之梦”掉头追赶“伊莱·雷诺兹”时也是这么转身的。他朝阿布纳·马什走了一步。“约书亚，不，”马什说，“别过来。”约书亚继续走向马什，他浑身颤抖，还在抵抗。“给我闪开，”马什说，“让我开枪。”约书亚似乎没有听见。他的脸上露出可怕的死相。野兽已经支配了他。他举起了强壮的苍白双手。“妈的，”马什说，“真他妈的，约书亚。我只能这样。我想明白了。这是唯一的办法。”

约书亚·约克掐住阿布纳·马什的喉咙，圆睁的灰眼睛里充满邪恶。马什抬起枪管，从约书亚的胳膊底下插了进去，扣动扳机。震耳欲聋的一声枪响，硝烟和鲜血的气味扑鼻而来。约克转了半圈，重重倒地，痛苦地惨叫起来，马什从他身旁走开。

戴蒙·朱利安露出讥讽的微笑，动作迅猛得仿佛一条响尾蛇，他从马什手中抢走了还在冒烟的霰弹枪。“现在只剩下你和我了，”他说，“亲爱的船长，只剩下你和我了。”

他的笑容还没消退，却听见约书亚发出半咆哮半嘶喊的一声怪叫，从背后扑到了朱利安身上。朱利安惊叫一声。他们倒地翻滚，疯狂扭打，直到撞在吧台上才分开。戴蒙·朱利安首先爬起来，约书亚随即也爬了起来。约克的一侧肩膀血肉模糊，受伤的胳膊无力地耷拉着，然而尽管隔着鲜血和剧痛造成的恍惚，阿布纳·马什也能从他眯成一条缝的灰眼睛里感觉到热病发作的野兽的狂怒。约克感到了剧痛，马什得意扬扬地心想，而剧痛能够唤醒渴欲。

约书亚缓缓逼向朱利安，朱利安笑嘻嘻地后退。“不是我，约书亚，”他说，“是船长伤害了你。是船长。”约书亚停下脚步，扭头瞥了一眼马什，这个瞬间似乎无比漫长，马什等待着结果：渴欲会驱使他倒向哪个阵营，占据上风的会是约书亚还是他内心的野兽。

最终，约书亚对戴蒙·朱利安露出了残忍的笑容，无声的斗争就此开始。

马什松了一口气，感到异常虚弱，他花了几秒钟凝聚力气，然后俯身捡起被朱利安扔出去的霰弹枪。他把枪放在桌子上打开，重新装弹，动作缓慢而费劲。等他重新拿起武器，用胳膊夹紧枪身，发现戴蒙·朱利安跪在地上。他把手指插进眼窝，掏出了被刺瞎的那颗血淋淋的眼球。他把眼球捧在手心里，举起胳膊，而约书亚俯身凑近血腥的贡品。

阿布纳·马什一个箭步蹿上去，把枪口抵在朱利安的太阳穴上，顶着他美丽的黑色鬈发，两根枪管同时开火。

约书亚表情迷离，像是突然被人从梦境中唤醒。马什嘟囔一声，扔下霰弹枪。“你才不想要那玩意儿呢。我给你拿你想要的。”他迈着沉重的步伐绕到吧台后面，找到了几个没有标签的黑色酒瓶。马什拿起一个酒瓶，吹掉上面的灰尘。这时他抬起头，看见舱门全都打开了，那些苍白的面庞正注视着他们。是枪声，他心想。枪声把他们叫了出来。

马什只有一只手能动，没法拔出软木塞。他只好使上了牙齿。约书亚·约克无声无息地走向吧台，像是神志不清。他的眼睛里，争斗还在继续。马什把酒瓶递给他，约书亚伸出手，抓住了马什的胳膊。马什一动不动。这个时刻无比漫长，他不知道会迎来什么样的结果，约书亚是会接过酒瓶，还是会撕开他手腕上的血管。“约书亚，我们都必须做出该死的选择。”他柔声说，约书亚强有力的手指紧紧地抓着他。

约书亚·约克盯着他看了不知道多久。最后他抢过马什手里的酒瓶，仰起头，把酒瓶倒了过来。黑色的液体咕咚咕咚灌进他的喉咙，流得他满下巴都是。

马什又拿了一瓶难喝的药酒，在大理石吧台坚硬的边缘上磕掉瓶口，然后举起酒瓶。“为了该死的‘热夜之梦’！”他说。

两人痛饮烈酒。

尾声

古老的墓园草木丛生，河流的声音不绝于耳。它坐落于峭壁顶端，密西西比河在底下数千年如一日地滚滚流淌。你可以坐在峭壁上，两条腿晃来晃去，眺望河面，感受此处的静谧和美丽。从这里望去，大河有一千张面孔。有时候它是金色的，因为昆虫飞掠过表面或河水流过半浸没的树枝而泛起涟漪。日落时分，它会先变成古铜色，随后转为红色，红色渐渐扩散，会让你想到摩西和万里之外的另一条河流。碰到晴朗的夜晚，河水会像黑缎一样幽暗而洁净，微微发光的水面下能看见群星，而月亮仿佛仙女，移形换影，翩翩起舞，似乎比天上的那个月亮更大更美。这条河还会随着季节而改变。春汛来临时，它是混浊的棕色，涨过树木和河岸上的高潮位标记。秋天，千百种颜色的树叶懒洋洋地在它蓝色的怀抱里漂过。冬天，河面会冻得结结实实，再盖上一层积雪，它会变成没人敢走的白色野径，反光亮得刺眼。冰面之下，河水依然在流淌，冰冷而湍急，永不停歇。大河有一天会忽然耸耸肩，冬季的坚冰于是粉碎，发出雷鸣般的响声，可怖的裂缝将冰面撕成碎片。

从墓园能欣赏到河流的全部情绪。从高处望去，这条河与一千年前毫无区别。即便到了今天，艾奥瓦州那一侧依然只有树木和怪石嶙峋的高耸峭壁。大河本身宁静、冷漠而沉稳。一千年前，你在这里看上几个小时，也许只会见到一个印第安人划着桦皮独木舟经过。今天，你看上同样长的时间，大概也只会见到一艘小小的柴油拖船带着长长一串密封的驳船驶过。

在一千年与现在之间有过一段时间，这条河上熙熙攘攘、充满生机，黑烟与蒸汽、汽笛与火光比比皆是。但汽船的时代已经过去。这条河恢复了宁静。墓园里的死者恐怕不会喜欢这个样子。葬在这儿的逝者有一半曾经是内河人。

墓园也很宁静。大多数墓穴都是许多年前填上的，安息其中的人连儿孙都已经去世。访客稀少，而这寥寥无几的访客来探望的都是同一座平平常常的坟墓。

这儿有些坟墓竖起了巨大的墓碑。一个墓碑的顶上甚至有一尊雕像，那是个高大的男人，穿得像个汽船舵手，他手握舵轮的把手，双眼凝视远方。有几块墓碑上刻着死者多姿多彩的生死故事，讲述他们如何死于锅炉爆炸或战争或溺水。但访客们来探望的不是这些坟墓。他们要找的坟墓相对而言颇为朴素。石碑经历了一百年的风吹雨打，依然屹立如初。刻在上面的文字清晰可辨：一个人名，两个日期，两行诗句。

阿布纳·马什船长

1805—1873

于是我们不再四处漂泊

不再深夜徜徉[1]

在人名上方，有人以极高的技艺精心雕刻了一小幅浮雕，画面栩栩如生，是两艘侧明轮大型汽船正在竞速。时光和风雨留下了她们的损伤，但你依然能看清烟囱冒出的黑烟，依然能感觉到她们的风驰电掣。假如你凑到近处，用指尖抚摸石雕，你甚至能分辨出两艘船的名字。落

1.引自拜伦诗作《于是我们不再四处漂泊》，姚向辉译。

后的一艘是“日食”，风光时曾经名盛一时。研究密西西比河历史的大多数学者都不认识领先的那一艘。她似乎名叫“热夜之梦”。

最常造访墓园的那位访客总会轻轻抚摸她，像是在乞求好运。

说来奇怪，他总在深夜到访。